2011 不求人文化

2009 懶鬼子英日語

2006 意識文化

2005 易富文化

2004 我識地球村

2001 我識出版社

我識出版集團
I'm Publishing Group
www.17buy.com.tw

2011 不求人文化

2009 懶鬼子英日語

2006 意識文化

2005 易富文化

2004 我識地球村

2001 我識出版社

2018 TOEIC Reading

50次多益滿分的怪物講師

多益閱讀

答案＋解析本

自我診斷測驗

正確答案及解析

1. (B)	2. (B)	3. (C)	4. (C)	5. (C)
6. (A)	7. (C)	8. (D)	9. (C)	10. (C)
11. (D)	12. (A)	13. (C)	14. (B)	15. (C)
16. (A)	17. (C)	18. (D)	19. (A)	20. (A)

1.

詞彙 representative 代表人 give a speech 演講 reduce 減少 corporate tax 法人稅 win general applause 受到所有人的稱讚

解釋 代表者迪肯斯今天發表了演講／關於降低法人稅／被所有人稱讚。

正確答案 (B) reducing

2.

詞彙 industrial 產業的 technology（科學）技術 Inc. 股份有限公司（Incorporated.美國將公司名稱寫在後面） release 發行 calculator 計算機 attract 吸引 plan to do 計畫做… advanced 高級的、尖端的 physics 物理學

解釋 Industrial Technologies公司發表了／新的計算機／希望吸引／學生們／的人／學習／尖端物理學。

正確答案 (B) who

3.

詞彙 prospect 展望 optimistic 樂觀的 invest funds 資金投資 amply 充份地

解釋 行銷部的展望／對於明年／是相當樂觀的／足夠許多資金投資。

正確答案 (C) are

4.

詞彙 annual 一年的 aim 目標 expand 擴張 business 業務 therefore 因此、所以 intend to do 打算… hire 雇用

解釋 CMOS Industries的年度目標／是擴張歐洲內的業務／所以要雇用／更多職員。

正確答案 (C) to expand

5.

詞彙 annual 每年的 exercise 訓練 provide 提供 opportunity 機會 employee 職員 outside 戶外

解釋 每年團體分工訓練提供／機會／讓職員們／一起工作／在辦公室以外。

正確答案 (C) provides

6.

詞彙 friendly 親切的 solution 決策 alternative 選擇方案 as...as possible 盡可能…的 solar power 太陽能 wind power 風力

解釋 最環保決策／使用／盡可能多一些可替代的能源／例如太陽能或是風力發電。

正確答案 (A) environmentally

7.

詞彙 leave for 離開到… a day early 提早一天 be able to do 可以 meet with 與…相見 European 歐洲的、歐洲人 client 客戶 seminar 會議

解釋 如果馬修／提早一天去巴黎／或許就可以見到／我們的歐洲客戶／在研討會前。

正確答案 (C) could have been

8.

詞彙 current 現在的 time schedule 行程表 adjust 調整 for the benefit of 為了…

解釋 現在的行程表／應該調整／為了我們的員工。

正確答案 (D) workers

9.

詞彙 no sooner...than... 一…馬上就… receive 接收 numerous 無數的 complaint 不滿 developer 開發者 attempt to do 試圖想要… solve 解決

解釋 一收到／無數的不滿／軟體開發人員／馬上試圖／想要解決問題。

正確答案 (C) than

10.

詞彙 charity event 慈善活動 benefit 受惠 the poor 窮人（= poor people） take place 發生 with the help of 靠著…的幫助

解釋 那個幫助窮人的慈善活動／在下週即將舉行／在我們的前總裁的幫忙下。

正確答案 (C) take

11.

詞彙 for …期間 product warranty 產品保固書 guarantee 保障 free 免費的 repair 修理 whatever 無論如何 happen 發生 item 項目

解釋 2年／產品保固書保障／免費維修／不論產品發生什麼事。

正確答案 (D) whatever

12.

詞彙 senior 順位的、上位的、高位的 executive 幹部 salary 薪資 earn 賺（錢）

解釋 幾位高階主管／領取最高的薪資／即使其他人／因為紅利和營業額／賺得比較多。

正確答案 (A) others

13.

詞彙 film 電影 expect 預想 hit 暢銷作品 box office 售票處 negative 否定的、負面的 review 批判、評論

解釋 亞歷山大·派卓可夫的新電影《玫瑰、雛菊、你》／可望成為暢銷作品／雖然得到／負面的評論。

正確答案 (C) even if

14.

詞彙 favorite 最喜愛的 form 形式 acting 演技 theater 劇場 plan to do 計畫做… career 職業、經歷 in 在…領域中

解釋 強納森最喜歡的領域／是舞台劇／但是／他計畫追求在電視和電影圈的職業。

正確答案 (B) yet

15.

詞彙 staffing committee 雇用委員會 recruit 雇用 new employee 新進員工 ambitious 充滿抱負

解釋 雇用委員會決定了／要雇用／100位以上新進職員／為了今年充滿前瞻的專案。

正確答案 (C) decided

16.

詞彙 supervisor 管理者、監督者 allow...to do 同意…能做… assistant 助理

解釋 那位管理者不喜歡／允許／她的助理休息／甚至連午餐時間。

正確答案 (A) to rest

17.

詞彙 contribute 捐獻、貢獻 health care plan 健康保健計畫 factor 要素

解釋 公司貢獻的方法／更多／員工的健康保健計畫／正在成為／重要的要素。

正確答案 (C) is

18.

詞彙 president 總統、會長、董事長 promise 承諾 increase 增加 export 輸出 automobile 汽車 manufacture 製造、生產 domestically 在國內

解釋 派托董事長承諾／要增加／輸出國產的汽車。

正確答案 (D) manufactured

19.

詞彙 remain …的狀態 volatile 易變的、不安的 leading 最重要的、主要的 economist 經濟學家 predict 預測 cut 縮減、減少 interest rate 利率 Reserve Bank（美國的）聯邦銀行（= Federal Reserve Bank）

解釋 因為市場不穩／許多經濟學家正在預測／聯邦銀行會降低利率。

正確答案 (A) volatile

20.

詞彙 health（生理、心理的）健康 fitness 身體鍛鍊、（身體的）健康 located 位於 corporate 企業的、公司的 headquarters 總部 downtown 在市區 open 開放的 employee 職員

解釋 健康和健身設施／位於市區的公司總部內／提供所有員工／使用。

正確答案 (A) inside

Chapter 01-Chapter 25
正確答案及解析

Chapter 01 理解基本詞性

Quiz | 解答與解析

Q1. customers **Q2.** help **Q3.** additional
Q4. Qualified **Q5.** compatible **Q6.** efficient
Q7. clean **Q8.** became **Q9.** carefully
Q10. fully **Q11.** certainly **Q12.** easily

Q1.

解析 因為是在its所有格的後面，所以是名詞的位置。customize當作動詞。另外，要記住offer這個及物動詞後面馬上接受詞its customers這點。

那間商店會提供／給顧客／打折價格。

Q2.

解析 因為是在定冠詞the後面，當然就要接名詞。helpful是形容詞。help雖然是動詞，但在這裡卻是做名詞使用。請注意關係代名詞which所帶出的形容詞子句前面，是名詞的位置。

如果沒有幫助的話／我緊急需要的／我會失敗。

Q3.

解析 在及物動詞與受詞中間，該有的都有了。因此這個位置要放修飾後面名詞的形容詞。addition layoffs這樣的複合名詞不存在。在這樣的情況絕對不能選擇副詞。請您一定要記住及物動詞與名詞之間是形容詞的位置。

因為持續的財政困難／我們必須／增加解雇人員。

Q4.

解析 關鍵是在後面的名詞applicants，因此可知空格是形容詞的位置。qualification applicants這樣的複合名詞不存在。通常比起複合名詞，「形容詞 + 名詞」被使用的機率更高，請您要牢記。

有資格的自願者／被邀請提出履歷。

Q5.

解析 空格在第2大句型be動詞are後面，是補語，也就是形容詞的位置。be compatible with這個片語的意思是「與…相容的」。如果要把compatibility當作補語來使用的話，必須要與主詞一致，那這個句子中的Our products＝compatibility的關係就不能成立。

我們的產品們具有相容性／與你的系統。

Q6.

解析 become也是代表性的第2大句型動詞。在它後面大多都是接形容詞補語。如果想選名詞補語的話，要確認與主詞之間的相等關係是否成立。

因為新改裝的系統／我們部門變得／有效率。

Q7.

解析 括號裡面要放第5大句型動詞keep的受詞補語。當然要寫形容詞，cleanly是副詞，so that...的意思是「以便…」。

請總是／維持／房間／乾淨的狀態／讓你可以專心。

Q8.

解析 這個問題需要徹底了解句意才能解題。如果看到後面接著形容詞，就想到第2大句型動詞的話，這個問題就幾乎答對一半了。found主要被使用在第5大句型的句子中，與這個句子不相符。

我們／變得焦慮／關於被提案的這個計畫。

Q9.

解析 -ing型態的動名詞是非限定動詞，非限定動詞也是動詞的一種，因此修飾它的應該是副詞。

仔細考慮過之後／我們決定／不要跟你一起去。

Q10.

解析 be動詞are和p.p.（satisfied）的動詞組合中，可以插進放入的就是副詞。

你如果不完全滿意的話／我們將欣然退錢給你／你的訂金。

Q11.

解析 在形容詞true前面，這個位置是要放修飾形容詞的副詞。

確實是真的／他會通過／考試。

Q12.

解析 副詞very可以修飾的詞性有動詞、形容詞、還有其他的副詞。因此意思為「簡單、容易」的名詞ease不是正確答案。正確答案是副詞easily，用來修飾前面的handled。句意是很輕易地掌握。

那間大學的職員／掌握這個問題／很輕易地。

STEP 01 若沒答對會後悔的考題

1. (A) **2.** (A) **3.** (C) **4.** (D) **5.** (B)
6. (A) **7.** (D) **8.** (C) **9.** (B) **10.** (A)

1.

1 詞性問題
2 the及who
3 名詞

解析 詞性問題。在定冠詞the後面沒有看到名詞。定冠詞the後面的experienced是形容詞，擔任修飾的角色，如果刪除的話，空格就是名詞的位置。千萬別忘記在關係代名詞who前面需要有表示「人」的先行名詞。（B）是動詞，（C）是動詞也是形容詞，（D）雖然是名詞，但因為不表示「人」所以不能被選為答案。 **正確答案(A)**

詞彙 experienced 有經驗的 recently 最近 report to 向…報告 directly 直接

那位經驗豐富的職員／最近被雇用的／必須要向我直接報告。

2.

1 詞性問題
2 be動詞
3 形容詞

解析 這是詞性問題。在be動詞後面大概都是接形容詞，特別是在這個句子的狀況，把句意「…做的事情…怎麼樣」寫成「it is 形容詞 + for + to不定詞」型態的句子。（B）、（D）是名詞，（C）是副詞所以不能使用。 **正確答案(A)**

詞彙 candidate 應徵者 eagerness 熱情 deal with 處理 task 課題、任務

應徵者需要展現滿滿的熱情／處理這個任務。

3.

1 詞性問題
2 介系詞 + 形容詞
3 名詞

解析 這是詞性問題。介系詞without與形容詞prior之間有一個需要的東西是什麼，就是名詞。（A）是形容詞，（B）是副詞，（D）是動詞。notice在這裡當作名詞使用。 **正確答案(C)**

詞彙 flight schedule 航班時刻表 be subject to change 可以改變 without prior notice 沒有事前通知

你必須知道航班時刻表／可以改變／沒有事先通知。

4.

1 文法問題
2 find是第5大句型，空格是受詞補語
3 形容詞

解析 這是文法問題。found的原型是find，find是第5大句型的代表性動詞。the place當受詞，因此空格的位置就是受詞補語的位置。（A）、（C）是動詞因此排除。（B）和（D）是形容詞，但是解釋上（D）才是正確答案。afforded的意思是「有足夠的…」。 **正確答案(D)**

詞彙 provide 提供 discount coupon 折價券 affordable （價格）可以負擔的

因為那座購物中心有提供折價券／給遊客們／他們覺得／這個地方／價格可以負擔。

5.

1 文法問題
2 句子最前面有逗號
3 副詞

解析 這是文法問題。空格位置在句子最前面，且加上逗號（,），答案就是可以修飾整個句子的副詞。（A）是連接詞，（C）是介系詞，（D）是介系詞也是連接詞。 **正確答案(B)**

詞彙 however 但是（副詞）；不管…怎麼做（連接詞） accounting director 會計主管 accept 接受 proposal 提案、提案書 impressive 印象深刻的

但是／會計主管接受／這個提案／因為它是印象深刻的。

6.

1 詞性問題
2 助動詞與原形動詞之間
3 副詞

解析 這是詞性問題。助動詞had better與原形動詞prepare之間是副詞的位置。（B）是形容詞，（C）、（D）是兩個意思相近的名詞。 **正確答案(A)**

詞彙 had better 做…比較好（助） adequately 適當地 prepare for 為…而做準備 in case 免得…（連接詞） demanding 苛求的、令人吃力的

你最好做適當準備／對於所有的問題／免得有苛求的顧客們。

7.

1 文法問題
2 make是第5大句型動詞
3 形容詞

解析 make是代表性的第5大句型動詞，後面通常會接受詞補語。（B）是名詞，且在第5大句型動詞make的情況，後面不會接著像（A）一樣的-ing受詞補語。而且make當作使役動詞使用的時候，雖然可以寫成像（C）一樣的原形動詞，但是attract是及物動詞，後面要接受詞，在這個句子中沒有受詞，因此不能當作答案。形容詞attractive才是正確答案。 **正確答案(D)**

詞彙 display 陳列 attractive 有魅力的、引人注意的 in order to do 為了做…

我們應該讓／我們的陳列／吸引／購物者們／來增加銷售。

8.

1 詞性問題
2 所有格，形容詞子句
3 名詞

解析 這是詞性問題。在所有格our之後接著出現的是名詞。加上空格正後方是關係代名詞which引導的形容詞子句事物名詞。（A）是動詞，（B）如果解釋成「支援」會有點怪怪的。（D）這樣的to不定詞不會寫在所有格後面。 **正確答案(C)**

詞彙 deliver 寄送 appliance 家電產品 in stock 庫存的 working day 工作天

我們可以寄送／我們所有的家電用品／現在有庫存的／在3個工作天以內。

9.

1 詞性問題
2 副詞與名詞之間
3 形容詞

解析 這是詞性問題。受到副詞really修飾並且可以修飾名詞results的詞性就是形容詞。由上可知，名詞或是動詞型態的（A）和副詞（D）要先排除，（C）帶有「興趣」意思，且可以修飾人的形容詞，所以也要排除。因此（B）是正確答案。 **正確答案(B)**

詞彙 R&D department 研究開發部 result 結果 experiment 實驗

研究開發部讓我們看到／真的很有趣的實驗結果。

10.

1 詞性問題
2 be動詞與過去分詞（p.p.）之間
3 副詞

解析 這是詞性問題。可以放在「be動詞 + p.p.」或是「be動詞 + -ing」型態的動詞組合之間的就是副詞。（B）是形容詞，（C）是名詞，（D）是形容詞strict的比較級。 **正確答案(A)**

詞彙 according to 依據… policy 政策 strictly 嚴格地 prohibit A from -ing 禁止A做…

依據新的政策／職員們被嚴格地禁止／抽菸／在這個區域內。

STEP 02 實戰問題

101. (D) 102. (A) 103. (C) 104. (D) 105. (B)
106. (C) 107. (B) 108. (A) 109. (C) 110. (B)
111. (D) 112. (D) 113. (B) 114. (C) 115. (A)
116. (B) 117. (D) 118. (A) 119. (B) 120. (D)
121. (B) 122. (C) 123. (C) 124. (A)

101.

解析 （1）詞性問題（2）介系詞of和所有格our是提示（3）空格是名詞的位置。（A）的works是動詞也是名詞，如果是名詞的話，就是帶有「作業、事情」意思的不可數名詞，無法加上複數型語尾-s，因此句意上會怪怪的。（B）是形容詞也是動名詞，如果是動名詞的話，意思就會變成「為了作業」也是有點奇怪。（C）是動詞也是形容詞，因此可以先排除。（D）是名詞且意思符合句意。 **正確答案 (D)**

詞彙 current 現在的 time schedule 時程表 adjust 調整 for the benefit of 為了…

現在的時程表需要做調整／為了我們的職員們。

102.

解析（1）詞性問題（2）improve這種第3大句型動詞和定冠詞the是提示（3）空格是名詞的位置。定冠詞the是很好的提示，但和沒有the的情況做比較的話，就是當第3大句型動詞improve的受詞，請您熟記。英文動詞幾乎都是第3大句型動詞。在答案選項有兩個名詞，因此了解句子的意思就可以找出答案。意思是要改善零售商店的環境，而不是要改善零售商店的環境保護者。 **正確答案(A)**

詞彙 in order to do 為了… improve 改善、提升 environment 環境 retail store 零售商店 attract 吸引、招來 customer 顧客

應該要做點什麼／改善／零售商店的環境／來吸引更多的顧客。

103.

解析 （1）詞性問題（2）在句子全部結束之後需要出現的是什麼？（3）空格是副詞的位置。要牢記英文動詞幾乎都是第3大句型動詞。到report為止是以「主詞 + 動詞 + 受詞」組成的第3大句型句子。意思就是要提出財務報告。要提給哪裡？如何提交？句意上，「直接」提給人事部門是最自然的。因此正確答案就是副詞型的directly。 **正確答案 (C)**

詞彙 **submit** 提出 **financial** 財政上的、財務上的 **personnel department** 人事部門

你要提出／財務報告／直接／給人事部門／在5月7日之前。

104.

解析 （1）詞性問題（2）第2大句型動詞的be動詞（3）空格是形容詞的位置。要常常觀察空格前後方。am是組成第2大句型的be動詞。因此後面是形容詞，主詞與形容詞具有相等（＝）的關係。所以（D）是正確答案。（A）和（C）是副詞先排除在外，（B）happiness是名詞，但是句意上和主詞沒有相等（＝）關係，所以要排除。 **正確答案 (D)**

詞彙 **offer** 提供 **position** 職位、位置 **be happy to accept** 開心的接受 **generous** 慷慨的 **suggestion** 提案、建議

謝謝／提供了這個職位／給我／而且我很開心的接受／你慷慨的建議。

105.

解析（1）詞性問題（2）沒有比「第3大句型 + 介系詞片語」更適合的了（3）本身就是完整的句子。在that後面出現了第3大句型「S + V + O」型態的完整句子，後面接著當作修飾語的介系詞片語with a new one。像這種完整的句子後面通常都會接副詞來修飾動詞。在答案選項中只有（B）是副詞。（A）是形容詞或是動詞，（C）是名詞，（D）是名詞或是動詞。 **正確答案 (B)**

詞彙 **guarantee that ...** 保證… **replace A with B** 把A換成B **defective item** 瑕疵品 **completely** 完全 **free of charge** 免費的

我們保證／我們會更換瑕疵品／換成全新的／完全免費。

106.

解析 （1）詞性問題。（2）「the + 副詞 + ____ + 名詞」型態。（3）空格是修飾名詞的形容詞位置。according to 是介系詞。介系詞後面接著名詞newsletter。因此空格就是可以修飾名詞的形容詞位置。雖然乍看之下在答案選項中沒有形容詞，但是（C）的過去分詞型（p.p.）published是帶有「被出刊」意思，而且具有形容詞作用。 **正確答案 (C)**

詞彙 **newsletter** 時事通訊 **publish** 出刊 **get subsidized** 拿到補助金 **when -ing** 做…的時候

依據新出刊的時事通訊／所有的職員們都會拿到補助金／在搭乘巴士的時候。

107.

解析 （1）詞性問題（2）空格後面的who接形容詞子句（3）這是被形容詞子句修飾的名詞的位置。在關係代名詞who或是whom帶出的形容詞子句前面必須是表示人的先行名詞。（C）或是（D）都不是人，因此必須要刪除。提供參考，像sales manager這樣的「名詞 + 名詞」型態的名詞叫作複合名詞。 **正確答案 (B)**

詞彙 **sales manager** 業務經理 **develop** 開發 **award** 授予

業務經理／市場戰略開發的那一位／會獲頒第一名的獎項。

108.

解析 （1）詞性問題（2）可以放在句子最前面逗號（,）的詞性（3）空格是可以修飾整個句子的副詞的位置。像這樣可以在句子前面單獨存在的單字幾乎都是副詞。而且在這種情況，副詞用來修飾整個句子。 **正確答案 (A)**

詞彙 **generally** 一般性地 **ask for** 要求… **approval** 核准 **immediate supervisor** 直屬長官

一般來說／你需要先從直屬長官那裡要求核准／不管做什麼之前。

109.

解析 （1）詞性問題（2）have和p.p.之間（3）在這種動詞之間就是副詞的位置，請熟記。助動詞have後面通常都會接p.p.（agreed），中間是副詞的位置。除此之外，千萬記得「助動詞 + 原形動詞」、「be動詞 + -ing」、「be動詞 + p.p.」這樣的動詞組合間，大都會加入副詞這一點。 **正確答案 (C)**

詞彙 **complete** 完成 **form** 表格 **agree to do** 同意做… **branch** 分公司

完成那個表格後／他終於同意了／在另一間分公司工作。

110.

解析 （1）詞性問題（2）agree with的意思是「同意…」（3）動詞片語之間是副詞的位置。把agree和with合起來，完成意思是「同意…」的片語。這個時候要把這兩個單字當作一個單字來看。因為這句話是帶有「同意…」意思的動詞組合，因此答案要選擇修飾動詞的副詞。 **正確答案(B)**

詞彙 agree with 同意⋯ absolutely 絕對地
the terms of the contract 合約條件

如果你完全同意／那個合約的條件／請寫上你的姓名／在下面。

111.

解析 （1）詞性和字彙問題（2）remain是第2大句型動詞（3）sound是形容詞，所以空格前面加什麼？這是個很難的問題。remain是第2大句型動詞，所以就會想到後面是需要形容詞。但是不了解sound的意思，就無法解題。sound是帶有「健全的、健康的」意思的形容詞，所以這裡要填副詞。 **正確答案(D)**

詞彙 financially sound 財務健全的 job opening 工作機會

在經濟維持景氣的狀態／會出現更多的工作機會。

112.

解析 （1）詞性問題（2）可以寫在句子最前面逗號（,）的詞性是？（3）這樣的話，就是副詞的位置。看到現在，應該都知道空格是副詞的位置了吧？如果不太了解答案選項（A）～（D）的意思，是不是就要進行句意分析了？分析句子意思是不能解題的，但是如果了解詞性的話就可以解題。（A）是介系詞，（B）是連接詞，（C）是對等連接詞，（D）是副詞或是連接詞。 **正確答案(D)**

詞彙 however 但是 merger 合併 have influence on 對⋯有影響 industry 業界、產業界

但是／兩間公司的合併／沒有給予業界很大的影響。

113.

解析 （1）詞性問題（2）on schedule是介系詞片語（3）如果不是形容詞就是副詞的位置。so that是連接詞，因此在後面會出現新的主詞和動詞。be動詞是第2大句型動詞，所以需要補語，介系詞片語on schedule具有補語的作用，因此句子所需要的要素已經全都出現了。由上可知，空格是後面的介系詞片語，也就是修飾形容詞的副詞的位置。 **正確答案(B)**

詞彙 adhere to 對⋯堅持 so that S + V 因此⋯
currently 現在、此刻 on schedule 按照計畫、如期

我們要堅持／時間表／讓施工可以按照計畫進行。

114.

解析 （1）詞性問題（2）have是提示（3）在have後面必須接的要素是？助動詞have後面大部分都是接p.p.，在上面句子的空格中填入p.p.（worked）的話，意思是「一直以來認真地工作」符合句子的意思。此時hard是當作副詞修飾動詞work。have當作一般動詞使用的時候，變成「帶有」的意思的第3大句型動詞，在後面大都接著當作受詞的名詞。在上面的問題中把work或是works當作名詞受詞來看的話，意思變成「許多工作」。（have或是其他的用法，也有當作使役動詞來使用的狀況。關於上述的內容在第3章會有更詳盡的說明。） **正確答案(C)**

詞彙 work hard 認真工作 maintain 維持 vehicle 車輛

他們大部分／都很認真工作／為了購買以及保養／他們的車子。

115.

解析 （1）詞性問題（2）要正確把握答案選項的詞性（3）分析句子的話，可以清楚的知道所有格our後面應該要接名詞。但問題是（A）和（C）都是名詞。因此必須要分析句子的意思，raise之後接著增加「生產率」是最符合句子的意思。（C）的product的意思是「產品」。 **正確答案(A)**

詞彙 be to do 應該要做⋯ participate in 參加⋯ raise 提升 productivity 生產率

所有的系統工程師們都要參加／研討會／下個星期三／為了提高我們的生產率。

116.

解析（1）詞性問題（2）空格是介系詞的位置（3）分析句子的意思來做答。to the operating system是介系詞片語，因此拿掉來看的話，最後就只剩下名詞the damage。在這種情況下，加上介系詞寫成介系詞片語即可。因為要變成修飾語，在答案選項中的介系詞是選項（B）和（D），句意上（B）比較符合。 **正確答案(B)**

詞彙 damage 受害、損傷 operating system 作業系統 laptop computer 筆記型電腦

因為作業系統的損傷／瓊斯先生無法使用／他的筆記型電腦。

117.

解析 （1）詞性問題（2）rule on 是片語（3）動詞片語之間要加入什麼？rule on 是當作帶有「對⋯下判決」意思的動詞片語，在動詞片語之間是副詞的位置。句子是「公正地判決」的意思，以「公正地」副詞來修飾「判決」的動詞。 **正確答案(D)**

詞彙 board of directors 董事會 rule on 對⋯下判決
impartially 不能偏頗地、沒有偏見地、公平地
disagreement 衝突（差異） labor union 勞工工會
management 管理人員

理事會應該要公平地下判決／所有的意見衝突／勞工工會與管理人員之間。

118.

解析 （1）詞性問題（2）提示是動詞keep（3）在動詞keep之後接的句子要素是什麼？動詞improve與

keep以對等連接詞and連接，可以說兩個都是to不定詞。to不定詞是以非限定動詞來維持動詞的特性。另外keep是第5大句型動詞，有受詞（company），因此空格是受詞補語的位置。如果要讓既是形容詞又是名詞的（D）成為正確答案的話，要具備「受詞＝受詞補語」的關係，在這個句子中沒有這種關係，因此可以從正確答案中排除。 **正確答案(A)**

詞彙 essential 必要的 try harder 更努力嘗試 improve 提升 customer satisfaction 客戶滿意度 competitive 有競爭力的

必要的是／我們更努力嘗試／為了提升／客戶滿意度／為了維持我們公司／更有競爭力的。

119.

解析 （1）詞性問題（2）屬於「______+ 形容詞 + 名詞」題型。（3）如此一來空格內應該要填什麼？這裡有兩種可能性。因為題目結構是「所有格 + ______ + 形容詞 + 名詞」，空格內可能是形容詞或副詞，這時就必須靠解釋題意來解題。空格是修飾後面的名詞line。可以是「印象深刻的新產品系列」，（D）是「受到感動的」的被動含義，要和人連用，例如，impressed要使用在we are impressed。 **正確答案(B)**

詞彙 unanimously 全場一致地 impressive 印象深刻的 new line of products 新產品系列 dominate 支配 foreign market 國外市場 domestic 國內的

全場一致達成協議／那間公司令人印象深刻的新系列商品／將主導國外市場和國內市場。

120.

解析 （1）詞性問題（2）提示是動詞make（3）動詞make後面緊接的句子要素是什麼？現在分詞型的making帶有動詞特性。in the region和to cummuters是介系詞片語，因此可以刪除，動詞make後面有受詞factories，因此在「more + 空格」中又加入受詞補語。又因為受詞補語是形容詞，因此可知（C）不是答案。（B）是名詞，但是受詞與受詞補語不是同格關係，因此也不是正確答案。（A）是動詞attract，後面需要受詞，但句中卻沒有，所以也不是正確答案。 **正確答案(D)**

詞彙 access 接近、取得 public transportation 大眾運輸 in the region 在區域內 attractive 有吸引力的 commuter 通勤者

更容易搭乘／大眾交通工具／讓這地區的工廠／對於通勤者們更有吸引力。

問題121-124請參照以下的文章。

「第一關鍵時刻」／一個概念／顧客已經決定／是否購買商品或服務／在第一次看到時／許多經濟學研究顯示／不可否認地／這聽起來有點神祕且主觀／但真實存在／首先／購買並不是／一個純粹理性的行為／儘管／許多消費者／可能表示／他們考量的是價格、品質或客戶服務／當考慮是否會購買東西時／事實上／他們就決定／是否要購買／在第一時間／他們看到或體驗這個商品／他們只是透過／表達他們的考量／來說服自己／這個交易是理智的行為／而非一時興起。

詞彙 moment 時刻 purchase 購買 encounter 偶然相遇 aspect 方面 economics 經濟學 reveal 揭露 undeniably 不可否認地 mysterious 神祕的 subjective 主觀的 rational 理性的 behavior 行為 even though 即使 express 表達 experience 體驗 take advantage of 利用 convince 說服 sensible 明智的 cautious 謹慎的 impulsive 衝動的 clever 聰明的

121.

解析 這裡考的是冠詞的用法，在表示一個普遍原則或概念時，會使用不定冠詞，因此（C）可先刪除。在這句話中使用的是「a / an + N」這個句型，答案非（A）即（B）。接下來看空格後面接的單字為idea，idea為母音開頭的單字，故前面的不定冠詞需選擇使用（B）an。 **正確答案(B)**

122.

解析 當用連接詞and連接兩個或兩個以上字詞時，其字詞的詞性必須相同。「空格 + and subjective」中的subjective為形容詞，故空格也應選填形容詞的單字。再分別瀏覽四個選項，（A）mystery為名詞，表示「神祕的事物」；（B）myth為名詞，表示「神話」；（C）mysterious為形容詞，表示「神祕的」；（D）mysteriously為副詞，表示「神祕地」，答案應選（C）。 **正確答案(C)**

123.

解析 此句話要表達消費者在看到商品的時候，就決定購買了。要表達這種「某動作剛完成」的意思，需使用現在完成式，（A）為不定詞；（B）為過去式；（C）為現在完成式，（D）為過去完成式。答案為（C）。 **正確答案(C)**

124.

解析 此為多益改制後新增的題型，需選擇適合填入空格的句子。sensible表示「理智的」，而rather than用來表示相反的語意，故後面應該接與「理智的行為」相反語意的句子。觀看四個選項，wise、cautious、clever都是正向的形容詞，符合用法的只有impulsive（衝動的），故答案要選（A）。 **正確答案(A)**

Chapter 02 理解例句構造分析

Quiz | 解答與解析

Q1. Attracting **Q2.** to place **Q3.** stands
Q4. take **Q5.** to watch **Q6.** suppose
Q7. dismissing **Q8.** concerned **Q9.** which
Q10. because

Q1.

解析 是不是覺得要修飾名詞customers而選擇了形容詞Attractive？如此複數型名詞customers就變成主詞，與單數動詞的needs就沒有單複數一致，所以Attractive是錯的。寫Attracting的話，動名詞會變成主詞，與單數動詞（needs）相符。因為動名詞具有動詞的特性，後面有受詞這點也相符。如果要看仔細的說明，請參閱動名詞單元。

招攬顧客／需要／很大的耐心。

Q2.

解析 在最前面出現It，這就是虛主詞。那麼在空格內就要選擇對應真主詞的to place了。加上前面已經有動詞is，就不能再出現place這種動詞。如果把place看成名詞的話，後面再出現an advertisement這樣的名詞，也不可行。

一定要／他們／刊出廣告。

Q3.

解析 動詞build和stand都出現了。那麼首先要看build是限定動詞還是非限定動詞。The bridge built的意思是「建了一座橋」還是「被建造的橋」呢？當然是後者。build是修飾主詞bridge的p.p.。因此在後面的括號內當然是要填入限定動詞。

那座橋／是30年前建造的／依舊佇立在那裡。

Q4.

解析 括號內出現的兩個字都是限定動詞，那麼就要使用數、態、時判斷了。主詞companies是複數，因此要寫複數型的動詞take。takes是在主詞是單數的情況才可以使用。

專門製造生產的公司／善用這個系統。

Q5.

解析 hope是把不定詞當作帶有受詞功能的動詞，但是不能把動名詞（-ing）當作受詞。

我希望／觀看／她的成長。

Q6.

解析 suppose是被當作that子句（that + S + V）受詞的動詞。在這個句子中，that子句被當成受詞，因此前面應該是主動型態。

我想／我們可以擴大／我們的事業／在不遠的將來。

Q7.

解析 consider是第3大句型動詞（您還記得曾經說過動詞大部分都是第3大句型動詞吧？）需要受詞。受詞必須是名詞類。dismissing是動名詞，因此屬於名詞類。dismiss只是單純的原形動詞。

更甚者／董事會考慮／解雇更多的主管。

Q8.

解析 become是第2大句型動詞。第2大句型動詞後面通常是接形容詞補語。首先，在括號中所給的concern不是動詞就是名詞。那麼concerned呢？在動詞後面加上-ed的話，雖然變成動詞的過去型，但也是過去分詞（p.p.）吧。在這裡concerned是當作過去分詞型態形容詞，意思是「擔心的」。

最近雇用的那位經理／擔心／對於近期的合併。

Q9.

解析 從括號內開始到soon為止，是修飾前面的名詞「公司」（firm）的形容詞子句。although是完成副詞子句的連接詞，因此不能成為答案。

那間要被併購的公司／有許多優點。

Q10.

解析 空格的前後有兩個以「主詞 + 動詞」當作主幹的完整句子。因此括號要填入可以連接兩個完整句子的連接詞。due to是介系詞，無法帶出子句。because則要利用是不是以副詞子句修飾動詞這一點來確認。

你會被提供這個職位／因為你很有資格。

STEP 01 若沒答對會後悔的考題

1. (C)	2. (D)	3. (A)	4. (B)	5. (B)
6. (D)	7. (A)	8. (B)	9. (A)	10. (D)

1.

1 詞性問題
2 was是第2大句型動詞
3 形容詞

解析 考詞性的問題要先觀察前後句子，快速找出提示，就能輕易地解題。在這裡的提示是was為第2大句型be動詞的過去式。so是帶有「非常」意思的副詞，所以可以省略。因為答案是要選擇可以成為補語的形容詞，因此答案就是（C）。名詞補語只有在與主詞是同格關係的時候才使用，因此（A）不可能是答案。 **正確答案(C)**

詞彙 confirm 確認、確定 reservation 預約 in advance 事先 last year 去年

請儘早確認你的預約／因為去年很熱門。

2.

1 文法問題
2 在前面的動詞
3 形容詞

解析 在空格的前面看到了限定動詞had。（A）和（B）是限定動詞，所以不可能是正確答案。（D）是以p.p.來修飾task的非限定動詞。初學者們若把（D）當作是動詞的過去型態，就無法找出答案。

正確答案(D)

詞彙 recruit 新進人員 complicated 複雜的 assign 分配、分派 picky 挑剔的

新進職員們／有／複雜的任務／是由挑剔的上司所分配的。

3.

1 文法問題
2 句子的真主詞是？
3 動名詞

解析 動詞是is。（B）和（C）都是動詞，所以不是正確答案。（D）如果是動詞過去式的話，也不能成為正確答案；如果是過去分詞形的形容詞的話，必須要放在所有格限定詞my的後面，因此也不能成為正確答案。只有（A）是正確答案，像（A）這樣的-ing型態，具有名詞的功能也具有形容詞的功能。在這個句子中如果具有形容詞功能的話，就要放在所有格限定詞my的後面，因此要看成動名詞，也就是名詞，當作句子的主詞。 **正確答案(A)**

詞彙 raise 提高 morale 士氣 first priority 最優先的課題

提高我的職員的士氣／在這個艱難的時期／是最優先的課題。

4.

1 文法問題
2 句子的真主詞是？
3 連接詞

解析 有些人只看到it就可以選that當答案。但是如果不知道其他選項為什麼不能成為答案的話，那您的努力就白費了。（A）不是連接詞，所以不是正確答案。（D）是帶出形容詞子句的連接詞。在空格後面是句子的真主詞名詞子句，所以帶出名詞子句的連接詞that就是正確答案。 **正確答案(B)**

詞彙 it is likely that... 有…可能性 make a profit 創造利潤 in the foreseeable future 在可以預測的未來

有可能／這種類型的事業／可以創造相當的利潤／在不遠的未來。

5.

1 文法問題
2 動詞decide的受詞
3 to不定詞

解析 decide是第3大句型動詞。所以需要受詞吧？可以成為受詞的名詞類有（A）和（B）。但是decide只能以to不定詞當作受詞。關於上述內容在第8章會有更詳細的說明。 **正確答案(B)**

詞彙 accounting department 會計部 look over 檢查…

會計部決定／要檢查這個計畫／依據CEO的指示。

6.

1 文法問題
2 如果要讓be動詞後的名詞變成形容詞補語的話？
3 介系詞

解析 請注意空格前面的be動詞。是標準的第2大句型吧？像schedule這樣的名詞補語與主詞plan不具有同格的關係，那就要找出常被使用的形容詞補語了，這個時候需要的就是介系詞。選擇介系詞on當作答案的話，變成on schedule這個片語，也符合句子的意思。

正確答案(D)

詞彙 heavy schedule 很趕的行程 on the other hand 另一方面來說 abide by 遵守 existing 存在的 so that A can 如此 A 可以… on schedule 依照時間計畫

在另一方面／我們要遵守現存規則／來讓這個計畫／可以在時間內完成。

7.

1 文法問題
2 make是第幾大句型動詞？5大句型的動詞為？
3 動詞

解析 動詞的問題其實超乎預料地簡單。sure是形容詞，that之後是把名詞子句當作受詞。整個句子太長一直往後寫。這是第5大句型吧？第5大句型動詞只有（A）。make sure that...或是make certain that...的意思是「確保…做…」，是很常被使用的詞彙。（也常會有把make換成be來使用的情況）。 **正確答案(A)**

詞彙 mail in 以郵寄 enclose 封上 reference letter 推薦信 resume 履歷

信件寄出之前／請確認／你把推薦信／與履歷一起附上。

8.

1 文法問題
2 限定動詞的位置與數、態、時！
3 動詞

解析 把修飾grocery store的形容詞子句which...to刪除來看的話，就是限定動詞的位置。但是依照數、態、時法則的話，（A）是單複數與答案不符，（C）是被動與答案不符，（D）的時態與答案不符。

正確答案(B)

詞彙 grocery store 雜貨店 daily necessities 生活必需品 produce 農產品

我常常去的這間雜貨店／販賣／很多的生活必需品以及農產品。

9.

1 詞性問題
2 be動詞與過去分詞之間
3 副詞

解析 在這個句子中，空格後面的satisfied不是動詞的過去式，而是過去分詞（p.p.）。在空格前面是be 動詞與「be動詞 + p.p.」型態的被動式。在這種動詞組合之間可以加入的就是副詞。 **正確答案(A)**

詞彙 refund 退錢 are totally satisfied 完全滿意的 goods 商品

那間商店可以全額退費／如果你不完全滿意／他們的商品。

10.

1 文法問題
2 句子的限定動詞與數、態、時！
3 動詞

解析 沒有限定動詞。由上可知，答案不是（C）就是（D）。動詞的單複數只要確認主詞的話，就可以馬上知道吧？這個時候不要被句子的意思所羈絆。主詞是單數的resident，因此動詞當然也要寫單數動詞。

正確答案(D)

詞彙 each year 每年 donate 捐獻 the poor 貧窮的人們(= poor people)

每年／這個地區的每個居民／捐獻／他們的錢／幫助窮困難的人們。

STEP 02 實戰問題

101. (C) 102. (B) 103. (A) 104. (C) 105. (C)
106. (B) 107. (A) 108. (D) 109. (C) 110. (B)
111. (A) 112. (A) 113. (B) 114. (B) 115. (D)
116. (C) 117. (B) 118. (B) 119. (B) 120. (D)
121. (C) 122. (B) 123. (A) 124. (C)

101.

解析（1）詞性問題（2）動詞的位置（3）數、態、時。需要動詞的位置，你也觀察到了吧？（B）雖然是動詞，但在這句中，並不適用此文法。（C）和（D）的差異是什麼？對了。就是主動與被動的差異。但空格後面的to recruit是to不定詞屬於名詞類，因此可以變成受詞。由上可知，正確答案就是在後面當作受詞的主動動詞。 **正確答案(C)**

詞彙 staffing committee 雇用委員會 recruit 雇用 ambitious 具有野心的

雇用委員會決定了／要雇用／100名以上的新進職員／為了今年野心勃勃的計畫。

102.

解析（1）在前後都是帶有「主詞 + 動詞」（S + V）型態的完整句子，因此空格是連接詞的位置。介系詞（C）就不可能是正確答案。（2）是名詞子句連接詞變成indicate受詞的位置。（通常名詞子句連接詞都是what、that）（3）although是副詞子句，which常常被形容詞子句使用，這點也了解會更好。 **正確答案(B)**

詞彙 recent survey 最近的問卷調查 indicate 顯示 regard A as B 把A看成B

最近的問卷調查／指出／只有極少數的公司覺得／產品的品質／是最重要的。

103.

解析 （1）在空格前面看到is aimed這樣的被動式。如果是被動式的話就不需要受詞（2）那麼those這樣的名詞要變成修飾語（3）如果要把名詞當作修飾語的話，在前面加上介系詞寫成介系詞片語即可。that是名詞子句連接詞，if是副詞子句連接詞，therefore是副詞。 **正確答案(A)**

詞彙 up-to-date 最新的 be aimed at 瞄準… those who 做…的人 trade stocks 股票交易

這個最新的智慧型手機／瞄準／每天交易股票的人。

104.

解析 （1）空格在所有格my後面，且是動詞accept的受詞（2）這樣的話當然要選擇名詞（3）offer是動詞也是名詞，所以可以成為正確答案。給您參考，offering雖然是動名詞，但是後面沒有受詞，因此不能成為正確答案（更詳細的說明請參考第8章）。offered是動詞也具有形容詞的功能。to offer不能出現在所有格後面。 **正確答案(C)**

詞彙 accept 接受 since 因為… appropriate 適合的 alternative 替代方案

你要接受／我的提案／因為沒有適合的替代方案。

105.

解析 （1）沒有看到限定動詞，因此空格是限定動詞的位置（2）（B）和（D）是非限定動詞所以不是正確答案（3）這樣的話，正確答案不是has就是have。符合單數主詞program的單數動詞has就是正確答案。可看到在seminars前面有of，就變成介系詞片語，屬於修飾語。 **正確答案(C)**

詞彙 in addition 另外 merit 優點

另外／那些研討會的計畫具有／它們本身的優點。

106.

解析 （1）be動詞是代表性的第2大句型動詞（2）第2大句型動詞後面主要是接形容詞補語（3）（B）是形容詞，而且句意解釋上也很適合。（A）是名詞也是動詞，（C）是副詞所以被排除。（D）雖然是形容詞，但意思是「不注意的」，不符合句子的意思。 **正確答案(B)**

詞彙 careful 小心的 offend 冒犯 take a day off 休息一天

請小心／不要冒犯你的長官／由於在旺季休息一天。

107.

解析 （1）be動詞後面已經出現careful這種形容詞（2）因此空格是修飾形容詞的副詞位置（3）（A）是副詞，可以是正確答案。（B）是形容詞，因此被排除在正確答案之外。（C）雖然是副詞，但因為是放在形容詞後面修飾的副詞，因此被排除在正確答案之外。too雖然是副詞，但與句意不符。 **正確答案(A)**

詞彙 accident 事故 prevent 阻止 while 在…期間（連接詞）

事故可以被預防／如果你非常注意／在工廠的期間。

108.

解析 （1）與大部分的動詞一樣，take也是第3大句型動詞（2）那麼空格就是受詞的位置（3）可以成為受詞的名詞就是（D）。提供參考：（A）是動詞，（B）是帶有「令人愉快的」的形容詞，（C）是帶有「快樂」意思的形容詞。 **正確答案(D)**

詞彙 take pleasure in -ing 享受做… incentive 獎金

我們非常開心／告知／我們提供特別的獎金／給各位。

109.

解析 （1）如果知道只有動詞keep的話，問題就已經解決了（2）keep是第5大句型動詞，因此空格內就是受詞補語，也就是形容詞的位置。（3）（A）是名詞，（B）是動詞，（D）是副詞。 **正確答案(C)**

詞彙 essential 必須的 keep 維持 competitive 有競爭力的

必須的／我們更努力嘗試／讓顧客滿足／為了讓我們公司維持競爭力。

110.

解析（1）是it...to型態的真主詞、虛主詞句子。（2）最大的提示就是動詞remains。在空格to之後是真主詞。remain是補語所需要的第2大句型動詞。答案選項都可以成為補語，（C）是名詞，在句意上與主詞沒有同格關係，因此不是正確答案。（A）和（D）都可以被當作形容詞使用，但句意不符合。of use被當作介系詞片語，表示useful意思的形容詞功能，所以是正確答案。 **正確答案(B)**

詞彙 remain 剩下 usually 通常地 of use 有用的 carefully 小心謹慎地

普遍認為有用的是／閱讀／使用者手冊／小心謹慎地。

111.

解析 （1）因為有連接詞（which），因此這是限定動詞的位置，（C）先排除在外（2）（B）只能使用在第3人稱。（D）是被動式，但是空格後面出現受詞，因此不可以使用。這與主動、被動有關連，在第5章會有更詳細的說明。通常空格後面出現受詞的話，就選擇主動式當作答案。 **正確答案(A)**

詞彙 enclose 封上 suit 適合

我將目錄也一起附上／你可能在裡面會發現／符合需求的東西。

112.

解析 （1）在連接詞（if）後面，所以是主詞的位置（2）（B）是所有格，所以不行（3）（C）雖然可以成為主詞，但是意思是「你的」與句意不符。反身代名詞的（D）呢？絕對不具有主詞的功能。那有什麼功能呢？在第17章中會有詳細的解析。 **正確答案(A)**

詞彙 be entitled to do 有做…的資格… more than 以上

你具有資格／接受醫療福利／如果你在這個國家住／1年以上。

113.

解析 （1）是限定動詞的位置（2）（A）和（D）是非限定動詞，所以先排除（3）（C）的狀況，如果是限定動詞的話，與主詞的單複數不符合，而且當作p.p.來看的話，也不是限定動詞，因此也要被排除。

正確答案(B)

詞彙 device 裝置 infant 嬰兒

這個給嬰兒的新裝置／附有／三種語言的說明書。

114.

解析 （1）連接詞的位置（2）各個連接詞的特性做區分（3）以句意解釋來完成。看到「S + V」出現兩次，因此是連接詞的位置。在答案選項中，連接詞有3個。（D）是介系詞所以先排除。（C）主要採取「However 形容詞／副詞 S + V, S + V」的形式，但是在這個句子只有以「S + V」的句型出現，因此不符合。結果要從（A）和（B）之中以分析句意的方式來選擇答案。只開放2個月，但是已經有很多人來過的意思最自然，因此（B）是正確答案。 **正確答案(B)**

詞彙 open 開放的、開門的 already 已經 thousands of 數千的

雖然這個線上購物商城／只開放2個月／訪問的人／已到達數千名。

115.

解析 （1）是限定動詞的位置（2）數、態、時！（3）以句意解釋來完成。這是限定動詞的位置。由上可知，答案選項都當以「數」來看的話，（A）與（C）不可能。剩下的（B）和（D）之間以「態」來看的話，後面沒有受詞，因此被動式的（D）是正確答案。 **正確答案(D)**

詞彙 information 資訊 product 產品、商品 be posted 被刊載 this afternoon 今天下午

新產品的資訊／會被刊載在／公司的網頁／今天下午。

116.

解析 （1）be able to原形動詞（2）確認主動、被動。知道be able to這個片語的話，答案幾乎也已經知道了。這是詢問（C）和（D）之間主動、被動差異的問題。在後面有受詞the deadline，因此主動式（C）是正確答案。 **正確答案(C)**

詞彙 meet the deadline 趕上截止日 hire 雇用、採用 immediately 立即、馬上

我們無法配合截止的日期／除非我們雇用更多的職員／馬上。

117.

解析 （1）沒有主詞這一點是提示（2）空格後面sure的詞性是？（3）知道這是片語吧？when之後到form為止都是分詞語句，因此當作不存在，逗號（,）後面是要具有「S + V」的句子，但是沒有看到主詞，因此要當作命令句來看。由上可知在空格內要填入原形動詞，因此正確答案不是（B）就是（C）。可以知道空格後面的sure是形容詞，需要第2大句型動詞。如果have要成為答案的話，要出現當作受詞的名詞。最後請你要把be sure to或是be certain to、make sure to或是make certain to當作片語來背，意思是「一定要做…」。 **正確答案(B)**

詞彙 when -ing 做…的時候 submit 提出 application form 申請書 fill in 填寫 blank 空格 with accuracy 帶有正確性

提出申請書的時候／請一定要填寫／所有的空格／正確。

118.

解析 （1）逗號（,）前後有兩個「S + V」。（2）so是連接詞。（3）這樣的話，空格中需要什麼？兩個句子是以連接詞so連結，但是連結的第二個句子中沒有主詞，因此空格中就是主詞的位置。（D）是受詞所以先排除。（A）是所有格，且若看成所有代名詞，意思為「他的東西」，也不知道是在表達什麼，所以也排除。（C）不是主詞，所以也排除。（參考第17章） **正確答案(B)**

詞彙 displace 解雇 ought to do 應該要…

賽門被解雇了／所以他應該要做些什麼／來找到新的工作。

119.

解析 （1）這是限定動詞、非限定動詞的問題。（2）數、態、時！因為句子中沒有限定動詞，因此空格就是限定動詞的位置，（C）要排除。因為主詞government是第3人稱單數，因此（A）也必須排除。動詞spend需要受詞。空格後面有受詞a large amount of money，因此主動式的（B）就是正確答案。

正確答案(B)

詞彙 federal government 聯邦政府 spend 花費 a

large amount of 很多的 reconstruction 重建

去年／聯邦政府花費了／很多的錢／在重建計畫上。

120.

解析 (1) 全都是動詞，但是光靠句意解析是無法解題的。(2) 空格後面的形容詞true就是最大的提示。(3) 是限定動詞的位置，而且有補語 (true)，因此是第2大句型動詞的位置。it是虛主詞，that之後是真主詞句子。看到形容詞的話，就要想到第2大句型動詞。供您參考，offer是第4大句型動詞，take和provide是第3大句型動詞。 **正確答案(D)**

詞彙 arrange 準備 in order to do 為了… keep an eye on 監視…

事實是／那位經理準備早晨會議／為監視／自己的職員。

問題121-124請參照以下的信件。

> 親愛的懷特先生：
>
> 希望／您有個美好的一天／我寫這封信給您／留意訂單編號ORD 06302012／二十五組會議室桌椅／有製造上的瑕疵／其中八組／而這明顯／已超過百分之三不良率／根據合約條款／請看到附檔／我先前拍攝的照片／由於／貨物有問題的狀況／已連續發生兩次／這可能導致／不確定性／未來訂單／我會非常感激／若貴司能改善生產過程／並寄新商品給我們換貨／沒有任何額外費用／在三個工作天內／若您有任何疑問或考量／歡迎與我聯繫。
>
> 此致，
> 麥可．愛德華

詞彙 attention 注意 meeting 會議 manufacturing 製造的 flaw 缺點，瑕疵 obviously 顯然地 in accordance with 依照、根據 contract 合約 incident 事件 faulty 有缺點的 uncertainty 不確定 refine 提升 as well as 而且 replacement 代替物 additional 額外的，附加的 charge 費用

121.

解析 空格要填入的是關係代名詞，指「There are some manufacturing flaws in eight of them」這整件事情，(A) 是代稱人物；(B) 是代稱地點；(C) 可代稱事件或物品；(D) 代稱所有格，故答案應選 (C)。 **正確答案(C)**

122.

解析 掃視選項可知此題在考應放入的動詞的型態，take picture表示「拍照」，而句子中有時間副詞before，可知拍照的時間是之前，為過去的事情，故要使用過去式，也就是 (B) took。take的三態變化為不規則變化，過去式為took，過去分詞為taken。 **正確答案(B)**

123.

解析 空格中要填入的詞為修飾前方twice的詞彙，(A) 意指連續，(B) 意指在某種意義上，(C) 意指按順序，(D) 意指排隊，能夠修飾twice (兩次) 的詞彙只有 (A)，表示「連續兩次」的意思。 **正確答案(A)**

124.

解析 此句的語意是禮貌且正式的請求對方在生產上做改善，考量到語氣，選擇使用could最為恰當。could表非強制性，一般性的提議或建議。must意指依據法規或政策對方必須這麼做，在此過於強烈。had better則有警告的意味，shall是指做某事為對方的責任或職責，用在這裡也過於強制性。 **正確答案(C)**

Chapter 03 5大句型

Quiz | 解答與解析

Q1. sharply **Q2.** suddenly **Q3.** of importance
Q4. hopeless **Q5.** obey **Q6.** to
Q7. offers **Q8.** was informed **Q9.** happy
Q10. to be

Q1.

解析 increase可以使用於第1大和第2大句型，所以兩者都可以當作答案嗎？請試著解釋看看。「銷售急遽增加」和「銷售使尖銳增加」哪一個解釋較為合理呢？如果遇到像這種可使用於兩種以上的句型的動詞時，使用解釋意思的方式即可解題。

本季的銷售／急遽地增加。

Q2.

解析 appear是可用在第1、2大句型的動詞。使用在第1大句型時有「出現」的意思；使用在第2大句型時有「看起來好像…」的意思。那麼「主人看起來很突然」和「主人出現得很突然」，哪一個比較自然呢？當然是「出現得很突然」比較自然，所以上面的句子是第1大句型。

那個商店主人出現了／突然地／在那時。

Q3.

解析 第2大句型的空格前面使用了be動詞，所以形容詞性的of importance（=important）就是正解啦！名詞importance要成為補語的話，必須要與主詞是同格關係，但因為在這裡不是，所以並非正解。

那個新的行銷政策／會對我們很重要。

Q4.

解析 seem（to be）也是使用於第2大句型，形容詞hopeless是「絕望的」的意思，用來修飾主詞，當作答案很恰當。hope也可以當作名詞，即使在這邊當名詞使用，但無法成為主詞mayor的同格關係，因此非正解。

那位市長看起來／很絕望／對於那逐漸接近的重選。

Q5.

解析 括弧後面馬上出現受詞（rule），這就是第3大句型動詞的典型特徵。不過動詞comply後面不能單獨面對受詞，必須要有介系詞with，成為comply with後面才能接受詞。

你必須要遵守／那個規則／我們所訂立的。

Q6.

解析 如果damage當作動詞使用，是不與介系詞一起使用的第3大句型的動詞。不過這裡是當作名詞使用，是動詞expect的受詞。到damage為止是第3大句型的完整句，後面無法直接接名詞facilities，必須要有介系詞。

我們沒有預測到／會嚴重損傷／我們現存的設備。

Q7.

解析 後面有IO（you）和DO（a rare chance），所以要使用第4大句型的動詞。雖然provide和offer的意思相同，但provide是第3大句型的動詞。所以想使用provide的話，這個句子要寫成「ACE provides you with a rare chance this week only」，使用with成為介系詞片語，也就是修飾語。反過來說，如果空格後面有介系詞with的話，答案就是provides。

ACE提供／給各位／稀有的機會／只在這一週。

Q8.

解析 單純解釋的話是「通報that以下的事項」的意思，所以為主動型的informed是解答。但是你知道ANICAR吧？inform後面的受詞必須是人，括弧後面沒有受詞，所以此句子必須改為被動型。「that's + V」成為間接受詞，句子狀態變成被動型，而直接受詞the manager成為主詞。

那位經理收到通知／他即將要被升遷。

Q9.

解析 make屬於第5大句型的常用動詞，所以括弧內是受詞補語，用來修飾受詞的形容詞。make動詞也可使用於第3大句型，可能會有人選副詞，請把副詞放入空格後翻譯看看是否通順。

他全力以赴／使她／幸福。

Q10.

解析 encourage屬於「使、要求、允許」的第5大句型動詞，所以括弧是受詞補語to不定詞的位置。後面出現形容詞competitive當作補語。

他們鼓勵我們／使我們有競爭力。

STEP 01 若沒答對會後悔的考題

1. (C)	**2.** (A)	**3.** (A)	**4.** (C)	**5.** (B)
6. (D)	**7.** (B)	**8.** (D)	**9.** (A)	**10.** (D)

1.

1 文法題
2 選項要填入動詞
3 動詞

解析 這樣的題型要用翻譯的方式解題，不過每次翻譯完好像都是正確解答。請一定要記住，動詞的題型要看完後面再作答，後面的「人 of 名詞」是很重要的關鍵。這是典型的ANICAR題型！所以正確解答就是inform。say或announce在考試中常常會以「（to 人）that S + V」的型態出現，則brief大部分都以「人（on 事物）」的狀態出現。 **正確答案(C)**

詞彙 accounting 會計 inform 通知 budget 預算

會計部負責人通知了／我們／下一季的預算。

2.

1 詞性題
2 was是第2大句型動詞
3 形容詞

解析 was是第2大句型動詞，大部分後面都會出現形容詞，所以正解是（A）。more是副詞，有「更」的意思，即使沒有也沒關係。（B）呢？幾乎沒有題目會把名詞當作第2大句型動詞的補語，這選項要成為解答的話，必須和主詞machine成為同格關係。機器（machine）= 效果（effect）看起來就很奇怪，所以也非正解。 **正確答案(A)**

詞彙 installed 設置的 anticipate 預測

那個／在上週設置的機器／比我預測的更有效果。

3.

1 文法題
2 第3大句型一起出現的介系詞to
3 動詞

解析 動詞題型千萬不要用翻譯的方式解題！後面有出現「to + 名詞」，這是第3大句型中的慣用型態。只有「反對…」的object to適合吧！accept不需要介系詞to，解釋起來意思也不對。動詞oppose意思雖然對，但是要使用be opposed to句型，因此也屏除在解答外。comply意思不合，介系詞不使用to，而是要使用with。 **正確答案(A)**

詞彙 object to 表現反對…（= oppose） accept 接受 comply with 順從…

一開始／我們／想要反對／他的提案／因為創意不足。

4.

1 文法題
2 動詞keep的形式
3 分詞（形容詞）

解析 keep屬第5大句型的動詞，受詞補語的位置主要常以形容詞、-ing或是p.p.為主。選項中除了（C）以外皆不符合此條件。另外句子中的run有「（機器）運轉」的意思，是第1大句型動詞，後面不會有受詞。 **正確答案(C)**

詞彙 try to do 努力想要… assembly line 生產線 inspection 檢查、檢閱

我們正在努力／想要維持／生產線運轉／在進行檢查的期間。

5.

1 文法題
2 to人about事物
3 動詞

解析 這題是動詞題，所以要看空格後面。看到了「to 人 about 事物」，這種型態的動詞，如果不是talk就是speak。介系詞片語的後面即使什麼都沒有也無所謂，動詞tell可使用在第3、4、5大句型中，但一般都使用在「tell 人 that S + V」的第4大句型。convince出現在ANICAR的第3、4、5大句型動詞。mention和say常一起以「（to 人）that S + V」的型態使用。 **正確答案(B)**

詞彙 wait in line 排隊 service representative 服務人員

詹妮斯小姐／排隊等待／為了／對服務人員說／關於那些問題。

6.

1 文法題
2 名詞重覆兩次
3 動詞（第4大句型）

解析 後面名詞有兩個（the purchasing department和an estimate），解釋為「給採購部報價單」，這樣一來是第4大句型。除了（D）以外，其他都是第3大句型動詞，受詞位置不可為「名詞 + 名詞」，若受詞必須要有兩個名詞時，必須是以「名詞 +（介系詞 + 名詞）」的型態。 **正確答案(D)**

詞彙 satisfy 使滿足 provide 提供 force 強迫 estimate 報價 negotiate 協商

卡爾先生會寄／給採購部／報價單／為了協議那份契約。

7.

1 詞性問題
2 第1大句型動詞後面會出現的是？
3 副詞

解析 如果真正了解動詞work的話，答案就出來了，也就是第1大句型動詞「去、來、在」中的其中之一，正「在」工作。所以如果是第1大句型的話，空格後面必須是副詞，因此答案是（B）。 **正確答案(B)**

詞彙 cooperatively 互相合作地 under my supervision 在我的監督下 prevent 阻擋、預防

所有的工人／在我的監督下／需要互相合作／為了預防意外。

8.

1 文法題
2 seem是第2大句型
3 形容詞

解析 seem是「看起來…」的意思，為第2大句型動詞，不論有沒有to be，空格要填入當作補語使用的形容詞。（A）是動詞或是名詞，所以淘汰；（B）後面沒有受詞，淘汰。所以正確答案不是（C）就是（D），空格後面有否定含義的poor maintenance，由此可知答案是（D）「沒有希望的」。 **正確答案(D)**

詞彙 hopeful 有希望的 hopeless 絕望的 promote 使升遷、使增進 poor maintenance 缺乏支持

她升遷時／她似乎是／絕望的狀態／因為她的員工不支持。

9.

1 文法題
2 動詞allow是重要關鍵
3 to 不定詞

解析 allow是屬於有「使、要求、允許」的第5大句型的動詞，這類第5大句型動詞的補語一般會使用to不定詞。請別忘了，第5大句型會因為受詞補語是什麼，而答案也會有所不同。在作文和會話時，也要特別注意這部分。 **正確答案(A)**

詞彙 allow A to do 允許A可以做… take a day off 休息一天 at that time 在當時

總裁允許了／主管可以休息一天／因為當時她兒子生病。

10.

1 文法題
2 受詞補語使用原形動詞
3 動詞

解析 可以看到空格後面的do，看到原形動詞do，馬上就想到「使役動詞 + 受詞 + 原形動詞」，這題就算是解開了。（A）allow和（B）force是「使、要求、允許」的動詞，所以要使用的不是原形動詞do，而是to do。（C）consider的受詞補語一般都是用名詞或形容詞。 **正確答案(D)**

詞彙 allow 允許 force 強迫 consider 考慮 let 許可 whatever 無論什麼

我不會讓／你做／任何想做的事／所以／好好聽／我的勸告。

STEP 02 實戰問題

101. (A) **102.** (B) **103.** (D) **104.** (B) **105.** (C)
106. (A) **107.** (A) **108.** (D) **109.** (A) **110.** (B)
111. (B) **112.** (C) **113.** (C) **114.** (C) **115.** (C)
116. (A) **117.** (A) **118.** (B) **119.** (D) **120.** (B)
121. (C) **122.** (A) **123.** (D) **124.** (B)

101.

解析 （1）詞性問題（2）allow是關鍵，動詞allow是第5大句型動詞，在說允許誰做什麼時使用的動詞。所以空格要放受詞補語的to不定詞，因此答案是（A）。 **正確答案(A)**

詞彙 allow A to do 允許A可以做… assistant 助手

那位主管不喜歡／允許／她的助手休息／甚至是在午餐時間。

102.

解析 （1）詞性問題（2）使役動詞have是關鍵（3）企劃書是被編輯的，能了解have是很重要的。所以正解不是（A）就是（B）。這時是受詞的企劃書（proposal）並非是自己edit，而是被edit的，因此必須要使用被動態的過去分詞（p.p.）。 **正確答案(B)**

詞彙 would like to do 想做… right now 現在馬上

我希望／我的企劃書能被你編輯／如果現在你不會太忙。

103.

解析 （1）動詞問題大部分都要看後面來解題。（2）因為有「IO（間接受詞）+ DO（直接受詞）」，由此可知答案是第4大句型動詞。後面的「給

你that…」是典型的第4大句型的構造，選項中屬於第4大句型的動詞只有inform（也就是ANICAR）。其餘的是第3大句型，不能有兩個受詞。這時候一般都會拿掉介系詞片語to you，讓句子只有一個受詞。

正確答案(D)

詞彙 be pleased to do 很高興可以做… inform 告知；通知 attend 參加

我們很高興／能告知你／你必須要參加／最後的面試／在星期五。

104.

解析 （1）連接詞（2）convince是ANICAR題型。（C）和（D）不是連接詞，直接刪除。convince是ANICAR動詞，所以空格要填入DO的名詞子句連接詞，because是副詞子句連接詞，所以刪除。ANICAR是相當重要的動詞，所以後面應該要接什麼要像公式一樣記下來。

正確答案(B)

詞彙 convince 使確信 customer 客戶 offer 提供

我們努力／讓我們的客戶相信／我們只提供最好的商品。

105.

解析 （1）一再強調動詞問題要看後面來解題。（2）看後面已經構成了「受詞 + to不定詞」，這是典型的第5大句型構造，所以答案是（C）。（A）和（B）是第3、4大句型，（D）大部分使用在第3大句型。

正確答案(C)

詞彙 responsibility 責任 persuade 説服 competitive 有競爭力的 all the time 總是

管理者的責任是／説服自己的員工／要有競爭力／總是。

106.

解析 （1）詞性問題（2）help是屬於第3、5大句型動詞，help在這裡是當做第5大句型動詞使用。空格原本是填入受詞補語to become，但是help的用法中，受詞後面的to不定詞中常常會省略to。所以答案是（A）。help動詞常常會像這樣有特例，考題常出，須特別注意。

正確答案(A)

詞彙 healthy 健康的 instructor 講師 outgoing 外向的

幫助別人恢復健康／那位講師是外向的人／很有活力。

107.

解析 （1）動詞問題要看後面來解題，後面有看到當作受詞的名詞the meeting place（2）所以要選第3大句型動詞，選項中屬於第3大句型的動詞是（A）。（B）appear，當作「出現」使用時是第1大句型；當作「看起來像…」使用時，是第2大句型動詞。（C）、（D）都是第1大句型的動詞，想要當空格的解答的話，後面必須要有介系詞，使其成為介系詞片語。

正確答案(A)

詞彙 in spite of 儘管 harsh 嚴酷的 weather conditions 氣候條件 on time 配合時間、準時

儘管在嚴酷的氣候條件下／他們可能可以準時到達／會場。

108.

解析 （1）be動詞is是第1、2大句型動詞（2）因為後面有出現足以當作主詞的名詞，所以可當作是第1大句型的倒裝句（3）如果了解there is / are的結構會更容易解答。若空格要放she或是I，後面的「選項」（alternative）應該要是名詞補語，與主詞有同格關係，但不是。選擇it為解答的人看了後面出現的to，應該有想過這是真主詞還是虛主詞吧？這樣的話，to後面必須要接原形動詞。

正確答案 (D)

詞彙 considering 考慮…時 alternative 選項 terrible 可怕的

考慮到現在的狀況／將會／有其他選項／代替這糟糕的計畫。

109.

解析 （1）空格後面只看到副詞（2）因此要選擇第1大句型的動詞（3）emerge有「發生；出現」的意思，是屬於「來、去、在」的第1大句型動詞。inform是出現在ANICAR裡的動詞，後面必須是以人為受詞的動詞。而require主要是屬於「使、要求、允許」的第5大句型動詞。prove是使用在第2大句型的動詞，偶爾使用在第3大句型。

正確答案 (A)

詞彙 entirely 完全地 thanks to 幸虧、由於 motivate 賦予動機

新的戰略出現／完全多虧他激勵／業務部的所有職員。

110.

解析 （1）空格後面可以看到IO (the secretary)、DO (the form)（2）因此空格是第4大句型動詞，而第4大句型只有bring。其餘的選項都是第3大句型動詞，因此並非答案。

正確答案 (B)

詞彙 fill out 填寫 survey form 問卷表格 as soon as possible 盡快（可簡寫為ASAP）

填寫完畢那個問卷的表格之後／請將表格盡快拿來給祕書。

111.

解析 （1）空格後面的「to + 名詞」（to the operational manual）是決定性的關鍵（2）這種情況在第3大句型屬於慣用類型（3）動詞read是一般的第3大句型動詞，不需有介系詞，後可直接接受詞。把有「參考…」含義的片語「refer to 名詞」放進句子解釋，意思正好通順。「look to 人」有「依賴…」的意思，這句子後面沒有人的單字，翻譯起來很不順暢。動詞decide後面不可使用「to 名詞」，而是使用「to 原形動詞」。

正確答案 (B)

詞彙 have difficulty in -ing 在做…過程經歷困難 install 設置、安裝 operational manual 操作手冊

如果你在安裝新軟體過程中遭遇困難／請參考操作手冊。

112.

解析 （1）動詞notify是關鍵字（2）notify是屬於ANICAR動詞，必須以人（member）為受詞，後面有名詞時須有介系詞of。使用that時，必須接「S + V」；使用to時，必須接原形動詞。 **正確答案 (C)**

詞彙 department manager 部門經理 notify 通知 assignment 課題、任務

部門經理將會通知員工／他們的任務／透過電子郵件。

113.

解析 （1）第3大句型（2）如果知道片語的使用就如虎添翼了（3）最後解釋句子含義，確認意思正確無誤。後面有受詞，所以空格是單純的第3大句型動詞，（B）deal都是以deal with的方式使用，但因為這裡沒有with，所以直接刪去。本來其餘的選項應該放入句中確認含義是否正確，但是如果知道prevent A from -ing這個片語的話，答案就呼之欲出了。這個片語是「使A無法做…」。 **正確答案 (C)**

詞彙 unexpected 沒有預測到的 volume （交易）量 prevent 阻擋 open 開門、開店 branch 分店 conserve 保存 deal with 處理…、解決 expedite 促進

預想不到的販賣量減少／會阻礙我們公司經營／新的中國分公司。

114.

解析 （1）確認是單數或是複數（2）確認句子屬於主動句型或是被動句型，主詞increase為單數，因此解答是（A）和（C）其中一個。這裡的is made是被動，has made是主動，後面的the board of directors是受詞，所以屬於主動態的has made才是正確解答。
正確答案 (C)

詞彙 increase 增加 lay off 解雇 local 當地的、地方的

費用的增加／讓董事會解雇了／巴西百分之二十的當地員工。

115.

解析 （1）第4大句型（2）分辨範例的類型（3）最後要用解釋含義的方式確認。空格後面的「you that S + V」是「給你that...」的意思，所以空格應該放第4大句型動詞。remind是ANICAR裡的第3、4、5大句型動詞，順道一提say是採用「say to人that S + V」型態的第3大句型動詞。respond則是「回覆…」，是使用「respond to 名詞」的第3大句型動詞；endure「忍受（痛苦）」的意思，屬於第3大句型動詞。 **正確答案 (C)**

詞彙 would like to do 想做… answer 回答 customer 客戶、顧客 support 支援

我們想告知／各位／顧客服務中心將會回覆所有的疑問／從下週開始。

116.

解析 （1）「_____人 of 名詞」的結構（2）ANICAR動詞（3）其餘動詞的使用也都一定要搭配「_____人 of 名詞」的文法。這時就要想到ANICAR動詞了。（A）是正確解答，解釋整句含義也是正確的。（B）的explain一般都是以「explain to人that S + V」的型態出現。announce也是使用於「announce to 人 that S + V」，suggest也是一樣的。這樣的動詞都是第3大句型的動詞，不以人做為受詞，原則上都要加to當作修飾語。受詞是另外再加上。 **正確答案 (A)**

詞彙 regarding 關於… delivery 配送 shipping company 船運公司 notify 通知 explain 說明 announce 發表、宣布 suggest 提議

關於配送／船運公司必須要通知我們的顧客／到達日期和時間。

117.

解析 主詞the company後面的限定動詞，因此（C）和（D）不列入考慮。（A）、（B）兩者是主動和被動的差別，但因為後面有受詞，因此（B）就可以刪去。另外，像restructure這種re-開頭的動詞大部分都是第3大句型的動詞，這個請一定要記住。
正確答案 (A)

詞彙 restructure 調整 division 部門 nervous 不安的 job security 雇用保障

雖然那間公司當時正在重整／那個部門／大部分的員工們／似乎沒有對於自己的工作感到不安。

118.

解析 因為後面有受詞（company executives）和受詞補語（to improve），所以空格答案是第5大句型動詞。動詞persuade有「說服」的意思，正好符合「使、要求、允許」的動詞和「動詞 + 受詞 + to不定詞」的文法結構。recommend主要為第3大句型動詞，award為第4大句型動詞，assure是ANICAR的第3、4大句型動詞。 **正確答案 (B)**

詞彙 in the middle of …之中 heated discussion 激烈的討論 persuade 說服 company executives 公司主管 improve 提升 working conditions 工作條件

當他們在激烈討論時／他突然加入／並且試圖／說服公司高層／改善工作條件。

119.

解析 動詞help是關鍵，help是第3、5大句型的動詞，本句可看出是第5大句型的句子。空格是受詞補語，動詞help的用法，在受詞補語要接to原形動詞，因此（D）是正解。一定要記住「help （to）動詞」。

正確答案 (D)

詞彙 long-term 長期的 export plan 出口計畫 overcome 克服 recent 最近的

我們的長期出口計畫／早就應該要幫助／我們克服／最近的歐盟市場相關問題。

120.

解析 後面因為有受詞（the place），因此需要第3大句型的動詞。re-開頭的動詞大部分都是第3大句型的動詞，這點千萬不要忘了。reach正是第3大句型動詞，即是正解。arrive是第1大句型動詞，一般都使用於「arrive at / in 場所」的時候。get使用在第1、5大句型，但使用在「去…」的意思時，為第1大句型即「get to」。come 也是「come to 場所」的第1大句型動詞。

正確答案 (B)

詞彙 reach 到達 wander about 閒逛 be told 聽（話、故事）

他們能到達那裡／在閒逛了兩個小時後／在路上／因為他們沒有聽到／飯店的名字。

問題121-124請參照以下的文章。

> 似乎無法避免／城市裡的居民／承受許多壓力／因為／長期擔憂／事業或家庭開銷／因此／定期從現實中逃離／被視為一種有效方法／消除巨大壓力／當人們身處在異國環境中時／他們也許會抽離／從令人疲憊的日常生活模式／間接地／他們會感受到／累積的壓力／漸漸地消失／而且／人們也能增廣見聞／藉由學習不同國家的文化／或體驗不同的料理／根據記載／有定期旅遊習慣的人／能夠應付／不同挑戰在／職場上或個人生活中／較輕鬆。

詞彙 inevitable 必然的 dweller 居民 fall victim to sth 成為…的受害者 dire 極度的 on account of 由於 preoccupation 全神貫注 escape 逃脫 productive 富有成效的 eliminate 排除 exotic 異國的 distract from 從…分心 accumulate 累積 melt away 消失 broaden 變寬 cuisine 菜餚 periodically 定期地 cope with 對付，處理 career 職業

121.

解析 只要記得either...or...這個片語，就能得到答案。either...or...指「不是…就是…」故答案選（C）。（B）的neither一般與nor連用，表示「既不…也不…」的意思。

正確答案(C)

122.

解析 空格要填入能夠「解除壓力最有效的辦法」的「那件事」，periodically是指定期做某事，infrequently、once in a century、once in a blue moon則都是指不經常做某事的意思。使用刪去法後，可得知答案為（A）。

正確答案(A)

123.

解析 有時候不用看整句話的意思，就能夠選填答案，這題就是最好的例子，may為助動詞，後面須接原形動詞。而空格後面是distracted from，表示人是「被分心的」，需使用被動式，故答案選（D）。

正確答案(D)

124.

解析 看句子的架構，It has been + 空格 + that子句，空格應填入形容詞，四個選項中只有（B）和（D）有形容詞用法，（B）指「有文件可證明的」，（D）指「依據文件的」，再審視語意，答案應選（B）。

正確答案(B)

Chapter 04 單、複數的一致

Quiz | 解答與解析

Q1. supervisors **Q2.** has **Q3.** has **Q4.** works
Q5. is, has **Q6.** sells, are **Q7.** have **Q8.** was
Q9. Every **Q10.** information **Q11.** was
Q12. One

Q1.

解析 乍看之下好像是要解釋含義的題型吧？不過不必一一翻譯，也能輕鬆找出正確答案。那就是選出和動詞are適合的supervisors。in the West Plant是介系詞子句，拿掉就可以解題了。

西部工廠的監督者／預計馬上到達。

Q2.

解析 動詞的單複數要看哪邊呢？當然要看主詞囉！letter馬上就告訴你正確答案啦！confirming your presence是修飾letter的修飾語。

確認你出席的信件／還沒有抵達。

Q3.

解析 只要知道ready to apply for this position是修飾語的話就可以解題。ready是形容詞，to apply是動狀詞，apply for是一起出現的片語形式。this position是apply for的受詞，一起修飾最前面的anyone。anyone是主詞，動詞是has。

任何人／準備好申請這職位／要先連絡我。

Q4.

解析 of the rivals是介系詞子句，who are competitive是形容詞子句，都可以先不看。題目中搭配one的動詞是works。有看到who are中的are嗎？這並非是搭配主詞的，而是搭配先行名詞（rivals），所以是works不是work。請看下面的句中意思。

一個競爭者／比我們更努力工作。

Q5.

解析 把which...popular一整個圈起來，就可以知道restaurant和has是真正的主詞和動詞。另一方面關係詞主格（which）後面的動詞is / are是配合先行名詞，所以使用單數動詞就可以了。

那間餐廳／有名的／擁有／許多顧客。

Q6.

解析 有看到名詞shoes後面的「S + V」（our company sells）呢！這裡就是省略了關係詞受詞，所以shoes的動詞是are，而sell / sells的單複數會依據前面的先行名詞company決定。

我們公司販賣的鞋子／非常耐用。

Q7.

解析 用or或是nor連結的話，就可以套用「近者一致法」解題。

不論是她或他／對那個專案都沒有想法。

Q8.

解析 這裡有B as well A的相關連接詞耶！依據解釋含義的方式，可得知比you更重要的president應該是主詞。

董事長和你／相當／印象深刻／對於那個結果。

Q9.

解析 （All / Every）後面的assembler是單數名詞，所以every是正解。雖然all和every兩者皆是「全都」的意思，但all後面是接複數名詞，every後面是接單數名詞。這題是無法利用解釋含義的方式，找出正確答案的喔！

所有這工廠裡的組裝工人／必須隨時使用保護用的安全帽。

Q10.

解析 前面的other是關鍵。other後面馬上接複數名詞或不可數名詞，但是information是不可數名詞。（針對可數名詞和不可數名詞，在第16章裡有詳細說明。）所以這裡要使用information。

將會需要其他資訊／來啟動程序。

Q11.

解析 主詞是the number（知道和a number of...不一樣吧？）。of the resumes是介系詞片語，we have received是省略了關係詞受格的形容詞子句，在這裡當作修飾語使用，所以正確答案就是單數動詞was。

履歷的數量／我們收到的／比預測更多。

Q12.

解析 one或most都可使用在of the後面的複數名詞（employees）。不過因為動詞是has，所以單數型one是正確答案。most是部分名詞，單、複數決定於employees，所以most想要成為正確答案的話，動詞不能是has，必須為have。

員工之中有一個人／有許多不滿／對於那變動。

STEP 01 若沒答對會後悔的考題

1. (A)	**2.** (D)	**3.** (B)	**4.** (A)	**5.** (C)
6. (A)	**7.** (C)	**8.** (B)	**9.** (A)	**10.** (C)

1.

1 文法題
2 限定動詞的位置，數、態、時！
3 動詞

解析 （1）拿掉修飾語（of this popular web site是介系詞片語）後，主詞是contents（2）可以填入空格的是限定動詞（A）或（D），可以搭配複數主詞contents的限定動詞是contain。 **正確答案(A)**

詞彙 contents 內容 popular 熱門的 informative 有益的

這熱門的網頁內容／包含著／有益且有趣的資訊。

2.

1 文法題
2 限定動詞的位置，數、態、時！
3 動詞

解析 （1）拿掉介系詞片語（concerning...products）後，空格內應該放入限定動詞。（2）除了動狀詞（C）以外，其餘選項中確認數、態、時的順序。主詞plan是單數名詞，所以正確答案就非（D）莫屬了。其他都屬於複數的動詞，因此無法成為答案。 **正確答案(D)**

詞彙 marketing plan 銷售企劃 concerning 關於… unanimously 全體一致地

那個銷售企劃／和我們的新開發產品有關／全體一致通過。

3.

1 詞性題
2 冠詞和形容詞後
3 名詞

解析（1）句型是「冠詞 + 形容詞 ____」，所以空格內是名詞。（2）除了（C）（動詞過去式或形容詞）以外，其餘的選項中可以搭配has的單複數是（B）或（D）。（B）是「企劃」，（D）是「做企劃」，哪一個較適當呢？「最初的企劃被發表了。」和「最初的做企劃被發表了。」之中，怎麼看都是前者較自然。 **正確答案(B)**

詞彙 initial plan 最初的企劃 expand 擴張 monthly meeting 月會（每個月的會議）

最初要擴張海外分公司的企劃／在月會中被發表了。

4.

1 文法題
2 複數可數名詞
3 形容詞

解析 （1）4個選項都是形容詞，屬與單、複數相關的題型。（2）需注意空格後面的customers是複數名詞。選項之中和複數名詞相符的是（A），（B）使用在不可數名詞，（C）使用在單數名詞。that當作連接詞時和單、複數無關，在這裡不當連接詞使用，是當作形容詞，這時必須要與單數名詞一起使用。 **正確答案(A)**

詞彙 rural 鄉村的 have preference for 偏好… over 比…

許多顧客／鄉間地區的／偏好／老樣式／而不是新的。

5.

1 文法題
2 限定動詞的位置，數、態、時！
3 動詞

解析（1）空格要放限定動詞（2）主詞是複數的話，使用are；是單數的話，使用is，那麼這題目的主詞是什麼呢？這題目最難判斷的地方，就是主詞是attracting，還是customers？-ing是名詞時，有「做…這件事」的意思；當作形容詞時，是「正在…中」的意思。「吸引聚集顧客」比較好呢？還是「吸引中的顧客」比較好呢？當然是前者較合理。這題句中的attracting當作名詞使用，扮演主詞的角色，動名詞、to不定詞、名詞子句當作主詞使用時都當單數使用，因此正確答案是is。 **正確答案(C)**

詞彙 attract 吸引 renovate 更新、翻新 department store 百貨公司 decrease in …的減少

吸引顧客／是翻新百貨公司的主要原因／銷售正在減少。

6.

1 文法題
2 限定動詞的位置，數、動、時！
3 動詞

解析（1）掌握主詞是解決問題的鑰匙。that以後到salary是屬於「that 主詞 + 動詞」型態的名詞子句（2）that帶出的名詞子句可以當作句中的主詞，名詞子句當作單數使用。 **正確答案(A)**

詞彙 esteem 尊重 competitive 有競爭力的 apply for 申請… job opening 職缺

貴公司提供有競爭力的薪資／是我對申請這職缺的理由。

7.

1 文法題
2 限定動詞的位置，數、態、時！
3 動詞

解析（1）在關係詞主格（who）後面，所以空格要填限定動詞（2）動詞的單、複數有搭配前面的先行名詞（One of the...），所以空格要填單數動詞（3）而且空格後面就有受詞creative ideas，所以答案是主動型的動詞（C）。 **正確答案(C)**

詞彙 offer 提供 R&D 研究開發（research and development）

其中一位／提供有創意的點子到研究開發中心的員工／將被選上。

8.

1 文法題
2 限定動詞的位置，數、態、時！
3 動詞

解析（1）動詞的位置（2）主詞是both A and B時，依據「解釋法」，A和B都一樣重要，所以必須要使用複數動詞。如果both A and B不是主詞，而是當作受詞時，就與單、複數完全無關了。 **正確答案(B)**

詞彙 both A and B A和B兩者皆 appealing 有魅力的 those who ... 做…的人們 gather 聚集

設計和主題兩者都／特別有魅力／吸引人們前來／展覽會。

9.

1 詞性題
2 限定動詞的位置，數、態、時！
3 動詞

解析（1）be sure後面的that子句中的主詞是materials，後面的you select是省略了受詞格關係代名詞的形容詞子句，所以空格內應當要填入限定動詞。（2）限定動詞（A）、（C）中與主詞materials相符的是動詞（A）。 **正確答案(A)**

詞彙 property 財產、不動產 comply with 遵守（規則等） building regulations 建築法規

你在翻新不動產時／一定要確認／你選擇的建築材料／遵守／建築法規。

10.

1 文法題
2 限定動詞的位置，數、態、時！
3 動詞

解析（1）「有…」時使用的there is [are]，對於has或是have取代is或are的情況感到很陌生吧？there has [have] to be是「只能有…」的意思，所以空格內必須要填has或是have（2）依據主詞是什麼而決定使用has或是have，所以找出主詞變成解題的核心。主詞是be後面出現的複數名詞no obligations，所以正確答案是have。 **正確答案(C)**

詞彙 obligation 義務、責任 voluntary 自主性的 participation 參與 appreciate 感謝

沒有義務／要參加這活動／但是／你自願參與／真的／是值得接受感謝的事。

STEP 02 實戰問題

101. (C) **102.** (A) **103.** (A) **104.** (A) **105.** (A)
106. (A) **107.** (D) **108.** (A) **109.** (B) **110.** (A)
111. (D) **112.** (D) **113.** (C) **114.** (C) **115.** (D)
116. (B) **117.** (A) **118.** (D) **119.** (A) **120.** (D)
121. (B) **122.** (C) **123.** (B) **124.** (B)

101.

解析（1）這句子的主詞是複數名詞prospects（2）後面的of the marketing department和for the next year是介系詞片語（3）因為是複數主詞，所以（B）和（D）從正確答案候選名單中刪除。（A）的have並非是第2大句型動詞，所以空格後面的形容詞optimistic無法當作補語。 **正確答案(C)**

詞彙 prospect 展望 optimistic 樂觀的 invest funds 投資資金 amply 充分地

行銷部對於明年的展望相當樂觀／所以有許多資金的投資。

102.

解析（1）本句的主詞是單數名詞report（2）written是用在被動態的過去分詞，後面的by the head manager是介系詞子句，兩者都是修飾語，所以可移除（3）因此複數動詞（B）、（C）優先被淘汰，approved by以下也是被動的表現，因此（D）也淘汰，正確答案就是（A）。 **正確答案(A)**

詞彙 report 報告 written by 由…寫的 finally 最終、終於 approve 允許 the board of directors 董事會

由總經理製作的報告／終於被董事會通過了。

103.

解析（1）單複數題型（2）所有的選項後面都可以接複數名詞（3）最後單數動詞is才是最重要的關鍵。可以接單數的是each，如果其餘的選項要當正確答案的話，動詞必須為are。 **正確答案(A)**

詞彙 part 附屬品、零件 guarantee 保障 from the date of purchase 從購買日起

每個機器零件／都受保障整整1年／從購買日起。

104.

解析（1）本句的主詞是動名詞wearing，thick clothes是動名詞wearing的受詞（2）動名詞或to不定詞，以及that名詞子句和what名詞子句出現時，都是採用單數，因此空格裡應該填入單數動詞（3）所以非單數動詞的（B）和（C）都刪去。而recommend後面沒有受詞，因此（D）也刪去。 **正確答案 (A)**

詞彙 wear 穿著、穿 thick clothes 厚衣 strongly 強大地、鞏固地 recommend 推薦 chilly 冷的、冷颼颼的 weather 天氣 catch a cold 感冒

強烈建議穿厚衣／避免在寒冷的天氣裡感冒。

105.

解析（1）若能判斷出這是相關連接詞B as well as A的題型，這樣就解決了！（2） B as well as A中，強調比A重要的B是主詞。（3）因此主詞是economy，為單數主詞。能搭配的單數動詞只有runs。

正確答案(A)

詞彙 economy 經濟 B as well as A 不只A，連B也 developed nation 已開發國家 according to 根據 principle 原則、原理

我們國家的經濟／和大部分已開發國家的／都是根據自由市場的定律運作。

106.

解析（1）本句的主詞是單數名詞reason（2）後面的for the weekly meetings是介系詞片語（3）（B）和（C）是複數動詞，可從答案選項中刪除。（D）是助動詞，後面沒有原形動詞，所以也從答案中刪掉。最後正解就是單數動詞（A）。 **正確答案(A)**

詞彙 main reason 主要的理由 weekly meetings 週會 keep A informed 一直給A資訊 rapidly changing 快速變化的 market conditions 市場環境

開週會的主要原因／是持續給我們員工資訊／針對市場環境的快速變化。

107.

解析（1）agency是主詞。（2）founded是「設立的」的意思，是有被動態意味過去分詞（p.p.），a few years ago是表示時間的副詞。兩者都是當作修飾語，可以拿掉不看。（3）最後空格是限定動詞，正確答案是與agency能配合的（C）和（D）其中之一。空格後面的some以下是受詞，因此被動態的（C）被排除在答案外。正確答案是（D）。（本句的動詞後面只有直接受詞，是後面省略了「to間接受詞」的第3大句型。） **正確答案(D)**

詞彙 web-based 網路上的 founded 設立的 offer a service 提供服務 industry 業界、產業

那個網路顧問公司／幾年前設立的／提供幾項最優秀的服務／在業界中。

108.

解析（1）campaign後面省略了受詞格關係代名詞that（2）空格是限定動詞，因此（B）首先被淘汰（3）空格裡的動詞的主詞正是前面的government，空格裡須填單數動詞，所以（D）被淘汰。最後（A）和（C）的差別在句子是主動句，或是被動句。在乍看之下本句好像沒有受詞，但是原本應該在句子前面，扮演受詞的受詞格關係代名詞that被省略了，所以空格內正確答案是主動態的（A），不是被動態（C）。 **正確答案(A)**

詞彙 campaign 戰役、運動 local 地方的、地區的 sponsor 贊助 have an effect on 影響到… negative 負面的

地方政府贊助的運動／對於那個地區造成負面的影響。

109.

解析（1）the number是主詞（2）of the complaints是修飾the number的介系詞片語。we are receiving是省略了受詞格關係代名詞that的形容詞子句，當作修飾句使用，可以省略不看（3）最後空格是限定動詞，所以（A）和（D）優先刪除。和主詞number的單、複數狀態一致的只有is。（請注意！別把the number of...和a number of搞混了。） **正確答案(B)**

詞彙 complaint 抱怨、抗議 overwhelming 相當的、壓倒性的 call an emergency meeting 召開緊急會議

我們接到的抗議數量／太多／我們必須先召開／緊急會議。

110.

解析（1）空格是限定動詞，因此to從正確答案中淘汰。後面沒有原形動詞，因此助動詞will也從正確答案中淘汰。（2）最後正確答案範圍縮小到單、複數題的（A）和（B）（3）看似主詞的rest是整體的一小部分，又叫做部分名詞，這時動詞的單複數型態不是依據rest，是要依據of後面的名詞。這就是「近者一致

法」，所以正確答案是搭配items的have。

正確答案(A)

詞彙 the rest of …剩下的 refurbish 刷新 return 回到 original 原來的、最初的 with no further delay 沒有延遲

剩下的翻新物件／還給了給原本的主人／沒有延遲地。

111.

解析（1）形容詞的單複數問題（2）關鍵是空格後面的名詞local branch是單數（3）several後面大部分都是複數名詞，all後面大部分都是複數型的可數名詞或是不可數名詞（branch是單數可數名詞），little後面大部分都是不可數名詞，所以（A）、（B）和（C）不可能是正確答案。最後能和單數可數名詞一起使用的each才是正確答案。

正確答案(D)

詞彙 branch 分公司 B as well as A 不只A，還有B也 headquarters 總部 renovate 修復、翻新 working conditions 工作條件

各地區的分公司／不只有總部／也將會整修／來提升工作環境。

112.

解析（1）while子句的主詞是directors，you met during interview是修飾directors的形容詞子句（directors後面省略受格關係代名詞that）（2）因此空格要放限定動詞，（A）和（B）可以從選項中淘汰（3）最後（C）和（D）就是動詞的單複數問題了，主詞directors複數，所以複數動詞（D）才是正確答案。

正確答案(D)

詞彙 director 高層、主管 expect 期待 prompt 迅速的 reply 答覆、回覆

雖然你見過的那些主管們／面試當時／沒有說／他們正在期待／你的即時回覆。

113.

解析（1）詞性區分題（2）這是形容詞的單數、複數題。空格是修飾後面名詞students的形容詞，（A）是連接詞，因此直接淘汰。剩下的選項中都是形容詞，此時要配合後面的名詞的單數、複數。與複數名詞students相符的形容詞是all（all也能修飾不可數名詞）。every後面必須是單數名詞，而被當作形容詞使用的that也是取單數使用，不過當做連接詞使用時就與單、複數無關。

正確答案(C)

詞彙 be required to do 要求要… fill out 填寫 form 表格 in order to do 為了… enroll in 登記到… semester 學期

所有的學生被要求／填寫這表格／為了註冊下學期。

114.

解析（1）限定動詞（2）需確認單數、複數（3）確認主動、被動態，products後面省略了which are，主詞all後面看不到動詞，所以空格要放入限定動詞，因此（A）直接刪除。主詞all是複數，如果確認單、複數（B）也是直接刪除，而且空格後面沒有受詞，因此答案為被動態的（C）。

正確答案(C)

詞彙 produced 被生產的、被製造的 cover 保障 from the date of purchase 從購買日起

所有產品／由Freeride公司製造的／被保障／一年／從購買日起算。

115.

解析（1）限定動詞（2）需確認單數、複數。句中沒有動詞，所以空格要放入限定動詞，因此（A）和（C）可以直接刪除，此時正確答案不是（B）就是（C）。這裡也是單、複數的差別，主詞Every local branch manager在意思上是「全部的當地店長」看似複數，但是有every的話就是採單數意思，是為單數。

正確答案(D)

詞彙 local 當地的、地方的 branch 分店 region 地區 be in charge of 負責… fully 完全地 recruit 雇用新進員工 representative 代表人

所有當地的分店長／該地區的／一直以來／完全負責／雇用／當地業務代表。

116.

解析（1）限定動詞（2）需確認單數、複數（3）確認主動、被動態，首先到until（連接詞）前都沒有動詞，所以空格要填入限定動詞，因此（D）可以直接刪除。主詞是動名詞overseeing取單數，所以（C）也直接刪除。最後正確答案不是（A）就是（B）。接下來就是確認主動、被動態的問題，解釋為「把監督看作是最優先的課題」較自然。主詞overseeing不是人，而是一種行為，無法自己主動，所以答案不是主動態。另外，until後面是過去式，until前面內容的時態，必須是比過去式的時態要更早的過去完成式。

正確答案(B)

詞彙 oversee 監督 project progress 專案的進行 consider 看作、認為 top priority 最優先的課題 get transferred to 調任至…

監督那個專案的進行／一直被看成是他的最優先課題／直到他調任到其他分公司。

117.

解析 句中沒有動詞，因此空格要填入限定動詞，（B）和（D）可以直接刪除。句子屬「each of the複數名詞 + 單數動詞」，所以（A）是正確答案。（C）是因為單複數不對，因此無法成為正解。 **正確答案(A)**

詞彙 independent 獨立的 branch 分公司 conglomerate 企業集團 monitor 監控 one another 互相

企業集團的3個獨立的分公司／互相監控。

118.

解析 動詞（expresses）是單數，所以在主詞位置的空格必須為單數主詞。（A）和（B）和（C）都是部分名詞，如果要放入空格的話，主詞是複數（businesses）動詞也必須是複數。句型屬「neither of 複數名詞 + 單數動詞」，正確答案為（D）。另一方面要記住，如果沒有the時，是「neither of 單數名詞 + 單數動詞」。 **正確答案(D)**

詞彙 competition 競爭 express 表現 intention 意圖 give up 放棄

沒有任何企業／在競爭中／表明意圖／要放棄。

119.

解析 句型是「most of 複數名詞 + 複數動詞」，空格內必須是複數。所以（B）和（D） 可以直接淘汰。句子中有受詞（several proposals），因此正確答案是主動態的（A）。 **正確答案(A)**

詞彙 corporation 公司 consistently 不變地 criticize 批判、批評 sales tax 營業稅

大部分／當地的企業／一直以來一貫地批判／幾項提案針對新的營業稅企劃。

120.

解析 單、複數狀態要和B as well as A之中較重要的B一致，我們看動詞（is）是單數就可以知道主詞是單數的factory。空格是修飾factory的形容詞，因為factory是可數名詞，所以不可數名詞使用的（C）可以直接淘汰。（A）和（B）是複數名詞使用，所以也可以直接淘汰，最後正確答案是（D）。各位應該知道each、every等後面必須要接單數名詞吧？請記住「each of the 複數名詞 + 單數動詞」的搭配公式。 **正確答案(D)**

詞彙 existing 現存的 renovate 更新、修理 include 包含

現有的各個工廠也都／不只是新的辦公室空間／將會翻新／包含新的員工休息室。

問題121-124請參照以下的文章。

> 氣候／異常的變化／近期／下起暴雨氣候／在天氣溫和的地區／受到暴風雪襲擊／一些地區／相當溫暖／這樣的狀況／影響人們的生活／嚴重／首先／似乎沒有人能／了解這樣混亂的狀態／許多人相信／這只是暫時的現象／但當更多無法預期的天災發生／一切都變得無法預料／科學家假設／這些異常的氣候／可能是因為／使用汽油、濫伐森林與人口過剩／他們也警告大眾／人類將會滅絕／如果我們再不採取行動／解決這個問題／若是發生無法阻止的氣溫上升／沿海的土地將會被海水淹沒／因為冰山融化／也會有更多人／無法取得淡水與新鮮的食物／因為一些農業區的土壤鹽化／許多地球上的動物／將會絕種／我們的時間有限／們必須採取行動解決問題／我們唯一所居住的星球將不復存在。

詞彙 climate 氣候 abnormal 不正常的 violent 強烈的 rainfall 降雨 blizzard 暴風雪 impact 影響 chaos 混亂 temporary 暫時的 phenomenon 現象 hypothesize 假設 gasoline 汽油 deforestation 砍伐森林 overpopulation 人口過剩 extinct 絕種的 inexorable 無法改變的 temperature 氣溫 coastal 沿岸的 submerge 淹沒 iceberg 冰山 solonization 鹼化作用 agricultural 農業的 address 對付 inhabitable 適於居住的

121.

解析 用形容詞子句形容名詞，單複數取決於名詞的單複數 在此句other place是複數，所以動詞應該選用複數動詞，答案（B）。（C）和（D）雖然也是複數動詞，但語意不符。 **正確答案(B)**

122.

解析 在此句中，空格的位置應填入能修飾natural disasters的詞，在這裡的natural disasters是名詞，而選項中能修飾名詞的即為形容詞（C）。 **正確答案(C)**

123.

解析 用條件句來表達可能的事實，if子句用現在簡單式，主句則用未來簡單式，形成They have even warned us that humans will be extinct if we hesitate to take action on dealing with this issue.。故答案選（B）。 **正確答案(B)**

124.

解析 此題要選填句子，由於句子在段落的最後，一般是在表達結論。再看到空格前的句子表示「我們沒有時間了，我們必須要採取行動」，再看四個選項都講述「我們現在所居住的星球將會…」，根據語氣，接下來會接表示「如果沒有採取行動會產生的後果」，這個後果是負面的，最適合的答案為（B），表示「這個星球將不再適合居住」。 **正確答案(B)**

Chapter 05 主動、被動的區分

Quiz | 解答與解析

Q1. was hired **Q2.** was expected **Q3.** standing **Q4.** appeared **Q5.** consisted **Q6.** belong **Q7.** planned **Q8.** by **Q9.** be dealt **Q10.** by us **Q11.** be offered **Q12.** be sent **Q13.** offer **Q14.** sent **Q15.** was given **Q16.** offered **Q17.** be notified **Q18.** dead **Q19.** was kept **Q20.** were encouraged **Q21.** are not allowed **Q22.** were let **Q23.** was made **Q24.** confidential **Q25.** are required **Q26.** to enter **Q27.** were involved **Q28.** in

Q1.

解析 從句意上來看，可以解釋成她可以雇用以及她可以被雇用。但是括弧後面只有due to所帶出的介系詞片語。這表示後面沒有受詞，這樣的話當然要選擇被動式當作答案。

她被雇用了／因為她的創意寫作能力。

Q2.

解析 注意到這是虛主詞（it）和真主詞（that S + V）的句子了吧？that之後就是真主詞。不是受詞。結果在後面沒有受詞，因此要以被動式當作答案。

預期／新工廠在／下個月起就可以運作。

Q3.

解析 near me是介系詞片語。可以當作沒有受詞來看，因此很容易會選擇was stood這種被動式當作答案。但因為stand「站著」是第1大句型動詞，因此不可能是被動式。

這女孩站在／我的附近／開朗地笑著。

Q4.

解析 suddenly是副詞吧！好像沒有看到受詞嗎？是啊，這是很容易答錯的問題。appear的意思當作「出現」來使用的時候，就是第1大句型動詞，意思當作「像…」來使用的時候，就是第2大句型動詞。第1、2大句型都只能當作主動來使用這一點，你應該很清楚吧。

那位主管突然出現了／從後門。

Q5.

解析 consist of是意思為「以…構成」的狀態動詞，雖然句意上好像要寫被動式，但是實際上不能寫成被動式，因此主動式就是答案。

那個委員會／以12名委員組成。

Q6.

解析 belong to是意思為「屬於…的狀態動詞」，雖然句意上好像要寫被動式，但是實際上不能寫成被動式，因此主動式就是答案。

那位有能力的主管／想要加入／我們團隊。

Q7.

解析 主動（planned）與被動（was planned）是看後面有沒有受詞來做區分的。plan是使用to不定詞當作受詞的動詞，所以在這個句子裡面是有受詞的。因此這個句子要寫主動式。句意上也會更合適。

他計畫／幫助其他人／帶著自己的活力與熱情。

Q8.

解析 前面是被動式（was attended）。在被動式不能有受詞，而是必須有副詞。如果寫by的話，就會變成介系詞片語，變成副詞。但是如果使用our的話，就會變成名詞，變成在被動式的句子裡出現受詞的情形。

這個會議很多人參加／由最近被雇用的新職員。

Q9.

解析 deal with（討論、處理）是片語。這個時候把deal with看成一個單字，而且在with後面沒有受詞，因此要變成被動式。by the head consultant是介系詞片語。

這個主題／被首席顧問處理。

Q10.

解析 refer to是片語而且是被動式，因此be referred to後面一定要是副詞。不可以是名詞us，而是要以by us這種介系詞片語的副詞當作答案。

必須把資料發給／我們／才不會遺失資料。

Q11.

解析 這個句子是IO雖然放到前面，但是還留有DO的典型第4大句型被動式句子。句子的意思是顧客得到提供的折扣。

顧客想要／得到提供的折扣。

Q12.

解析 這個是DO放在前面，留著IO的句子。句意解釋上來看，不是寄出備忘錄，而是備忘錄被寄出。

備忘錄會寄給你／馬上。

Q13.

解析 discounts後面是省略to the customers這種「介系詞 + IO」的第3大句型句子。因為第3大句型句子只要有受詞的話就是主動式。您應該會問我為什麼知道to customers被省略吧？請想想看。公司是要提供折扣，而不是得到折扣吧？

這間公司不想要／提供／折扣。

Q14.

解析 看到在後面「介系詞 + IO」的話，就知道這個問題很簡單了吧？答案是主動型態的sent。請記得這個句子是第3大句型句子。也請記住就算沒有「介系詞to + IO」這個句子，也可以是主動句型，可以在利用解析文法與句意來解題。

那間商店的主人開心地寄出／信件／給她的老主顧。

Q15.

解析 後面有受詞因此不是主動式吧？這是第4大句型動詞。DO放到前面，後面留下IO。如果還是有疑慮的話，先了解句子的意思。不是給資訊，而是被給。

資訊被提供給／參加者們／完全免費。

Q16.

解析 在後面只有一個受詞（a chance）而應該是被動式吧？您有看到後面的to me嗎？這是第3大句型「DO + 介系詞 + IO」的句子。由上可知，主動式才是正確答案，因為在第3大句型中有受詞。

主管提供了／我再一次機會。

Q17.

解析 你應該知道notify是屬於ANICAR的動詞吧？那這個問題該怎麼解題呢？這個句子不用了解句意和單字，只要看有沒有人就可以了。

那位顧客會得到通知／那個物品有庫存了。

Q18.

解析 因為是以第5大句型動詞find來寫的被動式，因此選擇形容詞dead當作答案。如果把find當作第3大句型動詞來看的話，也可以選擇deadly當作答案。但因為意思是「致命的」，不符合句意。

他被發現／死亡／在上個禮拜。

Q19.

解析 如果主詞的name是主動的話，句子的意思就是無法保守祕密。而祕密要由人來保守，因此要使用被動式。且在這個句子中，受詞補語secret是「祕密的、保守祕密」意思的形容詞。

捐獻者的名字／被保密。

Q20.

解析 在第5大句型動詞encourage後面沒有受詞，而且只有對應受詞補語的to不定詞，以及in the project這樣的介系詞片語，因此被動式是正確答案。

他們被鼓勵／要積極地參與／那個計畫。

Q21.

解析 與第20題一樣，在第5大句型後面沒有受詞，而且只有對應受詞補語的to不定詞，以及in the factory這樣的介系詞片語，因此被動式是正確答案。

勞工們／沒有被允許／在工廠裡抽菸。

Q22.

解析 使役動詞let後面，有代替受詞的to不定詞受詞補語出現。因此要選擇被動式吧！

他們被命令／待著。

Q23.

解析 使役動詞make後面沒看到受詞，只看到to不定詞型態的受詞補語。against her will是介系詞片語，可以省略。由上可知，被動式是正確答案。

那位女孩被要求過去／那裡／違背她自己的意思。

Q24.

解析 keep是當作第5大句型動詞，如果變成被動式的話，後面會有當作受詞補語的形容詞。當然也可以當作第3大句型動詞來使用，但當第3大句型動詞時，常常以keep a diary（寫日記）；keep a cat（養貓）片語形式來使用。

這些資料需要被／當作機密／因為這些資料含有／非常重要的祕密。

Q25.

解析 require是當作「要求、邀請、允許」這種第5大句型動詞，如果要換成被動式的話，會留下受詞補語to不定詞。由上可知，在句子中to inform不是受詞，而是受詞補語。

你需要／先通知主管／在任何緊急的狀況。

Q26.

解析 如果加入使役動詞let的句子要改成被動式，要把當作受詞補語使用的——沒有to的不定詞改成to不定詞型態才可以。

我不被允許／進入那個限制區域／在那個時候。

Q27.

解析 後面的in the insignificant matter是介系詞片語，可以省略。這個句子是沒有受詞的句子。因此可知被動式是正確答案。要把被動型態的表現be involved in當作片語來背。

他們變得有關聯／因為這個小小的事情。

Q28.

解析 be interested in是很常用的被動式表現。

他有興趣／對於接下來的計畫。

STEP 01 若沒答對會後悔的考題

1. (C)	2. (B)	3. (A)	4. (C)	5. (A)
6. (B)	7. (A)	8. (D)	9. (C)	10. (A)

1.

1 文法問題
2 數、態、時！
3 動詞

解析 (1)助動詞後面是原形動詞的位置，因此(B)和(D)排除(2)(A)和(C)是主動、被動的差異。這個時候要知道advise是屬於ANICAR動詞，後面如果有人的話就是主動，反之就是被動。 **正確答案(C)**

詞彙 intern 實習醫生 lab coat 實驗衣 restricted area 限制區域

實習醫生們必須被告知／總是要穿實驗衣／在進去限制區域之前。

2.

1 文法問題
2 限定動詞的位置，數、態、時
3 動詞

解析 （1）因為要填複數動詞，因此（D）排除（2）沒有受詞，因此要變成被動式。把be pleased with（對…高興）當作片語來背是最好的。

正確答案(B)

詞彙 outstanding 傑出的、突出的 do one's best 盡…最大的努力

通常／顧客會滿足／對我們傑出的服務與產品／因為我們盡最大的努力。

3.

1 文法問題
2 限定動詞的位置，數、態、時
3 動詞

解析 （1）是動詞的位置，因此（C）和（D）排除（2）（A）和（B）是主動、被動的差異，exsist是意思為「存在」的第1大句型動詞，因此不用受詞而且只使用在主動式。 **正確答案(A)**

詞彙 only when 只有…的時候 be worried about 對…擔憂 calm down 冷靜 relax 放鬆

問題存在／只有在你擔心的時候／因此／請冷靜／放鬆。

4.

1 文法問題
2 offer是第幾大句型，數、態、時！
3 動詞

解析 （1）因為是在助動詞後面，所以是原形動詞的位置。（A）和（D）先排除。（2）（B）和（C）是主動、被動的差異。後面有受詞，所以主動型態的（B）看起來很像答案吧？但是offer被當作第4大句型動詞，因此這個句子是IO放到前面，DO擺在後面的型態，由上可知答案就是被動式。看句意的話，不是顧客提供折扣，而是得到折扣吧？ **正確答案 (C)**

詞彙 be offered 得到提供 considerable 相當的 for a limited time 在限定時間內 celebrate 慶祝 anniversary 紀念日

消費者會被提供／限時的大特價／以慶祝我們的十週年紀念。

5.

1 文法問題
2 介系詞with之後是名詞，先了解句意
3 動詞

解析 （1）在被動式型態中，後面應該有介系詞with吧？（2）這樣的話，在第3大句型動詞中也是以「動詞 + 介系詞」型態來寫。在答案選項中找出與with一起組成片語的只有（A）和（B）。（C）和（D）是被動式，如果加上介系詞的話，在後面一定要有是名詞的單字。最後只要在（A）和（B）中，以句意解釋來選擇答案即可。 **正確答案(A)**

詞彙 deal with 處理… interfere with 妨礙… population 人口 instantly 即刻

我們的人口／正在急速地減少／這要被／立刻處理／為了我們美好的未來。

6.

1 文法問題
2 限定動詞的位置，數、態、時！
3 動詞

解析 （1）因為是限定動詞的位置，所以（C）排除（2）主詞it是單數，因此（A）也要排除。（B），（D）是主動與被動的差異，因此有沒有受詞是關鍵。乍看「that S + V」看起來像受詞，但是實際上是虛主詞（it）與真主詞（that S + V）的用法，因此that之後不是受詞而是主詞。結果因為沒有受詞，所以被動式是正確答案。 **正確答案(B)**

詞彙 it is said that... 說⋯ make money 賺錢 by -ing 藉由⋯

常言說／我們可以賺更多的錢／我們提供顧客／他們真正想要的東西。

7.

1 文法問題
2 助動詞，動詞disappear的性質
3 動詞

解析 （1）是在助動詞（may）後面，因此（D）排除。（B）是be和disappear這樣的原形動詞連接出現，所以先排除（2）（A）、（C）是主動、被動的差異，乍看之下「if S + V」是副詞子句沒有受詞，因此感覺上好像要寫被動式。但是意思為「消失」的動詞disappear是屬於「去、來、在」的第1大句型動詞，所以不能寫成被動式。 **正確答案(A)**

詞彙 mention 談到 evidence 證據 on the scene 在現場 right away 馬上

像在1分鐘前被談到的／那個證據有可能會消失／如果你沒有馬上來現場的話。

8.

1 文法問題
2 動詞convince的性質，數、態、時！
3 動詞

解析 （1）因為是限定動詞的位置，（B）要排除（2）觀察主動、被動的吧。乍看之下後面的「that S + V」是當作受詞吧？但是convince屬於ANICAR的動詞，是要看後面有沒有關於人的動詞。在這個句子的情況，沒有人的受詞，因此寫成被動式是最正確的。 **正確答案(D)**

詞彙 candidate 應徵者 convince 使⋯確信 inform 通知 review 檢閱

那位應徵者相信／她會被通知／只要她的履歷表被委員會檢閱。

9.

1 文法問題
2 以-ing當作受詞的動詞
3 動詞

解析 （1）全都是主動式（2）這樣的話，在後面的selling就是受詞了，但並不是所有的動詞加上-ing就能當受詞。在答案選項中，以-ing當作受詞的動詞只有discontinue。（請參照第8章）。（A）和（B）是以to不定詞當作受詞的動詞（請參照第9章），（D）是在後面有人當作受詞的ANICAR。 **正確答案(C)**

詞彙 discontinue 中斷 defective 有缺陷的 recall 回收 already sold 已經賣掉的

我們要停止／販售那種有缺陷的產品／而且需要回收／已經販售的所有東西。

10.

1 文法問題
2 限定動詞的位置，數、態、時！
3 動詞

解析（1）因為在助動詞（should）後面，所以（C）和（D）排除（2）（A）和（B）是主動、被動的問題。因為before之後是副詞子句，所以不可能變成受詞。因為要變成被動式，所以（A）是正確答案。 **正確答案(A)**

詞彙 notify 通知 take a day off 休息一天 company policy 公司政策

經理應該要被通知／在各位休息一天之前／這個是我們公司目前的政策。

STEP 02 實戰問題

101. (C) **102.** (A) **103.** (D) **104.** (A) **105.** (D)
106. (D) **107.** (A) **108.** (A) **109.** (A) **110.** (A)
111. (B) **112.** (C) **113.** (D) **114.** (D) **115.** (A)
116. (D) **117.** (A) **118.** (D) **119.** (D) **120.** (A)
121. (C) **122.** (D) **123.** (B) **124.** (A)

101.

解析 （1）因為在助動詞（will）後面，所以不是原形動詞的（D）排除（2）（B）是在be動詞後面再次出現限定動詞took，因此要排除。（3）答案不是（A）就是（C），在後面有受詞place，主動式的（C）是

正確答案。另外提供參考，take place可以看成具有happen以及occur意思的第1大句型動詞。

正確答案(C)

詞彙 charity event 慈善活動 benefit 得益、受惠 the poor 窮人（= poor people） take place 引起、發生 with the help of 以…的幫助

這個慈善活動／是要幫助有困難的人／在下週而舉辦／在我們的前社長的幫助下。

102.

解析 （1）因為在助動詞 （will）後面，因此不是原形動詞的（C）和（D）要排除（2）（A）和（B）是主動、被動的差異（3）乍看之下好像有受詞，但要注意offer是第4大句型動詞。第4大句型很難光用受詞來判斷，所以一定要先了解句子的意思。不是顧客提供折扣，而是被提供吧？由上可知，答案就是被動式。這題是IO放到前面變成被動式，而DO留在後面的型態。

正確答案(A)

詞彙 frequent customer 老顧客 offer 提供 hurry up 趕快

老顧客會被提供／很大的折扣／只有這個禮拜／所以要趕快！

103.

解析（1）空格前面的動詞allow是提示（2）allow是屬於「要求、邀請、允許」的第5大句型動詞，大多都寫以「allow + 受詞 + to不定詞」來寫（3）但是已經變成被動式，所以不需要有受詞，只要寫to不定詞的受詞補語即可。

正確答案(D)

詞彙 be allowed to do 得到做…的允許 confidential 祕密的

新進員工不被允許／存取那些祕密資料／除非特別告知。

104.

解析 （1）因為在be動詞後面，所以不是被動式的第1、2大句型動詞remain先排除（2）省略在空格後面的介系詞片語就沒有任何東西了，因此空格是第3大句型動詞的位置（3）order是第3、5大句型動詞，如果是第3大句型動詞的話，文法符合且句子的意思也最合適。（C）和（D）雖然當作第3、5大句型使用，但是當作第3大句型來看的時候，句意很不自然。

正確答案(A)

詞彙 rare book 罕用書 presently 目前 out of print 絕版的

雖然那個罕用書目前絕版／可以被訂購／在那個最大規模的網路書店。

105.

解析 （1）因為是被動式，所以不需要受詞，空格是修飾語的位置（2）care是動詞也是名詞，因此先排除（3）（B）和（C）是形容詞，（D）是副詞，都可以當作修飾語。但修飾空格的不是idea，而是consider，因此要選擇修飾動詞的副詞。這個時候要注意consider不是第5大句型，而是第3大句型動詞。

正確答案(D)

詞彙 expand business 擴張事業 make sense 有意義

您對於擴張事業的想法／會被仔細考慮／因為完全有意義。

106.

解析 （1）因為在助動詞（should）後面，所以不是原形動詞的（B）要先排除（2）剩下的答案選項無法去判斷單、複數，因此要以主動、被動來決定。（3）因為後面沒有受詞，所以被動式的（D）是正確答案。

正確答案(D)

詞彙 completely 完全 fill out 填寫 application form 申請表 submit 提出 directly 直接

你完整填寫申請表後／要直接提出給人事部門。

107.

解析 （1）答案選項全都是被動式（2）普通的被動式在後面沒有受詞，在這個句子的情況，有特別獎金這個受詞（3）這種被動式只可以使用第4大句型動詞，在答案選項中的第4大句型動詞只有（A）。（B）和（C）是第3大句型動詞，因為不是答案，要排除。（D）是第5大句型動詞，如果要成為被動式，一定要有當作受詞補語的形容詞。

正確答案(A)

詞彙 voluntarily 自發性地 contribute to 奉獻給…

不論是任何職員／願意自發性地全心奉獻給公司／都可以得到／特別的獎金。

108.

解析 （1）是被動式，在後面有to不定詞（2）在這種被動式的情況，主要使用第5大句型中「要求、邀請、允許」動詞或是使役動詞（3）符合這個條件的是使役動詞make。請您要記住。雖然使役動詞寫成主動式的時候不用加上to，但寫成被動式時需要加上to。

正確答案(A)

詞彙 counterpart 對方 sign the contract 在契約書上簽名 term 條件 favorable 有利的

對方／被迫在契約書上簽名／雖然條款對他並不是那麼的有利。

109.

解析 （1）答案選項全都是限定動詞，而且和單數主詞符合。（2）這樣的話，就是主動、被動問題了。因為後面沒有受詞，所以在（B）和（C）之間猶豫吧？但rise是屬於「去、來、在」的第1大句型動詞，所以不可能寫成被動式。（3）這樣的話，正確答案不是

（A）就是（D），（D）的raise是第3大句型動詞，所以後面要有受詞，或是要寫成被動式。 **正確答案(A)**

油價急遽上漲／由於現今不穩的市場／對我們有負面影響。

110.

解析 （1）主詞article是單數名詞，所以答案不是（A）就是（D）（2）動詞publish後面沒有受詞，所以一定要是被動式（3）was published是被動式符合句意，但has published是主動，不符合句意。
正確答案(A)

詞彙 article 文章 deal with 應付…、處理 stock investment 股票投資 publish 發行、出版 newspaper 報紙

那篇處理股市投資的文章／被刊載／在今天的報紙。

111.

解析（1）看到連接詞and之後，要知道空格內是和filled out對等詞性的位置。（2）在前面的must be可以省略，而且後面沒有受詞，因此是被動式。（3）（A）是主動式，因此需要受詞。（C）不可以放在助動詞（must）後面。（D）不是原形動詞。
正確答案(B)

詞彙 obtain 得到、取得 promotion 升職、晉升 performance evaluation form 績效評估表格 fill out 填寫、製作 human resources department 人事部門 return A to B 把A還給B

為了要升職／需要填寫績效評估表格／而且要交還給／人事部門。

112.

解析（1）assure是屬於ANICAR的動詞（2）這樣的話，後面有沒有當作受詞的人是很重要的（3）在這種情況，後面沒有人，所以是被動式。在ANICAR動詞的情況，不要使用分析句子的意思或是以其他的單字來判斷。如果有人的話就是主動，反之就是被動。
正確答案(C)

詞彙 assure 確認… application form 申請書表格 mortgage loan 住宅擔保貸款 receive 收到、接收 final decision 最終決定

我被保證／住宅擔保貸款申請書表格／已被收到了／而且會馬上做出最終決定。

113.

解析 （1）限定動詞的位置（2）數、態、時！因為全都是限定動詞，要以數、態、時來決定。單數、複數都沒有錯，那就要來看主動、被動。limit是第3大句型動詞，後面必須有受詞，但是在空格前面沒有看到受詞。由上可知be p.p.的被動式的（D）是正確答案。
正確答案(D)

詞彙 boss 老闆 instruct A to do 指示A去做… be conscious about 了解… office supply 辦公用品 waste 浪費、垃圾、廢品 resource 資源 limit 限制

老闆指示／他的職員／注意在辦公用品上的浪費／因為資源有限。

114.

解析（1）確認單數、複數（2）確認主動、被動（3）以分析句意來解決。答案選項全都是限定動詞。來看看數、態、時！觀察單數、複數可以知道（A）、（B）和複數主詞employees不符合。之後在看主動、被動的話，expect是及物動詞，後面必須要有受詞，句中的名詞子句that之後是擔任受詞的功能。這算是有受詞吧，由上可知主動型態的（D）是正確答案。 **正確答案(D)**

詞彙 promotion team 銷售團隊 expect 期待… hit 熱門商品 highly 非常地 competitive 競爭激烈的 market 市場

銷售團隊的職員們期待／這個型號可以成為熱門商品／在這個競爭非常激烈的市場。

115.

解析（1）原形動詞的位置（2）把握動詞的形式（3）判斷主動、被動。答案選項全都是原形動詞，可以使用在助動詞will後面。乍看會覺得後面有受詞a chance，答案應該是主動式，實際上give是第4大句型動詞，因此這個句子是間接受詞（IO）all of the applicants who are qualified for the position要放到前面，只有直接受詞（DO）a chance留在後面的被動式句子。用解析句子的意思來解題看看。不是申請者給機會，而是得到機會。 **正確答案(A)**

詞彙 applicant 申請者 be qualified for 有…的資格 position 位置、職責 be given 被給予 take an interview 面試

所有符合資格的申請者／會被給予／機會／參加工作面試。

116.

解析（1）確認數、態、時！（2）確認單數、複數（3）確認主動、被動。who之後到entertaining為止都是修飾前面的先行名詞。把這個部分刪除的話，單數名詞Mr. Jones是主詞，所以空格中是與Mr. Jones搭配動詞的位置，（A）或（C）是複數動詞不符合（希望沒有人把 Jones的s當作是複數）。在空格後面沒有受詞，所以（B）中的主動式和（D）中的被動式（D）是正確答案。 **正確答案 (D)**

詞彙 motivational 賦予動機的 entertaining 有趣的 keynote speaker 主題發言人 upcoming 即將來臨的、馬上的 conference 會議、會談

激勵人心且有趣的瓊斯先生／被選擇／為在即將要開的會議

中擔任主講人。

117.

解析（1）句子中間的that是連接詞，後面出現「S + V」，所以空格是限定動詞的位置（2）在這個句子中，leave是意思為「離開」的第1大句型動詞，就算沒有受詞句子還是完整的，所以不用寫成被動式。由上可知，（B）和（C）要先排除在外。（3）主句的時態是過去式，送貨員離開是已經過去的時間，因此要寫過去完成式的（A）。（參考Chapter 06）

正確答案(A)

詞彙 prevent 阻止 order 訂購 delivery man 送貨員 warehouse 倉庫

我們努力／想要阻止／訂購的東西被出貨／但是了解到／送貨員已經離開前往倉庫／比預計更快。

118.

解析（1）主詞是operations。把副詞frequently刪除的話，空格就接在are的後面。原形動詞的（C）要先排除（2）（A）不能得到副詞frequently的修飾，意思上也不符合句意，因此也要排除（3）disrupt是第3大句型動詞，但是後面沒有受詞，所以要變成被動式。由上可知，最符合空格的答案就是（D）的disrupted。

正確答案(D)

詞彙 steel 鋼鐵 operation 運轉 frequently 常常 regular 有規律的 strike 罷工

每年春天／那個地區的鋼鐵公司的運作／常常中斷／因為定期性的罷工。

119.

解析（1）從who到International為止都是修飾前面Mr. Baker的關係詞子句，如果刪除的話，空格就是與Mr. Baker搭配的限定動詞的位置。由上可知，（B）和（C）要排除。（2）elect是第5大句型動詞，所以需要受詞與受詞補語這樣的名詞。在這個句子的情況，在後面只有一個名詞（the president）。而且句意上，這個名詞要被當作受詞補語。（3）因為是沒有受詞的狀態，因此被動式是正確答案。提供您參考，在這種情況，主詞與受詞補語必須一致。請確認看看是否一致。

正確答案(D)

詞彙 positive change 正面的改變 in charge of 負責… president 社長（董事長）

對我們有很多正面的改變／自從貝克先生負責Space International公司的人／被選為社長（董事長）。

120.

解析（1）空格後面沒有受詞，所以看起來要把這個句子當作是第3大句型被動式（2）答案選項全都是被動式，要注意在逗號後面的it原本是要填入空格中的動詞的受詞。it是承接periodical的單字。這樣的話，「定期出刊的東西」要怎麼做才最自然呢？「訂購」這個單字最適合吧。由上得知正確答案是（A）（3）designate主要是使用在「designate A as B」的第5大句型句子，notify是在後面必須要有人的動詞，如果是被動式的話，這個人要當作主詞。但是在這個句子裡的主詞不是人。allow主要是被使用在「allow + 受詞 + to do」型態的第5大句型動詞，所以在被動式的時候，要寫成be allowed to do。

正確答案(A)

詞彙 periodical 期刊 out of print 絕版的 on-line bookstore 網路書店

因為那個期刊已經絕版了／所以無法被訂閱／甚至是從最大的網路書店。

問題121-124請參照以下的文章。

大部分朝九晚五的上班族／都會面臨兩難／維持健康飲食／他們會感到遲疑／對自己準備午餐／當考量到食材的準備時／事實上／自己製作總匯三明治並不麻煩／若是按照以下的步驟／製作一個好吃又有營養的午餐／是很簡單的事／首先／選擇一些蔬菜和一種肉類／你喜歡的／接著／清洗所有的材料／撕下幾把蔬菜／切幾片肉／請記得／若是選擇雞肉／你可以直接放上整片雞肉／不須將它切開／其次／加熱平底鍋／倒入一些油／然後／把肉片放入加熱的平底鍋／不時地翻面／直到肉的表面變成褐色／同時／你可以開始烤麵包／並炒兩顆蛋／最後／將所有的材料放在一片麵包上／依照以下的順序／新鮮蔬菜、煮好的肉、炒蛋／放上另外一片麵包／若是你喜歡比較重的口味／可以加上一些鹽和黑胡椒／在放上麵包前／最後／你能享受你的總匯三明治／在工作時的午休時間。

詞彙 majority 多數 dilemma 困境 ingredient 食材 as a matter of fact 事實上 disturb 妨礙 nutritious 有營養的 tear off 撕下 sliced 切成薄片的 scramble 炒蛋 lunch break 午休時間

121.

解析 這題在考片語的用法，take something into account指「考量某事」，故答案選（C）。

正確答案(C)

122.

解析 此句為祈使句的用法，祈使句一般使用原形動詞做開頭，故答案應選（D）select。若想要確認的話，也可以看下句話「Afterwards, wash all the ingredients...」，開頭為原形動詞wash。

正確答案(D)

123.

解析 看四個選項，都為chop it off的變化，因此要判斷句子中存在什麼影響動詞變化的要素。空格接在介系詞之後，若介系詞之後要接動詞的話，需使用Ving形式，故此題答案應選（B）。

正確答案(B)

124.

解析 這個空格要插入三明治步驟的最後一步，前面已經講述了食材的依序放法，最後需要再蓋上麵包，完成三明治。答案為（A）。 **正確答案(A)**

Chapter 06

句子的時態

Quiz | 解答與解析

Q1. submitted **Q2.** had **Q3.** live **Q4.** contain
Q5. will be **Q6.** will be **Q7.** had caused
Q8. had **Q9.** have not heard **Q10.** since
Q11. will have **Q12.** will have **Q13.** visits
Q14. as soon as **Q15.** accept **Q16.** register

Q1.

解析 可以從last week知道是過去時態。

那位學者提出了／報告／上週。

Q2.

解析 從two weeks ago，可以一眼看出是過去時態。

我們進行了重要的會議／2週前。

Q3.

解析 最後面的副詞these days是決定性的提示，these days的意思是「現代」，常常與現在時態一起使用。

我們活在／危險而且無法預知的現代世界。

Q4.

解析 首先看到與現在時態一起用的副詞usually了。另外，咖啡與茶含有咖啡因是不變的真理，及這個句子談到與事實相近的事情，因此要使用現在時態。

咖啡、茶和汽水／通常／含有咖啡因。

Q5.

解析 只要看到表示未來的tomorrow，就可以知道答案了吧。另外提供參考，如果要正確說明這個句子的時態，這個句子不是表示未來，而是在表示未來進行，說明在未來所進行的事情。也就是，他明天到達的時候，我們正在召開記者招待會。

我們會正在召開／記者招待會／明天／他到達的時候。

Q6.

解析 這是詢問是未來式還是現在式的問題。句子最後面的副詞句in the foreseeable future的意思是「在不遠的未來」，是重要的提示。

這項任務會被分配／給新的經理／在不遠的未來。

Q7.

解析 男子搗亂的事情是在「搬家」之前的事情，所以是說明比過去更早以前的事情，而使用過去完成式。

那位男子／住在隔壁的／引起了許多問題／在我搬來之前。

Q8.

解析 by yesterday是提示。到昨天為止身體不舒服躺在床上的話，這是比過去更早之前就躺在床上了。所以使用過去完成式。

到昨天為止／他都躺在床上／因為很嚴重的頭痛。

Q9.

解析 看到表示時間的介系詞，還有與完成時態符合的for。因為是到現在為止5年內持續沒有聽到消息，所以要寫現在完成時態。

我都沒有聽到我兒子的消息／幾乎5年了。

Q10.

解析 for如同第9題中，當作表示時間的介系詞時，雖然可以和完成時態一起使用，但是在這個題目中有點不同。for後面如果是「S + V」的子句，for就變成和because一樣的連接詞，意思變成「因為她買這個產品」。但是「她買了這個產品以後」比較符合句子的意思，因此連接詞since是正確答案。

那位顧客持續抱怨這個產品／自從她買了這個東西。

Q11.

解析 by tomorrow evening是句子的提示。這句話是說事情持續的進行，到未來的某個時間點會結束，因此要使用未來完成時態。

我期待／他會結束那件事／明天晚上前。

Q12.

解析 if he visits again是句子的提示。如果在未來還會再次拜訪濟州島的話，就是第三次了，這是表示到未來的某個時間點為止，所經歷過的未來完成時態。

他會是訪問濟州島／第三次／如果他再次拜訪的話。

Q13.

解析 看到了副詞tomorrow，會覺得選擇未來時態當作答案吧？但是when之後到tomorrow為止是時間副詞子句，所以要寫現在時態。但之前在考試中有出現過，如果沒有現在時態選項的話，請您選擇未來時態當作答案，因為句意上是表示未來。

明天他拜訪我們的時候／他會帶來／很多的樣品。

Q14.

解析 在句子的前面寫未來時態，後面寫現在時態吧？因為後面是時間副詞子句的關係。由上可知，表示時間的as soon as是正確答案。what是帶出名詞子句的單字，不是正確答案。

你需要／向他報告／在他回來的時候／馬上。

Q15.

解析 因為第3人稱單數的he是主詞，因此會覺得accepts是正確答案。但這裡省略了should，所以只要放入原形動詞。

我們主張／他必須要接受／提案的計畫。

Q16.

解析 看到句子前面的時態是過去（was），就選擇過去時態當作答案是不行的。important是表示理性判斷的形容詞，在she後面的助動詞should是被省略的吧？由上可知原形動詞是正確答案。

重要的是／她要註冊那堂課／事先。

STEP 01 若沒答對會後悔的考題

1. (D)	**2.** (B)	**3.** (C)	**4.** (C)	**5.** (C)
6. (B)	**7.** (C)	**8.** (C)	**9.** (D)	**10.** (B)

1.

1 文法問題
2 數、態、時！
3 動詞

解析 句子中有連接詞but，而且有一個限定動詞were。因為在but前面的句子中沒有限定動詞，所以空格就是限定動詞的位置。不是限定動詞的選項（B）因此先排除。如果句子的答案是限定動詞的情形，需要依序地確認單、複數，主動、被動、時態。一定要依照以上的順序才可以快速的解題。主詞the company是單數，因此（A）（C）（D）都有可能是答案。空格後面有people這個受詞，所以是主動式，但所有的答案選項都是主動式。最後來看看時態的部分，句子的內容是，雖然有面試過，但是沒有適合的人，因此前後的內容都必須是過去。因此（D）是正確答案。 **正確答案(D)**

詞彙 several 一些、幾種的 position 工作、職位
none of 也不是…什麼樣的… deem 覺得（認為）…
suitable 合適的、適合的

那間公司進行過面試／幾個應徵廣告職位的人／但是在他們之中／沒有適合的。

2.

1 文法問題
2 限定動詞的位置與數、態、時！
3 動詞

解析 句子中有連接詞and，而且有一個限定動詞is。所以空格就是限定動詞的位置。四個選項都是限定動詞，因此再用數、態、時來做確認。主詞是單數，但答案選項都是單數，所以無法以單、複數來作判別。那麼就是要以主動、被動來判別了。work是第1大句型動詞，是後面就算沒有受詞也可以的主動式，答案選項全都是主動式。現在剩下的確認選項是時態，「for + 時間名詞」與現在完成式常常一起使用，因此現在完成型態的（B）是正確答案。 **正確答案(B)**

詞彙 for …期間 be planning to do 預計要做… retire 引退（退休） next month 下個月

拉美瑞茲先生／在Meditech這家公司工作了／25年／他計畫退休／下個月。

3.

1 文法問題
2 數、態、時！
3 動詞

解析 連接詞as後面沒有動詞，因此空格是限定動詞的位置。但是主詞the IT department是單數，且空格後面有受詞，所以必須是主動式。由上可知被動式的選項（D）要排除。最後就以時態來看，看到tomorrow就知道這是表示未來。因此選項（C）是正確答案。（A）是未來完成，主要使用在與表示未來的特定時間點之內要完成的事情。 **正確答案(C)**

詞彙 employee 職員 company 公司 network 網路 IT (= information technology) department 資訊技術部門 server 伺服器

所有員工／明天不應該用公司網路／因為IT部門／明天要升級網路伺服器。

4.

1 文法問題
2 before之後的時態
3 動詞

解析 連接詞before後面有限定動詞，而在前面沒有限定動詞，因此空格是限定動詞的位置。但是答案選項全都是限定動詞。主詞James是單數而且有受詞，因此句子是主動式，答案選項也全都符合。這樣的話就要以時態來判斷了，時態就要觀察句子中所給的提示。在這個句子中的before就是提示。before所帶出的子句是過去時態，James得到感冒是之前的事情，因此使用過去完成時態最合適。由上可知過去完成時態的（C）是正確答案。 **正確答案(C)**

詞彙 severe 嚴重的 case 情況、事情、事件 flu 流感、感冒 come back 回來 routine 日常的

詹姆士好幾次得到嚴重的感冒／在他回來／上班之前。

5.

1 文法問題
2 數、態、時！
3 動詞

解析 首先空格是限定動詞的位置。主詞personal security passes是複數，因此答案選項全都可以成為答案。空格後面沒有受詞，而且空格的動詞display不是第1、2大句型不及物動詞，因此必須是被動式型態。由上可知，正確答案不是選項（D）就是（C）。最後來看看時態，while就是提示。但是while的意思是「在…期間」以及「一邊…一邊」，在句意上必須要與前面子句的時態相同。因此while之後的句子是過去時態，答案就要選擇過去時態。 **正確答案(C)**

詞彙 security 保全、安全 regulation 規定、規則 once 曾經 so...that ... 因為…太… strict 嚴格的 personal 個人的 pass 通行 display 展示 on site 在現場

公司的安全規定曾經太過嚴格／需要個人安全通行證／出示／當職員在現場時。

6.

1 文法問題
2 限定動詞的位置，until
3 動詞

解析 連接詞until後面沒有限定動詞，所以空格是限定動詞的位置。但答案選項全都是限定動詞。確認單複數之後，因為主詞是I，全部的選項都符合。以時態來確認，連接詞until的意思是「…為止」，主要句子的時態是過去完成（had taken），until後面也是過去時態最合適。和before一樣，until也是從屬句。如果是過去的話，主要句子大概都是過去完成式，主要句子是過去完成的話，從屬句大都是過去式。

正確答案(B)

詞彙 take the bus 搭乘公車 for years 數年間 move 搬家 use the subway 搭乘地鐵

我搭了公車上班／好幾年／直到我搬家的時候／開始搭乘地鐵。

7.

1 文法問題
2 確認副詞by之後的時態
3 動詞

解析 主詞之後沒有限定動詞，因此這是限定動詞的位置，答案選項都符合。主詞（we）是複數，答案選項也全都是複數動詞。空格後面有受詞，所以是主動式型態，答案選項也全都是主動式。最後看到句子最前面有「by + 未來時間點」的表現，所以知道答案要選擇未來時態。 **正確答案(C)**

詞彙 by …為止 extended 延長的 business trip 出差 close the contract 終結契約 long-awaited 漫長等待的

這個禮拜延長的歐洲出差結束為止／我們要終結／漫長等待的契約。

8.

1 文法問題
2 單、複數與時態
3 動詞

解析 主詞（Dr. Smith）後面沒有限定動詞，所以這是限定動詞的位置。主詞是單數，所以答案選項（A）先排除。另外在空格後面有受詞，所以這個句子是主動式。但every weekday morning是與現在時態非常符合的副詞句。由上可知，現在式的（C）是正確答案。 **正確答案(C)**

詞彙 examine 調查、診察 sick 生病的 patient 患者、病人 weekday 平日 house call 出診、家庭訪問 in the afternoon 下午

史密斯醫生診察生病的病人／每個平日的早上／但是他常常出診病情嚴重的病人／下午。

9.

1 文法問題
2 限定動詞的位置與數、態、時！
3 動詞

解析 連接詞that後面沒有限定動詞，所以空格是限定動詞的位置。advised是屬於表示「主張，命令，要求，提案，忠告」的動詞，這種動詞的情況，在從屬句中助動詞should會被省略，所以空格中必須是省略should的原形動詞。前面的主詞cutbacks是複數，而選項（A）不符合，因此先排除。（B）（C）不是原形動詞，因此也要先排除。最後原形動詞的（D）是正確答案。 **正確答案(D)**

詞彙 make a cutback 削減 annual 每年的 unsustainable 無法支持的、無法持續的 in all areas 在所有地區 operation 營運

我勸告他／要進行削減／因為我們的每年預算／無法支持我們的所有地區營運。

10.

1 文法問題
2 介系詞與連接詞的區別，用句意分析來解題
3 動詞

解析 限定動詞有had made與caused兩個，但沒有連接詞，所以空格就是連接詞的位置。（D）是介系詞，因此先排除。had made是過去完成，且caused是過去式，在這種狀況下，符合句意的就是連接詞until或before。剩下的答案選項都不符合句子的意思。after的時態也不符合，after後面的時態是過去，之後所發生的事情的時態如果變成過去完成的話，句子會變很奇怪。 **正確答案(B)**

詞彙 make a profit 有收益 bad business decision 錯誤的事業決定 cause 引起 sudden 突然 drop 下跌

那間公司一直有收益／直到錯誤的事業決定／突然讓收益下跌。

STEP 02 實戰問題

101. (C) **102.** (B) **103.** (A) **104.** (C) **105.** (B)
106. (A) **107.** (A) **108.** (B) **109.** (A) **110.** (A)
111. (C) **112.** (B) **113.** (B) **114.** (C) **115.** (D)
116. (B) **117.** (C) **118.** (D) **119.** (D) **120.** (D)
121. (C) **122.** (D) **123.** (B) **124.** (A)

101.

解析 （1）限定動詞的位置（2）單複數（3）主動、被動。主詞（the annual team building exercise）之後沒有動詞，因此空格是限定動詞的位置。非限定動詞的選項（A）要先刪除。主詞是單數型的exercise，所以複數的選項（D）也要刪除。但是後面因為有受詞an opportunity，所以必須要是主動式型態。被動式型態的選項（B）也刪除。結果主動式型態的（C）是正確答案。 **正確答案(C)**

詞彙 annual 每年的 exercise 訓練、練習 provide 提供 opportunity 機會 outside 外面

每年會提供建立團隊的訓練／機會／讓職員們／一起在辦公室外面工作。

102.

解析 （1）限定動詞的位置（2）主動、被動（3）時態。在以連接詞so開始的從屬句中，主詞後面沒有限定動詞，所以空格就是限定動詞的位置。主詞（employees）是複數，答案選項也全是複數動詞。force不是把to不定詞當作受詞的動詞，所以這個句子算是沒有受詞，因此句子必須要寫成被動式，選項（C）和（D）要被刪除。看到時態，主要句子中的were limited是過去時態。以連接詞so來連接句子，句子的內容是停車空間受限，職員們只能利用大眾交通工具，句意上與過去時態最符合。 **正確答案(B)**

詞彙 parking space 停車空間 be limited 受限 plant 工廠 be forced to do 被要求去做… public transport 大眾交通工具 travel 旅行、移動

停車空間受到限制／新工廠開門的時候／所以職員們被迫利用／大眾交通工具。

103.

解析 （1）限定動詞的位置（2）主動、被動（3）時態。主詞（we）之後沒有動詞，所以空格是限定動詞的位置。主詞是複數，但所有的答案選項都是複數動詞，因此要來確認句子是主動還是被動。空格後面沒有名詞子句及受詞，所以句子是被動式。由上可知，主動式的選項（C）先剔除。這是使用once的條件副詞子句，主要句子是未來式，所以once之後的從屬句要以現在式取代未來時態。 **正確答案(A)**

詞彙 once 一旦…的話 inform 通知 dietary 飲食的 restriction 限制、規定 be able to do 可以做… make an arrangement 準備 appropriate 適當的、適合的 dinner 晚餐

一旦我們知道／任何的飲食限制／我們可以做適當的準備／為了我們計畫的晚餐。

104.

解析 （1）限定動詞的位置（2）單、複數（3）時態。因為是在主詞（he）之後，所以是限定動詞的位置。非限定動詞的選項（A）先剔除。另外主詞是單數，所以複數選項（B）也剔除。因為後面有受詞it，所以主動式的（C）和（D）都符合。最後看到時態，before前面的主句是過去完成時態，因此before的從屬句也必須是過去時態。由上可知，（C）是正確答案。 **正確答案(C)**

詞彙 term 條款、期間、項目 condition 條件、狀態 agreement 同意、同意書 sign 簽名 on behalf of 代表…

他讀過／同意書的條款與條件／在他代表公司簽名之前。

105.

解析 （1）限定動詞的位置（2）單複數（3）時態。主詞之後沒有限定動詞，因此這裡是限定動詞的位置。答案選項全都是限定動詞。主詞they是複數名詞，單數的選項（D）剔除。空格後面有受詞the offer，因此被動式的選項（C）剔除。最後來看到時態，if之後是條件副詞子句。主要句子是未來式，但是條件副詞子句中卻使用現在時態，因此現在時態的選項（B）是正確答案。提供您參考。the offer與your consortium之間的關係代名詞受格的that被省略，從your開始到property為止的形容詞子句是修飾前面的先行名詞offer。 **正確答案(B)**

詞彙 real estate 不動產、房地產 agent 仲介 contact 聯絡 accept 接受 offer 提案 consortium 財團 property 財產、地產

那位房地產仲介會聯絡／你／如果他們接受你的財團對地產的提案。

106.

解析 （1）這是限定動詞的位置（2）單複數（3）時態。主詞（payroll department）是單數，因此複數動詞的選項（D）淘汰。空格後面有受詞，所以要寫主動式。但剩下來的答案選項都可以當作主動式使用。最後就要看到時態，在句子最前面的by the end of this week的意思是「到這個週末為止」，是與未來有關聯的副詞片語。因為是與未來有相關的未來完成時態，因此答案就是選項（A）。 **正確答案(A)**

詞彙 by 到…為止 the end of this week 這個週末 payroll department 會計部門 compensate A for B 賠償A有關B的事項 business trip 出差 expense 費用、支出

到這個週末為止／會計部門會補償／所有的職員／出差的／費用。

107.

解析 （1）這是限定動詞的位置（2）確認時態（3）時態的提示就是when。主詞（Ms. Park）之後沒有限定動詞，因此空格是限定動詞的位置。名詞選項（C）淘汰。主詞是單數而且空格後面有受詞，所以是主動式型態。剩下的答案選項都可以是主動式。最後看到時態，連接詞when之後句子的意思是「做…的時候」，句意上與主要句子的時態相同。when之後是過去時態（was forecast, emailed），前面的主要句子也是要寫過去時態。 **正確答案(A)**

詞彙 cancel 取消 flight （飛機的）航班、飛行 tropical 熱帶的 storm 暴風 forecast 預報 email 寄送電子郵件

帕克小姐取消／她的飛行班次／在預報有熱帶風暴之後／然後她寄送電子郵件／給她的同事／取消／會議。

108.

解析 （1）這是限定動詞的位置（2）全都是主動式。（3）時態的提示是？句子裡面沒有限定動詞，因此主詞（management）後面的空格是限定動詞的位置。主詞是單數，且arrange for被當作第3大句型不及物動詞使用，加上後面有受詞（A1 catering service），所以是主動式。答案選項都是單數動詞，也可以使用在主動式。最後就只能看時態，句子最後面的in the future是未來副詞片語。由上可知，選項（B）是答案。 **正確答案(B)**

詞彙 management 管理部門 arrange for 為…準備 catering 餐飲供給、外燴 gourmet 美食家 in the near future 在不久的將來

公司的管理部門／準備了／A1飲食提供服務／為了將來提供好吃的午餐。

109.

解析 （1）限定動詞的位置（2）時態問題（3）時態的提示是？連接詞that之後的子句中沒有限定動詞，因此空格是限定動詞的位置。名詞選項（B）淘汰。主詞是複數且空格後面有受詞，所以句子是主動式。剩下來的答案選項都有可能。最後看到時態，seemed雖然是過去式，但是that子句後面有already這個副詞，意思是在更早的過去已經配送了。由上可知，正確答案就是過去完成時態。 **正確答案(A)**

詞彙 medical 醫療的 supply 備品、供給 make a mistake 犯錯 record 紀錄 seem to do 好像… deliver 配送 machine 機器 already 已經

醫療用品公司／出錯了／因為公司紀錄／似乎顯示／配送我們的MRI機器／已經。

110.

解析（1）限定動詞的位置（2）時態問題（3）時態的提示是？主詞（Mr. Hernandez）是單數而且空格後面有受詞，所以這個句子是主動式。但是答案選項全都符合。在句子中一定有關於時態的提示，「for + 期間名詞」型態的for eight years主要是和完成時態一起使用。由上可知，現在完成時態的（A）選項就是答案。 **正確答案(A)**

詞彙 oversee 監督 training program 訓練計畫 for eight years 8年間 without 沒有… single 一個的 the whole time 在那段期間內

賀南茲先生監督／新職員的訓練計劃／有8年了／在那段期間內沒有任何問題。

111.

解析 （1）全部都是限定動詞。（2）主動、被動問題（3）時態的提示是？連接詞until後面的句子中沒有限定動詞，因此空格是限定動詞的位置。lead to的意思是「導致來…」，且是第3大句型不及物動詞，to之後有受詞（bankruptcy），因此句子是主動式。由上可知，被動式的選項（D）淘汰。until是時態的提示，until前面的主句如果是過去完成時態的話，until之後大概也會變成過去時態。過去完成式的特點就是「到過去的特定時間點為止」，與句子的意思最符合。 **正確答案(C)**

詞彙 operate 營運 without -ing 沒有做… make a loss 損失 a series of 系列的、一連串的 poor 可憐的、貧弱的 financial 財政上的 lead to do 導致… bankruptcy 破產

那間公司營運／40年間沒有損失／直到一連串錯誤的財政決定／導致／破產。

112.

解析 （1）限定動詞的位置（2）時態問題（3）提示是while。在主要句子中沒有限定動詞，因此這是限定動詞的位置。非限定動詞的選項（C）淘汰。主詞（company operations）是複數，剩下的答案選項都是複數。空格後面沒有受詞，所以空格要寫被動式。（A）（B）（D）全都是被動式。最後看到時態，while是提示。while之後是過去時態，因此前面的主要句子也必須是過去時態。while的意思是「做…的期間內」，和when一樣，主要句子和從屬句的時態要一致。由此可知，答案是（B） **正確答案(B)**

詞彙 operation 營運 interrupt 妨礙、使…中斷 reorganization 重組 be underway 進行中 however 但是 everything 所有的事情 thankfully 感謝、幸好 be back to normal 回復正常

公司的營運中斷／公司進行重組的時候／但是／幸好現在所有的事情都回復正常。

113.

解析 看不到句子的動詞，所以空格是限定動詞的位置。選項（D）先淘汰。另外空格後面的release是及物動詞，意思是「發表、公開」，後面一定要有受詞，但是後面只有副詞沒有受詞。也就是說這個句子是被動式，因此選項（C）也淘汰。主詞是複數名詞的results，因此選項（A）也淘汰。最後（B）就是答案。加上句子最後面有表示未來的時間副詞next week，所以選項（B）當然就是正確答案。 **正確答案(B)**

詞彙 result 結果 second survey 第二次問卷調查 project 計畫、課題、事業 release 發表、公開 finally 最後、終於 next week 下週

第二次關於這計劃的問卷調查的結果／下週／進行最終發表。

114.

解析 arrive是多益考試中常被出題的不及物動詞，也是只能使用在主動式的動詞，因此被動型態的選項

（B）先淘汰，最後就確認時態了。線索就是句子最前面的when。在時間與條件副詞子句中，現在代替未來，所以主要句子的時態就算是未來，但是在when子句中出現的現在時態才是解題的關鍵。由上可知，正確答案是現在時態的選項（C）。 **正確答案(C)**

詞彙 job application 求職申請書、入社申請書 due date 結束日 accept 接受 personnel department 人事部門

求職申請書在截止日之後才送達的話／人事部不會收。

115.

解析 因為increase可以是不及物動詞，也是及物動詞，所以利用後面有沒有受詞來區分主動與被動是很困難的。這四個選項個別是「未來完成，過去完成，過去被動，現在完成」。為了解決這個時態問題的關鍵就在前面的over the past five years。「in (for, over) the last (past) 數字 + 時間」這種型態的句子主要和現在完成式一起使用。另外提供您參考，increase是第1大句型動詞，an average是修飾動詞increase的副詞句。 **正確答案(D)**

詞彙 over the past five years 過去5年 gross salary 薪資總額 increase 增加 average 平均 every year 每年

過去5年間／我們員工的薪資總額增加／平均每年4.5%。

116.

解析 主詞presentation是單數名詞，答案選項都符合。那現在繼續看主動、被動。後面沒有受詞，所以主動型態的選項（A）淘汰。再來看到數、態、時！最後再使用時態來判定。關鍵就是until之後寫著過去動詞was，這與什麼時態最符合呢？到過去為止做了什麼，這句話就是說從以前就開始做了。由上可知，選擇過去完成的選項（B）當正確答案。 **正確答案(B)**

詞彙 presentation 說明會 postpone 延期 keynote speaker 主講者 arrive 到達

說明會延期／到主講者威恩．希爾到達為止。

117.

解析 空格後面有表現時間的名詞（the past 4 years），所以要選擇介系詞當答案。首先當作副詞或是連接詞的選項（D）的yet淘汰。既是介系詞又帶出時間的就是選項（C）。since或是before之後有出現出時間點，因此也要淘汰。提供您參考，此時over和for以及in的意思相同。 **正確答案(C)**

詞彙 firm 公司 increase 增加 amount 量 fund 資金 invest 投資 research and development 研究開發 maintain 維持 lead 領先地位

那間公司增加了15%／資金的量／過去4年間投資在研究開發／為了維持領先地位。

118.

解析 動詞find需要受詞，但是句中沒有受詞吧？由上可知，被動型態的選項（D）是正確答案。（A）選項的founded的意思是「設立」，而且是動詞found的過去式，另外，因為是及物動詞，所以需要受詞。選項（B）是find的過去也是過去分詞型態，所以必須是主動，因此需要受詞。選項（C）是動詞found的被動型態，意思是「設立缺陷」，意思非常奇怪。 **正確答案(D)**

詞彙 product 產品、商品 defect 缺陷、不良 consider 考慮 file for 申請… bankruptcy 破產

發現有很多不良產品的時候／我們考慮／申請破產。

119.

解析 since之後出現過去時態，意思是「她進入公司以來」，因此主要句子中加入現在完成時態是最合適的。 **正確答案 (D)**

詞彙 work for 在…工作 payroll department 會計部門 head office 總公司 join 加入

她一直／在我們總公司的會計部門／從10年前她進入我們公司到現在。

120.

解析 在主要句子中寫著未來完成時態（will have served），by the time帶出的句子是表示時間的副詞子句。由上可知，要寫現在時態。選項（A）與單數主詞（Mr. Stone）不符，（B）和（C）與主要句子的時態不符合。 **正確答案(D)**

詞彙 by the time 到…的時候 accounting 會計 serve 服務

史東先生以會計主管退休的時候／下個月／他會是在公司工作／已經20年。

問題121-124請參照以下的文章。

根據最新報導指出／一名二十一歲的女孩／自殺／跳下／一棟六層公寓頂樓／她當場死亡／據說／可能的原因／造成她自殺／因為她無法找到固定工作／薪水還不錯／承受了相當大的痛苦／由於她必須養家活口／這個故事應該給了我們／一個警訊／了解失業情況／是一個嚴重的危機／現今有愈來愈多的畢業生／找不到工作／強烈的不滿／他們籠罩／尤其／其中有人／可能還揹著重擔／大學就學貸款／或是家庭經濟／這些因素可能／讓他們更渴望能找到工作／才能／償還債務／或改善家庭環境／由於這樣沉重的壓力／和政府無法充分協助／可以預期／愈來愈多／這樣的悲劇／會持續發生。

詞彙 according to 根據 top 最高的 prospective 預期的 permanent 永久的 decent 像樣的 unemployment 失業 severe 嚴重的 crisis 危機 graduate 畢業生

malaise 抑鬱 burden 重擔 loan 貸款 underprivileged 下層社會的 debt 借款 overload 超載 predictable 可預料的 sort 類型 tragedy 悲劇

121.

解析 空格後面接的是suicide為名詞，意指「自殺」，空格要填入能夠帶出suicide這個名詞的動詞。四個選項皆為動詞，且動詞形式一致，故要從語意來判斷。（A）意指執行某件詳細計畫的事；（B）意指了解某事，包含所有事實和細節；（C）指做某件錯事或違法的事；（D）意指對某事提出結論。最適合的答案為（C）。 **正確答案(C)**

122.

解析 此題在考應填入的動詞形式。看到that子句中，主詞為she，後面皆了had hard time，had後面要皆Ving形式的動詞，故答案選（D）。 **正確答案(D)**

123.

解析 從四個選項來看，（A）due to、（C）owing to和（D）because of後只能接名詞或名詞片語，不能直接接完整的句子。但空格後面是more and more graduates having trouble finding jobs，為完整的句子，使用刪除法後，得出答案為（B）。now that表示「因為現在」的意思。 **正確答案(B)**

124.

解析 空格後的句子表示「因此他們才能付清他們的債務或改善家中的經濟」，所以前面應該接表示「很想要得到工作」意思的句子。最符合句意的為（A）。be desperate for something意指很想要獲得到某物；be reluctant指不情願的；be unwilling指無意願的；be passive指被動的。 **正確答案(A)**

Chapter 07 假設法

Quiz | 解答與解析

Q1. were **Q2.** could **Q3.** had not been
Q4. have been **Q5.** will notify **Q6.** finishes
Q7. should hear **Q8.** will not **Q9.** Had
Q10. should **Q11.** Were **Q12.** could
Q13. Had it not been **Q14.** had

Q1.

解析 逗號（,）後面的主要子句有「would + 原形動詞」，如此一來就是假設法的過去式句型吧？假設法過去式裡的if子句要用過去式動詞，所以標點符號前的if子句裡be動詞要使用過去式was，但是不要忘記了，在假設法裡be動詞的過去式與主詞的人稱無關，一律都是使用were。

如果我是你的話／我應該不會說／那些話。

Q2.

解析 if子句裡有had，是過去式吧？這是假設法過去式，所以主要子句必須是「could + 原形動詞」。

如果我有／足夠的錢／就可以買手機給她了。

Q3.

解析 這題無法使用解釋句子意思的方式解題，首先我們要先看主要子句的時態，才能了解if子句的時態。主要子句是could have p.p.，是假設法過去完成式， 這樣一來，就知道if子句就是過去完成式。

如果他沒有生病的話／他就能／在截止期限內做完那件事了。

Q4.

解析 我們看到了if子句的had accepted，所以這句子是假設法的過去完成式。這麼一來，主要子句當然就必須是would have p.p.。這句話是說沒有接受新的想法，所以情況變糟的意思。

你如果接受這個新想法／情況應該會更好。

Q5.

解析 if子句裡面的動詞是現在式submit，所以是假設法現在式的句型。我們在前面有說過在假設法現在式裡，主要子句必須要使用未來式吧？

我們將會馬上通知你／如果你繳交了附上的表格／最晚在星期四。

Q6.

解析 主要子句有未來式「will let」，所以if子句中要使用現在式。不過這個現在式如果碰到if子句的話，是有未來的含義。變成「時間、條件的副詞子句」，所以這個句子的if到homework都是條件副詞子句。

如果她做完／她的功課／我可以讓她休息／一段時間。

Q7.

解析 主要子句裡有出現「will + 動詞」，所以這若不是假設法的現在式，就是假設法未來式。如果是假設法現在式，if子句中必須是現在式，但是句中沒有現在式。所以這個句子是假設法未來式，答案就是要選「should + 原形動詞」。

如果她得知／他死亡的消息／她將會受到打擊。

Q8.

解析 if子句裡有should rain，這是假設法未來式。假設法未來式的主要子句是「will [shall, can, may] + 原形動詞」，本句英文中蘊含著今天下午不太可能會下雨的色彩。

如果下雨的話／今天下午／我們就不會去／那裡。

Q9.

解析 乍看之下好像要放入if，但是if子句的過去式動詞met和主要子句的would have p.p.（假設法過去完成式）並不合，反而成為很奇怪的句子。這句標點符號（,）的前面本來是if you had met me earlier，但是這裡省略了if，把had放到句子前面，成為倒裝句。

如果你再早一點見到我／你就不會浪費了／你寶貴的時間。

Q10.

解析 乍看之下連接「S + V」和「S + V」的連接詞although是解答，但是實際放進去後卻解釋不通。本句英文的後面部分原本是if you should have another problem，但句中省略了if後，should放到前面成為倒裝句。把should放進去後成了假設法的句子，解釋起來也變得合理了吧？

直接寄電子郵件給我／如果有其他問題的話。

Q11.

解析 乍看之下好像和it比較適合的was是解答，但是假設法過去式裡的be動詞是和人稱跟時態無關，都是要使用were。本句英文是省略了if，把were放到句前的假設法倒裝句，這樣你知道了嗎？

如果沒有／你的幫助／我將無法成功。

Q12.

解析 were it not for是if it were not for省略了if後，把were放到句前的假設法過去式倒裝句。本句是假設法過去式句型，所以主要子句中當然就是要放入「could + 動詞」。

如果沒有／空氣和水／我們都無法生存。

Q13.

解析 看到了主要子句裡的could not have succeeded，就知道這是假設法過去完成式的句型。所以答案的時態是過去完成式，原本是if it had not been for your help的句子，本句省略了if，再把had放到句前的句子。

如果沒有你的幫忙／他也無法成功。

Q14.

解析 本句和一般常見的if子句當開頭句子不同，這一題的if子句在句子後面。前面是主要子句could have p.p.，這是假設法過去完成式。後面原本是if it had not been for，省略了if後，把had放到句子前面的倒裝句。建議將had it not been for（如果沒有…）整段背下來，對各位考場上作答相當有利。

他們無法吸引到／更多的顧客／如果沒有那個新戰略。

STEP 01 若沒答對會後悔的考題

1. (A)	**2.** (C)	**3.** (B)	**4.** (D)	**5.** (A)
6. (D)	**7.** (B)	**8.** (D)	**9.** (C)	**10.** (D)

1.

1 文法題
2 動詞require的特徵
3 動詞

解析 require是「主張、命令、要求、建議」動詞中的「要求」，如果知道這點的話，就可以輕鬆解題。這時和時態、單複數無關，要使用原形動詞。這邊省略了空格前面的助動詞should，所以空格內的動詞要使用原形動詞。 **正確答案(A)**

詞彙 enterprise 企業、公司 require 要求 employee 員工 be able to do 可以做…（= can） take on 擔任（事情）、負責（責任） role 角色、任務 member 會員、成員 in emergency 危急時、緊急狀態

Globalstar Enterprises／要求／所有的員工們／在危急時可以擔任其他成員的角色。

2.

1 文法題
2 確認if後面的動詞，假設法過去式
3 助動詞

解析 看到if子句內有were就知道這是假設法的過去式。假設法過去式是「If + 主詞 + 過去式動詞（或是were），主詞 + would + 原形動詞」，所以空格內要填入would。當然除了would以外，也可以放入could、should和might。假設法過去式是用在假設與現在的事實相反時使用。 **正確答案(C)**

詞彙 definitely 分明、絕對 think about 考慮 twice 兩次 go ahead with（事情、學習、調查等）前進 advertising 廣告 campaign 戰役、活動

如果我是你／我絕對會三思／對於繼續做新的廣告活動。

3.

1 文法題
2 空格是限定動詞，wish假設法
3 動詞

解析 動詞wish主要使用在假設法，這裡首先要知道wish後面的名詞子句連接詞that被省略了（wish後面的名詞子句連接詞that很常會被省略）。助動詞（A）和（D）後面必須要有原形動詞，而本句中沒有原形動詞，所以可以直接從選項中淘汰。一般wish後面會出現假設法過去式或假設法過去完成式，這邊是使用期待與現實相反的假設法過去式。 **正確答案(B)**

詞彙 wish 期望 be able to do 可以做… clear 乾淨的、清楚的 picture 照片、圖片、（全盤的）狀況 happen 出現、發生 operation 事業、營運、運用

我期望／我們能夠清楚了解／我們發生了什麼事／在印尼的事業。

4.

1 文法題
2 省略了助動詞should，確認句中的原形動詞
3 動詞

解析 本句子裡使用的動詞demand是「主張、命令、要求、建議、勸告」動詞之一，我們有說過這種動詞後面的that子句裡，大部分會省略助動詞should，只使用原形動詞。這句子的空格中也是省略了助動詞should，所以有出現原形動詞be的（D）是正確答案。 **正確答案(D)**

詞彙 chairman 議長 shareholder 股東 committee 委員會 demand 請求、要求 catastrophic 大災難的、激烈變動的 loss 損失

身為股東委員會的會長／我要求／有人必須要負責／對於巨大的損失。

5.

1 文法題
2 確認if後面的動詞，假設法現在式
3 動詞

解析 看到if子句的動詞（is），所以這是假設法現在式。首先空格填限定動詞，所以（B）是動狀詞，可以直接淘汰。假設法現在式的句型為「If + 主詞 + 現在式動詞, 主詞 + will [shall]」，所以答案是（A）。假設法現在式可以翻譯為「如果…，將會…」，是用於假設未來不確定的事時所使用。 **正確答案(A)**

詞彙 possible 可能的 maintain 維持、維護 detailed 仔細的 record 紀錄 expense 費用（支出） while 在做…的期間 on business trip 出差中

如果可以的話／全部的公司員工／將會保持／在出差中支出費用的詳細記錄。

6.

1 文法題
2 看到wish，確定是假設法
3 動詞

解析 和第3題一樣，wish後面的that子句是假設句，也省略了that。I wish that的句型如果不是假設法過去式，那就是假設法過去完成式的句子，所以（A）和（B）可以直接刪除。而且假設法過去式中be動詞是使用were，因此（C）也刪除。 **正確答案(D)**

詞彙 possible 可能的 employee 員工 holiday house 渡假別墅

我希望／所有的員工能夠／使用公司位於深山中的渡假別墅／在滑雪季時。

7.

1 文法題
2 確認主要子句裡的動詞，假設法過去完成式
3 動詞

解析 看到if就知道這是假設法的句型。空格在if子句裡面時，必須要先確認主要子句的動詞。看到了主要子句的動詞would have taken，就知道這是假設法過去完成式的句子。這麼一來，空格內必須要填入had p.p.，正確解答就是（B）。在考試中常出現if it had not been for...的假設法過去完成式的表現方式，是「如果沒有…」，可以簡寫成had it not been for...，也可以換成but for...、without...等。 **正確答案(B)**

詞彙 if it had not been for 如果沒有… heavy traffic 巨大的交通量、交通壅塞 downtown area 市區、市中心 own 自己的

如果市中心沒有交通壅塞／我就能開自己的車載我們兩個。

8.

1 文法題
2 確認if後面的動詞，假設法過去式
3 動詞

解析 看到if子句後面的過去式動詞were，可以知道這是假設法過去式題型。假設法過去式的句型是「If + 主詞 + 過去式動詞（were）, 主詞 + would + 原形動詞」，所以空格內要填入的是would，當然除了would以外，也可以放入could、should和might。（這邊的were to並非是假設未來不可能發生的事時，使用的假設法未來式的were to，而是「想要做…」的be to用法。） **正確答案(D)**

詞彙 make a suggestion 提議 hold off 延期、推延 make an offer 提案 a little more 再稍微

如果我提議／我會說／他應該要延期／提案／直到我們知道更多資訊。

9.

1 文法題
2 空格在if子句裡，確認主要子句的動詞
3 動詞

解析 if子句裡有空格，這樣就要先確認主要子句裡的動詞。主要子句裡有「would + 原形動詞」，意味著這是假設法過去式的句子。所以空格內要填的是動詞過去式，假設法裡be動詞的過去式是were，所以正確解答是（C）。 **正確答案(C)**

詞彙 in other words 換言之 aggressive 侵略的、積極的 pursue 追趕、追求 potential 潛在的 client 客戶、委託人 position 位置、地點、立場

換句話說／我在發掘潛在客戶應該會更積極／如果我站在你的立場的話。

10.

1 文法題
2 could have p.p.（假設法過去完成式）
3 介系詞

解析 看到主要子句的動詞是could have p.p.，就知道這是假設法過去完成式。假設法過去完成式的句型是「If + 主詞 + had p.p., would [should, could, might] have p.p.」，不過本句中沒有if連接詞，只有空格和空格後面的名詞。這時就要先想到省略了if的假設法過去完成式表現方式「had it not been for」，如果這也不是的話，就再想「but for + 名詞」、「without + 名詞」、「barring + 名詞」。因為這是假設法過去完成式，所以可以解釋為「如果當時沒有…，就…了」。 **正確答案(D)**

詞彙 without 沒有…、如果〔當時〕沒有 competitor 競爭者；競爭對手 company 公司 a lot 更（比較級的強調） successful 成功的 market 市場

如果沒有美國的競爭對手／許多韓國公司／在北美市場上應該會更成功。

STEP 02 實戰問題

101. (C) **102.** (C) **103.** (B) **104.** (D) **105.** (B)
106. (B) **107.** (C) **108.** (D) **109.** (A) **110.** (C)
111. (B) **112.** (C) **113.** (B) **114.** (A) **115.** (A)
116. (B) **117.** (C) **118.** (D) **119.** (B) **120.** (A)
121. (D) **122.** (C) **123.** (B) **124.** (C)

101.

解析 （1）看到if子句，確認是假設法（2）確認if子句裡的動詞（3）代入假設法的公式（假設法過去完成式），看到if子句的動詞had left，可知道這是假設法的過去完成式。這麼一來，主要子句的空格裡要填入would [should, could, might] have p.p.，所以正確答案是（C）。 **正確答案(C)**

詞彙 leave for 離開到… a day early 提早一天 be able to do 可以做… meet with 和…見面 European 歐洲的、歐洲人 seminar 研討會、討論會

如果馬修提早一天離開前往巴黎／他就可以見到／我們歐洲的客戶／在研討會以前。

102.

解析 （1）先看主要子句，確認是假設法句子（2）本句時態是假設法的過去完成式（3）這是假設法考題常出的同意表現，看到主要子句裡的could have earned，確認這是假設法的過去完成式。但題目中沒有if連接詞，但有空格和空格後面的名詞。只要有想到省略if子句的假設法慣用表現方式就沒問題！（A）是連接詞，後面沒有「主詞 + 動詞」，所以淘汰。（B）是假設法過去式，所以淘汰。（D）應該不符合省略了if的假設法表現方式吧！所以正確答案是（C）。是If it had not been for裡省略了if，主詞和動詞顛倒的倒裝句。 **正確答案(C)**

詞彙 had it not been for 如果沒有… global 全世界的

financial 財政的、金融的 crisis 危機 earn 賺 much（比較級的強調）更 large 大的、多的 profit 利益 last year 去年

如果沒有全球金融危機／我們公司／可以賺到更多的利潤／在去年。

103.

解析 （1）確定主要子句裡的would have p.p.。（2）本句時態是假設法的過去完成式。（3）是倒裝句。我們藉由主要子句裡的would have p.p.，可得知這是假設法的過去完成式。選擇（D）的If當作解答時，後面的主詞和not left形成一個很奇怪的句子。那麼省略If，主詞和動詞顛倒的假設法倒裝句呢？假設法過去完成式的if子句變成了had在前面的倒裝句，所以答案是（B）。 **正確答案(B)**

詞彙 leave 離開 last year 去年 take over 承接、接收 duty 任務、職務

如果喬納森沒有離開公司／去年／他就可以接收／我的職務了。

104.

解析 （1）主要子句的「could + 原形動詞」（2）本句時態是假設法的過去式（3）假設法裡be動詞的過去式不是was，是were。看主要子句可以看到「could + 原形動詞」，這是假設法的過去式。所以空格裡是要填入過去式動詞。因此正確答案是（D）were。 **正確答案(D)**

詞彙 marketing 行銷 spend 花、消費 advertising 廣告 campaign 活動 reach 到達、（伸手）碰觸、連絡 customer 顧客

如果行銷團隊可以花更多錢／在廣告活動上／我們可以接近更多的客戶。

105.

解析 （1）確定是假設法（2）假設法的過去式。If子句中的動詞were是過去式，所以這是假設法的過去式的句子。假設法的過去式句型為「If + 主詞 + 動詞過去式（或是were），主詞 + would + 原形動詞」，空格內要填的是助動詞would。順帶一提，這一題的if子句「If it were not for + 名詞」是「如果沒有…」的假設法過去式中常出的題型。 **正確答案(B)**

詞彙 if it were not for 如果沒有…（假設法的過去式－與現在事實相反） dedicated 獻身的、專注的 domestic 國內的 management 經營團隊、經營 handle 操控 local 地區的、當地的 firm 公司 at once 同時、馬上

如果沒有／我們全力付出的國內管理團隊／我們將無法掌握／那麼多當地的客戶／同時。

106.

解析 （1）理性判斷的形容詞essential。（2）that子句裡省略了should，只有原形動詞。that子句前面的形容詞essential是關鍵字。這時候that子句後面省略了「should + 原形動詞」或省略should，所以只有出現了原形動詞。因此前面我們看作省略了助動詞should，空格內填入原形動詞。 **正確答案(B)**

詞彙 while 做…的期間、做…的另一方面 it would be good if... 做…應該比較好 absolutely 絕對地 essential 必須的 include 包含 teleconference 視訊會議

雖然如果荷西可以在這裡很好／我不認為／他絕對要／一起參加這個視訊會議。

107.

解析 （1）確定是假設法（2）本句時態是假設法的過去式。if子句中有were是過去式，所以這是假設法的過去式的句子。假設法的過去式句型為「If + 主詞 + 動詞過去式（或是were），主詞 + would + 原形動詞」，因此空格內較適當的是（C）的would。（A）是到would都沒有問題，不過因為後面出現了have see，have後面加原形動詞是不合理的，因此被淘汰。另外，這邊的were to是「想要做…」的be to用法。 **正確答案(C)**

詞彙 increase 增加 department 部門 operating 營運 budget 預算 next year 明年 improvement 提升 staff 職員 morale 士氣

如果我們增加／部門營運的預算／明年／我們將會看到／職員士氣的提升。

108.

解析 （1）確定是假設法。（2）本句時態是假設法的過去式。if子句中的be動詞過去式是were，看到主要子句的would be，就馬上可以得知是假設法的過去式。假設法過去式的句型為「If + 主詞 + 動詞過去式（或是were），主詞 + would + 原形動詞」。因此正確答案是（D）。 **正確答案(D)**

詞彙 project 專案、企劃、事業 immediately 即時、即刻 provide A with B 提供B給A client firm 客戶公司 progress 發展、進步

如果我們想要執行那個企劃／馬上／我們可以提供／給客戶／更新的發展。

109.

解析 （1）看到主要子句的「would + 原形動詞」，可以確認是假設法句子（2）這是if連接詞的假設法表現之一。首先，我們看到主要子句的would be，即可得知這是假設法過去式，不過（B）、（C）、（D）三者都是介系詞，分別是「不只…還有」、「對於…」和「因為…」的意思，所以無法作成假設法的

句子。（A）原本是if it were not for...，也可以簡略成這樣，趁這個機會好好記住。 **正確答案(A)**

詞彙 all the 全部的… government 政府 red tape （官方機構的）繁文縟節 manufacturing 製造業（的） plant 工廠、植物 operate 運作、運轉 by now 現在

要不是政府費時的繁瑣手續／Innova Technology的新製造工廠／就正在運轉了／現在。

110.

解析 （1）確定是假設法（2）本句時態是假設法的過去完成式（3）是主動和被動的問題。主要子句中有would have p.p.，所以是假設法的過去完成式。因此正確解答不是（A）就是（C），最後就是主動或被動態的問題了。manage這個動詞的受詞為to不定詞。（如果原先不知道的話，現在就趕快記下來。）所以這題的to不定詞就是主動態的to complete，被動態的（A）就被淘汰啦！ **正確答案(C)**

詞彙 manage to do 艱辛地做… complete 完成 in-house （公司、組織）內部的 training 訓練 course 課程 receive 接受 promotion 晉級、推銷

如果我不顧一切地完成／內部訓練的課程／我早就升遷了。

111.

解析 （1）確定是假設法。（2）本句時態是假設法的過去式。（3） be動詞是were！看到主要子句的would be就馬上可以得知是假設法的過去式。假設法過去式為「If + 主詞 + 動詞過去式（或是were）, 主詞 + would + 原形動詞」，因此正確答案是（B）。

正確答案(B)

詞彙 conference 會議 genetic 遺傳的 engineering 工程 hold 舉辦 attend 參與 colleague 同事

如果遺傳工程的相關會議／在美國舉辦的話／我就能參與那會議／和我的同事。

112.

解析 （1）確定是假設法（2）確定省略了if（3）這是假設法過去完成式的倒裝句。子句中有would have p.p.，所以是假設法的過去完成式。不過if子句中沒有if，取而代之的是had放在句首，所以這是省略了if，主詞和動詞倒裝的假設法過去完成式。句子型態為「Had + 主詞 + p.p., 主詞 + would [should, could, might] + have p.p.」，所以空格內的答案就是p.p.型態的（C）worked。 **正確答案(C)**

詞彙 a few years ago 幾年前 restructuring 改組 think of 想著… quitting （職場、學校等）離開

如果你在這裡工作／幾年前／開始改組時／你應該會想要／離職。

113.

解析 but for和without是具有「如果沒有…」意思的假設介系詞，後面應該要有名詞（片語），主要子句的時態應為假設法過去式或假設法過去完成式。在這一題裡的主要子句是could not have recovered，為假設法過去完成式。（A）和（C）不是假設法的用法，所以淘汰。空格後面有介系詞for，所以（D）也淘汰。

正確答案(B)

詞彙 but for 如果沒有… assistance 支援、幫助 federal government 聯邦政府 county 郡、縣 hit 打、給予打擊 hurricane 颶風 recover from 自…狀態恢復 disaster 災害、災難

如果沒有聯邦政府的支援／受到颶風襲擊的那一郡／無法從災難之中恢復。

114.

解析 看到標點符號（,）後面的主要子句中有will be，就知道這是假設法未來式的句子。假設法未來式的句型為「If 主詞 + should + 原形動詞, 主詞 + will [shall, can, may] + 原形動詞」。不過本題沒有if，所以這是省略了if，助動詞should放到句首的倒裝句。

正確答案(A)

詞彙 operate 運轉 facility 設備 trainer 訓練人員 shortly 馬上

如果你在這設備運轉時遇到任何困難／我們的訓練人員將會教你操作／或是讓你退貨。

115.

解析 that子句出現在important、necessary、imperative、essential、advisable、urgent、required這類具有理性的判斷或是需要的形容詞後面時，省略助動詞should後就剩下原形動詞。這句子imperative that子句中省略了主詞each employee後的助動詞should，因此只剩下原形動詞，所以正確答案是（A）。 **正確答案(A)**

詞彙 under 依照… reinforced 被強化的 safety measure 安全措施 imperative 必須的、義務的 photo ID 有貼照片的身分證 security guard 警衛

依據加強的安全措施／每個員工有義務出示／有照片的身分證／給警衛。

116.

解析 這是假設法過去完成式，空格後面省略了if，主詞和動詞顛倒的倒裝句，在had had中，前面的助動詞had被放到前面去，原本是if they had had a better idea。在此，前面的had是過去完成式的助動詞had，後面的had是動詞have的過去分詞（p.p.）。

正確答案(B)

詞彙 attend 參加 job fair 就業博覽會、徵才博覽會

應該會有更多人參加／就業博覽會／如果他們更清楚知道／我們做的是什麼。

117.

解析 had it not been for是「如果沒有…」的意思，是假設法過去完成式的表現。這邊從if it had not been for中省略了if，had被放到前面去了。（A）放到空格也可以成為假設法的倒裝句，但是解釋起來並不合理。 **正確答案(C)**

詞彙 approval 允許 upper management 高階管理部門 close the contract 完成合約

如果沒有高階管理部門的核准／我們無法成功／完成那份合約。

118.

解析 「主張、命令、要求、建議、忠告」動詞中的request後面的that子句會出現「should + 原形動詞」或是「原形動詞」。所以答案不是（A）就是（D），這樣一來就是分辨主動和被動的問題。analyze是第3大句型動詞，但後面沒有受詞，所以空格裡是被動態，正確答案是（D）。 **正確答案(D)**

詞彙 inspector 監察長 urgently 緊急地 account book 帳簿 emergency team 緊急對應組

監察長緊急要求／要分析帳簿／所以一個緊急對應小組／上週被召集。

119.

解析 看到句中有if they had not allowed，就知道是假設法過去完成式的結構。因此主要子句裡需要有「would [should, could, might] have p.p.」。 **正確答案(B)**

詞彙 allow 允許 reserve 預訂 seat 座位 in advance 預先 succeed in 成功於… vacation 休假 comfortably 舒適地 freely 自由地

如果他們不允許／我們預約／座位／事先／我們無法／舒適又自在地休假。

120.

解析 看到逗號（,）後面的should prepare時，看起來是假設法過去式。逗號前面的句子裡出現did，這是省略了if的假設法倒裝句。if子句裡有be動詞時，省略了if後會把were放到前面。但是一般動詞的情況，是把助動詞did放到最前面，後面就使用「主詞 + 原形動詞」。所以這題答案不是（A）就是（D），不過在表示「經歷…的痛苦」時，使用主動態的suffer from，不使用被動態的be suffered from。「動詞 + 介系詞」型態的suffer from看作是一個詞組，因為後面有受詞，是主動態沒錯吧？ **正確答案(A)**

詞彙 suffer from 受到…的痛苦 loss 損失 investment 投資 capital 資本 prepare 準備

如果一間公司正在承受損失／由於投資不足／那間公司要準備／充足的資本／為了下次。

問題121-124請參照以下的文章。

> 一般而言／如果有人僅僅提到／乘客和行人／似乎沒有共通點／然而／若是我們仔細研究／一些相似處／會發現／首先／乘客和行人都需要遵守／特定的交通規則／若是其中一方／違反交通規則／就會造成很大的麻煩／或導致嚴重的事故／在一些情形下／政府的財產可能會被破壞／或珍貴的生命可能被奪走／此外／有些禮儀／必須遵守／乘客和行人都／舉例來說／如果你總是大聲地講手機／當走路或搭乘大眾交通工具時／可能會打擾其他人／最後／乘客和行人都必須相互合作／讓交通順暢／若是計程車或公車的乘客／急於下車／在任何他們希望的地方／可能造成行人不便／路過或是想過馬路／簡單來說／雖然乘客和行人看似非常不同／但有一些共通點／若我們思考過。

詞彙 merely 緊緊 pedestrian 行人 closely 仔細地 similarity 相似點 come out 出現 regulation 規定 disobey 違反 dire 可怕的 property 資產 precious 珍貴的 upset 打擾 ultimately 最後 cooperate with 合作 smooth 順利的 desperate 極度渴望的 inconvenience 不便 in brief 簡言之

121.

解析 in common為片語，意指「兩事或兩人某部分相同」。此題答案選（D）。 **正確答案(D)**

122.

解析 當用條件句來表達可能的事實，if子句用現在簡單式，主句用未來簡單式，而在這邊的if子句中，主詞「any one of them」是單數，故答案選（C）disobeys。 **正確答案(C)**

123.

解析 這句話使用被動式be followed，而若要用被動式表示某事「被」某人做的意思時，介系詞會選用by，答案為（B）。 **正確答案(B)**

124.

解析 搭配後面句子來看，後面句子的主詞為it，指稱前面句子，也就是某件事可能會造成行人的不便。使用表示「可能成為事實」的條件子句時，if子句用現在簡單式，加上passengers是複數，所以動詞也應為複數形，答案為（C）。 **正確答案(C)**

Chapter 08 動名詞

Quiz | 解答與解析

Q1. you **Q2.** my **Q3.** Notifying
Q4. producing **Q5.** applicants **Q6.** report
Q7. cooking **Q8.** cut

Q1.

解析 這是要找動名詞meeting的受詞的題型。正確解答當然就是受詞格的you。

我們期盼／跟你不久後能見面。

Q2.

解析 這題是在問動名詞opening名義上的主詞，我們有說過動名詞的名義主詞大部分是使用所有格。雖然有時候會使用受詞，但多益考題很少出現。另外本句一般會解釋為「我可以開門嗎？」

你會介意／我／開門嗎？

Q3.

解析 問的是句子的主詞，動名詞notifying和名詞notification都有可能是答案。這時就要注意後面的受詞them，單純的名詞notification不能有受詞，所以正確答案就是動名詞notifying。另外說明，動名詞的主詞只採用單數含義，所以動詞是單數的was。還有動名詞notifying可以用to不定詞型態的to notify替代。

通知他們／結果／是恰當的。

Q4.

解析 discontinue 是屬於MEGAPAS ID的動詞，受詞是動名詞，這時候動名詞無法用to不定詞取代。

他們打算／要停止生產／那個老型號。

Q5.

解析 括弧內是have received的受詞，詞性屬名詞。applicants和applying兩者皆可以當作名詞，但是applicants是「申請人」，applying是指「申請」這件事，兩者是完全不同意思。所以在意思上，句中放入applicants解釋起來較自然。

我們很高興／收到／許多符合資格的申請人／為了這份工作。

Q6.

解析 空格在定冠詞the的後面，答案是名詞。reporting（報告）和report（報告書）看起來似乎意思一樣，但還是有些不同，動名詞reporting後面要有受詞，不過因為句中沒有受詞，所以不是適當的答案。

那份報告寫得很好／所以應該會被接受。

Q7.

解析 平時就要把be used to -ing這種慣用句型記下來，才能解這一題。這是「很熟悉做…」的意思。

他現在已經熟悉／料理肉製品。

Q8.

解析 這不是be used to -ing的問題嗎？不過你是否有試著用解釋含義的方式了呢？「刀子要熟悉？」這有點奇怪吧？這情況是刀子被拿來使用，一般都是被動態，這裡的to不定詞是「為了做…」的意思，當做副詞使用。所以be used to -ing的型態出現時，請一定要注意看句子的意思。

這把刀子／只能用／切肉。

STEP 01 若沒答對會後悔的考題

1. (B)	**2.** (D)	**3.** (B)	**4.** (C)	**5.** (D)
6. (A)	**7.** (A)	**8.** (C)	**9.** (D)	**10.** (C)

1.

1 詞性題
2 動詞和數的一致
3 動名詞

解析 答案是可當作主詞使用的動名詞。首先來確認限定動詞，是單數動詞has，所以主詞也須是單數。空格後面的employees是複數，代表這不是主詞。空格裡是主詞，所以不能當主詞的Recognized直接淘汰。（C）的Recognition是名詞，後面不可能會有名詞（talented employees）當受詞。所以正確答案是（B）和（D）之中可以有受詞的主動態的動名詞Recognizing。 **正確答案(B)**

詞彙 recognize 認同、認知 talented 有才能的、有才幹的 show 證明、出示 improve 提高 productivity 生產力 entire 全體的

認同／有才能的員工／被證明／可以提升／全體辦公室內的生產力。

2.

1 詞性題
2 to介系詞的片語
3 動名詞

解析 空格答案是介系詞的受詞——動名詞。to的後面常會出現原形動詞，以to不定詞的型態出現，但

和動名詞一起使用的慣用表現中，to也會接名詞或動名詞。這句使用片語「look forward to 名詞〔或-ing〕」，所以答案是（C）或（D）。不過空格後面有受詞the new year，所以正確答案就是後面必須要有受詞的（D）。 **正確答案(D)**

詞彙 each year 每年 look forward to -ing（名詞）盼望 celebrate 祝賀 new year 新年 festive 喜慶的、節日的

每年／辦公室員工們／期望／慶祝新年／用歡樂的辦公室派對的方式。

3.

1 文法題
2 確認空格後的名詞（保有原本動詞的特性）
3 動名詞

解析 空格內是動詞is的補語，意思上是和主詞有同格關係。選項全都是動名詞，所以要找出適合空格後面的受詞careful notes的動名詞。take a note是「筆記」的意思，和整句脈絡最符合，所以（B）是正確解答。其他的和careful notes並不適用。 **正確答案(B)**

詞彙 academic 學區的、學業的 success 成功 take a note 筆記 careful 仔細的 during …期間 lecture 授課；演講

學業成功的關鍵之一是／詳細地做筆記／在所有的課堂中。

4.

1 詞性題
2 補語，空格後面的ways
3 動名詞

解析 空格是動詞is的補語，雖然（A）可以當補語，但和後面的ways一樣是名詞，因此淘汰。用（B）使句子變成被動態，後面不可以有受詞。（C）是動名詞，和含義上的主詞（new topic）屬於同格關係，後面可以接受詞（如果當成現在分詞也是錯）。（D）也不是look forward to -ing 這種特殊的慣用表現方式，所以非正解。 **正確答案(C)**

詞彙 common 共同的、一般的 topic 主題 country 國家 way 方法 reduce 減少 government 政府 spending 支出

共同的新聞主題／在許多國家／今天／是尋找方法／來減少／政府的支出。

5.

1 文法題
2 把動名詞當受詞的動詞，主動、被動題
3 動名詞

解析 把動名詞當作受詞的動詞give up有「放棄」的意思，這是屬於MEGAPAS ID的動詞。要從-ing型態的（C）、（D）中選擇答案，必須要分辨兩者的主動和被動態。使用search for這類的片語時，依據for後面有無受詞來區分主動和被動態，本題目for的後面有受詞（a dry place），所以答案是主動態的（D）。

正確答案(D)

詞彙 victim 受害者 give up 放棄… search for 尋找… dry 乾燥的、乾的 place 場所 storm 暴風 pass 經過

雨果颶風的受害者／放棄了／尋找／要停留的乾燥的場所／在暴風經過後。

6.

1 詞性題
2 動詞spend的特徵（in / on的省略）
3 動名詞

解析 這一題的key word是動詞spend。動詞spend常使用於「spend 時間／金錢（in / on）+ -ing」，有「花時間／金錢做…」。這裡常常會省略介系詞in或是on，空格要放動名詞，所以正確解答是（A）。

正確答案(A)

詞彙 be encouraged to do 被鼓勵做… spend 消費、花 enough 充分的 learn 學習 latest 最新的 product 產品

新員工被鼓勵／花／充分的時間／了解／公司的最新產品。

7.

1 詞性題
2 空格是主詞，a payment
3 動名詞

解析 扮演主詞角色的動名詞。因為空格後面的不定冠詞a，所以形容詞（C）直接淘汰。名詞（B）後面又有其他名詞a payment，名詞重複所以淘汰。空格是採用名詞當作受詞的主詞，所以正確解答是動名詞（A）。 **正確答案(A)**

詞彙 be advised that... 被勸告… submit a payment 支付 due date 期限 result in 導致；招致 heavy 重的、嚴重的 late fee 滯納金

請聽勸告／支付費用／期限以後／將會有高額滯納金。

8.

1 詞性題
2 採用動名詞當受詞的主詞
3 動名詞

解析 空格裡的答案是動名詞受詞。屬於MEGAPAS ID的動詞之一，enjoy是採用動名詞當受詞的動詞，所以（C）是正確解答。exercise可當不及物動詞，也可當及物動詞，是「運動」的意思，為不及物動詞。另外空格後面的to不定詞是副詞的用法，是「為了解放」的意思。 **正確答案(C)**

詞彙 make it certain that... 確信that以後的事情 enjoy 享受 exercise 鍛鍊 release 解放、釋出 stress 壓力 a long tiring week 又長又疲倦的一週

我確信／我們人類要應該享受運動／來釋放壓力／在度過又長又疲倦的一個禮拜後。

9.

1 文法題
2 動名詞含義上的主詞
3 代名詞

解析 空格裡是動名詞含義上的主詞。不過，空格後面的動名詞依附在後方出現的動詞seemed，是句子的主詞。動名詞當主詞時，依舊維持著動詞的特性，所以可以有含義上的主詞，動名詞含義上的主詞是所有格，因此正確解答就是（D）。 **正確答案(D)**

詞彙 expect 預測 delay 延遲 during …的期間 busy 忙碌的 holiday 假日 seem (to be) 看起來像… reasonable 合理的 at that time 在那當時

我預測延期／在忙碌的休假旺季時／是相當合理的事／在當時看來。

10.

1 文法題
2 to不定詞的受詞，receiving
3 動詞

解析 空格是採用動名詞當作受詞的動詞。看到前面的in order to，就可以知道空格是要填入to不定詞的原形動詞。不過空格後面出現了當作受詞使用的動名詞，所以找到受詞必須是動名詞的動詞就對了！（A）是動詞，受詞須是to不定詞，所以淘汰。（B）使用於「object to + 名詞」的型態，所以淘汰。（C）和（D）是受詞必須是動名詞的動詞，這時就要放入句中解釋含義的方式解題了。「為了介意收到通知」似乎有點奇怪，若是「為了停止收到通知」就比較合理，所以答案是（C）。 **正確答案(C)**

詞彙 in order to do 為了… stop 停止 receive 接收 notice 通知（書） contact 聯絡 customer service department 客戶服務部

為了停止／收到這些通知／請聯絡／我們的客戶服務部。

STEP 02 實戰問題

101. (B) 102. (A) 103. (C) 104. (D) 105. (A)
106. (B) 107. (C) 108. (B) 109. (D) 110. (B)
111. (A) 112. (D) 113. (C) 114. (C) 115. (B)
116. (A) 117. (A) 118. (D) 119. (A) 120. (B)
121. (D) 122. (A) 123. (C) 124. (B)

101.

解析 （1）確認空格前面的介系詞（2）空格內是名詞類（3）因為在介系詞（about）後面，所以空格是名詞。不過它的後面是名詞corporate taxes作為受詞，因此空格是動名詞。（A）是動詞，所以淘汰。（C）是純名詞，與後面的名詞corporate taxes重複，所以也淘汰。（D）是動名詞的被動態，因為後面有受詞，所以淘汰。最後正確解答就是（B）。在找答案時，只能用解釋句中含義的方式來分辨reducing是動名詞，還是當作形容詞的現在分詞。如果是動名詞，是「對於法人稅的減免」的意思，在整個句中的前後意思很自然。不過當作現在分詞時，是「對於正在減少的法人稅」，前後文就不是很通順。 **正確答案(B)**

詞彙 representative 代表人 give a speech 演講 reduce 減少 corporate 法人的、企業的 tax 稅金 general 一般的、普遍的 applause 拍手、稱讚 win general applause 接受世上所有的稱讚、接受所有人的稱讚

代表人迪肯發表了演說／今天／對於法人稅的減免／然後受到所有人的稱讚。

102.

解析 （1）to介系詞的性質（2）此動名詞是慣用片語，也是介系詞的受詞（3）確認主動和被動狀態。比起當作受詞的名詞類，大部分to的後面都是出現原形動詞，但是不論是動名詞或是名詞，作受詞使用時都是慣用的表現方法。這一題裡面必須要分析是「be used to 動名詞〔名詞〕」，還是「be used to 原形動詞」，前者是「熟悉於做…」，後者是「利用來做…」的意思。所以這一題解釋為「習慣於飛行計畫的變更」較為適當，所以原形動詞（B）和（D）首先

被淘汰。最後，空格後面有當作受詞的名詞their flight schedules，所以空格是主動態，而非被動態。因此答案是（A）。 **正確答案(A)**

詞彙 frequent 頻繁的、屢次的 airline 航空公司 be used to -ing 熟悉於做… change 變更、換 schedule 行程 period 期間 extreme 極端的、極度的 weather 氣候

常使用航空公司的乘客們／習慣／變更他們的飛行計畫／在天候惡劣時。

103.

解析 （1）空格是介系詞的受詞（2）確認空格後面「a + 名詞」（3）主動態的動名詞。首先看空格前面的介系詞of，就要知道答案是名詞。後面又看到受詞a service subscription，所以空格是依附介系詞的動名詞。（A）是p.p.型態，所以淘汰。（D）是名詞，和後面的名詞重複，所以無法使用。剩下的就是確定（B）和（C）的主動態和被動態的問題了。空格後面有受詞，理所當然就是主動態的（C）是正解。 **正確答案(C)**

詞彙 increased 增加的 sales 販賣量、銷售 be linked with 和…有關 decreasing 減少的、減小的 cost 費用 establish 建立 subscription 訂閱、加入

銷售量增加／新型智慧型手機／有關／訂閱費用降低。

104.

解析 （1）所有格後面的名詞（2）確認空格後面的「所有格＋名詞」（3）主動態的動名詞。首先空格位在所有格mayor's的後面，可知答案是名詞。不過後面有受詞his efforts，所以空格是主動態的動名詞。（A）是名詞，和後面的名詞重複，所以淘汰。（B）是形容詞，所以也淘汰。（C）和（D）是動名詞，因為後面又有受詞，所以正確答案是主動態的（D）。 **正確答案(D)**

詞彙 philanthropist 慈善家 appreciate 感謝 mayor 市長 acknowledge 承認、認知 effort 努力 harmonize with 和…協調 at all levels 在所有水準裡、在所有階層裡

慈善家米高·卡瑞拉很感謝／市長認同／他的努力／對與社會各階級都達到和諧。

105.

解析 （1）詞性問題。（2）確認動詞is前面的主詞是動名詞。（3）修飾動名詞的是副詞。看選項後，就知道這是詞性題。有看到副詞、動詞、形容詞和名詞吧？動詞is就是重要關鍵。主詞在動詞的前面，所以句子前面的動名詞responding是主詞。不過「respond to＋名詞」的型態完整，沒有其他詞性需要放入，所以空格內就是扮演修飾語的副詞了。再加上修飾動名詞的是副詞，答案是身為副詞的（A）。 **正確答案(A)**

詞彙 actively 積極地 act 活動、行動 active 活潑的 action 活動 respond to 回應… customer 顧客 need 需求 essential 必須的、重要的 revenue 收益、收入

積極的回應／客戶的需求／是必須的／直到我們能提升收入。

106.

解析 （1）依附在介系詞的名詞（2）確認是空格後面的受詞（3）動名詞的主動和被動態。看空格前面的介系詞for即得知這是名詞，不過後面有受詞them，所以空格內是主動型的動名詞。（A）是介系詞to和for重複，所以淘汰。（D）不是動詞就是名詞，所以淘汰。因為後面有受詞them，所以主動態的（B）是正解。另外，不知道各位有沒有想到介系詞for後面也可以放形容詞？和名詞不一樣的是them這類的代名詞是不能被形容詞修飾的。 **正確答案(B)**

詞彙 tour guide 導遊 apologize for 對於…道歉 museum 博物館 visitor 訪客 cause 起因、招致 wait for 等待…

那位導遊對博物館的訪客道歉／因為讓他們等待／導覽的開始。

107.

解析 （1）這是扮演主詞角色的動名詞（2）確認主動或被動態（3）確認動名詞的時態。空格是that以後的子句中，擔任主詞的名詞，後面有受詞the store，所以填入主動態的動名詞較為恰當。因此p.p.式的（A）不列入考慮，這樣一來剩下的都是動名詞了。接下來就是分辨句型的主動或被動態，空格後面有受詞，所以（D）也被淘汰了。接下來（B）和（C）是時態的問題，（B）是完成式的動名詞，而（C）是單純的動名詞。完成式的動名詞是在表達比主動詞的時態更早一個階段的時候使用。動詞would increase是依附在空格裡的動名詞，維持商店開門的狀態和增加延長時間是屬於同個時態的事情，不需要有完成式的動名詞。所以正確解答是（C）。night後面加上複數型的-s後，成為「on Friday nights」，這是「每個星期五晚上」的意思，在這裡使用完成式的動名詞來表現表示更早一個階段的過去式的話，反而使句子變成了四不像。 **正確答案(C)**

詞彙 store manager 店經理 decide 決定 keep + 受詞 + 型態 [-ing, p.p.] 使受詞維持…的狀態 an extra hour 額外的一小時 increase 增加 sales 銷售、販賣 by …的程度

店經理決定了／維持商店營業的狀態／額外增加一個小時／每個星期五的晚上／會增加營業額／10%的程度。

108.

解析 （1）確定空格前面是被動態（名詞類全都淘汰）（2）「to + 原形動詞」vs.「to 動名詞」（3）be committed to -ing以受動型態出現在空格前面，後面不能有受詞，所以名詞（D）直接淘汰不看。只要知

道be committed to -ing（全心全意做…）此片語的慣用表現，就可知正確解答是（B）。 **正確答案(B)**

詞彙 retire from 從…退休 sports 運動 be committed to -ing 全心全意做…、專注做… motivational 激發積極性的 deliver a speech 演講 around the country 在全國

他從運動生涯退休之後／法蘭克全心全意／積極地舉辦勵志演講／在全國。

109.

解析 （1）recommended是MEGAPAS ID的動詞（2） MEGAPAS ID動詞的受詞是動名詞。空格內是動詞recommend的受詞，而recommend正是屬於受詞必須是動名詞的MEGAPAS ID動詞。所以正確解答是（D）。 **正確答案(D)**

詞彙 recommend 推薦、建議 at least 至少 a night 一夜 maintain 維持 immune 免疫的

大部分的醫生建議／一夜至少8小時睡眠／為了維持／強健的免疫系統。

110.

解析 （1）空格內是介系詞的受詞（2）確認「by + -ing」的動名詞慣用表現。我們看前面的介系詞後，可知空格內是名詞。所以不包含在名詞類範圍內的動詞（C）就直接淘汰了。（A）是介系詞，與句中的介系詞重複，所以也不考慮。選項只剩下（B）和（D），接下來就是區分主動和被動態的問題了。空格後面有名詞受格all our products，所以答案是主動態的（B）。 **正確答案(B)**

詞彙 earn 賺、得到 customer 顧客 loyalty 忠誠（度） guarantee 保障 durability 耐久性、耐久力 warranty 品質保障 expire 到期、結束

我們公司有／相當高的客戶忠誠度／因為我們所有的產品有很好的耐久性／甚至保固到期以後。

111.

解析 （1）確定空格前面的介系詞（2）確認空格後面「冠詞 + 名詞」（3）空格內的答案是動名詞。前面已經接觸了許多相似的題型，像這樣介系詞後面是空格，空格後面是「冠詞 + 名詞」的情況，空格內的答案十之八九是動名詞。所以（A）就是正確答案。另外prepare for是「準備…」的意思，這是像一個單字般一起出現使用的詞組。因為（B）是名詞不列入考慮，而（C）和（D）是形容詞，所以也淘汰。 **正確答案(A)**

詞彙 stay up 熬夜不睡覺 late 晚的 aim 目的、目標 prepare for 準備… international 國際的 conference 會議 hold 舉辦

婕安妮格熬夜／到很晚／為了準備國際會議／明天早上舉辦。

112.

解析 （1）確認前面的be busy（2）確定省略了介系詞in（3）被省略的in的受詞是動名詞。空格前的be busy後面省略了介系詞in，所以空格內是介系詞的受詞——動名詞。一般名詞與空格後面的名詞重複，故不考慮。所以正確解答就是動名詞的（D）。be busy（in）是「因為忙碌於做…」的意思。因為（A）是名詞不列入考慮，而（B）是動詞所以也淘汰。最後（C）是介系詞，但後面也是介系詞，因為重複所以也不能選為答案。 **正確答案(D)**

詞彙 quite 非常、相當 conduct 實施、引導 extensive 大規模的 training 訓練、練習 session 期間、時間、會期

身為一個大型團隊的管理者／泰瑞莎相當的忙碌／在大規模的訓練期間領導大家。

113.

解析 這一題是在問「介系詞 + ______the（或是限定詞）名詞」的題目，空格內99.99%是動名詞，所以正確解答是（C）。（A）是動詞不能出現在介系詞後面，所以不予考慮。名詞（B）後面也不適合出現定冠詞the，所以淘汰。可以當作過去分詞型態的形容詞使用的（D），也是因為不能出現在定冠詞the的前面而淘汰。 **正確答案(C)**

詞彙 renew 更新 renewal 更新 contract 合約 additional 增加的 as 身為… exclusive agent 獨家代理商 region 地區

感謝你／對於你的更新合約／與我們公司／再增加3年／本地區的獨家代理權。

114.

解析 這是詞性題的一種。be subject to的介系詞to後面「所有格 + 形容詞」的後面能出現的詞性只有名詞，所以正確解答就是（C）approval。（A）是動詞，不能出現在介系詞後面，也無法被形容詞修飾。（B）是動名詞，不過後面沒有受詞，所以不可當解答。（D）是過去分詞，也是不能出現在形容詞後面。 **正確答案(C)**

詞彙 right 權力、權限 approve 批准 contract 契約 in case of 在…的情況 be subject to 受…支配 executive 經營團隊、執行者 final approval 最終批准

我們擁有權力／批准一萬美金以下的合約／但是一萬美金以上的情況／最後決定權在我們的執行者。

115.

解析 空格內是that子句的主詞，不過後面又有名詞受格the battery，這代表空格內的答案必須是主動態的動名詞。所以（A）和（D）首先被淘汰，（C）因為

是形容詞，不能使用在定冠詞the前面。 **正確答案(B)**

詞彙 mechanic 機械工、技工 beforehand 預先、事先 recharge 再充電 laptop 筆記型電腦

技工事前沒有說到／替我的筆記型電腦的電池充電／要超過半天。

116.

解析 看到前面有consider -ing，後面又有受詞her subordinates。動詞make後面有受詞，其後面又有受格補語，再加上後面也有by，代表空格內的答案是被動態。能符合這樣的條件的是（A）satisfied。現在分詞satisfying是「使滿足的」，過去分詞satisfied是「感到滿足的」，在整句的意思中過去分詞的含義較為適當。 **正確答案(A)**

詞彙 newly 新進 elected 選舉的 executive 經營者 consider 考慮 subordinate 部屬 allow 准許

新選上的經營者／正在考慮讓／她的部屬們／感到滿足／藉由准許／他們／擁有更多自己的時間。

117.

解析 如果看到動詞consider，就要馬上自動想到MEGAPAS ID的動詞，因此後面必須要有受詞，空格前面是is being considered。必須要注意的是句子最前面的主詞不是人，是a tax reduction。在這句裡a tax reduction是動詞consider的受詞，放到句子前面當主詞，動詞consider不必再另外有受詞了。所以空格內是由「為了做…」的to不定詞來當作副詞用。 **正確答案(A)**

詞彙 tax reduction 減稅 consider 考慮 benefit 有益於… small to medium-sized companies 中小企業

正在考慮減稅／為了利於／中小企業們。

118.

解析 能扮演介系詞by的受詞角色，又同時後面存在著受詞new lucrative business projects的名詞片語的就是動名詞。by -ing（由於做…）是常被使用的慣用型態，所以正確解答就是（D）adding。選項（A）是動詞，不能出現在介系詞的後面，而（B）是過去分詞，不能修飾new以下的名詞片語。然後to不定詞（C）也是不能放在介系詞後面。 **正確答案(D)**

詞彙 reorganize 改組 profit structure 收益結構 make money 賺錢 add 附加、增加 lucrative 賺錢的 business project 事業計畫

我們有必要改組／我們的收益結構／來賺更多的錢／藉此增加／有利潤的新事業。

119.

解析 動詞enjoy後面大部分會出現-ing的動名詞當受詞。不過後面有受詞the Internet了，所以空格內要填的是主動態名詞當受格。（B）是p.p.不列入考慮，（C）和後面的名詞重複，所以淘汰。（D）也是名詞，和後面的名詞重複，所以也淘汰。所以正確解答就是（A）。enjoy -ing有在MEGAPAS ID的動詞裡看過吧？ **正確答案(A)**

詞彙 enable 使能夠 enjoy 享受 freely 自由地 comfortably 安逸地

那間軟體公司／創立於1990年／讓使用者們／自在地而且安逸地享受網路。

120.

解析 首先（A）（B）（C）全部都是後面要使用to不定詞當作受詞的動詞，但本句中的to後面有動名詞，所以這三個選項都無法成為正確答案。動詞object的慣用文法是object to -ing，意思是「反對做…」。 **正確答案(B)**

詞彙 employee 員工 work overtime 加班 throughout the week 一整週 tight 緊湊的 deadline 期限

大部分的員工都反對／加班一整週／為符合緊湊的截止期限。

問題121-124請參照以下的信件。

親愛的懷利先生：

誠摯的問候／來自阿瑞斯國際有限公司／關於我們的預約／我們會面／在世貿中心／六月二十七日下午兩點／進一步討論我們的合作／在新興市場／然而我很遺憾地通知您／我必須延後我們的會面／為了即將來臨的展覽會／我誠摯地向您致歉／為了任何不便／我想詢問您／是否方便將會面時間／改為六月三十日的任何時間／我會將會議的議程寄給您／在本星期結束以前／如果您有任何其他考量／歡迎隨時與我聯繫／透過電子郵件或電話／期待收到您的確認。

致上最高的問候，
愛德華．艾里森
海外部門專案經理
阿瑞斯國際有限公司

詞彙 sincere 真誠的 greeting 問候 in regard to 關於 cooperation 合作 emerging 新興的 regret 懊悔、遺憾 owing to 由於 set up 準備、建立 agenda 議程 concern 關心的事 hesitate 猶豫 overseas 海外的

121.

解析 想要表示未來的事情，除了使用未來式，還可以用現在進行式。用現在進行式表示的未來事件，具有即將發生的意思，實現的程度很高。四個選項中，（B）和（D）都有用到進行式，但是be going to意思比較是「某事的計劃在現在決定，計劃的內容會在未來發生」，但根據語意，會議之前就已經安排好了，

會議會在未來發生，故答案應選（D）。 **正確答案(D)**

122.

解析 之前已敲定會議時間，但希望重新安排（且時間要往後延），故（C）可直接刪除。具有「延後」意思的只有delay和postpone。delay和postpone意思相近，都是指讓某事延後發生 但postpone通常用在商務會議或商務活動，意指因為某種原因，安排某事情延後發生。delay則可用在任合活動，意指因某事的發生，而讓期待發生的某事延後，這裡使用（A）postpone 比較適合。 **正確答案(A)**

123.

解析 此空格要選填搭配anytime使用的介系詞，anytime指「任何的時刻或時間」，搭配的介系詞為at。故答案應選（C）。 **正確答案(C)**

124.

解析 為信件的結尾句，觀看整封信，愛德華．艾里森想要與懷利先生重新協調會議時間，故可知他期待收到對方的回覆或確認。因此答案應選（B）。從整篇文章的意思上來看，（A）和（D）感覺有點突兀，（C）與前文的意思也不相符。 **正確答案(B)**

Chapter 09 to不定詞

Quiz | 解答與解析

Q1. meet **Q2.** handle **Q3.** It **Q4.** agreed

Q1.

解析 在後面有受詞 the deadline，所以答案要以to不定詞的主動式來回答。

為了要符合截止日期／我們必須加班。

Q2.

解析 看到後面的受詞 those problems，所以需要受詞的第3大句型動詞，handle就是答案。另外在句意上如果deal要成為答案的話，需要以deal with（處理）的型態。（參考Chapter 03的第3大句型。）

我不想／處理／那些問題。

Q3.

解析 這是to work變成真主詞的句子。意思為「那裡有」的there was想要成為答案的話，後面必須有擔任主詞功能的名詞。

他做的事情不容易／特別是在那種惡劣的條件之下。

Q4.

解析 後面出現to merge不定詞，符合動詞agree的接續。動詞enjoy後面應該要接動名詞（-ing）。

他同意了／和我們公司合併。

STEP 01 若沒答對會後悔的考題

1. (A)	**2.** (D)	**3.** (C)	**4.** (B)	**5.** (A)
6. (C)	**7.** (D)	**8.** (C)	**9.** (A)	**10.** (D)

1.

1 文法問題
2 非限定動詞（動狀詞）位置
3 to 不定詞（副詞性用法）

解析 這是to不定詞的副詞用法。有限定動詞used, announced，以及were，還有連接詞when，在...roles（that）we...部分中省略的受格關係代名詞that。因為已經有3個限定動詞以及2個連接詞，不需要再多一個限定動詞，因此選項（D）先淘汰。因為空格後面有受詞our attention，所以空格內需要主動式，選項（C）是被動式必須淘汰。選項（B）的代名詞不能與前面的名詞重複，選項（A）以to不定詞的副詞用法來寫，句子的意思也最自然。意思是「為了吸引注意，發出很大的聲音」 **正確答案(A)**

詞彙 loud （聲音）很大的 voice 聲音 get one's attention 吸引…的注意 announce 發表 assume 承擔、負責

團隊的主管用了很大的音量／來吸引我們的注意／他在宣布／我們負責的角色。

2.

1 文法問題
2 非限定動詞位置（限定動詞淘汰）
3 to 不定詞（第 5 大動詞受詞補語）

解析 這是to不定詞的形容詞性用法（受詞補語）。因為空格前面是限定動詞被動式，是完整句，所以限定動詞的選項（A）和（B）先淘汰。現在看到動詞advise。advise是被當作受詞補語的to不定詞所使用的動詞。句子就會變成「advise + 受詞 + to不定詞」的型態。動詞advise的受詞Ms. Ramirez是跑到句子前面的被動式，因此後面只剩下受詞補語to不定詞。

正確答案(D)

詞彙 turn on （電源）打開 be advised to do 勸…去做 a lot of 很多的 incoming 到達的、進來的

她早上打開電腦時／拉美瑞茲小姐被勸告／每天要讀收到的電子郵件。

3.

1 文法問題
2 非限定動詞位置（限定動詞淘汰），主動、被動
3 to 不定詞（名詞性用法）

解析 這個句子是to不定詞的名詞性用法（真主詞、虛主詞問題）。虛主詞是it，真主詞是to不定詞。to不定詞具有「維持動詞性質」，to support的受詞就是that之後的部分。選項（A）是以過去分詞（p.p.）擔任形容詞的功能，不能被當作受詞。（B）（D）都是限定動詞，與限定動詞is重複，因此可以刪除。

正確答案(C)

詞彙 pleasure 開心、榮幸 shareholder 股東 be happy to do 樂意的… support 支持 continuing 持續的 CEO 執行長（= chief executive officer）

我很榮幸／能看到／所有的股東都樂意支持我／繼續擔任執行長這個職位。

4.

1 文法問題
2 把 to 不定詞當作受詞使用
3 to 不定詞（動詞的受詞）

解析 這個句子是to不定詞的名詞性用法（把to不定詞當作受詞使用）。動詞agree之後有空格，而且空格後面有名詞，就要去找當作動詞agree的受詞，而且把名詞當作受詞的選項。選項（C）是限定動詞先淘汰。選項（D）是以p.p.形式擔任形容詞功能，因為後面有定冠詞the，所以無法填入空格內。最後就只剩下（A）和（B）了，最重要的是把to不定詞當作受詞使用的動詞。所以正確答案是（B）。 **正確答案(B)**

詞彙 hospital 醫院 staff 職員 agree 同意 surgical department 外科部門 necessary 需要的 funding 資金

那間醫院的職員都同意／提升／外科部門／但是／首先／他們必須找到／需要的資金。

5.

1 文法問題
2 第 5 大句型動詞 require 的被動式
3 to 不定詞（受詞補語，形容詞用法）

解析 require被當作第5大句型動詞使用的話，後面會有受詞以及to不定詞的受詞補語。句子變成「require + 受詞 + to 不定詞」型態。所以改寫成被動式，受詞會跑到主詞位置，當作受詞補語的to不定詞依然留在後面。由上可知，to work是正確答案。（B）選項的workers與後面出現的名詞extended hours重複是不行的。（C）選項的works如果是名詞的話，一樣會與後面的名詞重複，如果是動詞的話，前面已經有will be required這個動詞了，所以不行。（D）選項的working如果是動名詞的話，空格前面是被動式，不需要動名詞受詞，所以也不行；如果是現在分詞的話，動詞require不是把分詞當作受詞補語的動詞，也不行。這個句子是「be required to + 原形動詞的慣用表現。」

正確答案(A)

詞彙 finalize 作結束、完成 on time 準時 be required to do 要求去做… extended hours 延長的時間

為了要結束／這個計畫／且準時完成／職員們必須要延長工作的時間

6.

1 文法問題
2 空格後面形容詞，become 的形式
3 to 不定詞（副詞性用法）

解析 to不定詞的動詞性質維持現象。看過答案選項與空格，全都是to不定詞的副詞性用法。to不定詞就算變換詞性，還是維持原本動詞的性質。因此請想想各個答案選項的動詞特徵。首先空格後面看到了形容詞，這就表示空格內需要第2大句型的動詞，所以選項（C）的become是正確答案。（A）是第3、4、5大句型動詞，（B）是第3、5大句型動詞，被當作第5大句型動詞使用的時候，是被當作使役動詞使用。（D）也是被當作第5大句型動詞使用，to不定詞會被當作受詞補語。 **正確答案(C)**

詞彙 healthy 健康的 bring 帶來 his own 他自己的 dining room 餐廳

為了變得健康／阿奇塔先生必須帶他自己的食物／從家裡／當午餐／在員工餐廳。

7.

1 文法問題
2 to 不定詞的時態，受詞
3 to 不定詞

解析 to不定詞的動詞性質維持現象。在went這個第1大句型動詞後面，加入了沒有用處的副詞性用法——to不定詞。所以不是to不定詞的選項（A）淘汰。空格後面因為有受詞（a specialist doctor），所以被動式的選項（C）也淘汰。從（B）和（D）兩個選項的時態來看，句意上，我去（I went）以及看專門的醫生（to see a specialist doctor）是在相同的時態所發生的事情，因此不需要使用比現階段更早之前的完成式不定詞to have seen。由上可知，單純的不定詞的選項（D）是正確答案。 **正確答案(D)**

詞彙 specialist doctor 專科醫生 further 追加的、其他的 listen to 聽… advice 忠告、建議

我去／看專科醫生／接受其他的檢查／在聽到我的家庭醫生的建議之後。

8.

1 文法問題
2 空格後面介系詞 to
3 to 不定詞

解析 to不定詞的動詞性質維持現象。答案選項全都是to不定詞，但在空格後面有介系詞to。所以要找常常與to一起使用的動詞。to不定詞具有維持動詞性質的現象，常常與to一起使用的不及物動詞就是選項（C）。speak to的意思是「和…說話」以及「和…通話」。（A）和（B）選項後面都不需要介系詞，是馬上接受詞的及物動詞，所以兩個都要淘汰。空格中如果放入選項（D）的話，與介系詞to不相符。 **正確答案(C)**

詞彙 teleconference 視訊會議 speak to 和…說話、和…通話 colleague 同事

史密斯先生和強斯頓先生使用了／視訊會議室／來與他們的同事對談／在紐約。

9.

1 文法問題
2 修飾名詞的一般介系詞淘汰
3 to 不定詞

解析 這是to不定詞的副詞用法。在空格的後面看到了原形動詞start。可以當作原形動詞的是「to + 原形動詞」型態的to不定詞。但是「in order to + 原形動詞」和「to + 原形動詞」一樣，意思都是「為了做…」由上可知，正確答案是（A）。剩下的選項（B）（C）（D）全都是介系詞，在他們後面不是銜接名詞就是動名詞。 **正確答案(A)**

詞彙 in order to do 為了… chairman 董事長 rose 起來（rise的過去式） the guest speaker 特別來賓、主講人 rest 剩下的 participant 參加者

為了開始會議／董事長站起來／介紹特別來賓／向剩下的與會者。

10.

1 文法問題
2 help 的受詞補語，to 的省略
3 to 不定詞

解析 這是to不定詞的形容詞性用法（受詞補語）。空格前面的動詞help是提示。動詞help主要使用在第3大和第5大句型，在第3大句型的時候，以「help +（to）原形動詞」使用；在第5大句型的時候，以「help + 受詞 +（to）原形動詞」型態使用。在這個問題中，看到後面有受詞me，就要使用第5大句型。由上可知，省略to的原形動詞的選項（D）的confirm就是正確答案。（A）選項是在to之後接著-ing所以要淘汰。選項（B）是-ing也要淘汰，（C）是名詞，所以也要淘汰。 **正確答案(D)**

詞彙 counter 櫃台、結帳櫃台 confirm 確認 date 日期

在櫃檯的那位女人／幫忙／我／確認／日期和時間／我們的公車票。

STEP 02 實戰問題

101. (C) 102. (A) 103. (B) 104. (D) 105. (B)
106. (C) 107. (D) 108. (C) 109. (D) 110. (A)
111. (B) 112. (D) 113. (B) 114. (C) 115. (A)
116. (B) 117. (A) 118. (D) 119. (A) 120. (A)
121. (C) 122. (A) 123. (A) 123. (C)

101.

解析 （1）be動詞的補語位置（2）維持動詞性質（主動、被動）（3）與主詞（目的）一致的名詞補語（to不定詞）。動詞is後面有空格，四個選項都可以使用，但因為空格後面有受詞（its business），所以被動式的（B）被淘汰。（D）是形容詞後面不能放受詞，後面能接受詞的是（A）和（C），主詞出現「目的、目標」的話。變成「目標是…」的意思，通常都接to不定詞，因為有未來的意思。 **正確答案(C)**

詞彙 expand 擴大 business 事業 therefore 因此、所以 intend to do 想要… hire 雇用

CMOS工業的年度目標／是在歐洲內擴張事業／所以想要招聘／更多的員工。

102.

解析 （1）to不定詞的形容詞用法（2）維持動詞性質（淘汰不及物動詞）（3）用解析句意來解決。因為選項全都是to不定詞，所以把握各個動詞的性質是重要關鍵。（A）的gain是第3大句型動詞需要受詞，跟後面有受詞a deeper understanding的這個句子很適合。（B）是第2大句型動詞後面不能放受詞，通常接形容詞，雖然也有接名詞的情況，但是名詞a deeper understanding必須跟意思上的主詞Mr. Sanchez成為同格關係，但是句意上Mr. Sanchez不能和「更深的理解」形成同格關係。（C）的advise是第5大句型的動詞，受詞必須是人，所以也被淘汰。（D）的appear是第1和第2大句型動詞，上面句子是後面要有受詞的第3大句型所以也被淘汰。就算當成第2大句型動詞使用，也是跟（B）的remain一樣，句意上不符而被淘汰。將gain a understanding「獲得理解」當成片語背起來就能更輕易解題。 **正確答案(A)**

詞彙 outside consulting firm 承包（外部）顧問公司 gain 得到 deeper 更深的 understanding 理解（心） current 現在的 consumer 消費者 trend 傾向 preference 偏好

桑切斯先生雇用了／承包顧問公司／為了更理解／對於現在的消費者傾向和喜好。

103.

解析 （1）非限定動詞位置（限定動詞淘汰）（2）受到to不定詞修飾的名詞（3）動詞性格（主動，被動）。空格是放修飾前面名詞the best way的形容詞。（C）是限定動詞及名詞，所以被淘汰。因為後面有受詞new products，所以被動式的（D）也被淘汰。剩下的只有現在分詞和to不定詞。有「方法」意思的way是和to不定詞相符的名詞。to不定詞是未來式，變成「…的方法」跟way相符。把「the way to + 原形動詞」背下來也可以。 **正確答案(B)**

詞彙 launch 上市 product 產品 volatile 易變的、不穩定的 market 市場 careful 小心的、注意的 thorough 徹底的 research 研究、調查

發行新產品最好的方法／在現在這不穩定的市場／就是小心且徹底的做市場調查。

104.

解析 （1）限定動詞位置（選項全部都是限定動詞）（2）確定空格後面的to不定詞（3）把to不定詞當作受詞的動詞。空格後面有to不定詞，選項全部都是限定動詞。這種情況只要找出把to不定詞當作受詞的動詞就可以。（D）的hope是把to不定詞當作受詞的代表性的動詞之一，其他動詞都是把動名詞當作受詞的動詞。 **正確答案(D)**

詞彙 gain the approval 獲得批准 well-known 聞名的 technology review site 技術檢討（審議）網站 launch 上市

MCS公司希望／獲得好幾個知名的技術檢討網站的批准／當他們新開發的程式上市的時候。

105.

解析 （1）受詞位置（2）確認把to不定詞當作受詞的動詞decide（3）動詞性質（主動，被動）。 decide是把to不定詞當作受詞的動詞。所以空格後面要填to不定詞。（B）和（C）是to不定詞，但因為空格後面有受詞a press conference，所以主動的（B）是正確答案。（A）是動名詞，（D）是限定動詞，所以被淘汰。 **正確答案(B)**

詞彙 present 呈現 finding 研究結果 research 研究、調查 hospital 醫院 decide 決定 hold a press conference 舉辦記者會

為了展現／自己的研究成果／St. Mary's 醫院的醫生們／決定了／舉辦記者會。

106.

解析 （1）to不定詞的動詞性質維持現象（2）第2大句型動詞remain（3）補語（形容詞）位置。空格前面有動詞remain，所以是動詞的（D）選項可以先淘汰。remain是第2大句型動詞，後面補語通常都接形容詞，有時也會接名詞。但是空格內放名詞solvency

（支付能力）或solvate（溶劑化物）的話，「支付能力」或「溶劑化物」也很奇怪。放入形容詞solvent維持「有支付能力的狀態」比較自然。請記得第2大句型動詞的補語位置，通常都是形容詞。 **正確答案(C)**

詞彙 current 現在的、現今的 economic 經濟的 climate 氣候、環境、氣氛 consumer 消費者 spending 支出 down 往下 goal 目標 solvency 支付（償還）能力 solvate 溶劑化物 solvent 有支付能力的、能溶解的 solve 解決

在現今的經濟環境裡／因為消費者支出呈下跌情勢／公司的唯一目標／是維持現有的經濟能力。

107.

解析 （1）維持to不定詞的動詞性質（2）因為空格後面的介系詞，所以要找出不及物動詞（3）與介系詞with符合。空格是放入第5大句型動詞force的補語——形容詞用法的to不定詞，因為即使是當作形容詞使用仍維持動詞的性質，所以要找出跟空格後面的介系詞with契合的不及物動詞。首先（A）的cancel和（C）的continue是第3大句型動詞，後面沒有介系詞，要直接銜接動詞，所以被淘汰。（B）的remain是第2大句型動詞，通常後面接形容詞。正確答案是（D）。proceed with...主要用在進行訴訟的時候。

正確答案(D)

詞彙 be forced to do 不得不… proceed with 進行… litigation 訴訟 threat 威脅、脅迫 countersuit 反訴 client 顧客

雅布拉莫小姐／不得不進行／訴訟／在好幾次接到她的顧客的反訴威脅之後。

108.

詞彙 （1）動詞性質（主動、被動）（2）受to不定詞修飾的名詞right （3）動詞性格（時態）空格前面的名詞right「權限」。「the right to + 原形動詞」是「有做…的權限」的意思。被動式的（A）後面有受詞，所以先被淘汰。（B）不是to不定詞而是動名詞，所以也被淘汰。剩下的（C）和（D）是時態的差異。「擁有權限」和「禁止職員」可看成是一樣的時態，不是完成式不定詞，應該使用單純的不定詞。

正確答案(C)

詞彙 management 管理人員 reserve the right 擁有權限 ban 禁止 personal 個人的 USB flash drive 隨身碟 prevent 預防 virus 病毒

管理人員有權限／禁止／全體職員／使用個人隨身碟／以預防病毒感染。

109.

解析 （1）連接詞，副詞淘汰（2）that是主詞的話，從句意上做判斷要被淘汰（3）空格在動詞is的前面，所以是主詞位置。（B）是連接詞，但是動詞只有is一個，所以不需要連接詞。（C）的話，there is後面要接名詞，但是後面卻接形容詞，所以被淘汰。剩下的不是（A）的that就是（D）的it，句意上要把to put之後的部分，解釋成這個句子的實際主詞才會比較自然，所以虛主詞it是正確答案。 **正確答案(D)**

詞彙 cost-effective 划算的 put out 外包 tender 招標、柔軟的 instead of 代替… janitorial staff 清潔員工

非常划算／清潔契約外包／可以透過公開招標／取代招聘清潔員工。

110.

解析 （1）確定動詞remind的性質（2）to不定詞被當作受詞補語（3）動詞性質（主動，被動）動詞remind是3、4、5大句型動詞，這個句子裡的「remind ＋ 人 ＋ to不定詞」是第5大句型句子。受詞補語位置放to不定詞。這個句子因為被動式was reminded後面有空格，所以只要放補語to不定詞就可以了。因為後面有受詞（only the best companies），所以主動的（A）是正確答案。

正確答案(A)

詞彙 be reminded to do 使想起… watch 注意、觀察 in terms of 從…方面、關於… investment 投資 opportunity 機會 excluding 不包含… tech-oriented 技術指向的 start-up 新企業

我被提醒應該／注意／只有好公司／投資機會／但不包含小型技術導向的新創企業。

111.

解析 （1）維持to不定詞的動詞性質（2）找出第3大句型動詞（3）動詞notify的特徵。空格前面的句子是完整的，不需要再添加其他元素，所以要放修飾句。當作副詞作用的to不定詞最適合，選項全部都符合。但是後面有受詞the mandatory medical tests，所以空格內要放第3大句型動詞。（C）是第1大句型動詞所以被淘汰。（D）是第2大句型動詞所以被淘汰。（A）可以當作第3、4大句型動詞，但是當作第3大句型動詞使用時，受詞位置一定要放人名詞，變成「notify ＋ 人 ＋ of ＋ 名詞（或that主詞 ＋ 動詞）」句型，所以也被淘汰。 **正確答案(B)**

詞彙 hold 舉辦 information seminar 情報研討會 notify 通知 explain 解析 occur 引起、發生 mandatory 義務性的、強制性的 medical 醫療的、醫學的 be subject to 很容易受到、應該接受…

我們舉辦了資訊研討會／為了解析／義務性的醫療檢查／職員們應接受。

112.

解析 （1）確認動詞ask的第5大句型結構（2）空格是受詞補語位置（3）受詞補語（to不定詞=形容詞用

法）。ask是第5大句型動詞，受詞補語大部分都是to不定詞，所以（D）是正確解答。（A）不論是現在分詞還是動名詞都不適合當受詞。（B）是名詞，會造成前後連續出現名詞，所以被淘汰。（C）是被動式p.p.，後面有受詞his foot，所以不適合。 **正確答案(D)**

詞彙 technician 技術者、技工 ask 請求（第3、4、5大句型都可用） mover 移動的人 get 得到 better 更好的 healing 治療、治癒 bone 骨頭

X光技師要求／阿斯夫先生／移動他的腳／讓她可以／拍出他治療中的腳骨更好的影像。

113.

解析 （1）to後面的原形動詞位置（2）確認空格後面的原形動詞（3）能放入to和原形動詞之間的副詞。請記得「be sure to + 原形動詞」表示「請一定要…」。這時能放入to和原形動詞之間的只有副詞。

正確答案(B)

詞彙 thorough 徹底的 thoroughly 完全地、徹底地 through 完全通過… though 即使…也 existing 現存的 insurance policy 保險單 sign up for 簽署 health insurance 健康保險

請徹底地檢查／你現在的保險單／你在簽下新的健康保險之前。

114.

解析 （1）to不定詞的維持動詞性質現象（2）確認be動詞（3）需要補語。be動詞是第2大句型動詞，所以後面需要形容詞來當補語。形容詞有（B）的be successive和（C）的successful，其中be successful in有「在…成功」的意思，跟句意比較相符。

正確答案(C)

詞彙 success 成功 successive 連續的、繼承的 successful 成功的 succession 連續、繼承 job interview 求職面試 a lasting impression 持久的印象 interviewer 面試官

為了求職面試成功／你一定要／留下深刻的印象／給面試官。

115.

解析 「be動詞 + 形容詞 + to不定詞」是常用的表現，必須熟記。尤其常出現的用法be likely to do, be willing to do, be eligible to do及be pleased to do等。在這個問題裡，be pleased後面接to不定詞是關鍵。to不定詞後面放原形動詞是正確解答。另供參考，不只是be pleased to do，be pleased with N（名詞）也是考試中常出現的考題。 **正確答案(A)**

詞彙 be pleased to do 因為…所以高興 notify 通報… application 申請書 accounting position 會計職 approve 批准 board of directors 董事會

我們很高興／通知你／你對於會計職的申請書／已被理事會批准。

116.

解析 to不定詞修飾前面名詞時，被稱為to不定詞的形容詞用法，有「要…」或「想要…」的意思。用來修飾plan, opportunity, way, authority, means, ability, time, right的情形很常見，所以平常這些名詞要熟背，在這個句子裡，空格前面的名詞ability是重要提示，to不定詞的to deal是正確解答。 **正確答案(B)**

詞彙 representative 代表、職員 ability to do 有能力… deal with 處理、解決 demanding client 刁蠻的顧客

客服中心的職員／要有能力／能解決／棘手的顧客。

117.

解析 （1）確認第5大句型句子（2）動詞remind的性格（3）確認主動、被動。空格前面是被動態，是原來的受詞me改成主詞I並放到最前面的型態。那就意謂本來是「動詞 + me + to原形動詞」的句型，是第5大句型。動詞remind常以「remind + 受詞 + 受詞補語（或to不定詞）」的句型出現，所以正確答案是（A）。（B）的want可以當作第3大句型和第5大句型使用，但不是用在被動態的動詞。（C）的agree以「agree with 受詞」、「agree to 受詞」、「agree to 原形動詞」的型態出現，（D）的predict是第3大句型的不及物動詞，後面接受詞子句「that 主詞 + 動詞」。 **正確答案(A)**

詞彙 executive 經理主管 immediately 立即 submit 提出

因為這次會議／所有公司的高層管理陣營將會出席／我被提醒要提出報告書／立即。

118.

解析 （1）限定動詞位置（2）動詞expect的特徵（3）確認主動、被動。首先因為逗號（,）前面的句子裡沒有動詞，判定空格是限定動詞位置。因此（A）和（B）被淘汰。剩下的（C）和（D）是主動和被動的差異，主詞order是不可能主動預測的事物，所以要翻成「被預測…」的意思。本來這個句子是we expect all international orders to arrive...，把 all international orders變成主詞並改成被動態的句子。

正確答案(D)

詞彙 international 國際性的 order 訂單 confirm 確認 common practice 一般的慣例 contract 契約書

所有的國外訂單／預測確認訂單後30天之內會到達／這是個慣例／根據這個合約書。

119.

解析 受詞是很長的to不定詞句子的話，可用代名詞it代替真正的受詞。這時的it是虛受詞，to不定詞之

後是真受詞。這個句子是第5大句型句子，to meet the production deadline是真正的受詞，impossible是受詞補語，it是虛受詞。這時to不定詞前面的for the employees的 the employees是to不定詞意味上的主詞。選項中（B）（C）（D）都不能當作to不定詞的虛受詞，所以正確答案是（A）的it。

正確答案(A)

詞彙 unexpected interruption 無預期的中斷 power 電力 supply 供給 meet the production deadline 配合生產期限

無預期的中斷／電力供給的／變得不可能／職員們／配合生產期限。

120.

解析 （1）限定動詞位置（2）確認後面的受詞the bank（3）第5大句型句子。因為沒有看到句子的主要動詞，空格是限定動詞位置。空格後面有受詞（the bank）和to lose（to不定詞受詞補語），所以是第5大句型句子。因此「force + 受詞 + 受詞補語（to不定詞）」是正確答案。refuse是第3大句型不及物動詞，受詞位置接to不定詞，inform是第3，4大句型不及物動詞，通常寫成「inform + 人 + of 名詞」或「inform + 人 + that 主詞 + 動詞」型態。動詞register通常寫成register for（登錄…）型態。 **正確答案(A)**

詞彙 employee 職員 strike 罷工 wage 薪資 force 強迫 complain 抱怨 inconvenience 不便

因為員工罷工／要求提高薪資／銀行被迫失去了／一些抱怨不便的顧客。

問題121-124請參照以下的文章。

> 紀錄顯示／有相關性／成功的廣告與有前途的商品／然而／如何製作出眾的廣告才是最重要的事／在我們的產品宣傳獲得成功前／能夠被記得／最重要的特質之一／一個引人注目的廣告／為了要達到這個目標／重複播放／扮演決定性的角色／在廣告的執行上／你必須讓你的廣告／持續地向大眾曝光／儘管如此／大眾並不會被吸引／一開始／但人們會對它有印象／最終／由於社群媒體的快速發展／它也給了我們許多不同的宣傳管道。

詞彙 correlation 關聯、相關性 promising 有希望的 promotion 促銷、推銷 memorable 難忘的 remarkable 卓越的 execution 執行 in public 公開地 appeal 吸引 impression 印象 eventually 最後 rapidly 迅速地 enable 使成為可能 venue 事件的發生地

121.

解析 correlation 指兩個觀念或主義相互連結為因果。而這裡提到的是a successful advertisement與a promising product之間的關聯性，此題答案選between。補充說明，among適用於表達三者或三者以上之間的關係時。 **正確答案(C)**

122.

解析 此題考對動詞片語的了解程度，動詞搭配不同介系詞時，會產生不同的意思。stand out表示「引人注目」； stand off表示「避開」；stand on表示「堅持，依據」；stand up表示「經久耐用，站起來」。另外，make後接原形動詞時，是表示「使某事發生或使某人做某事」的意思。 **正確答案(A)**

123.

解析 空格為句子的開頭，和memorable一起成為句子的主詞，此時應選用Ving形式，答案為（A）。

正確答案(A)

124.

解析 空格後的句子主要闡述廣告必須一直重複播放來增加消費者的印象，補充說明前面的句子，故可推測空格中應填入與重複播放相關的詞語。reputation指「聲望，名聲」；recreation指「娛樂」；repetition指「重複，反覆」；relocation指「遷移」，答案選（C）。 **正確答案(C)**

Chapter 10 分詞

Quiz | 解答與解析

Q1. hired **Q2.** produced **Q3.** interesting
Q4. confused **Q5.** renovated **Q6.** Situated
Q7. containing **Q8.** suggested

Q1.

解析 是分詞的位置。因為不是雇用的經理們，而是被雇用的經理們，所以使用p.p.型態的過去分詞是正確的。

新被雇用的經理們／應該要參與／今天下午的情報會議。

Q2.

解析 be動詞後面的補語即是形容詞的位置。雖然兩個都是修飾主詞more items的作用，但不是東西生產，而是東西被生產，所以使用p.p.型態的過去分詞。to meet之後是「為了…」to不定詞的副詞性用法。

更多的東西／應該被生產／來促進需求。

Q3.

解析 動詞find是提示。這是第5大句型的動詞吧？因此受詞補語位置的括號內應該填入形容詞，但兩者都是形容詞，如果電影是主動給予趣味的話就是interesting，如果電影是被動被賦予趣味的話就是interested。後者有點奇怪吧！所以解答是interesting。有人會問如果現在分詞是正確解答的話，為什麼沒有受詞呢？受詞是me，就是我。因為很明顯所以被省略了。

即使聽到一些傳聞／我還是覺得／那部電影／很有趣。

Q4.

解析 或許大家已經看出，這句子裡get被當成與be動詞相似的第2大句型動詞使用吧？所以這裡就是修飾主詞的補語位置。這時主詞（he）不是帶來混亂而是變得混亂，所以p.p.型態的confused是正確解答。

他變得混亂／因為他對那個無法確定。

Q5.

解析 連接詞if後面沒看到主詞吧？這是分詞句型。大家應該知道分詞是修飾後面句子的主詞，不是後面句子的主詞辦公室（the office）改造，而是被改造，所以p.p.型態的renovated是正確解答。

如果要這個禮拜之內改建的話／那個辦公室將會容納／更多的職員。

Q6.

解析 跟上面一題一樣是分詞句型。不是後面句子主詞（your store）主動位於，而是被放在某個位置，所以解答應該用p.p.來回答。

位於我們商店的對面／你的店很容易會吸引／顧客。

Q7.

解析 前面說過，分詞被放在名詞和名詞之間的時候解答是什麼？大部分的情況都是-ing。因為是用來修飾前面的report，如果是用來修飾後面的information的話，就有可能變成p.p.。

那個報告／裡面有重要的情報／會馬上傳真過去給你

Q8.

解析 前面說過，連接詞as、once、unless後面要接p.p.吧？後面沒有受詞也是提示。

建議你／待在家裡／在這種緊急狀態的時候。

STEP 01 若沒答對會後悔的考題

1. (C)	2. (B)	3. (D)	4. (A)	5. (B)
6. (C)	7. (A)	8. (D)	9. (B)	10. (D)

1.

1 詞性問題
2 空格前面是冠詞，後面是名詞
3 形容詞

解析 定冠詞the和名詞之間是形容詞位置。選項中形容詞只有現在分詞（C）。意思是「主導的」。（A）、（B）是動詞所以不列入考慮，（D）並不能和後面的名詞cause一起被當成複合名詞，所以也不列入考慮。 **正確答案(C)**

詞彙 as you know 如你所知 probably 也許 seem 好像是… leading 主導的、重要的 cause 原因 business failure 事業失敗 poor 貧窮的、貧困的 advertising 廣告（= ad）

如你所知／事業失敗的主要原因／似乎是廣告宣傳不足。

2.

1 詞性問題
2 空格前面冠詞，後面名詞
3 形容詞

解析 分詞句型的主動、被動問題。逗號（,）後面的句子是主詞、動詞都具備的完整句子，逗號前面的句子沒有主詞，能填入空格的詞彙都是動詞，即句號前面的句子是分詞句型的意思，因此（C）和（D）都可以刪除。所以現在能放入空格的選項就只有現在分詞（-ing）和過去分詞（p.p.）。空格後面沒有受詞，為「by + 名詞」，因此應該放入被動過去分詞surprised，解答為（B）。 **正確答案(B)**

詞彙 surprise 令人驚訝 ticket price 票價 museum 博物館 visitor 訪客 be reluctant to do 不情願 enter 進去場所（指建築物之類） place 地方

令人驚訝的／高票價／許多博物館的訪客／不願意／進入那個地方。

3.

1 詞性問題
2 句子的限定動詞和主動、被動
3 分詞

解析 放在名詞後面修飾名詞的分詞，應該要觀察要有主動還是被動。由連接詞that之後限定動詞will spend來看，空格應該是非限定動詞的位置，因此限定動詞（B）可以排除。名詞（C）跟前面的名詞shoppers重複，所以也被排除。但是空格後面沒有受詞，有被動態「by + 受詞」出現，所以被動的過去分詞（D）是正確解答。 **正確答案(D)**

詞彙 shopper 消費者、顧客 motivate 給…動機 discount 折扣 spend （時間或錢之類）消耗、消費 unreasonable 不合理的、無理的

根據報告書顯示／顧客們／被店裡的折扣刺激／往往花費／更多的錢／雖然這看起來好像不合理。

4.

1 詞性問題
2 空格後面受詞
3 分詞

解析 如同慣用詞彙使用的分詞句型問題（當作介系詞使用）。首先看到空格後面的受詞this holiday weekend。所以被動態的（B）就被淘汰。選擇（C）的話就變成命令句，這種情況下逗號（,）後面就需要連接詞and或or，但卻沒看到。文法上來看不適當，句意解釋「根據休假週末」則是相當奇怪。（D）to不定詞當作副詞使用，文法上是正確的，解析卻顯得奇怪。結果正確解答是（A），把現在分詞following放在最前面，寫成分詞句型。被當成慣用表現一樣使用的分詞句型表現，這種情況下，following和after一樣是「…之後」的介系詞功能，意思是「週末休假之後」。 **正確答案(A)**

詞彙 holiday 假日、休假 weekend 週末 announce 發表 great 偉大的、了不起的 boost 提高、增加 overseas 海外的、國外的 sales 銷售

這次週末休假之後／我會發表／重大的計畫／來提升／海外銷售。

5.

1 詞性問題
2 限定動詞與非限定動詞的區別
3 分詞

解析 修飾名詞goods的被動態過去分詞位置。因為有限定動詞cost，所以空格內要填入非限定動詞。因此動詞（A）就被排除。雖然（A）也可以當作名詞使用，但那種情況下名詞重複，且在表現上無法跟名詞goods合併成複合名詞。剩下的全部都是形容詞可以修飾名詞，但（D）是後面必須要有受詞的動詞，卻沒有受詞馬上就接介系詞，所以被排除。現在剩下來的（B）（C）就是表現上的差異了，（B）是「被進口的」（C）是「重要的」。句意來看「進口的商品」比較正確，所以（B）是正確解答。 **正確答案(B)**

詞彙 goods 商品 import 進口 from overseas 從國外 cost 花費 domestic 國內的 although 儘管… quality 品質 meet 滿足 expectation 期待

從國外進口的商品／比國產商品花費更多的成本／儘管他們的品質／無法滿足／我們的期待。

6.

1 詞性問題
2 修飾空格前面名詞的非限定動詞
3 分詞

解析 修飾名詞runway的被動型分詞位置。是與上一題類似的問題。因為有限定動詞was，所以是非限定動詞的位置。（B）（D）是動詞或名詞所以被淘汰。剩下的是現在分詞和過去分詞，後面沒有受詞，馬上接介系詞，所以被動式分詞是正確解答。 **正確答案(C)**

詞彙 runway 跑道 blanket 覆蓋、毯子 be unable to do 無法… support 支援、後援 air traffic 航空交通 all day long 一整天、整天 despite 即使… dedicated 獻身的 effort 努力

跑道／被雪覆蓋／無法支援／一整天的航空交通／即使他們奉獻努力也沒有用。

7.

1 文法問題
2 介系詞的受詞，用解析來區分主動被動
3 分詞

解析 修飾名詞（electronic equipment）的分詞利用解析句意的方式來解題。首先，因為是在介系詞of和名詞electronic equipment中間，所以必須放形容詞，因此過去式動詞（B）和動詞（D）就被淘汰。剩下的（A）和（C）兩者都可以當成形容詞，這時就要解析句子的意思，（A）是過去分詞有被動和完成的意思，（C）是現在分詞有主動和現在進行的意思。像這樣分詞在前面修飾名詞時，不是用有無受詞來判斷而是要用解析句意來解題。這個句子翻成「遭竊的」，電子設備比較自然，所以被動態的過去分詞（A）是正確解答。現在分詞（C）放入空格的話，就變成「偷竊」的電子設備不合常理。 **正確答案(A)**

詞彙 shocking 驚人的 news 新聞、消息 police 警察 arrest A for 因為…，而逮捕A young 年輕的 possession 持有 stolen 被偷的、遭竊的 electronic 電子的 equipment 裝備、機器

有驚人的新聞／警察逮捕了／5名青少年／因持有／遭竊的電子設備。

8.

1 文法問題
2 「動詞＋介系詞」片語句型，解析
3 分詞

解析 選項全都是「動詞 + 介系詞」型態的分詞，修飾空格前面的名詞。因此要根據介系詞後面有無受詞來判斷主動還是被動。因為在空格後面有接在介系詞後面的受詞job promotion，所以主動的現在分詞（C）和（D）其中之一是正確解答。那麼就要用句意解釋來解題了。（C）是「適用」（D）是「申請，請求」的意思，所以在句意上來說（D）比較恰當。 **正確答案(D)**

詞彙 short 簡短的 confidential 隱密的、機密的 memo 備忘錄 employee 職員、員工 apply for 申請（請求）… apply to 適用於… job promotion 工作升遷 arouse 引起、刺激 interest 興趣、關心

簡短的機密備忘錄／寄給了全體申請晉級的職員／而那引起了／更多的興趣。

9.

1 文法問題
2 動詞keep的受詞補語，判斷主動、被動
3 分詞

解析 動詞keep的受詞補語——分詞的位置。動詞keep被當成第5大句型動詞使用時，通常都是以「keep ＋ 受詞 ＋ 形容詞（-ing或p.p.）」的句型出現。因此to不定詞和名詞的（C）（D）就被淘汰。結果就必須要用句子意思來判斷主動和被動，維持縮短待機時間的解釋比較正確，空格後面沒有受詞，所以被動式的過去分詞（B）是正確解答。如果現在分詞（A）是正確解答的話，後面應該出現受詞，但是後面接的是介系詞at，所以也被淘汰。 **正確答案(B)**

詞彙 according to 依據… safety 安全 regulation 規定、規則 waiting time 等候時間 reduce 縮減 security 保安、警衛 checkpoint 關卡

依據新的保全規定／我們應該減少／在保安關卡的等候時間。

10.

1 文法問題
2 主動、被動
3 分詞

解析 在後面修飾名詞的分詞。空格是修飾前面的名詞factories的形容詞位置。因此名詞（B）和動詞（C）可以淘汰。（A）和（D）都可以是正確解答，但空格後面馬上接動名詞（producing），答案選項裡的動詞dedicate不把動名詞當成受詞，所以主動的現在分詞（A）不是正確解答。被動式跟介系詞to連接的（D）是答案的話，把動名詞當成介系詞to的受詞就可以了。把這個問題裡的be dedicated to -ing「專注於…」當成片語背起來的話，就能迅速作答。(which are) dedicated to -ing可說是「主格關係詞 + be動詞」被省略的結構。這在後面的連接詞單元中會學到，在此讓各位先大略了解一下。 **正確答案(D)**

詞彙 construct 建設 factory 工廠 dedicate 奉獻、專心一致 be dedicated to -ing 專注於（沉浸於）… produce 生產 glass bottle 玻璃瓶

Smith Glue Supply公司／建設了／兩座新廠／致力於／生產玻璃瓶。

STEP 02 實戰問題

101. (D) 102. (C) 103. (A) 104. (C) 105. (D)
106. (A) 107. (B) 108. (B) 109. (C) 110. (D)
111. (A) 112. (D) 113. (C) 114. (D) 115. (A)
116. (C) 117. (D) 118. (D) 119. (A) 120. (C)
121. (A) 122. (C) 123. (D) 124. (D)

101.

解析 （1）在後面修飾名詞的分詞（2）確認空格後面是分詞（3）主動、被動。在後面修飾名詞的過去分詞位置。因為automobiles不是受到to不定詞修飾的名詞受詞，所以選項（A）被淘汰。意思為「因為在國內被生產」的（C）因為不恰當所以也被淘汰。從空格後面只有副詞domestically，以沒有受詞的情況來看，被動式的過去分詞（D）是答案。 **正確答案(D)**

詞彙 president 總統、會長、社長 promise 約定 increase 增加 export 輸出 automobile 汽車 manufacture 製造、生產 domestically 在國內

派托總統承諾／增加／輸出在國內製造的汽車。

102.

解析 （1）原形動詞（命令句）或分詞（2）分詞句型（3）把to不定詞當作受詞。空格在句子的最前面，看到選項的原形動詞和分詞，原形動詞擺在句子的最前面的話，就變成命令句，這種情況下逗號（,）後面就需要and或or這類連接詞。但因為沒有連接詞，所以原形動詞（B）就被淘汰。結果空格內放分詞，逗號前面的句子要變成分詞句型，所以過去式動詞（D）也被淘汰。剩下來的只剩過去分詞（A）和現在分詞（C）。動詞strive把to不定詞當成受詞就變成「努力想要…」的意思。意思上主動的（C）把後面的to不定詞當作受詞比較合理。若把被動式的striven放入空格內的話就不太適合。 **正確答案(C)**

詞彙 strive to do 努力想要… provider 供給者、供給業者 nation 國家 expand 擴充 distribution 分配、配給、流通 by 達…

因想要成為在國內最好的食品供給業者／Alliance Foods／擴大了／20%的流通系統。

103.

解析 （1）確認動詞predict的受詞（2）空格是形容詞的位置（3）用解析判斷主動、被動。空格前面有動詞predict，後面有名詞受詞demand，所以空格內要放修飾名詞demand的受詞。動詞或名詞的（B）或（D）就可以先淘汰了。所以解答不是現在分詞的代名詞（A）就是to不定詞的（C）。而動詞predict「預測」不能把動名詞或to不定詞當成受詞，所以to不定詞（C）也被淘汰。因此空格就是修飾demand的形容詞位置。意思為增加有形容詞作用的（A）就是正確解答。 **正確答案(A)**

詞彙 expert 專家 field 領域 predict 預測 increasing 增加 demand 要求 clothing 衣服、服飾 produced 被生產的 cruelty-free （化妝品、藥品等）不經動物實驗開發而成的、不含動物性成分的 factory 工廠 in the near future 不遠的未來

這個領域的專家們／預測／對不進行動物實驗的服飾工廠的需求會增加／在不久的未來。

104.

解析 （1）限定動詞vs.非限定動詞（2）在後面修飾名詞的分詞位置（3）利用空格後面有無受詞來分辨主動和被動。通常在後面修飾名詞的大部分都是分詞。因為有限定動詞will have，空格要放非限定動詞，因此動詞（B）和當動詞和名詞的（D）就被淘汰。空格後面有受詞（advanced skills），所以現在分詞（C）是答案。 **正確答案(C)**

詞彙 job applicant 應徵者、求職者 display 展現、看 advanced 進步的 skill 技術 useful 有用的 position 職位、地位 chance 機會 hire 雇用、採用

求職者／展現／那個職位所需的先進的技術／擁有的／更高的機會／被雇用的。

105.

解析 （1）限定動詞vs.非限定動詞（2）在空格前修飾名詞的分詞（3）主動、被動。在後面修飾名詞sales professionals的分詞位置，且前面有限定動詞has demonstrated，所以可當作名詞或動詞的（B）被淘汰。分詞詞彙中只有p.p.才能當作被動式，所以不需要用到been，且沒有前面不加have直接寫been tasked的用法，所以（A）也淘汰。空格後面沒有受詞，直接出現介系詞，所以主動式的現在分詞（C）也可以淘汰。被動式過去分詞（D）是正確解答。 **正確答案(D)**

詞彙 demonstrate 解析、示範 expertise 專業知識 manage 管理、處理 professional 專家 push 推出去 expensive 昂貴的 product 產品、商品

哈里森先生分析了／自己有關管理的專業知識／向銷售專家們／推展／公司最高價的產品。

106.

解析 （1）空格前面修飾名詞的形容詞位置（去掉名詞）（2）空格後的受詞（3）常用的表現。空格是修飾前面名詞difficulties的形容詞位置，所以可以淘汰名詞（D）。而空格後面有受詞the nation's war effort，所以（B）也被淘汰。（A）（C）都可以接受詞，（A）是常用的表現意思為「和…關連的」，和句子的意思相符。但（C）是「使和…相關」或「正在說的」的意思，跟句子不合。另外relating後面接介系詞

to的relating to意思是「對於…」，跟介系詞about意思相同。 **正確答案(A)**

詞彙 president 總統 warn 警告 country 國民、國家 upcoming 即將來臨的 economic difficulties 經濟困境 related to 有關 nation 國家 effort 努力

總統今天警告了／國民／有關即將到來的經濟困境／與國家戰爭有關。

107.

解析 （1）主詞省略（2）如果是命令句的話，使用原形動詞。逗號（,）後面要加連接詞（3）to 不定詞 vs.分詞句型解析。逗號前面的句子沒有主詞，所以空格後面不是填命令句的原形動詞，就是分詞句型。空格後面接名詞，所以名詞（D）被淘汰，不是原形動詞也不是分詞的（A）也被淘汰。空格內放入分詞的話，就變成「一邊發表計畫」的意思，放入to不定詞的（C）的話，就變成表示「為了發表計畫」的to不定詞的副詞用法。就句子解析上來說「一邊發表計畫」比「為了發表計畫」更確切，所以（B）是正確解答。 **正確答案(B)**

詞彙 announce 發表 merge 合併 competitor 競爭者 counter 對應、反駁 demand 需求 fashionable 流行的 eyewear 眼鏡類

發表了／公司和最強力的競爭對手合併的計畫／Tropical Gear公司將面臨／對流行的眼鏡類的需求。

108.

解析 （1）限定對詞vs.非限定動詞（2）空格前修飾名詞的形容詞位置（名詞省略）（3）空格後面的受詞。因為前面有限定動詞is，所以限定動詞（A）淘汰。空格前後都有名詞，所以名詞（C）也淘汰。（B）跟（D）都是分詞，後面有受詞，所以主動的現在分詞（B）是正確答案。句子解釋為「需求的」也很確切。 **正確答案(B)**

詞彙 although 雖然、但是 little 幾乎沒有 experience 經驗 be able to do 能… assist 協助 customer 客人、顧客 require 需求 technical support 技術支援

雖然她幾乎沒有用電腦工作的經驗／羅佩茲小姐通常可以／協助顧客／要求技術支援。

109.

解析 （1）形容詞位置（2）用解析判斷（3）不及物動詞型分詞。首先因為是定冠詞the和名詞（trend）之間，所以可知是形容詞的位置。選項全都是分詞，（B）和（D）是動詞「抬起」raise的分詞型，（B）變高抬的趨勢，（D）翻成「抬舉中的情勢」都不自然。動詞「增加」rise的分詞之（A）和（C）當中，「增加的趨勢」比較自然。所以（C）是正確解答。 **正確答案(C)**

詞彙 police chief 警察署長 state 說、陳述 problem 問題 rising 增加的 trend 趨勢、傾向 auto 汽車 theft 竊盜、偷竊

警察署長說／今天／市裡最大的問題是／增加的汽車偷竊率。

110.

解析 （1）those -ing（…的人）（2）「不及物動詞 + 介系詞」是慣用表現，需要介系詞（3）尋找適合的介系詞。是those (who are）-ing型態的句子。但是空格後面有受詞the conference room。不及物動詞wait變成分詞，還是具有不及物動詞的性格，後面不能接受詞，一定要有介系詞。在這個句子裡，跟conference room合適的介系詞是in。（A）選項沒有介系詞所以被淘汰。（B）是「等待…」，等待會議室不合理。（C）是「侍候…」的表現跟句子不符。所以（D）為正確答案，翻成「在會議室裡等待」。 **正確答案(D)**

詞彙 apologize 道歉 those -ing …的人 conference room 會議室 delay 延期、拖延 meeting 會議

班．柯林頓先生道歉／向在會議室裡面等待的人們道歉／為了拖延了會議。

111.

解析 （1）第5大句型動詞find（2）受詞補語位置形容詞[-ing, p.p.]（3）情緒動詞的情況，如果是人的話用p.p.型態，如果是事物的話用-ing。動詞find被當成第5大句型動詞使用的情況，都常都是採用「find+受詞+受詞補語（形容詞或-ing, p.p.）」，因此空格是受詞補語位置，選項中可以當作受詞補語的是分詞（A）和（D）。（B）選項是原形動詞，所以淘汰，（C）是名詞所以被淘汰。但是情緒動詞amaze修飾人的時候用過去分詞p.p.，修飾事物的時候用現在分詞（-ing）。受詞decoration是事物。所以-ing的（A）選項是正確解答。 **正確答案(A)**

詞彙 tourist 觀光客 decoration 裝飾 amazing 令人驚豔的

拜訪紐約市的觀光客們／在冬天幾個月期間／發現／城市的假日裝飾／令人驚艷。

112.

解析 （1）空格後是名詞（2）修飾名詞的分詞位置（3）用句意解析判斷主動、被動。前面有動詞（has recently installed），後面有名詞（doors），空格是修飾名詞的形容詞位置。（A）選項是動詞所以淘汰，（B）選項是名詞所以淘汰。剩下的（C）和（D）都能當成形容詞。分詞放在前面修飾名詞的情況，要用句意解析判斷主動和被動。被動表現「被旋轉的門」很不自然，主動表現的「旋轉的門」比較合適，所以答案是（D）。 **正確答案(D)**

詞彙 department store 百貨公司 recently 最近 install 設置 revolve 旋轉 conserve 節省、保存 cost 費用

那個百貨公司最近設置了／旋轉門／為了努力／節省能源費用。

113.

解析 這個句子是連接詞和主詞被省略的分詞句型，由空格前面的having來看，是完成式分詞。用完成式分詞句型時，副詞子句的時態比主要子句還要快一個時態，採取having p.p.的型態。所以答案是（C）。本來在這個句子裡，逗號（,）前面部分，應該要用比主要子句的過去時態（could focus）快一個時態的過去完成時態，在because（或as） the R&D department had finished the research project successfully，句子裡省略了連接詞because（或as）和主詞 the R&D department，把had finished改成having finished的完成式過去分詞句子。完成式過去分詞被動態的（D）因為後面有受詞 the research project，所以不是正確解答。 **正確答案(C)**

詞彙 research project 研究專案 successfully 成功地 R&D department 研究開發部 focus on 把焦點放在…、集中在…

結束研究專案／成功地／研究開發部能夠集中／在另外的研究專案。

114.

解析 空格在定冠詞the和名詞forum agenda之間，所以是形容詞或是有形容詞作用的分詞，因此動詞的（B）和（C）選項就被淘汰。那麼為了區分是主動還是被動，就要從句意來判斷。 forum agenda並不是自己放進去或附加的，而是被放進去或被附加的，所以有被動意思的過去分詞enclosed是正確解答。像enclose和attache的動詞，通常都被當成enclosed和attached的p.p.型態來使用。 **正確答案(D)**

詞彙 enclose 放進去、附上 forum agenda 公開討論表 itinerary 會議時間表 in advance 提前、事前 cancel 取消

請看／附上的討論會議題和時間表／並且告訴我們／至少一個月之前／取消／不管是任何理由。

115.

解析 介系詞to和名詞level之間是形容詞位置。因此動詞（B）和名詞（D）選項就被淘汰。（A）和（C）選項其中之一是正確答案，disappoint是情緒動詞，level屬於事物，所以要用-ing來回答。情緒動詞不需要解釋或考慮有無受詞。修飾人的話就是-ed，修飾事物的話就是用-ing。 **正確答案(A)**

詞彙 newly released 新上市的 satisfying sales 令人滿足的銷售 box office 售票處 figure 數據 drop 下跌 disappointing level 令人失望的水準

新上映的電影／展現令人滿足的銷售／第一週／但銷售突然下滑／到令人失望的程度。

116.

解析 空格是形容詞位置，修飾意思為「攜帶物品」的名詞belongings。可當名詞或動詞的（A）選項被淘汰。to不定詞的（D）選項放入空格的話，變成「遺失的」攜帶物品能夠追蹤，句子翻譯不太自然，（B）和（C）選項其中之一是正確解答，動詞miss修飾的不管是事物還是人，只能用-ing的型態，被翻成「遺失的、丟掉的」，這種分詞最好是大聲地念出來，並牢牢記住。 **正確答案(C)**

詞彙 missing 遺失的 belongings 攜帶物品 trace 追蹤 efficiently 有效率地 complete 完全的 description 描寫、述說、列舉特徵、記載事項

遺失的攜帶物品可以／用更快且有效率地追蹤／只要有完整的特徵描寫。

117.

解析 句子的動詞is出現在句子的中間部分，所以動詞（A）被淘汰。而且空格是修飾前面出現的名詞institute的形容詞位置，所以答案是分詞（B）（D）選項其中之一。雖然（C）也是形容詞，但是，跟句意不符。動詞specialize後面加上in意思為「專門做…」。specialize in後面的動名詞offering可當作受詞，主動的現在分詞是正確解答。不要忘記像specialize in的片語介系詞後面要接受詞。 **正確答案(D)**

詞彙 language institute 語文補習班 customized 量身訂做的 intensive course 集中課程 widely recognized 廣為認可 achieve 完成、達成 result 結果 possible 可能的

我們語言補習班／專門在／提供的／客製化的密集課程／盡可能達到的／最好的成果。

118.

解析 這個句子裡after不是連接詞而是介系詞。因為after後面的the presentation是單數名詞，後面不能接複數動詞are。in the conference room after the presentation整個句子是介系詞片語所以被排除，句子最前面的all attendants是句子的主詞，are encouraged是接在主詞後面的限定動詞，空格內不能在放限定動詞，所以選項（A）和（B）被淘汰。因為all attendants省略了who are，所以（C）也被淘汰。因為remain是不及物動詞，不能用be p.p.的被動型態表現，所以答案是（D）。 **正確答案(D)**

詞彙 attendant 參加者 conference room 會議室 presentation 發表 encourage 獎勵、建議 fill out 填寫 survey form 調查表

所有留在會議室的參加者／會後／可以填寫／調查表。

119.

解析 逗號（,）前面的句子沒有主詞。像unless這類的連接詞後面，沒有主詞的話就是分詞句型。（A）和（D）都是分詞，有連接詞unless或as、once的話，正確解答就是p.p.。再加上後面沒有受詞，所以被動型態的過去分詞（p.p.）是正確解答。

正確答案(A)

詞彙 unless otherwise contracted 另外沒有合約的話 abide by 遵守 existing rule 現存的規則 production schedule 生產計畫

另外沒有合約的話／你應該遵守／現存的規則／配合生產計畫／即使你要工作到很晚。

120.

解析 空格前面的動詞keep是第5大句型動詞，通常把形容詞或分詞當成受詞補語。（B）是限定動詞，但是這個句子裡已經有限定動詞have done，所以被淘汰。（D）選項是名詞，但是在第5大句型中，因為受詞和受詞補語是同格關係，所以「投資者們＝情報」很奇怪吧。現在分詞（A）選項的情況，翻成「投資者們告知…」有點不自然，且-ing型態後面要接受詞，但空格後面沒有受詞，所以也被淘汰。結果選項（C）informed才是正確答案。「keep + 人 + informed」是翻成「持續告知某人」的常用表現，受詞變成是接收情報的被動意義。 **正確答案(C)**

詞彙 do one's best 盡最大努力 keep A informed 持續告訴A ever-changing 時常變化的 market conditions 市場環境

我們一直以來都盡了最大的努力／來告知我們的投資者們／隨時都在變化的市場。

問題121-124請參照以下的備忘錄。

> 巨大補給／我們的最主要的原料供應商之一／和我們合作／已經四年／最近／他們正式通知我們／將漲價百分之五／他們也考慮／再漲百分之二／在2018年底／因為／他們聲稱生產成本上漲／經過我們的會計部門評估／我們無法找出／確切原因／他們提高生產成本／因為國際原油價格持續下跌／勞動成本／他們公司所在位置／也相當穩定／因此／我們已決定終止／和巨大補給的合作／合作的終止將生效／在四個工作天內／正在進行中的訂單／將取消或終止／除非巨大補給／官方地撤回他們先前的通知。

詞彙 raw material 原料 supplier 供應商 officially 正式地 notify 通知 increasing 增加的 evaluation 評估 figure out 理解 international 國際的 crude 未經過加工的 decrease 減少 stable 穩定的 in progress 進展 terminate 終止 withdraw 撤回 notification 通知

121.

解析 此句的主詞是Giant Supply，插入句one of our main raw material suppliers是用來補充說明Giant Supply，在此可先忽略。故此句原為Giant Supply + 空格 + with us with us for four years，Giant Supply為單數主詞，時間副詞為for four years long，指從以前到現在有四年之久，故空格應選現在完成式，答案為（A）。 **正確答案(A)**

122.

解析 此題考動詞變化的型態，介系詞後面接的動詞應為Ving形式，故答案選（C）。 **正確答案(C)**

123.

解析 依據語意，應為會計部門審核「之後」，仍無法理解漲價的因素，故答案選（D）。before表示「在…之前」；as soon as表示「一…就…」；until表示「直到…時」；after表示「在…之後」。 **正確答案(D)**

124.

解析 終止與 Giant Supply的合作是結果，關鍵在於適合引出這個結果的用詞，nevertheless表示「然而」；in spite of表示「不管」；after all表示「畢竟」；therefor表示「因此」，此題最適合選用以therefor為開頭的（D）句。 **正確答案(D)**

Chapter 11 名詞子句連接詞

Quiz | 解答與解析

Q1. whether **Q2.** what **Q3.** what **Q4.** that
Q5. if **Q6.** whether **Q7.** how **Q8.** where
Q9. Whomever **Q10.** whatever

Q1.

解析 句子最前面的it是假的主詞，也就是虛主詞，這樣一來，括弧內包含後面的部分就是真正的主詞，所以這是名詞子句。because帶出副詞子句，所以不是正確答案，括弧內的正確答案是whether。

不確定／他們會不會批准。

Q2.

解析 ask是第4大句型的動詞，括弧內包含以後的部分是扮演著直接受詞（DO）。「what S + V」是名詞子句，有充分的條件可以當作DO的角色。不過regarding是「關於…的」的意思，因為本身是介系詞，放入句中即使意思通順也不是正確答案。因為介系詞無法帶出名詞子句。

我問他／他希望做些什麼事／在休假期間。

Q3.

解析 know是及物動詞，後面必須要有受詞，所以括弧內包含後面部分，可以看作是名詞子句。不過括弧後面的及物動詞want沒有受詞，所以這是不完整句，因此正確解答是what。

我想知道／客戶要的是什麼。

Q4.

解析 空格在第2大句型的動詞is後面，所以括弧後面是補語。我們有說過be動詞的補語100%是名詞吧！而且這句解釋為「事實是…」，主詞the fact和括弧後面的補語形成同格關係。括弧以後是「S + V + O」完整的第3大句型的句子，所以that是正確答案。

事實就是／他知道所有的細節。

Q5.

解析 從括弧開始到最後都是名詞子句，也是動詞wonder的受詞。我們有說過if使用在名詞子句時，也可以像這樣用在及物動詞（wonder）的受詞子句。雖然what可以使用在名詞子句，但例句的括弧後面是完整的第3大句型，因此在這裡不適用。

我很好奇／他是否會批准那件事。

Q6.

解析 括弧以下扮演著動詞ask的受詞角色，所以這是名詞子句。whether和if都可用在名詞子句裡，兩者也都可以帶出完整的第3大句型，所以到最後我們還是得靠解釋句子意思來解這題。動詞ask是「詢問」的意思，空格內應該放入有「是不是…」意思的whether最適當。

我問了／我們是否能準時結束。

Q7.

解析 括弧內包含後面是動詞wonder的受詞。「疑問詞 + to不定詞」的組合可以當受詞，不過這句子後面有it當受詞，所以這是個完整句，答案使用how。那麼動詞do的主詞呢？在「疑問詞 + to不定詞」的型態裡不需要有主詞。

我很好奇／那個如何做。

Q8.

解析 這是名詞子句，當作第2大句型動詞is的補語。when和where兩者都是可帶出名詞子句的連接詞，因此這裡必須藉由句子解釋來區分答案。還有另一個關鍵，就是第2大句型中的補語和主詞必須為同格關係，主詞是場所hometown，所以答案是where，不是when。

她的故鄉是／她兒子長大的地方。

Q9.

解析 這是名詞子句，動詞is以前的部分全部都是主詞，其中及物動詞dismisses後面沒有受詞，所以受詞格的whomever是正確解答。

不論她解雇誰／這次都不重要。

Q10.

解析 括弧內包含後面是名詞子句，也是及物動詞care的受詞。其中及物動詞collect後面沒有受詞，所以是不完整句。whomever和whatever都可以使用於不完整句當作受詞格，但從句子解釋，被蒐集的不是人，而是東西。所以使用whatever整句才會通順。

我不在乎／他蒐集什麼東西。

STEP 01 若沒答對會後悔的考題

1. (B)	**2.** (D)	**3.** (B)	**4.** (B)	**5.** (A)
6. (D)	**7.** (C)	**8.** (C)	**9.** (A)	**10.** (B)

1.

1 文法題
2 空格後的句子完整性
3 連接詞

解析 空格是完整的名詞子句連接詞。一個句子裡有兩組「主詞 + 動詞」，所以需要有連接詞銜接兩個句子。空格是find out的受詞，需要有名詞子句連接詞。選項都是名詞子句連接詞，這時要看後面的句子是完整句或是不完整句，本句的後面文章是完整的第3大句型。（A）和（D）必須使用在不完整句中，因此淘汰。（C）是可修飾名詞的所有格，但句子的後面已經有定冠詞the，因此也不考慮在內。本題目的後面句子是完整句，再加上解釋為「如何使用」也很通順，因此（B）是正確解答。 **正確答案(B)**

詞彙 research 研究 conduct 實施、引導 study 學習、研究 find out 找出 consumer 消費者 product 商品、產品

研究團隊展開了／研究／來找出／消費者們如何使用／公司的產品。

2.

1 文法題
2 後面是不完整句
3 名詞子句連接詞

解析 這題的句型是「it...that」，虛主詞it出現在句子的最前面，真正的主詞以that子句的型態出現在句子後面。空格開始到a lunch menu都是動詞is的主詞，而空格後面的動詞look for沒有受詞，屬不完整句。所以必須用在完整句子的（A）和（C）就可以直接淘汰了。接下來就必須要靠了解句子含義來在（B）和（D）之間找答案了。（B）是受詞的「誰」，（D）則是「做…的這件事」的意思。員工又不是把人當獵物的食人族，句子解釋成「在午餐的菜單裡找某人」似乎太說不過去了，若翻成「在午餐菜單裡找某物」這個動作，就自然多了。所以這一題的答案是（D）。 **正確答案(D)**

詞彙 not...at all 完全不… surprising 驚訝的 division 分割、分配、部門 low-priced 廉價的 item 項目、物件

完全不驚訝／我們部門的大部分的員工／在午餐菜單裡找的是／價錢便宜的東西。

3.

1 文法題
2 空格是名詞補語，後面句子不完整，句意解釋
3 名詞子句連接詞

解析 選項都是名詞子句連接詞，後面的句子是完整句，所以（A）和（D）直接淘汰。接下來就必須要靠了解句子含義來在（B）和（C）之間找答案了。（B）的that放入句中，就變成了「失誤=名詞子句」語意自然。放了（C）後，句子的意思就變成了「失誤是為什麼她不記錄」，句意怪怪的了。 **正確答案(B)**

詞彙 accountant 會計師、會計人員 inexcusable 難以原諒的、不可寬恕的 mistake 失誤、錯誤 properly 恰當地、適當地 record 紀錄 travel 旅行 expense 費用、經費、支出

那位會計師的微小但不可寬恕的失誤是／她沒有適當地記錄／所有旅行的費用支出。

4.

1 文法題
2 這是動詞decide的受詞，後面句子完整，句意解釋
3 名詞子句連接詞

解析 空格以後是完整的名詞子句，所以這是連接詞的位置。空格以後的整個名詞子句是限定動詞decide的受詞。當然空格裡需要放入名詞子句連接詞。空格後面是完整句，所以不完整句使用的（A）就首先被淘汰。其餘剩下的選項就必須要靠了解句子含義來找出正確答案。不過空格後面的句中or是另外一個關鍵，有選擇性的意味在，所以連接詞whether較為適當。用句意解釋的方式也是「必須要決定是否…」，是不是很自然呢？而除了（B）以外的其他選項，放入句中解釋後也都不恰當，因此淘汰。 **正確答案(B)**

詞彙 have to = must 必須要… decide 決定 whether 是不是… announce 發表 retirement 退休 privately 個人地、私人地

李小姐必須決定／她是否要宣布／她的退休／或是要私下報告／給她的老闆。

5.

1 文法題
2 這是 will 前面的主詞，是完整句
3 複合關係形容詞

解析 空格以後到choose都是will的主詞，也就是名詞子句。所以空格裡必須是可以帶出名詞子句的連接

詞，（B）和（D）只能用在副詞子句，所以淘汰。（A）可以用在複合關係代名詞，也可使用複合關係形容詞，（C）是複合關係代名詞。不過空格後面的句子結構是「名詞 + 主詞 + 動詞」，名詞是health insurance plan，在句意中是you choose的受詞，所以這是一個完整的句子。如果是個完整句，就不能有複合關係代名詞，因此（C）必須被淘汰。（A）當作複合關係形容詞時，修飾後面的名詞，也能當作名詞子句的連接詞使用。前面提到的，health insurance plan是you choose的受詞，複合關係形容詞就是用來修飾這受詞。複合關係形容詞放在文章最前面時，會把自己修飾的受詞一起帶到前面去，所以和例句一樣是倒裝句。 **正確答案(A)**

詞彙 in my opinion 我認為 health insurance plan 醫療保險計畫 choose 選擇 certainly 確實、無疑地 insurance 保險

我認為／你選擇的任何一種醫療保險計畫／比起沒有任何保險都會更好。

6.

1 文法題
2 第 2 大句型的完整句，需要有副詞子句
3 副詞子句連接詞

解析 這是屬於副詞子句的慣用表現。這句子裡有兩組「主詞 + 動詞」，所以需要連結這兩組句子的連接詞。不過空格前面是第2大句型的完整句，空格後面沒什麼其他的必要要素，最好的就是副詞子句了。（A）只能使用在名詞子句，所以淘汰。（B）也是只能使用在名詞子句，所以也淘汰。這時剩下（C）和（D）必須要靠了解句意解釋了。在這裡重要的是「be helpful that S + V」是「期待做…」的意思，是常使用的句型。所以正確解答是（D）。如果在空格內放if即成為假設法，if子句內也沒使用助動詞would，再加上句意解釋起來是「如果雇用期待了」，變成很奇怪的句子。 **正確答案(D)**

詞彙 interview 面試 hopeful 滿懷希望的、期待的 hire 雇用 position 位置、職責

在她的面試後／莎曼莎滿懷期待／自己很快會被錄用。

7.

1 文法題
2 到空格前面是完整句，句意解釋
3 副詞子句連接詞

解析 這一題屬於副詞子句的句意分析。選項全都是連接詞，不過到空格前的句子本身是個完整句，而且限定動詞remind在句中成為被動態，其受詞補語是to不定詞。remind是第2大句型的動詞，放在當作補語的形容詞quiet後面，本身就是個完整句。這樣一來空格內需要副詞子句。（B）只能用在名詞子句和形容詞子句，所以直接被淘汰。最後需靠句意解釋來找出適當的解答，（A）是「是不是…」，（C）是「不論何時…」，（D）是「不論在哪裡做…」，較適合句中意思的就是（C）。 **正確答案(C)**

詞彙 passenger 乘客 remind 提醒 remain 維持做…的狀態 quiet 安靜的 whenever 無論何時 announcement 宣布 pilot 領航員、機長

乘客被提醒／保持安靜／無論何時／機長有公告時。

8.

1 文法題
2 沒有主詞的不完整句，句意解釋
3 名詞子句連接詞

解析 首先要知道句子的主要動詞should fill out的主詞是名詞子句，所以空格內是名詞子句的連接詞，因此帶出副詞子句的（D）直接就被淘汰了。不過空格後面是沒有主詞的不完整句，所以必須用在名詞子句的（B）也淘汰。接下來要把（A）和（C）放入句中看看句中意思如何，（A）是「誰」，而（C）是「不論是誰」的意思。所以比起「誰希望」，「不論是誰，想要購買的人」必須填寫這份訂購單的解釋較為通順自然。所以正確答案是（C）。 **正確答案(C)**

詞彙 whoever 不論是誰… would like to do 想要做…、想要… make a purchase 購買 fill out 填寫、填入 order form 訂購單

不論是誰／想要購買的人／必須 透過這個網站／填寫／訂購單。

9.

1 文法題
2 這是know的受詞，後面是完整句
3 名詞子句連接詞

解析 後面的句子是完整的名詞子句連接詞，需用連接詞來解釋整句。本句中空格後面的子句是動詞know的受詞，所以空格內是名詞子句連接詞，（C）是副詞子句連接詞，所以就直接淘汰。空格後面是完整句，然而what是必須用在不完整句中，所以也淘汰。（A）是「是否…」，（D）是「所謂的…」，放在句中解釋起來「想知道是否…」的（A）顯得比較合理。 **正確答案(A)**

詞彙 due to 因為… deadline 截止期限 if 是否…（名詞子句） employee 員工、職員 equipment 設備

因為截止期限的原因／妲米小姐想知道／職員是否有需要／

新的設備。

10.

1 文法題
2 這是know的受詞，後面是完整句
3 名詞子句連接詞

解析 後面的句子是完整的名詞子句連接詞（需做整句含義的解釋）。動詞know需要有受詞，所以空格內是帶出名詞子句的連接詞，因此對等連接詞（D）首先淘汰。剩下的選項都可當作名詞子句，不過題目後面的arrive是屬於第1大句型的動詞，後面句子是完整句，因此使用在不完整句的（C）也被淘汰。（A）是「為什麼」，（B）是「何時」的意思，句子翻譯成「聽到汽笛的聲音就知道渡輪何時會到達」較為恰當。 **正確答案(B)**

詞彙 certainly 無疑地 ferry boat 渡輪 arrive 抵達 loud （聲音）大的 steam whistle 汽笛

你絕對會知道／何時渡輪會到／因為你會聽到／汽笛的巨響。

STEP 02 實戰問題

101. (D) 102. (A) 103. (D) 104. (C) 105. (A)
106. (C) 107. (D) 108. (B) 109. (A) 110. (A)
111. (D) 112. (C) 113. (C) 114. (A) 115. (A)
116. (C) 117. (C) 118. (B) 119. (B) 120. (A)
121. (B) 122. (D) 123. (C) 124. (D)

101.

解析 （1）需要有for的受詞（2）空格內是受詞的名詞子句（不完整句）（3）放入句中解釋句意。這句子還需要有個扮演for的受詞的名詞子句，所以副詞子句的however直接淘汰。其餘的選項都可以當作名詞子句，不過空格後面的句子是不完整句，所以只能使用在完整句的if（是否…）就只能淘汰了。剩下的（B）和（D）在文法上沒有問題，就只差在放入句中後的意思了。「不論發生什麼事」翻起來相當恰當，所以正確解答就是whatever。 **正確答案(D)**

詞彙 for …期間 product warranty 產品保證（書） guarantee 保障 free 免費的、無償的 repair 修理 whatever 任何…的事物 happen 發生 item 物品、項目

2年／產品保證書／保證／免費維修／不論產品發生什麼事。

102.

解析 （1）這裡需要有限定動詞caution的受詞（2）這是當作受詞的名詞子句（完整句）（3）放入句中解釋句意。這裡還需要有限定動詞caution的受詞，所以空格內是名詞子句的連接詞。選項全部都是名詞子句連接詞，不過空格後面是完整句，所以只能用於不完整句的（B）和（D）直接淘汰掉。（A）是「所謂的…」，（C）是「誰」的意思，從句子脈絡來看，（A）比較自然順暢。 **正確答案(A)**

詞彙 caution 注意、警告 tobacco 香菸 result in 導致某種結果 negative 負面的 effect 影響、效果、結果 particularly 特別是 lung 肺

朱雅姿博士警告／持續抽菸／會對人體／有負面的影響／尤其是對肺。

103.

解析 （1）選項全部都是連接詞（2）空格是副詞子句連接詞（3）放入句中解釋句意。這一題的選項全部都是連接詞，不過空格前面的句子是完整句，所以空格裡是副詞子句連接詞。非副詞子句連接詞的選項（B）和（C）就可以直接淘汰了。（A）和（D）放入句中解釋句意，（A）是「因為是…」，（D）是「做…的時候」，句子翻譯為「產品設計有缺陷的時候有責任」較為恰當。 **正確答案(D)**

詞彙 quality control 品質管理 be responsible for 在…上有責任 complaint 不滿、抱怨 design 設計 flaw 缺陷、缺點

品質管理部／有責任／對任何不滿／產品設計上有缺陷時。

104.

解析 （1）這是 know的受詞（2）需要有名詞子句連接詞（完整句）（3）放入句中解釋句意。空格以後是動詞know的受詞，也是名詞子句，所以空格內要填入名詞子句連接詞。選項全部都是名詞子句連接詞，都有可能是答案。不過空格後面是完整句，所以（D）裡面有主詞，無法使用。其餘的選項中，（A）是「所謂的…」，（B）是「怎麼」，（C）是「是否」的意思，所以在含義上（C）比較恰當。 **正確答案(C)**

詞彙 believe 相信 eligible 有做…的資格的 let（使役動詞）使 apply for 申請 pay raise 加薪

相信自己有資格的員工們／要讓自己的主管了解／他們想要申請／加薪。

105.

解析 （1）還需要有動詞understand的受詞（2）這是名詞子句連接詞的位置（完整句）（3）放入句中解釋句意。空格以後必須是名詞子句，所以空格裡要填名詞子句連接詞。選項全部都是名詞子句連接詞，不過空格後面是完整句，所以用在不完整句的（D）要淘汰掉。（A）（B）（C）要看意思才能找出答案，這之中「不能理解為什麼信用卡被拒絕了」的解釋最

適當。 **正確答案(A)**

詞彙 corporate 法人的、公司的 credit card 信用卡 decline 拒絕、批准、減少 attempt to do 試圖要做… pay for 支付 business lunch 商業午餐

傑瑞不能理解／為什麼他的法人卡被拒絕／在他想要支付／商業午餐的餐費的時候。

106.

解析 （1）這要填副詞子句連接詞（2）完整句vs.不完整句（3）放入句中解釋句意。這個句子一直到空格前面都是完整句，所以需要當作修飾語使用，可有可無的副詞子句。選項全部都是副詞子句連接詞，都有可能是答案。（B）是副詞子句連接詞，文法上是「however 形容詞（或是副詞）S + V」，但是空格後面的句子順序卻是「主詞 + 動詞」，所以（B）不是答案。其餘的就得看放入句中的意思來選答案，「不論在哪裡」的（C）在句中比較恰當。

正確答案(C)

詞彙 job advertisement 徵才廣告 typically 一般來說、大部分 post 刊登、廣告 suitable 適當的、適合的 candidate 應徵者 be likely to do 好像…

徵才廣告大部分都刊登／在最適當的應徵者能看到的地方。

107.

解析 （1）這是要填名詞子句連接詞（2）完整句vs.不完整句（3）放入句中解釋句意。這裡需要一個名詞子句來當作介系詞to的受詞，所以空格內要填名詞子句連接詞，沒有連接詞機能的（A）和（B）直接被淘汰掉。空格後面是沒有主詞的不完整句，（C）和（D）兩者都可以在子句的不完整句中，同時當作主詞和連接詞使用，現在就只差在放入句中的意思了。解釋起來好像「不管什麼都能使用」的（D）是最適當的。 **正確答案(D)**

詞彙 traveler 旅行者 rent 租賃、借 be disappointed to do …因為做…所以失望 learn 學習、得知 selection 挑選、選擇 vehicle 車輛 be limited to 被限定為… available 可利用的、可得到的 at the time 在當時

想要租車的旅客們／可能會失望的發現／車子的選擇有限／只有當時能用的車輛可選。

108.

解析 （1）這裡要填to介系詞的受詞（2）這是名詞子句連接詞的位置（完整句）（3）放入句中解釋句意。這裡需要的是一個名詞子句，也就是空格後面是介系詞to的受詞，所以空格內是名詞子句連接詞。不過空格後面有動詞had，所以受格whom直接淘汰。現在開始就要看其他選項在句中的意思，在語意上「不論是誰，獎金是要發給銷售紀錄最好的人」的意思最通順，所以答案是（B）。 **正確答案(B)**

詞彙 year-end 年終（的） performance 業績 award 給予 figure 數值

年終表現獎金是會給予／總銷售數字在那一年最高的人。

109.

解析 （1）這是名詞子句的位置（當主詞）（2）組合是疑問詞 + to不定詞（3）放到句子後的語意（重要關鍵是連接詞or）。從空格開始到park都是名詞，當作was的主詞。不過空格後面是to不定詞，所以解答必須將「疑問詞 + 主詞 + 動詞」換成「疑問詞 + to不定詞」的「whether to不定詞」或是「when to不定詞」型態。whatever或是if不能跟to不定詞一起使用，接下來要看其他選項在句中的意思。連接詞or是告訴你答案的關鍵，請各位一定要記住whether A or B的常用句型。 **正確答案(A)**

詞彙 construct 建設 warehouse 倉庫 existing 現存的；既有的 industrial park 工業區 discussion 討論、議論

是否要建設新倉庫／或是租借既有的建築物／在工業區裡／今天的會議討論的主要議題。

110.

解析 （1）這裡是限定動詞determine的受詞（名詞子句）（2）名詞子句連接詞（完整句）（3）放到句子後的語意。空格後面是名詞子句，是當作限定動詞determine的受詞，所以空格裡要填入名詞子句連接詞。不過空格後面的句子屬於完整句，（A）是疑問詞形容詞，正好修飾後面的名詞，整句的意思是「某個員工的電腦」，當作答案正合適。（B）是「所謂的…」在句中顯得彆扭，（C）是「在哪裡」也是怪怪的。（D）是「誰的員工的」所有格重複，意不清。 **正確答案(A)**

詞彙 tech 技術 determine 決定、判斷 originate 發源、來自 virus 病毒 attack 攻擊

電腦技術可以判斷／哪一個員工的電腦使／病毒／攻擊公司網域的。

111.

解析 （1）這裡是介系詞of的受詞（名詞子句）。（2）名詞子句連接詞（完整句）。（3）放到句子後的語意。依附在空格後的介系詞of的是受詞子句，所以這空格是名詞子句連接詞。而且空格後面的句子是完整句，所以不完整句使用的連接詞（B）直接淘汰。接下來要用解釋語意的方式來選擇答案，能修飾空格後的名詞luggage，句意也通順的就是疑問形容詞whose。雖然（A）和（C）在文法上沒問題，但是意思不通，所以無法當作解答。 **正確答案(D)**

詞彙 airline 航空公司 keep 維持 luggage 行李、手提行李 lost 遺失的 stolen 遭到偷竊的 attempt 試圖 contact 接觸、連絡 passenger 乘客、旅客 flight 飛行

大部分的航空公司／有行李遺失或是遭到偷竊的名單／而且會試圖／連絡那些旅客們／在航班抵達不久後。

112.

解析 （1）空格是限定動詞explain的受詞（名詞子句）（2）名詞子句連接詞（完整句）（3）放到句子後的語意。這裡需要限定動詞explain的受詞，所以空格內必須填入名詞子句連接詞。選項裡的答案都可以當作名詞子句連接詞，不過空格後面是完整句，所以用在不完整句的（B）直接淘汰了。（A）（C）（D）全都是完整句，接下來要透過解釋語意的方式來選擇答案。在表達意思上，「說明票為什麼比平常還要貴」的（C）是正確解答。 **正確答案(C)**

詞彙 brochure 小手冊 hand 給 theater 劇場 patron 贊助者、老主顧 expensive 貴的

發給劇場老主顧手冊／說明／為什麼門票比平常更貴。

113.

解析 say是第3大句型的動詞，後面必須要有名詞子句當它的受詞。不過空格後面是「主詞 + 動詞 + 受詞」的完整句，所以what直接淘汰。whether是在問些什麼的時候使用，所以和前面的動詞said不適合。最後能使用在完整句的名詞子句that才是正確解答。（D）的concerning是介系詞。 **正確答案(C)**

詞彙 spokesman 發言人 target （要達到的）目標 a year 一年、每一年

METRO發言人說了／這間公司／以每一年開6～8間新店面為目標／往後的3到4年間。

114.

解析 這一題是在問和空格前面的名詞fact，屬同格關係的名詞子句。（B）的what是名詞子句連接詞，句子前面已經有名詞fact，所以不考慮。（C）的which是關係代名詞，後面要接不完整句，但空格後面是完整句，所以也非正確解答。（D）的while是副詞子句連接詞，和fact無法成為同格關係。所以正解是（A）的that，這時就和that子句前面的名詞fact成為同格關係，針對fact再做更詳細的說明（這時和完整句一起使用）。 **正確答案(A)**

詞彙 in spite of 儘管⋯ fact 事實 economic prospect 經濟展望 future 未來 uncertain 不確實的 do one's best 盡某人的全力 meet one's goal 達成目標

儘管事實是／未來的經濟前景非常不確定／但我們還是必須要盡全力／達成我們的目標。

115.

解析 還記得assure是ANICAR的動詞嗎？後面沒有是人的受詞，所以句子成了被動態的句型。後面要出現的是「of + 名詞」或「that 主詞 + 動詞」，不過空格後面有「主詞 + 動詞」，所以正解就是（A）that。所以本句型就是「assure + 人 + that 主詞 + 動詞」的受動態「be assured + that 主詞 + 動詞」的型態。 **正確答案(A)**

詞彙 assure 確保、保障 application form 申請表 notify A of B 把B告知給A final result 最終結果 as soon as possible 盡可能快

請確實／交出你的申請表／你能收到／關於最終的結果的通知／盡快。

116.

解析 空格以後到crisis都是扮演will be主詞角色的名詞子句，所以空格內是可以帶出名詞子句的連接詞。（A）和（D）兩個都是副詞子句，無法帶出名詞子句，所以淘汰。（B）的what後面必須要是不完整句，但題目中的空格後面是完整句，因此what也無法是解答。所以正確解答是（C）的疑問副詞how，後面可接完整句，也能扮演本句的主詞。 **正確答案(C)**

詞彙 deal with 處理⋯ economic crisis 經濟危機 cover 處理 upcoming 即將來臨的 board meeting 董事會議

我們應該怎麼處理／這一次的經濟危機／是這次董事會的議題。

117.

解析 chances are that...中that子句是主詞，也是和chances是同格的名詞子句，所以that後面應該是完整句。被動態的（A）因為題目後面有受詞the value and reliability，所以直接被淘汰。限定動詞（B）則是因為和前面you're的be動詞are重疊，所以不列入選擇。（C）是使用於「受動態 + to不定詞」型態，所以OK！形容詞（D）的attractive後面就是定冠詞the，所以也淘汰。 **正確答案(C)**

詞彙 chances are (that)... 或許會⋯ value 價值 reliability 可信賴性 associated with 和⋯有關 brand name 品牌名稱；名牌

或許你被吸引／我們品牌的價值和信賴。

118.

解析 這是在問介系詞of的受詞連接詞的題型。（A）是連接詞if，當作名詞子句連接詞使用時，可當作及物動詞的受詞，但不能當作介系詞的受詞。（C）不能使用在句中的定冠詞the前面，因此淘汰。（D）的what後面必須要接不完整句，但是空格後面是完整句，所以也淘汰。因此正確解答是（B）的whether，請記得，whether是和or not常常一起搭配的連接詞。 **正確答案(B)**

詞彙 question 疑問、問題 special bonus 特別獎金 this month 本月 still 依然 under discussion 討論中

問題／是不是要給特別獎金／在本月／仍舊在討論中。

119.

解析 動詞tell或是inform當作第4大句型的動詞使用時，是「tell (inform) 人 that...」。不過題目中後面沒有人，文法須轉換成「be told (informed) that...」，因此（A）和（C）直接淘汰。動詞express的情況，大部分都是使用在express regret（表示遺憾）的方式，後面要出現表感情的名詞，不能出現that子句，所以（D）也排除在選項外。report, news, article, chart這類名詞都是使用於「indicate (show, reveal, say, summarize) that + 主詞 + 動詞」。字彙本身很重要，文法上也很重要，請一定要記住。 **正確答案(B)**

詞彙 recent 最近的、近來的 report indicates that... 報告指出… cooling 冷卻 considering 考慮…時 current 現在的、目前的 interest rate 利率

最近的經濟報告指出／經濟不需要太多的冷卻／如果考慮目前的利率。

120.

解析 從空格開始到most是名詞子句，也扮演著動詞is的主詞，所以空格內是帶出名詞子句的連接詞。（C）的though或（D）的unless是副詞子句連接詞，所以不予採用。而且空格後面沒有about的受詞，屬於不完整句，所以正確解答是（A）what。另外，is後面的that子句是名詞子句當作補語的角色，the difficulty後面的we have to是形容詞子句（= 關係詞子句），用來修飾difficulty。還有even in times後面省略了關係副詞when，雖然（when）we don't want to是修飾前面的times的形容詞子句，但是介系詞片語even in times扮演著副詞的角色，even in times以後的整句可看做是副詞子句。 **正確答案(A)**

詞彙 be worried about 擔心… face the difficulty 面臨困難 overcome 克服 even in times 甚至在做…時也

我們最擔心的／是我們必須要面臨的困難／我們要努力克服／甚至是連我們不願意時。

問題121-124請參照以下的公告。

> 致所有的業務代表與業務助理
>
> 由於／我們接到一些報告／提到／零組件缺件／我們的訂單／我們決定要導入新的制度／誠摯地致上歉意／若造成您的麻煩。
>
> • 提交訂單時／請先經過採購部門主管的許可／提供零件的具體品牌名稱、大小、數量／和其他必要資訊／與該零件相關。
>
> • 所有零件／都會在五個工作天內送達／緊急出貨將不予受理。
>
> • 領取零件時／請攜帶原始訂單的影本／沒有原始訂單影本／將無法領取。
>
> • 倉庫僅負責／接收並儲藏所有訂購的零件／不包含退貨與換貨的零件。

詞彙 representative 代表 refer to 提到 component 零件 implement 實施，執行 apology 道歉 approval 批准 specific 明確的 scale 大小 quantity 數量 urgent 緊急的 delivery 運送 duplication 複本 prohibit 禁止 warehouse 倉庫 responsible for 對…負責 store 儲存，保管

121.

解析 due to、owing to、because of，其後只能接名詞、名詞片語、動名詞。如果要接完整句子，需加上the fact that，此題答案選（B）。 **正確答案(B)**

122.

解析 此句的意思在表達「如果造成你的麻煩，我們深感抱歉」，適合填入的選項只有（D）。 **正確答案(D)**

123.

解析 所有零件 「被期待」與「被送達」，所以要使用被動式，又因為空格接在動詞expect之後，expect後面接的動詞必須是不定詞，故答案選（C）to be delivered。 **正確答案(C)**

124.

解析 空格前一句說「倉庫只負責接收和儲放訂購部分和零件」，表示功能僅此而已，沒有其他。最適合的答案為（D），表示「不包括退回和換貨」的意思。included指「被包括的」；available指「可得到的」；arranged指「安排的」；excluded指「除外的」。 **正確答案(D)**

Chapter 12 形容詞子句連接詞

Quiz | 解答與解析

Q1. who **Q2.** which **Q3.** offer
Q4. detailing **Q5.** Whatever **Q6.** which

Q1.

解析 本句的先行名詞是人，所以答案就是who，which使用在主詞是事物時。這時who是主格，題目的意思是「女人訪問了我們」。

昨天拜訪我們的女人／是珍。

Q2.

解析 本句的先行名詞是事物，所以答案就是which。題目的意思解釋成「訂購的零件」，part是動詞was order的主詞。

在一個星期以前訂的那個零件／要準備收件了。

Q3.

解析 看到句子前面有「名詞 + 名詞 + 動詞」，所以這裡可看作省略了先行名詞後面的受格which。如果介系詞片語to our customers被拿掉的話，這個句子看起來似乎就沒有受詞，但其實有which當受詞，所以這句子裡的答案就是主動態的offer。

這個服務是／我們提供給我們的客戶／的特別服務。（也就是在別的地方看不到的特別服務）

Q4.

解析 這一個句子本來是the report which details the sales figures...。題目中省略了主格which，句子轉換成分詞構句變成-ing的型態。report是記述了詳細銷售數字的行為主體，所以使用-ing不使用p.p.。當然也可以看後面的受詞the sales figures後，選擇-ing。

報告／詳細地記述了銷售數字的那份／會被提出。

Q5.

解析 兩者都可以使用在副詞子句中，不過在這裡的動詞takes沒有受詞，是個不完整句，所以答案要選擇複合關係代名詞。而wherever只能使用在完整句裡。

不論需要什麼／實現它／就馬上要做。

Q6.

解析 括弧內到destination都是修飾先行名詞label的形容詞子句。不過括弧後面的動詞shows需要有主詞，所以空格內填入主格關係代名詞which較為恰當。複合關係代名詞whichever不能用在名詞子句和副詞子句中，所以不能選為答案。也可以說因為前面有先行名詞，所以答案不可以是-ever的複合關係詞。

標示目的地的標籤／應該要貼在／所有的包裹上。

STEP 01 若沒答對會後悔的考題

1. (C)	**2.** (A)	**3.** (C)	**4.** (A)	**5.** (C)
6. (B)	**7.** (A)	**8.** (D)	**9.** (A)	**10.** (C)

1.

1 文法題
2 空格後是不完整句
3 連接詞

解析 空格是關係詞，必須使用在先行名詞是人的不完整句。空格是修飾前面先行名詞employees的形容詞子句連接詞，而選項都是形容詞子句連接詞（關係詞）。不過先行名詞是人，所以修飾時間和事物的when和which都不考慮。（C）和（D）都可能是答案，不過空格後面是沒有主詞的不完整句，所以主格（C）是正確答案。另外，到空格前面為止的句子都很完整，所以也可以填形容詞子句和副詞子句，選項（A）雖然是副詞子句，但空格後面是不完整句，所以不能當作解答。 **正確答案(C)**

詞彙 employee 員工 miss 錯過、漏掉 more than … 以上的 work 工作、業務 policy 政策、方針

電子郵件／會寄給10天以上沒上班的員工們／這是我們公司的方針。

2.

1 文法題
2 先行名詞（事物；場所）
3 關係副詞

解析 主要子句裡的句子在標點符號（,）的地方就結束了，不過空格後面的「主詞 + 動詞 + 受詞」是完整句，所以空格內可以放入扮演副詞角色的關係副詞where或when。但是因為空格前面的先行名詞assembly line是事物，也是場所，所以表示時間的when不適用，正確解答就是where。 **正確答案(A)**

詞彙 often 常常 assembly line 組裝線、生產線 repeat 反覆 specified 明確指定的 task 工作、作業 throughout the day 一整天

工廠勞工常常在組裝產線中工作／（在那地方）他們反覆指定的工作／一整天。

3.

1 文法題
2 先行詞，後面的 be 動詞（沒有主詞）
3 形容詞子句連接詞

解析 空格後面開始到online是修飾先行名詞train schedule的形容詞子句，所以空格內需要放入形容詞子句連接詞。名詞子句連接詞（B）直接淘汰，先行名詞train schedule是事物，因此表示時間的（A）和修飾人的（D）也直接淘汰。最後剩下的（C）就是正確解答，空格後面是沒有主詞的不完整句，所以放入that剛剛好。 **正確答案(C)**

詞彙 schedule 行程、計畫 post 刊登、廣告、寄信、信件 online 線上的、連線作業的 be subject to 容易遭到… without prior notice 沒有事前通知 boarding 搭乘

被刊登在網路上的列車的行程／如果被變更／不會提前通知／所以請隨時確認／在搭乘前。

4.

1 文法題
2 確認空格前是介系詞，句中語意解釋
3 形容詞子句連接詞

解析 這是「介系詞 + 關係代名詞」句型的形容詞子句。空格前面的介系詞in放到句子最後面，形成the conference room ________ the staff meetings are usually held in的句子就更好理解了。這樣空格以後就是用來修飾先行名詞conference room的形容詞子句，而這句子裡的in沒有受詞，是個不完整句，所以使用在完整句的（C）和（D）就不採用。而且when和where也無法使用在in後面，that也沒法使用在介系詞in後面，所以也淘汰。in that...的型態是慣用詞組「在…的這一點上」的意思，不過這句子用in that句意顯得很彆扭。題目裡和介系詞in結合帶出形容詞子句，用來修飾名詞的是（A）which。 **正確答案(A)**

詞彙 board meeting 董事會 conference room 會議室 staff meeting 員工會議 usually 一般、普通

董事會／將在會議室裡舉辦／平時員工開會的地方。

5.

1 文法題
2 先行名詞（事物），後面是不完整句
3 形容詞子句連接詞

解析 空格內是不完整的形容詞子句連接詞，用來修飾先行名詞。空格以後到the state是用來修飾前面的Royal Palm Cinema的形容詞子句，所以空格要填入形容詞子句連接詞。但因為是不完整句，所以使用在完整句的（A）和（B）首先就被淘汰了。（D）的that當作形容詞子句連接詞時，不能使用在標點符號（,）後面，所以也被淘汰了。正確解答就是（C）。以機率來說，大部分逗號（,）後面都是which。

正確答案(C)

詞彙 moviegoer 常看電影的人 cinema 電影院、劇場 theater 劇場 state 州 receive 接收 free gift 贈品 purchase 購入、購買

影迷們／在Royal Palm電影院／在州裡最有歷史的／每次買票的時候將會拿到免費贈品。

6.

1 文法題
2 可出現在have後面，主、被動
3 關係代名詞受格

解析 本句中有關係代名詞受格whom，所以是屬於主動態的句型。空格had後面可以有名詞或是p.p.，因此原形動詞（A）首先被淘汰。名詞（C）放入空格後，句子的語意不但變得很奇怪，再加上已經有個關係代名詞受格的whom，一個句子有兩個受詞也非正常的。所以空格內要放入p.p.變成have p.p.的完成式，（B）和（D）是p.p.型都可能是答案，這時要確認句子的主動或被動型態。前面有說到如果放入受動態句子就變得完整，就不會有whom的容身之處，所以正確答案就是可以把受格whom當作受詞的主動態（B）。 **正確答案(B)**

詞彙 vice president 副總裁、副總統 thank-you letter 感謝函 employee 員工 personally 私人地 assist 幫忙、援助 many years ago 好幾年前（= many years since）

副總裁卡恩收到了／感謝函／從一個員工／他個人幫助過／在好幾年前。

7.

1 文法題
2 確認是介系詞的受詞，句中語意解釋
3 介系詞

解析 這是個「介系詞 + 關係代名詞」構句的形容詞子句。「介系詞 + 關係代名詞」的介系詞可以放到前面，也能擺到最後面。如果擺到最後就成了the season which most companies host their annual employee picnics on outdoor areas + 介系詞，which以後的部分是修飾先行名詞the season的形容詞子

句，是位在介系詞後面，沒有受詞的不完整句。which在這句子裡當介系詞的受詞，which以後的部分，同時也修飾前面的the season。所以找出可以和the season搭配的介系詞即可，「在那期間」的during the season最為適當。 **正確答案(A)**

詞彙 spring 春天 season 季節 during …期間 company 公司 host 主辦 picnic 野餐 outdoor 野外的、戶外的 area 地區

春季／是季節大部分的公司主辦／他們一年一次的戶外員工野餐。

8.

1 文法題
2 「不及物動詞 + 介系詞」（第3大句型），空格內是限定動詞
3 名詞子句連接詞

解析 這是因為關係代名詞受格的省略而轉換的主動、被動的句子型態。句子在the person和you之間省略了關係代名詞受格that或whom。不過depend屬於第3大句型的不及物動詞，和介系詞on一起使用，所以大部分在介系詞on後面會有受詞。題目中似乎沒有看到受詞，這是因為省略了關係代名詞受格的句子，事實上是有受詞的。不過句子要使用主動態，所以被動態的（A）和（B）不能使用。剩下（C）和（D），動詞depend是不及物動詞，無法單獨使用，因此後面必須要有介系詞on，所以正確解答是（D）。 **正確答案(D)**

詞彙 investor 投資者 person 人 depend on 依靠…、依賴… early 早的、初期 success 成功 business 事業、企業

投資者們／被認為是／可以依靠／並幫助你的新事業提早成功的人。

9.

1 文法題
2 限定動詞和動狀詞的區別
3 形容詞子句連接詞

解析 形容詞子句連接詞後面是限定動詞。that以後的部分是修飾前面先行名詞a festival，其中沒有看到動詞，所以空格裡要填入限定動詞。可以填入空格的選項是（A）和（D）。不過空格後面有受詞tens of thousands of visitors，所以答案必須要選後面有受詞的及物動詞attracts。 **正確答案(A)**

詞彙 medieval 中世紀的 fair 博覽會 attract 魅惑、吸引 tens of thousands of 數萬的 visitor 訪客 from around the country 從全國各地、全國各區域

中世紀博覽會的嘉年華／吸引了／數萬名的訪客／來自全國各地。

10.

1 文法題
2 確認主要子句是否有限定動詞，確認單、複數
3 動詞

解析 空格內是連接詞子句中的限定動詞，必須確認句子的單、複數。句中有連接詞who，判斷句子需要有兩個限定動詞。不過修飾先行名詞job seekers的who子句裡有動詞wish，沒有其他動詞，所以空格內是限定動詞，因此（A）和（B）摒除於答案選項外。本句的主詞是all job seekers，從who開始到the position是修飾主詞的形容詞子句，而空格是依附在all job seekers的動詞。能當作複數主詞all job seekers的動詞就是（C）。數、態、時！中，已經解決了「數」的單數、複數問題，就不必再看主動態、被動態的「態」和時態的「時」了。 **正確答案(C)**

詞彙 job seeker 求職者 wish to do 希望能做… apply for 自願於…、申請 contact 連絡

所有求職者／希望應徵那個職位／應該要連絡／瑪格莉特．李／打下面的電話。

STEP 02 實戰問題

101. (B) **102.** (D) **103.** (A) **104.** (D) **105.** (B)
106. (C) **107.** (A) **108.** (D) **109.** (B) **110.** (A)
111. (D) **112.** (C) **113.** (D) **114.** (C) **115.** (D)
116. (A) **117.** (B) **118.** (C) **119.** (C) **120.** (D)
121. (B) **122.** (C) **123.** (D) **124.** (C)

101.

解析 （1）這題目需要有形容詞子句連接詞（2）確認句中的先行名詞（人）（3）句子結構為「連接詞 + 主詞」。空格以後的部分是修飾先行名詞students的形容詞子句，所以空格內要填入形容詞子句連接詞。（D）是名詞子句連接詞，放入句中會讓句子出現兩個受詞，所以不予考慮。attract是需要有一個受詞的第3大句型動詞，而其餘的選項都是形容詞子句連接詞，先行名詞是人，所以修飾事物的（C）也在這裡被淘汰了。（A）和（B）都可以修飾人，後面有動詞plan，所以空格內須兼具有連接詞和主詞機能，因此可當作主格的（B）是正解。 **正確答案(B)**

詞彙 industrial 產業的 technology（科學的）技術 Inc. 股份有限公司（Incorporated.在美國使用在公司名稱後面） release 發表 calculator 計算機 attract

吸引、引起 plan to do 計畫做… advanced 高級的、先進的 physics 物理學

Industrial Technologies公司發表了／新款的計算機／期望可以吸引學生／計畫將要學習高等物理學。

102.

解析 （1）確認連接詞that（2）空格內是限定動詞（3）確認單數、複數，還有主動態和被動態。看到句中有形容詞子句連接詞that，即可得知空格內是要放入限定動詞。空格內是限定動詞，bridge後面出現的failed是主要子句的動詞，而動狀詞（A）在這裡就直接淘汰。限定動詞必須要依序確認數、態、時，that的先行名詞是單數名詞firm，因此複數動詞（C）也淘汰。因為空格後面有受詞the suspension bridge，所以被動態的（B）也不列入考慮。 **正確答案(D)**

詞彙 engineering 工程、工程技術 firm 公司 design 設計 suspension bridge 吊橋 fail to do 無法做到…、做…失敗 consider 考慮、思考 impact 撞擊、影響 heavy 重的、過度的

那間設計吊橋的工程公司／沒考慮到／河上強烈的風力衝擊。

103.

解析 （1）空格是主要子句限定動詞（除了形容詞子句）（2）確認句子的單、複數（3）不可為被動態（第2大句型動詞）。在這句子中，要知道怎麼拿掉形容詞子句來找出主要子句，這句中有兩個標點符號（,），讓你一眼就可以看到形容詞子句在哪裡。標點符號（,）之間的形容詞子句拿掉後，主要子句裡沒有動詞，所以空格內是依附在最前面的主詞real estate market的限定動詞，所以（B）首先淘汰。主詞是單數，複數動詞（C）也淘汰。依據限定動詞的解題順序，現在該是要確認句子的主動和被動態，look是第2大句型的不及物動詞，這裡要使用主動態。而因為不需要受詞，所以也不需要有被動的表現，因此（D）也淘汰。 **正確答案(A)**

詞彙 real estate 不動產 incredible 無法相信的、不可置信的 loss 損失 previous 以前的 look (to be) 好像…、看起來像… recover 恢復 due to 因為… booming 景氣大好的 economy 經濟

不動產市場／經歷令人無法置信的大損失／在前一年／好像正在恢復／因為景氣好轉。

104.

解析 （1）這句子還需要形容詞子句連接詞（2）確認句中的先行名詞（人）（3）空格後面是完整句。空格內是形容詞子句連接詞，選項都有可能是答案。不過先行名詞是個叫作Coach Cal Santiago的人，所以修飾事物的（A）首先被淘汰。而空格後面是完整句，所以使用在不完整句的（B）和（C）也在這裡被淘汰。（D）是關係代名詞所有格，可以直接修飾後面的名詞gymnastics team，再加上後面是完整句，可以修飾前面的先行名詞。 **正確答案(D)**

詞彙 gymnastics 體操、體育 medalist 得獎人 announce 發表、公佈 early retirement 提早退休、名譽退休

凱爾．桑帝亞哥教練／他的體操隊／已經出現了4位奧運金牌獎得主／公佈／提早退休／今天。

105.

解析 （1）這句子還需要形容詞子句連接詞（2）空格後面是不完整句（3）標點符號（,）後面不可有that。空格以後到句子結束都是修飾前面的先行名詞the technical support department的形容詞子句。空格內是形容詞子句連接詞，所以代表先行名詞的名詞（D）直接淘汰。空格後面的句子是有介系詞in的不完整句，所以使用在完整句的（A）無法當作解答，答案關係代名詞which。而不可使用在標點符號（,）的that不能當作答案。 **正確答案(B)**

詞彙 be sure to do 確實可以做… forward 發送、傳達 suspicious 猜疑的 technical support department 技術支援部 examine 檢查、調查 virus 病毒

請確實將／所有可疑的電子郵件／發送到技術支援部／他們將會檢查／病毒。

106.

解析 （1）確定本句省略了關係副詞（2）空格內是限定動詞（3）確認句子的單、複數和主動、被動態。首先要知道這句子省略了關係副詞，是時間名詞the day後面省略了關係副詞的句子。被省略的when以後的子句需要有限定動詞，所以空格內是要填入限定動詞。動狀詞（B）首先被淘汰，接下來要依序確認數、態、時！依序為句子的單、複數，主動態和被動態，最後是句子的時態。空格內的限定動詞的主詞是單數名詞business，所以複數動詞（D）就不列入考慮。接下來是句子的主動、被動態確認階段，空格後面有受詞its first employee，所以答案是後面要有受詞的主動態動詞（C）。 **正確答案(C)**

詞彙 founder 創立者 never 從未… forget 遺忘 business 公司、事業 hire 雇用 employee 員工 much to one's joy (entertainment, regret) 非常開心地（非常有趣的／非常遺憾地）

南茜／創立者／始終從未遺忘／自己的小公司／雇用的／第一位員工／的那一天／讓她非常開心。

107.

解析 （1）確定whom連接詞（2）空格內是限定動詞（3）確認句子的主動和被動態。句中有關係詞受格whom開頭的連接詞，子句內需要主詞和動詞，但是

句中沒有動詞。所以空格內要放入限定動詞，所以不能選擇形容詞和名詞（B）和（D）。句中的everyone是單數名詞，（A）和（C）都可能是答案。接下來我們要區分句子的主動和被動態，whom扮演句子的受詞，所以答案是主動態的（A）。 **正確答案(A)**

詞彙 desired 希望的、想要的 position 職位、職責 lead researcher 資深研究員 award 授予、給 department 部門 admire 尊敬、稱讚

大家很想要的資深研究員的職位／被授予／給法蘭克林．霍爾／他（受詞）受那部門內的所有的人／尊敬。

108.

解析 （1）這裡還需要有形容詞子句關係詞（2）先行名詞是事物（3）空格後面是不完整句，標點符號（,）後面不可有that。空格以後到最後面是修飾前面先行名詞的形容詞子句，空格內還需要有形容詞子句連接詞。不過先行名詞是個叫作stem cell research的事物，所以修飾人的（B）不予採用。空格後面是沒有主詞的不完整句，所以使用於完整句的（A）也被淘汰了。that不可使用在標點符號（,）後面，因此（C）也淘汰。最後可和標點符號一起出現的（D）which才是正解。 **正確答案(D)**

詞彙 give a lecture 講課、演講 topic 主題 stem cell 幹細胞 research 研究 subject 主題、問題 debate 討論、爭論 recently 在最近

梅哈爾拉博士將會講／關於幹細胞研究的主題／（那個）主題／有很大爭議／在大學／最近。

109.

解析 （1）連接詞that子句中需要有限定動詞（2）空格內要填限定動詞（3）確認主動和被動態。連接詞that以後到package都是用來修飾先行名詞shipping invoice的形容詞子句，子句內沒有動詞，所以空格內是限定動詞。（does not match是主要子句的限定動詞）所以不可放入空格內的（A）和（D）先被淘汰，接下來（B）和（C）就是句子的主動和被動的差別，空格後面只有介系詞片語，沒有受詞，所以被動態的（B）是正確解答，而主動態的（C）被淘汰了。

正確答案(B)

詞彙 shipping invoice 船運送貨單 include 包含 package 箱子、包裝物 match 適合、符合、一致 content 內容物

船運送貨單／包含在包裝內／不一致／和包裝的內容物。

110.

解析 （1）這裡還需要有關係詞（形容詞子句連接詞）（2）先行名詞是場所（3）of which所有格在解釋上行不通，所以淘汰。空格是形容詞子句，用來修飾前面的先行名詞areas。（C）的in that是「在…這一點上」意思的副詞子句，放在句中解釋起來語意不順，所以淘汰。其餘的選項都是關係詞，因為句中的先行名詞是場所，所以（D）也淘汰。關係代名詞所有格的（B）雖然在文法上沒有瑕疵，不過和後面的the company結合後，變成「那地區的公司」的意思，解釋起來不通順。所以適合表示場所的先行名詞areas，又可以使用在完整句的（A）where是正解。

正確答案(A)

詞彙 because of 因為… troubled 很多問題的、困難的 accounting department 會計部門 attempt to do 試圖做… locate 找…的正確位置 reduce 減少 spending 支出

因為經濟困難／會計部門正在試圖／找／公司可以減少支出的地方。

111.

解析 （1）這裡還需要有形容詞子句連接詞（2）空格後面是完整句（3）先行名詞是時間。空格開始到plans可以放入標點符號間（,），有修飾的成分在，扮演著修飾標點符號前面整個部分，所以空格內是形容詞子句連接詞。和（A）一樣以-ever結尾的複合關係詞是已經包含了先行名詞的單字，已不再需要其他先行名詞，因此淘汰不選。不過空格後面是完整句，所以不完整句內使用的（C）也淘汰。先行名詞是時間名詞，因此表示場所的（B）where也是不列入考慮。 **正確答案(D)**

詞彙 hour 時間 work shift 輪班職務 think of 考慮… least 最少的、最小的 productive 生產的

工作結束以前的那小時／（那時候）大部分的員工們正在思考自己的／傍晚計畫／那是一天中生產力最低的時間。

112.

解析 （1）這是先行名詞（2）who修飾人（3）空格前面有all，所以是複數。who以後的部分到最後都是修飾先行名詞all the ______的形容詞子句。所以空格是名詞，但是又接受關係代名詞who的修飾，答案可能是名詞的（B）或（C）。空格前面有all the，所以空格內是複數名詞，因此正確答案（C）。

正確答案(C)

詞彙 labor union 工會 guarantee 保證 wage 薪酬 increase 增加、增大 participate in 參加… strike 罷工

工會保證／可以加薪／針對所有／參加／上週的罷工的勞工。

113.

解析 先行名詞是個a place的場所，所以修飾時間和人（A）和（B）首先淘汰。空格後面「主詞 + 動詞 + 受詞（what they learned from their classes freely 整個都是受詞）」是完整句。能修飾場所名詞，且又能使用在完整句的關係副詞where是正確解答。

因為句子是完整句，因此句中沒有which容身之處。

正確答案(D)

詞彙 long-awaited 長久以來等待的 create 創造、做出 what they learned 他們學習的 freely 自由地

我長久以來的目標是／創造一個場所／讓學生們可以利用／在課堂上學到的東西／自由地。

114.

解析 that以後到yesterday都是修飾先行名詞的句子，這句子裡最重要的是that後面的不及物動詞talk，大部份後面會有介系詞to，以「talk to + 受詞」的型態被使用。本句子是I talked to the client yesterday裡的the client放到前面，成為the client that I talked to yesterday（昨天和我交談的客戶），所以正確解答是（C），此時the client後面的關係代名詞that也可換成whom。

正確答案(C)

詞彙 client 客戶 talk to 和…對話 express 表示 gratitude 感謝 receive 接受 excellent service 傑出的服務

那位和我昨天對話的客戶／表示感謝／我們傑出的服務。

115.

解析 先行名詞是人employee，後面有動詞submitted，所以空格是主格關係代名詞。（A）which是先行名詞也是人，所以不予考慮。（B）whom是後面沒有受詞時使用，但題目中已經有了受詞the new innovative and creative proposals，也無法當作解答。（C）what因為不是形容詞子句，所以也淘汰，正確解答是（D）的who。

正確答案(D)

詞彙 submit 提出 innovative 革新的 creative 創意的 proposal 企劃（書） management 管理階層 transfer 轉任 headquarters 總公司

那位員工／提出了革新有創意的新提案／給管理階層／將要轉任／到總公司。

116.

解析 空格以後到最後都是修飾先行名詞their money的形容詞子句，不過子句裡的動詞have deposited需要有個受詞，但句中沒有看到受詞，所以空格內必須是可以修飾先行名詞their money，並且可當受詞的連接詞。this不能當作連接詞使用，可直接淘汰。what和whoever不必有先行名詞的連接詞，所以也不予採用。所以正確解答是（A）that。

正確答案(A)

詞彙 sufficient 充分的 fund 資金、基金 in case... 預備…的情況 client 顧客 withdraw 退出 altogether 一起、整個 deposit 預存、預放

銀行必須要具備充分的資金／為了預防客戶／完全領出／把自己一直預存的錢。

117.

解析 空格以後到seminar都是修飾先行名詞those的形容詞子句，不過空格以後的形容詞子句裡看不到主詞，所以空格要放可以帶出修飾those的形容詞子句，同時可當作主詞使用的連接詞。後面需要名詞的所有格關係代名詞whose，因為後面有動詞want，所以淘汰。whoever只能使用在名詞子句或副詞子句，這邊也無法使用，will完全沒有連接詞功能。可以當動詞want的主詞，又可以修飾those的，就是主格關係代名詞who。

正確答案(B)

詞彙 seminar 專題討論會 notify 告知、通報 personnel department 人資部 title 職稱、頭銜

希望可以去電腦軟體專題研討會的人／要告訴／人資部／自己的姓名和職稱。

118.

解析 空格以後到最後都是修飾先行名詞their responsibilities的句子，關係詞主格that後面沒有看到動詞，所以空格內是限定動詞，因此（D）是要首先被刪除。先行名詞是複數，所以單數動詞（A）也不予以考慮。後面有受詞general accounting issues，空格內是主動態的限定動詞，所以（B）是被動態也不被考慮。

正確答案(C)

詞彙 accounting 會計 assume the responsibility 負責任 general 一般的、絕大部分的 issue 問題 bookkeeping 簿記

新來的會計經理將會負責／絕大部分的會計／以及／簿記問題。

119.

解析 空格以後到satisfaction都是修飾先行名詞Ms. White的形容詞子句，所以帶出名詞子句的（B）what不列入選擇。然而所有格關係代名詞（A）whose無法使用在後面的定冠詞the的前面，所以直接淘汰。現在剩下的是（C）和（D），to whom是介系詞片語也是修飾句，是和完整句一起使用，因為whom當作受詞使用，要用在沒有受詞的不完整句。空格後面的形容詞子句是完整的第3大句型，所以正確解答是to whom。另外順帶一提的是本句the loyal customer expressed deep satisfaction to Ms. White中的Ms. White放到前面，受格to whom的後面剩下the loyal customer expressed deep satisfaction。

正確答案(C)

詞彙 loyal 忠誠的、忠實的 customer 顧客 express
詞彙 express satisfaction 表示滿意 week-long 一週長的 leave 休假

懷特小姐／忠誠度很高的顧客／表現高度滿意／將得到／紅利和一週的休假。

120.

解析 這是省略了effect（關係詞受格）的句型。the advent以後到society是修飾先行名詞the effect的形容詞子句，子句內看不到有動詞，所以空格內是限定動詞。所以非限定動詞的（B）和（C）首先摒除於選項外，剩下的（A）和（D）就是區分主動和被動態的差別。乍看之下好像沒有受詞，事實上省略的關係詞which就是受詞，所以這個句子算是有受詞。空格要填必須要有受詞的主動態（D）。 **正確答案(D)**

詞彙 have effect on 對…帶來影響 advent 出現、到來 society 社會 impressive 印象深刻的

影響力／網際網路的出現／我們社會帶來／令人印象深刻。

問題121-124請參照以下的公告。

> 致所有企業主／高科技產業
>
> 一年一度的科技博覽會／將再度來臨／今年的科技博覽會／舉辦／於德國慕尼黑的國際展覽中心／在八月六日至十日／無數的／國際頂尖高科技公司／將會參與／這絕對是一個／絕佳機會／和潛在客戶接觸／或與其他公司發展合作關係／我們提供／各種攤位裝飾的選擇／而我們經驗豐富且專業的施工團隊／將會協助／您安裝燈光系統、電源供應／及其他媒體系統／您可能準備的／我們也提供／經濟實惠方案／包含攤位租借、基本攤位裝飾／及兩天一夜當地旅遊行程／如需更多資訊／歡迎至我們的官方網站www.techexpo.com／我們慕尼黑見！

詞彙 high-tech 高科技的 annual 每年的 expo 展覽會 session 會議 countless 無數的 potential 潛在的 decoration 裝潢 booth 貨攤、攤位 install 安裝

121.

解析 選擇最適當的動詞。活動的「發生」要用take place。appear是指事務逐漸顯露，happen和occur則是用在事件或狀況的發生。此題答案選（B）。

正確答案(B)

122.

解析 這個句子已經有動詞are，因此之後若要接動詞，需要改成動名詞形式，故答案選（C）taking part。 **正確答案(C)**

123.

解析 當使用連接詞and連接兩個或兩個以上字詞時，其詞性必須相同。our seasoned and + 空格 + engineering team，seasoned與空格中的字詞是用來形容engineering team，seasoned為形容詞，指「有經驗的」，所以空格也要填形容詞，答案為（D）professional，表示「專業的」。 **正確答案(D)**

124.

解析 空格後接了網址「www techexbo.com」，最適合填入的選項為（C）please access our official website（請登入我們的官方網站）。 **正確答案(C)**

Chapter 13 副詞子句連接詞

Quiz | 解答與解析

Q1. because **Q2.** as **Q3.** buy
Q4. so **Q5.** However **Q6.** Otherwise
Q7. since **Q8.** accepts

Q1.

解析 前面的子句是完整的「S + V + O」的第3大句型的句子，所以後面是可以省略的副詞子句。because和why當中，能夠連接副詞子句的連接詞是because，所以because是正確解答。why只能當作名詞子句和形容詞子句連接詞。

我再也無法信任他／因為他總是說謊。

Q2.

解析 前面部分是完整的第3大句型句子，所以括號內要填連接副詞子句的連接詞，因此能當作副詞子句連接詞的as是正確解答。due to不能放在「介系詞 + 主詞 + 動詞」（we expanded）前面。

我們可以完成／那所有訂單／因為我們擴建了我們的工廠。

Q3.

解析 從if到sets是條件副詞子句，即使意思上是未來式，寫的時候要用現在式代替未來式。主要子句的未來式也是一樣。

如果顧客購買兩組以上的話／他們可以／免運費。

Q4.

解析 如果知道「so 形容詞／副詞 that」、「such 名詞 that」的話，就能輕易解決的問題，這種問題就叫片語表現。括號後面只有形容詞tired（疲倦的、疲累的）。從from之後沒有介系詞片語也無妨。這樣的話，so就是正確解答。如果要選such當解答的話，後面要有名詞。

他太疲倦／因為運動／所以他很早入睡。

Q5.

解析 兩者都是連接詞，意思也相似，形容詞humble不在is後面，放在括號後面是重要提示，however為正確解答的證據。如果although想成為答案的話，humble必須放在is後面。

自己的家不管多麼簡陋／世上沒有像家一樣的地方。（即，自己的家是最好的）。

Q6.

解析 很快就看出括號內是副詞位置了吧？unless是連接詞，所以不是答案。記得必須先放棄用解析來解題的習慣。

除非／我將聯絡他們／親自。

Q7.

解析 這題是只知道since是介系詞「從…以來」的人無法回答的問題。在這個句子裡，since是連接詞，表示「因為…」。

我很輕易地通過了考試／因為他幫助了我。

Q8.

解析 這裡的once是時間條件的副詞子句，所以即使主要子句是使用未來式，接在once後面的句子要用現在式取代未來式使用。但是accepts實際上是含有未來的意思。

一但他接受了提案的話／我們將會依照計劃進行。

STEP 01 若沒答對會後悔的考題

1. (A)	2. (D)	3. (B)	4. (C)	5. (C)
6. (D)	7. (A)	8. (B)	9. (C)	10. (D)

1.

1 文法問題
2 過去完成，解說差異
3 連接詞

解析 常跟過去完成式一起使用的副詞子句連接詞位置。選項全都是副詞子句連接詞，但是從屬子句裡有過去時態，主要子句裡有過去完成式（對過去），如果連想到「主詞 + had p.p....，until [before] 主詞 + 過去動詞...」句型的話，問題就幾乎已經解決了。之後再用解析來判斷感覺就對了。因為是「到…為止，做了…」。的意思，所以在主要子句裡要使用比從屬子句還要快一個時態的過去完成時態（B），（C）的情況下，變成假設法過去，主要子句要成為「would + 原形動詞」，（D）的since的話，since後面接過去式動詞，主要子句是現在完成式。 **正確答案(A)**

詞彙 renter 租賃者、承租者 sign 署名、簽約 contract 合約、合約書 real estate agent 不動產仲介 explain 解釋 section 部分 in detail 詳細地

承租者沒有在合約書上簽名／直到不動產仲介詳細解析／各部分。

2.

1 文法問題
2 空格前面完整的句子 ，解析
3 副詞子句連接詞

解析 副詞子句連接詞的差異。空格前面是完整的句子，空格之後是可有可無的副詞子句，空格是副詞子句連接詞位置。只跟名詞子句連接的（B）選項被淘汰，剩下的都是可以接副詞子句的連接詞。那麼就要從意思上來尋找答案，這個句子用原因和結果的因果關係來解題會比較恰當。 **正確答案(D)**

詞彙 emergency 緊急情況 board meeting 理事會、委員會議 expect 預想 call 召集 economic 經濟的 crisis 危機 worsen 惡化

預計會召開緊急委員會／因為經濟惡化的緣故。

3.

1 文法問題
2 when 時間副詞子句常跟命令句一起使用
3 連接詞

解析 是連接詞的解析問題。時間副詞when常被用於命令句。從空格後面來看是有主詞、動詞的完整句子，所以空格是連接子句和子句的連接詞，介系詞（A）during和副詞（D）therefore就被淘汰。那麼現在就要用句意解釋在（C）和（D）當中選擇答案。（C）的since當作介系詞使用時，翻成「…以來」，被當成連接詞時翻成「從…以來（跟現在完成式一起使用時）」或「因為…」。但是上面的英文句子翻成「從…以來」或「因為…」的話跟句子的意思不符。意思為「…的時候」的（B）when如何？首先句子顯得順暢，當作時間相關副詞使用的時候，與主要子句的命令句也很合適。 **正確答案(B)**

詞彙 billing department 帳務處理部門 account number 帳號 speed up 提高速度、加速 process 過程、程序

在你來電帳務處理部門時／準備好你的帳號／才能快速進行程序。

4.

1 文法問題
2 副詞子句連接詞，解析差異
3 連接詞

解析 因為空格後面有主詞和動詞，所以空格是連接詞位置。句子的所有要素都具備了，應該放入副詞子句連接詞。（A）和（B）選項是介系詞所以淘汰。現在要用句意解析差異來尋找答案。解析上（C）是「…的期間，一邊…」的意思非常自然。 **正確答案(C)**

詞彙 guest 客人、顧客 be encouraged to do 建議做… comment 評論 while …的期間 prior to …以前 following 之後(= after) even though 即使…還是 check out（在飯店等結帳）退房、結帳、（圖書館）借書

為了更優質的服務／飯店客人被鼓勵／填寫意見表／當他們結帳的時候。

5.

1 文法問題
2 數、態、時！（時間條件副詞子句）
3 動詞

解析 時間條件副詞子句裡的限定動詞位置（數、態、時！），空格前面有副詞子句連接詞once，從屬子句就必須是具備主詞動詞的完整句子。once之後沒有限定動詞，所以空格當然是限定動詞的位置。所以要依照數，態，時（單、複數，主動、被動，時態）的順序來判斷。首先主詞three of the ten paintings是複數，所以（D）被淘汰。接下來就要確認主動、被動，空格後面沒有受詞，所以被動的（A）和（C）都有可能是答案。而且在這裡once是時間相關副詞子句，這種情況在從屬子句裡現在式代替未來式，所以現在式的（C）選項是正確答案，也請確認主要子句出現的未來式will close。 **正確答案(C)**

詞彙 in spite of 即使…也 soaring 急速上升的 interest 關心、利息 art gallery 美術館 once 一旦…的話（連接詞）、不知何時（副詞） painting 圖案

雖然受到更多關注／美術館也還是會關門／只要10張畫中賣掉3張的話。

6.

1 文法問題
2 since 常與現在完成式一起使用
3 副詞子句連接詞

解析 因為選項全都是副詞子句連接詞，所以用解析來解題。首先選項（B）當作連接詞使用時，解釋為「從…以來」和「因為…」。前者的情況跟現在完成式一起使用，沒有現在完成式，所以不符。後者的情況，文法上沒有任何錯誤。所以先保留之後再分析差異。選項（C）的情況，用在副詞子句時，主要是像「so...that..., such... that...」的片語來表現，但是這裡沒有片語出現，所以被淘汰。（A）和（D）就文法來看，都是正確的。解析句意上來看（A）是「假

設說…」的意思，（D）是「除非…」，前面保留的（B）是「因為…」的意思，所以最適合的就是（D）選項。（D）是條件的副詞子句，在從屬子句裡用現在式代替未來式，主要子句裡有未來式，與上面句子的條件都相符。 **正確答案(D)**

詞彙 schedule 行程、預定 assuming that... 假設…是…、如果說是…的話 unless 除非… candidate 應徵者 proper 適當的 adequate 充分的 experience 經驗

面試不會確定日期／除非應徵者有適當的技巧和充分經驗。

7.

1 文法問題
2 解析差異
3 副詞子句連接詞

解析 因為選項全部都是副詞子句連接詞，只能依據解析差異解題。（A）是「從…以來」或「因為…」，（B）是「即使是…」，（C）是「為了…」（D）是「雖然是…但…」。（B）跟（D）的意思類似，答案不能有兩個所以被淘汰。（C）若被翻成「為了…」的話，後面要接助動詞can，但是沒有所以被淘汰。（A）被解釋成「從…以來」的話，要跟現在完成式一起使用，但因為沒有現在完成式所以被淘汰。用「因為…」來解析的話，句子意思流暢，文法上也沒有瑕疵。所以（A）是正確解答。 **正確答案(A)**

詞彙 serve 服務、供應 meat 肉類 many of the 很多的 resident 居住者、住民 vegetarian 素食主義者

那個餐廳不提供／任何肉類／因為當地居民大多數／是素食主義者。

8.

1 文法問題
2 解析差異，到空格前為止句子完整
3 副詞子句連接詞

解析 果然還是要用解析差異來解決的問題。因為到空格前為止是完整的句子，所以空格之後是可有可無的副詞子句。選項中（A）只用於名詞子句或形容詞子句，所以被淘汰。其餘的都是副詞子句連接詞，所以要用解析的方式來解題。（B）是「不管在哪做…」，（C）是「不管何時做…」（D）是「是（不是）…」的意思，解釋上來說 「不管他的客戶在哪裡」最自然，所以與場所相關的（B）wherever最符合，是正確解答。 **正確答案(B)**

詞彙 technician 技術人員 travel 旅行 technical 技術上的、技術的 support 支援 customer 顧客 locate 位於

那位電腦技術人員四處移動／提供他的技術支援／不論他的顧客在哪裡。

9.

1 文法問題
2 逗號，副詞子句連接詞解析差異
3 副詞子句連接詞

解析 空格之後的子句用逗號做結束，之後又出現了「主詞 + 動詞」的完整句子，所以逗號前面是可有可無的副詞子句，空格是副詞子句連接詞的位置。選項（A）不當連接詞使用，主要是以so as to原形動詞的型態出現，有「為了…」的意思。所以被淘汰。選項（B）只能當作名詞子句和形容詞子句的連接詞，所以被淘汰。剩下的（C）和（D）之中要用解析來選擇答案。（C）是「因為…」的意思跟句子句意相符。（D）是「是…反之…」的意思跟句子意思不合，所以被淘汰。 **正確答案(C)**

詞彙 as 因為…、…的時候 so as to do 為了… whereas 反之…、卻… be responsible for 責任在於… maintenance 維持、管理 repair 修理 keep 維持 well-maintained 保存完善的

因為他是建築物管理人／湯姆有責任／保持和維修／使它保存完善。

10.

1 文法問題
2 從屬子句用could，解析差異
3 副詞子句連接詞

解析 副詞子句連接詞的解析差異。空格前面是完整的句子，所以後面是副詞子句，空格是副詞子句連接詞位置。但因為選項全都是副詞子句連接詞，所以要用解析來選擇答案。選項（A）的that用於名詞子句和連接詞子句所以被淘汰。that雖然也用在副詞子句，但通常都是以常用句型「so... that...」，「such... that...」出現，that不會像這樣單獨使用。現在只要在剩下的選項中選擇答案就可以。（B）是「雖然…但也…」，（C）是「如果說…」，（D）則解釋為「為了…」就解析上來說，以及空格後面有助動詞could來看，（D）是正確解答。 **正確答案(D)**

詞彙 conductor （火車的）乘務員、指揮者 look down 看下去 track 軌道、車道、（火車）路線 so that ... can 為了… see 知道 … if 是不是…（名詞子句），如果說（副詞子句） passenger 乘客 board 搭乘

那火車的車掌往下看／鐵軌／才能知道／乘客是否還在上車。

101. (C) 102. (B) 103. (C) 104. (B) 105. (A)
106. (D) 107. (B) 108. (A) 109. (D) 110. (A)
111. (B) 112. (D) 113. (A) 114. (B) 115. (B)
116. (C) 117. (B) 118. (D) 119. (D) 120. (D)
121. (B) 122. (A) 123. (C) 124. (D)

101.

解析 （1）確認空格後面「主詞 + 動詞」（2）需要副詞子句連接詞（3）解析差異。首先看看空格的後面有「主詞 + 動詞」，空格是連接詞位置。（A）是副詞所以被淘汰。其餘的都是連接詞，空格前面為止都是完整的句子，所以空格是就算沒有也可以的副詞子句連接詞位置。因此只用於名詞子句和形容詞子句的（B）也被淘汰。（C）和（D）就在於解析上的差異。（C）是「即使…也…」的意思，（D）是「為了…」的意思，逗號的前後句子意思相反，所以連接詞（C）是正確解答。 **正確答案(C)**

詞彙 film 電影 expect 預想 hit 人氣作品、熱門作品 box office 售票所 negative 否定的 review 評論、批評

亞歷山大．派卓可夫的新電影《玫瑰、雛菊、你》／如預料中的／成為票房熱賣作品／雖然收到／否定的評論。

102.

解析 （1）空格是副詞子句連接詞位置（2）空格後面是完整的句子（3）解析差異。因為前面的句子完整，所以空格是沒有也可以的副詞子句的位置。選項中因為（D）是介系詞所以被淘汰。空格的後面是完整的句子。（A）是要接不完全句子的複合關係代名詞，所以淘汰。（B）是「即使是…也…」，（C）是「不管是不是…。」的意思。句子翻成「即使購買訂單被批准了，也應該要提出」最順暢，所以答案是（B）。（C）幾乎不被用於副詞子句，只要記得是名詞子句連接詞就好了。 **正確答案(B)**

詞彙 purchase 購買 order 訂單（書） submit 提出 even though 即使…也… approve 批准

提出購買訂單／還是要交給艾莉絲．葛林莉／即使已經被經理批准了。

103.

解析 （1）空格後面接動詞（2）對等連接詞與to不定詞的to（3）解析差異。空格的後面有限定動詞assemble。應該要找找看後面接動詞的情況。（A）是連接詞，所以後面不能接動詞，應該接「主詞 + 動詞」。選項（B）當成連接詞使用時，應該接「主詞 + 動詞」，當成介系詞使用時應該接名詞。對等連接詞（C）和rather than和to不定詞的to之後可以接動詞。前者是「比起…」意思，後者是「為了…。」，所以就解析來說（C）比較恰當。 **正確答案(C)**

詞彙 assemble 組合 faulty 有缺陷的 part 零件 worker 勞動者、勞工 alert 警告（危險等）、發布（警告） floor manager 廠務經理 notice 認知、察覺

用不良的配件組裝汽車／工人應該要告知／場務經理／如果他們發現問題。

104.

解析 （1）確認空格後的「主詞 + 動詞」（2）副詞子句連接詞位置（3）確認or的提示（解析）。空格後面出現了「主詞 + 動詞」，所以空格是連接詞位置，不是連接詞的（C）和（D）被淘汰。空格後面的or是重要提示，跟or一起使用的（B）「是不是…」為正確解答。記住whether A or B的型式就能快速解答。 **正確答案(B)**

詞彙 chemistry 化學 laboratory 實驗室 equip 配備 beginner 初步者 advanced 高級的

化學實驗室配備設備／給各種程度學生／無論他們是初階者或高階者。

105.

解析 （1）空格後面的名詞（2）介系詞位置（3）since跟現在完成式一起使用（解析）。空格後面沒有動詞只有名詞，所以空格不是連接詞位置而是介系詞位置，（B）和（C）被淘汰。（A）和（D）可以當連接詞，也可以當介系詞。介系詞since主要跟現在完成式一起出現，但句子沒有現在完成式。解析也不自然。和（A）是正確解答。 **正確答案(A)**

詞彙 qualify for 獲得…的資格 discounted 折扣的 shipping 船載、運送、貨運 rate 價格、速度、比率 remember 記得 place an order 訂購 normal 普通的、正常的 business hour 營業時間

為了取得折扣的優惠／線上網購的客人要記得／下單／在正常營業時間結束之前。

106.

解析 （1）選項全都是連接詞（2）副詞子句連接詞位置（3）解析差異。空格是副詞子句連接詞位置。（C）只用於名詞子句，形容詞子句所以被淘汰，當作形容詞子句連接詞使用時，修飾前面的先行名詞。「她訪問新都市的觀光地」變成不像話的句子。現在要在剩下的選項中找尋解答。（A）是「…之後」，（B）是「雖然…但是…」，（D）是「不論何時…」的意思，所以正確解答是（D）。 **正確答案(D)**

詞彙 travel 旅行 give a lecture 演說 enjoy 享受 local 地區的 tourist site 觀光地 visit 拜訪

鄭博士常常為了演說去旅行／以及她喜歡遊覽當地觀光區／不論她什麼時候造訪一個新的城市。

107.

解析 （1）連接詞位置（2）副詞子句連接詞（3）解析差異。首先後面有「主詞 + 動詞」，所以空格需要填入連接詞。（C）是副詞當然被淘汰。答案取決於解析差異。（D）解析成「從…以來」時，後面要接現在完成式，但句子沒有現在完成式。可以解釋成「因為…」的連接詞有（A）和（D）兩個，兩者都被淘汰。從文法上來看也沒有問題的（B）是正確答案。 **正確答案(B)**

詞彙 equipment 設備 rental 租借、借貸 large 大的、多的 supply 供給、備用品 snow shovel 除雪鏟 region 地區 rarely 很少、難得 receive 接收 snowfall 降雪（量）

那個工具出租店／有很多除雪鏟／雖然那個地區／很少下雪。

108.

解析 （1）副詞子句連接詞（2）確認so that的接續（3）解析差異。前面是具備主詞、動詞、受詞的第3大類句型，所以空格是副詞子句連接詞位置。why是只用於名詞子句、形容詞子句的連接詞，所以被淘汰。so that後面接像can、may、will之類的助動詞，在解析上也是不合適，所以被淘汰。其餘的就要用解析來選擇，空格前面的句子和後面的句子是相反的內容，所以「反面…」意思的連接詞whereas是正確解答。 **正確答案(A)**

詞彙 nation 國家 banking industry 金融業 significant 相當的 quarterly 一季的 growth 成長 industry 業界、產業 struggle to do 努力想要… profit 利益、所得

那個國家的金融業／這一季有顯著的成長／但大部分的業者們／還在努力／要創造利潤。

109.

解析 （1）副詞子句連接詞（2）however 形容詞／副詞 + 主詞 + 動詞（3）空格是副詞子句連接詞位置，選項全都可以當作副詞子句連接詞。但是（A）若當成連接詞使用的話，就要用「however 形容詞／副詞 + 主詞 + 動詞」的型態所以被淘汰。因為空格後面沒有形容詞／副詞。將其餘的選項用解析來判斷的話，（D）選項最適合。 **正確答案(D)**

詞彙 distribute 散發 notification 通知、公告 employee 職員 risk 危險 attack 攻擊

辦公室經理瑞秋・韋伯發送了／一封電子郵件／給所有員工／辦公室電腦／被病毒攻擊的風險。

110.

解析 （1）空格後面that（副詞子句連接詞）常用片語（2）「so 形容詞 a 名詞」vs「such a 形容詞 + 名詞」（3）「so many / much 名詞」（例外）。空格後面有副詞子句連接詞that。副詞子句連接詞that主要是當成片語「so 形容詞／副詞 a 名詞」或「such a 形容詞 + 名詞」來使用。如果有不定冠詞a的話，用「such a 形容詞 + 名詞」或「so 形容詞 a 名詞」，但形容詞是many或much的情況，則用「so much / many 名詞」的型態。請記住例外的情況「so many / much 名詞」。 **正確答案(A)**

詞彙 local 地方的、地區的 symphony 交響曲、交響樂團 host 主辦 so... that ... 太…所以… raise 提升、提高、募集（資金、人等）

那個地方交響樂團主辦／很多的夏季慶典／可以募集資金／為地方藝術學校。

111.

解析 （1）連接詞位置（2）副詞子句連接詞（3）解析差異。空格是副詞子句連接詞位置，選項全部都能當作副詞子句連接詞使用。（A）是「因為…」，（B）是「即使…也…」，（C）是「一旦…的話…」，（D）是「…還不如…」程度的意思。但這個句子，空格前面說公司可以持續製造最高品質的運動用品，空格後面是很多消費者偏好廉價的商品，是互相對比的內容，所以「即使很多顧客偏好廉價的商品」的意思最自然。 **正確答案(B)**

詞彙 continue 繼續 manufacture 製造 quality 品質 equipment 設備 consumer 消費者 prefer 偏好 low-priced 低價的 goods 商品

Aviator Skydiving公司持續製造／最高品質的運動用品／即使很多消費者偏好低價商品。

112.

解析 （1）選項全部是副詞子句連接詞（2）空格是副詞子句連接詞位置（3）解析差異。空格是副詞子句連接詞位置，選項全都是副詞子句連接詞。因此要從解析差異來找尋答案。由解析來看，（D）選項最適合。另供參考，選項（C）連接詞在多益考試中不曾出現在正確解答中。連這種統計都知道的話，就可以更輕易更快速地解答。 **正確答案(D)**

詞彙 contact 連絡、接觸 payroll department 薪資給付部門 notice 認知、查覺 discrepancy 不一致、差異 monthly 每月的 paycheck 工資

職員們應該聯絡／薪資給付部門／如果他們發現／他們每月薪資不一致的話。

113.

解析 空格前面的分號（;）有連接詞的作用。因此空格內不是連接詞，而是副詞的位置。選項全部都有副詞的作用，是否知道每個副詞的意思呢？句意上「他們花了相當的時間研發，但是沒有得到想要的結果」比較自然，所以有「但是」意思的（A）選項however是正確答案。 **正確答案(A)**

詞彙 considerable 相當的 an amount of 很多的…

attain 達成、取得 desired 希望的 result 結果 however 但是 otherwise 不那樣的話 therefore 因此、所以 moreover 更加

他們花了／相當多的時間／研究那個專案／但是／他們無法得到／希望的結果。

114.

解析 因為選項全都是副詞子句連接詞，所以這個問題要選擇句意上最合適的副詞子句連接詞。句意上「為了預防不預期來訪的客人，準備更多的食物會比較好」比較自然，所以「預防…的情況」意思的選項（B）的in case是正確解答。 **正確答案(B)**

詞彙 prepare 準備 dish 食物 unexpected 無法預料的 visitor 客人 once 一旦…的話 in case 預防…的情況 while 當…的時候、然而… whether（副詞子句）是否…

大部分的情況／你最好準備更多的食物會比較好／預防／有預期外的訪客。

115.

解析 副詞子句連接詞位置。選項全部都是副詞子句連接詞，所以要依據解析來解題。句意上若用（B）選項的as，「如我們所知」比較恰當。另外「你也知道的」則用as you know來表現。 **正確答案(B)**

詞彙 shortage 不足 business 事業 providing 假如…的話（= if） the moment 一…就…（= as soon as）

如我們所知／在中國發展事業的公司很多／而且表現也很好。

116.

解析 空格是副詞子句連接詞位置。所以選項（A）被淘汰。（D）想要成為解答的話，後面要有原形動詞，但句中卻有would like to的助動詞，所以被淘汰。表條件的副詞子句的（C）是答案。這個「如果說…的話，請…」句型，在考試中出題的頻率相當高，一定要牢記。 **正確答案(C)**

詞彙 receive 接收 catalog 目錄、型錄 submit 提出 information 情報 click 點擊

如果你想收到／新出型錄／從我們／請提供你的資訊／點擊下列按鍵。

117.

解析 是判斷副詞子句連接詞、名詞子句連接詞、形容詞子句連接詞的問題。空格前面句子是完整的句子，後面的句子也是完整的句子，因此句子裡主詞、受詞、補語作用的名詞子句連接詞，或後面接不完整句子的形容詞子句連接詞（關係代名詞）無法放在句子裡。選項（D）的that被淘汰。（A）（B）（C）全部是副詞子句連接詞，所以要用解析句意來判斷。句意上「申請書一被批准，將會購買那監視系統」比較自然。所以解答是（B）的as soon as。sa soon as 是時間副詞子句連接詞，前面說過，在這種子句中是現在式代替未來式。所以這個句子裡as soon as後面的時間副詞子句裡用了現在式（is approved），主要子句裡用了未來式（will be purchased）。 **正確答案(B)**

詞彙 monitor 監視 purchase 購買 as requested 一被請求 application 申請（書）approve 批准 CEO 執行長

那個監視系統／將被購買／只要一被提出申請／並被執行長批准。

118.

解析 用「S + V, S + V」型態的句子，空格為副詞子句連接詞位置。選項（A）的 therefore 是副詞，所以被淘汰。其餘的都是副詞子句連接詞，所以要用句意解析找尋答案。句意上「即使那個產品完整地被開發，也會有一些額外的措施」比較自然，所以答案是（D）的 even if 。 **正確答案(D)**

詞彙 product 商品、產品 develop 開發 completely 完整地 a few additional steps 一些額外的措施 proceed 進行 launch 上市

即使那個產品完成開發／會有一些追加的措施／上市前。

119.

解析 如果知道表示「太…所以…」的意思的「such a / an 形 + 名 that」的句型的話，就能輕易解答。用so取代such的時候就變成「so 形 a / an 名 that…」的型態。 **正確答案(D)**

詞彙 annual 每年例行的 shareholders' meeting 股東大會 event 活動 agreeable 舒適的 venue 現場、舉行地點

年度股東大會／是非常重要的活動／我們必須要找／更舒適的場所／馬上。

120.

解析 副詞子句連接詞的位置。（A）的 perhaps 是副詞所以被淘汰。（B）的 whether 是「不論是否需要請連絡」解釋起來不是很順，（C）的 may 放到空格裡的話，變成祈使句「請…」不合邏輯的句子。結果引出未來式假設法的「萬一…的話，請…」的（D）should是正確解答。原本是 if you should need room service...型態的句子，if 被省略，助動詞 should 和主詞 you 倒裝的情況。 **正確答案(D)**

詞彙 service 服務 contact 連絡 receptionist 接待人員 front desk 接待處（飯店等的）

如果您需要客房服務的話／住宿的期間／請連絡／服務人員／在接待處。

問題121-124請參照以下的廣告。

搬家出清

這是絕佳機會／您長久以來一直在期待的／致所有忠實顧客／甜蜜家具／我們即將舉辦搬家出清活動／為了感謝您長久以來的支持／為了擴展／我們的展示空間／為您展示更多傢俱／我們將會搬到市中心／我們想藉由這個機會／成為您們優秀且值得信賴的好鄰居／所有商品／你在架上找到的／有折扣／我們提供您／大幅度的折扣／折扣活動舉辦／只在本週末／所以快點過來看看吧／你會看到／許多家具與裝飾品／價格下殺得非常便宜／別錯過這個一生難得的機會。

詞彙 sale 拍賣 customer 顧客 furniture 傢俱 long-lasting 持久的 expand 擴展 display 展示 reliable 可信賴的 rack 貨架 discount 折扣 ornament 裝飾品 miss out 失去獲得利益的機會

121.

解析 想要表達從過去開始一直到現在，並仍然正在進行的事情，就要使用現在完成進行式，故要選（B），表達這是大家一直在等待的難得機會。

正確答案(B)

122.

解析 空格要接原形動詞，此題要分別檢視四個選項的意思，選擇最適合的動詞。（A）做動詞使用時，意指展示或陳列；（B）做動詞使用時，意指打折；（C）做動詞用時，表示混亂；（D）做動詞使用時，表示發送。依據此句文意，答案應選（A）。

正確答案(A)

123.

解析 offer其後應接不定詞，故選（C）sweeten。

正確答案(C)

124.

解析 throughout this weekend是未來的時間，意指即將整個周末，要完成這個句子，其句子的時態應選用未來式，也就是（D）The sale will be held。

正確答案(D)

Chapter 14 對等連接詞

Quiz | 解答與解析

Q1. ask **Q2.** walking **Q3.** and **Q4.** hard

Q1.

解析 判斷單數和複數的問題，B as well as A當中把B當作主詞，所以這句子裡，複數名詞customers是主詞。

顧客們／和政府／要求／我們／讓他們知道／可能影響的是什麼。

Q2.

解析 看到對等連接詞and了吧。因此在這個句子裡him是感官動詞saw的受詞，後面的working和and後面括號裡的話，是感官動詞saw的受詞補語，所以限定動詞walks就被淘汰，跟working一樣型態的現在分詞walking是正確解答。

我看到了／他／今天早上運動／走在那條街上／今天下午。

Q3.

解析 只要知道 between A and B這個對等連接詞，答案就出來了。

太大差距／之間的收入／學徒和有經驗的人。

Q4.

解析 寫成對等連接詞not only A but also B的句子。這時因為but是對等連接詞，所以not only和but also後面要成為一樣的型態。highly和very一樣是副詞，括號內要放和competitive一樣的形容詞。

半導體市場／不僅競爭激烈／也將會陷入困境／預測。

STEP 01 若沒答對會後悔的考題

1. (B)	**2.** (A)	**3.** (D)	**4.** (D)	**5.** (C)
6. (A)	**7.** (B)	**8.** (A)	**9.** (D)	**10.** (C)

1.

1 文法問題
2 對等連接詞，解說差異
3 對等連接詞的位置

解析 對等連接詞解析的問題。看到對等連接詞前後的be動詞（was和be）了吧！因為be動詞是第2大句型動詞，所以後面要有形容詞或名詞主格補語，這句子裡名詞our top priority是主格補語。從for到team是也可以省略的介系詞片語，因此連接was和will be的只有對等連接詞。不是對等連接詞的so首先就被淘汰。（A）是對等連接詞「又、也」，（B）是「對等連接詞」以及（D）的yet是對等連接詞「然而」，可以跟but互換使用。句意上來看（B）最適合。 **正確答案(B)**

詞彙 advertising 廣告 priority 優先事項 additional 附加的 according to 遵照…

廣告計畫／是我們的優先課題／未來2週也是如此（是優先課題）／根據行銷團隊。

2.

1 文法問題
2 對等結構，so 或 or 淘汰
3 對等連接詞

解析 to之後的engage in跟括號後面的defend是對等結構的句子，所以空格是對等連接詞的位置。（B）的so和（D）的for淘汰。（A）是順序連接詞，（C）是反向的連接詞「但是」，句意上以（A）的and最恰當。 **正確答案(A)**

詞彙 military 軍隊 prepare 準備 engage in 參與…、從事 defend 防禦 invaluable 可貴的 country 國家 panic （使）驚慌失措

我們的軍隊一直都處於準備狀態／能參與任何戰爭／守衛我們珍貴的國家／所以請別害怕。

3.

1 文法問題
2 空格後主詞和動詞倒裝
3 對等連接詞

解析 否定意思的對等連接詞。逗號（,）前後都是「S + V」的句子，所以空格是連接詞位置。選項全都是對等連接詞，從空格後面可看出主詞和動詞倒裝。否定詞放在句子最前面強調，後面的主詞和動詞位置倒裝。所以有否定意思的對等連接詞（D）nor是正確答案。 **正確答案(D)**

詞彙 finish 結束、完成 report 報告書 conduct 執行、實行 necessary 需要的 research 研究

姆圖波小姐沒有完成／她的報告書／她也沒做／必須的研究。

4.

1 文法問題
2 2個「主詞＋動詞」，句意解析
3 對等連接詞

解析 空格內要放連接逗號前後兩個「主詞 + 動詞」句子的連接詞。選項全都是連接詞，所以要用句意解析來解題。（A）當作連接詞時是「因為…」表示理由，（B）是「所以」表示因果關係，（C）是「以及」是順序，（D）是「但是」有相反的意思。句意上「銷售對公司的成長很重要，但是很多專家主張顧客服務更重要」的句意解析比較自然，所以答案是（D）。 **正確答案(D)**

詞彙 sales 銷售 important 重要的 growth 成長 expert 專家 argue 主張 customer service 顧客服務

銷售對於公司成長很重要／但是／許多專家主張／顧客服務更重要。

5.

1 文法問題
2 對等構造，either A or B
3 相關連接詞

解析 對等連接詞 either A or B。空格後面沒有主詞，直接出現動詞（raise）。看起來像是命令句，但從句意解析上來看，變成命令句的話有點怪異，所以可視為主詞相同，省略的對等構造。加上有either後面加上or的話，就變成流暢的相關連接詞構造，所以（C）是正確答案。如果前面不是either，而是neither的話，空格內就要填入 nor。 **正確答案(C)**

詞彙 reduce 減少 cost 費用 raise 提高 price 價格 in order to do 為了… increase 增加、提高 profit 收益（金）

Pillow Factory將會減少成本／或提高價格／來增加收益

6.

1 文法問題
2 2個「主詞 + 動詞」，句意解析
3 相關連接詞

解析 首先因為有兩個「主詞 + 動詞」句子，所以空格內需要連接詞。選項全部都是連接詞，所以要用句意解析來判斷。當作連接詞使用時（A）是「然而」，（B）是「或是」，（C）是「以及」，（D）是「不論說…還是…」的意思。（D） 當成連接詞時是「however 形容詞（或副詞）主詞 + 動詞」的型

態，但這個句子裡沒有形容詞或副詞所以不列入考慮。另外however當做副詞使用時，是「然而」的意思。其餘只要用句意解析來判斷就可以了，句意上逗號前後的句子意思相反，所以解答是（A）。

正確答案(A)

詞彙 strange 奇怪的 widely 廣泛的、多的 unemployed 失業的 spending 支出 continue 繼續 rise 上升、增加

很奇怪／年輕人大多是失業的狀態／但他們的支出／卻持續增加。

7.

1 文法問題
2 對等結構，句意解析差異
3 對等連接詞

解析 空格前面的名詞your performance goals與空格後面的名詞customers' needs是對等的構造，兩者都是meeting的受詞。選項全部都是對等連接詞，其中（A）和（D）的意思相同，答案不可能有2個所以被淘汰。接下來用句意解析來判斷，顧客的需求（needs）當然也滿足各位的業績目標比較自然，所以（B）是正確答案。（C）是「或」的意思，因為不是表示選擇，所以被淘汰。

正確答案(B)

詞彙 meet 滿足 performance 業績、公演、實行 goal 目標 B as well as A 不只是A，B也 customer 顧客 need 需要（條件） be given 給予、收到 large 多的、巨大的

如果達到業績／且符合顧客的需求／各位能夠得到 ／很多的獎金。

8.

1 文法問題
2 2 個動詞，句意解析差異
3 對等連接詞

解析 對等連接詞的句意解析差異。動詞2個（lost，continued）的對等結構，空格是對等連接詞位置。（B）不是對等連接詞，所以淘汰。剩下的都是對等連接詞，接下來看看句意解析吧！投資者在股票市場失去了金錢，從其他的投資持續得到收益的對比關係比較自然，所以（A）是正確答案。

正確答案(A)

詞彙 investor 投資者 lost 失去（lose的過去式） stock market 股票市場 continue 繼續 profit from 從…得到利益 investment 投資

很多投資者在股票市場損失了金錢／但是持續地獲得利益／從其他投資。

9.

1 文法問題
2 2 個動詞，句意解析差異
3 對等連接詞

解析 對等連接詞的句意解析差異。首先因為有兩個「主詞＋動詞」，所以空格是對等連接詞位置。（B）的nor有否定的意思，放在句子的最前面，要變成倒裝句，否定語放在句子前面的話，主詞和動詞倒裝，但在這個句子裡主詞和動詞沒有倒裝，句意解析也不合適，所以（B）被淘汰。現在用句意解析來判斷（A）（C）（D）吧！句意上，售票結束，所以不能交換和退錢比較順，所以解答是（D）。另外（A）的for主要是當作介系詞使用，當作連接詞使用時是「因為…」的意思。

正確答案(D)

詞彙 final 最終的、無法更改的 trade 交易、交換 refund 退錢 at any time 不論何時、任何時候

所有的售票是無法更改的／所以／都不能退貨或退錢／不論何時。

10.

1 文法問題
2 對等結構，句意解析差
3 對等連接詞的位置

解析 對等連接詞的句意解析差異。首先動詞 pay 和 choose是對等的構造。所以空格內需要對等連接詞。（A）是介系詞所以被淘汰，要在其餘選項當中，用句意解析來找尋答案。解釋成可以選擇預付或收帳單比較自然，所以（C）是正確解答。

正確答案(C)

詞彙 organizer 組織者、主辦者 trip 旅行 remind 提醒 participant 參加者 pay 支付 in advance 預先 choose 選擇 receive 收 bill 帳單、繳費通知書

旅遊的主辦者提醒／參加者／可以先付費／或選擇收到帳單。

STEP 02 實戰問題

101. (B) **102.** (A) **103.** (D) **104.** (D) **105.** (A)
106. (C) **107.** (B) **108.** (A) **109.** (C) **110.** (B)
111. (A) **112.** (D) **113.** (C) **114.** (C) **115.** (A)
116. (D) **117.** (C) **118.** (A) **119.** (B) **120.** (C)
121. (C) **122.** (B) **123.** (C) **124.** (A)

101.

解析 （1）2個「主詞 + 動詞」（2）需要連接詞（3）句意解析差異。空格是連接詞位置，選項全都是連接詞，所以必須用句意解析來找答案。（A）是「所以」（B）是「但是」（C）是「以及」（D）是「因為…」。喜歡的領域是演舞台劇，但是計畫在電視和電影方面累積經驗是相反的內容，所以應該使用對等的連接詞yet。 **正確答案(B)**

詞彙 favorite 最喜歡的 form 形式、型態 acting 表演 theater 劇場、戲劇 plan to do 計畫…、預計… career 職業、經歷 in 在…領域中

喬納森最喜歡的表演形式／是舞台劇／但是／他計畫要投入／電視和電影圈。

102.

解析 （1）對等結構（2）需要對等連接詞（3）句意解析差異。 空格前面的動詞deliver和provide是對等的結構，所以空格是對等連接詞位置。不是對等連接詞的（B）和（D）都被淘汰。再從句意解析來看，句意上沒有選擇的意思，所以or被淘汰。結果對等連接詞and最恰當。 **正確答案(A)**

詞彙 seminar 研討會 director 負責人、管理者 promise 約定 deliver 配送、接送（人） top 最高的 industry 產業、業界 opportunity 機會 attendee 參加者、出席者

研討會的負責人承諾／將請／業界最頂級的演說者／及／將提供／累積人脈的機會／給參加者。

103.

解析 （1）2個以上「主詞 + 動詞」（2）需要連接詞 （3）連接詞的句意解析差異。掌握句子的構造的話，many是主詞，believed是動詞，後面省略了名詞子句連接詞that。以及又出現兩個「S + V」，所以空格是連接詞位置。（A）有否定意思，主詞和動詞要倒裝，但是空格後面是正常的「主詞 + 動詞」順序，所以被淘汰。（B）是「但是」（C）是「以及」（D）是「因為…」。很多人相信艾伯特會升官，理由是因為他的母親是人事部的負責人，句意解析上比較適合，所以for是正確答案。請記住for主要當介系詞使用，但也常當連接詞使用，當作連接詞使用時是「因為…」的意思。 **正確答案(D)**

詞彙 believe 相信 certainly 無誤地 get a promotion 升遷 head 長官、管理者 human resources department 人事部

很多人相信／艾伯特一定會升官／因為他的母親／是人事部的負責人。

104.

解析 （1）需要連接詞（2）空格後面的主詞和動詞倒裝（3）有否定意思的否定連接詞。這個句子有3個「主詞 + 動詞」，連接詞卻只有that一個，所以可得知空格是連接詞位置。從空格後面來看，主詞和動詞是倒裝的。之前說過，否定詞放在句子最前面的話，主詞和動詞要倒裝吧！所以有連接詞作用又是否定意思的（D）nor是正確解答。 **正確答案(D)**

詞彙 governor 統治者、州長 insist 主張 accept 接受 bribe 賄賂 while …的期間 in office 在職中 secret 私密的、隱密的 deal 交易 company 公司

那個州長主張／自己沒有收賄款／在職中／自己也沒有私下交易／跟任何公司。

105.

解析 （1）選項全部是連接詞（2）so重複，but跟yet同義所以淘汰（3）句意解析差異。空格後面的so是副詞，所以空格內需要連接詞。現在要使用句意解析來判斷，首先so在句意上不順，且跟後面的so重複，所以淘汰。（B）和（D）是同義詞所以淘汰。結果只剩下or，在句意上很自然。 **正確答案(A)**

詞彙 top 最高的 provider 提供業者、供給業者，供給者 high-speed 高速的 claim 主張（…是事實）、要求、請求 advertisement 廣告

MegaNet Services是最頂級的供給業者／高速網路服務／國內／至少在自己公司的廣告中／是這樣主張。

106.

解析 （1）對等連接詞but（2）掌握對等結構（3）跟increase對等。對等連接詞but前後的句子形成對等的結構，掌握要和空格前面的哪一個表現形成對等結構的話，就能找到解決問題的鑰匙。觀察句子後發現和助動詞may後面的原形動詞increase形成對等結構，所以原形動詞的（C）cause是正確解答。

正確答案(C)

詞彙 political party 政黨 increase 使增加、使發展 voter 投票者、有權者 enthusiasm 狂熱、熱情、熱衷 cause 導致、招來 great 很大的、巨大的 confusion 混亂 political sphere 政治圈

新的政黨／可能提高選民的熱情／但是也能招來更大的混亂／在政治圈內。

107.

解析 （1）確認對等連接詞and（2）掌握對等結構（3）跟notice等位。對等連結詞and前後形成對等的結構的句子。因此應該掌握和對等連接詞and前後的哪一個表現形成對等構造。句意上是和過去動詞noticed形成對等，所以過去式動詞（B）decided是正確解答。 **正確答案(B)**

詞彙 record 唱片、記錄 notice 注意到 prefer 偏好、更喜歡 purchase 購買、購入 electronically 透過電子方面地 focus on 聚集焦點在…上、集中

那個唱片公司注意到現代／消費者偏好／利用電腦購物／所以決定了／將焦點擺在／網路音樂銷售上。

108.

解析 （1）跟助動詞must相關的動詞間的對等結構（2）需要對等連接詞（3）句意解析差異。果然是形成對等結構的句子。空格後面沒有主詞，直接出現動詞的只有命令句，但在句意上是無法構成命令句的。那麼可以看成是省略相同主詞的對等構造。選項全部都是對等連接詞，但是nor有否定意思，放在句子前面的話，後面的主詞和動詞就要倒裝，所以被淘汰。剩下的就是句意解析上的差異。 **正確答案(A)**

詞彙 president 社長、總統、總裁 announce 發表 cut 刪減 production cost 生產費用 risk 危險、風險 go bankrupt 破產

社長兼執行長的布萊恩．卡拉漢宣布／公司要刪減／生產費用／不然／有破產風險。

109.

解析 （1）限定動詞之間的對等結構（2）需要對等連接詞（3）句意解析差異。這是構成對等結構的句子。空格後面沒有主詞直接出現動詞，這種情況只限於命令句，但卻不是命令句。所以應該視為省略重複的主詞的對等結構。空格內需要放對等連接詞。不是對等連接詞的（D）被省略。（A）是否定詞，所以後面的主詞和動詞要倒裝，但句子卻沒有倒裝，所以被淘汰。剩下的and跟yet要用句意解析來判斷。空格前後的內容是相反的，所以對比的連接詞yet「但是」是正確解答。 **正確答案(C)**

詞彙 call 打電話 complain 抱怨 admit 認定 pay 支付 bill 帳單 on time 及時、準時

娜卡慕拉小姐打電話／到她的有線電視公司／抱怨他們的服務／但是／她承認沒有付她的帳單／準時。

110.

解析 （1）限定動詞之間的對等結構（2）需要對等連接詞（3）句意解析差異。助動詞後面的原形動詞fill和submit形成對等結構。所以這裡要放對等連接詞。選項全部都是對等連接詞，（A）跟（D）意思相同，所以可以淘汰。現在只要用句意解析來判斷（B）和（C）找出答案。翻成填寫加入申請書，並交出3張清楚的照片最恰當，所以連接詞（B）是正確答案。選項（C）的意思所跟句意不符。 **正確答案(B)**

詞彙 those who... …的人 enter 進去、參加 photography 攝影技術、攝影 contest 選拔、比賽 fill out 填寫、記載 entry 入場、加入 form 表格、格式 submit 提出 top 最好的 photograph 照片

參加攝影大賽的人／要填寫／參加表格／以及／要交出／3張自己拍的最好的照片。

111.

解析 （1）介系詞之間的對等結構（2）需要對等連接詞（3）句意解析差異。 within跟around之間的對等結構。空格前面是介系詞，介系詞後面沒有名詞，接的是介系詞。這種情況兩個介系詞形成對等結構，後面接的受詞一樣，所以被省略了，因此需要對等連接詞。（C）當作連接詞時，通常是「however 形容詞（或副詞） 主詞 + 動詞」句型，所以被淘汰。（D）跟also一樣是「也」的意思，如果要變成對等連接詞的話，後面要再加上一個as變成as well as。所以要在（A）和（B）之間用句意解析來判斷。選擇的意思比較恰當，or是正確答案。變成「商業區或商業區周邊」比較自然。 **正確答案(A)**

詞彙 realtor 不動產仲介業者、仲介 show 展示 apartment 公寓 within …以內 just 只、唯有 around 周邊的 district 區域、地區 in order for A to do 為了讓A做… near 接近… workplace 職場、工作地點

那個不動產仲介展示了／給茱蒂／一個公寓／商業區內或週邊／讓她能居住／在她公司附近。

112.

解析 （1）對等結構（2）相關連接詞（3）neither A nor B。助動詞will接的限定動詞cause和interfere形成對等構造。最大的提示是neither，總是一起出現的nor是答案。 **正確答案(D)**

詞彙 commercial 廣告（播放）、商業性的 claim 主張 vitamin 維他命 cause 導致、引起 harmful 有害的 side effect 副作用 interfere with 妨礙… treatment 治療、處置

那個電視廣告主張／新的維他命不會產生／有害的副作用／也不會妨礙／其他的治療。

113.

解析 觀察對等連接詞and讓哪些表現形成對等結構。仔細一看，coordinating、analyzing、preparing 3個動名詞型成對等結構的句子。就是所謂的A, B and C的型態。這種型態要怎麼看出來？這類的句子多看，多分析的話就能輕易地看出。 **正確答案(C)**

詞彙 management 管理、經營 work 工作、職業 coordinate 統合、調整 individual 各個的、個別的 task 事、任務、工作 analyze 分析 current 現在的 trend 趨勢、傾向、動向 future 未來

所謂的管理是／統合個別的任務／分析現在的市場動向和準備／為未來。

114.

解析 這個問題最明顯的提示，就是句子最前面用please wear開頭的命令句，只要選擇跟命令句適合的連接詞就可以了。命令句後面用and的話，就會變成「請…的話，就會…」的意思，命令句用or的話，就

會變成「請…，不然就會…」的意思。句意上「請戴安全帽，不然有可能受到嚴重的傷」比較自然，所以空格內應該要放or。 **正確答案(C)**

詞彙 wear 穿、戴、穿著 protective helmet 安全帽 construction site 工地現場、施工現場 seriously 嚴重地 injure 負傷、受傷 accident 事故

請穿戴／你的安全帽／在施工現場／否則／有可能受很重的傷／意外事故。

115.

解析 是比較簡單的問題。利用地下鐵或公車通勤的句子，by taxi or bus（搭計程車或公車）是很常出現的用法，請當作片語背起來。在這個句子裡bus前面的by因重複出現而省略。 **正確答案(A)**

詞彙 employee 職員 be encouraged to do 鼓勵…、獎勵 commute 通勤 subway 地下鐵 avoid 避免 the lack of …的不足 parking space 停車空間

職員們被鼓勵／搭地下鐵或公車上下班／為了避免／停車位的不足。

116.

解析 這一題是判斷對等連接詞，及從屬連接詞的副詞子句連接詞的問題。從空格後面主詞被省略的型態及後面接動詞received來看，空格內不能放副詞子句連接詞。主詞被省略的話，就變成分詞句型，因為被動態的p.p.（received）後面不能接受詞（optimistic reactions），因此副詞子句連接詞的（A）和（C）被淘汰。（B）和（D）都是對等連接詞構造相同，所以要使用句意解析來答題。句意上「舉辦了新產品解析會，而且得到樂觀的反應」比較恰當，所以（D）是正確解答。另外兩個子句的主詞一樣時，對等連接詞之後出現的主詞可以省略，句子裡對等連接詞and後面相同的主詞we被省略了。 **正確答案(D)**

詞彙 last week 上週 give a presentation 發表 newly developed 新開發的 optimistic 樂觀的 reaction 反應 attendee 參加者

上週／我們舉辦了新機發表會／得到正面的反應／從參加者。

117.

解析 對等連接詞and前面的原形動詞meet與後面的空格是補充are encouraged。所以空格內也要放原形動詞，結果答案就是（C）的discuss。可看成空格前面的staff members are encouraged to 被省略了。

正確答案(C)

詞彙 be encouraged to 被鼓勵… details 細節 proposed plan 被提案的計畫 as often as necessary 有需要時常常

職員們被鼓勵／見面討論／細節事項／和被提議的計畫／常常／有需要時。

118.

解析 空格前面的and是對等連接詞。and前後的要素必須相同，and前面的mine是所有代名詞，所以空格內也要填所有代名詞。名詞後面加上's的話就變成所有格，也變成所有代名詞。所以解答是（A）。

正確答案(A)

詞彙 reserved 預約的 parking lot 停車場 park 停車 without my permission 沒有我的允許

預約的停車場／是我的和我上司的／所以任何人都不能停／在這裡／如果沒得到我的允許的話。

119.

解析 plan是把to不定詞當作受詞的及物動詞。因此空格內要放原形動詞的（B）。另外，and後面的原形動詞reorganize，也跟空格的原形動詞close一起呼應plan to，many of its stores是close和reorganize的受詞。因為後面有受詞，所以被動態的（D）被淘汰。

正確答案(B)

詞彙 close 關門、倒店 reorganize 組織重整 store 商店、商家 eliminate 去除 overlap 重覆、重疊的部分 function 機能、職務

那個公司正在計畫／結束營業並重整／大多數的商店／為了去除重覆的部分／工作與辦公室職務。

120.

解析 這是個需要仔細注意的題目。看到對等連接詞and，前面有名詞marketing workshop，很容易誤會是並列結構，認為空格內也要放名詞，但是因為空格後面有名詞the urgent matter，所以名詞不可能是答案。應該要注意名詞marketing workshop前面的looking forward to的to，這裡的to是介系詞，介系詞後面接名詞或動名詞來當作受詞。因此空格後面要變成to的受詞，同時把the urgent matter當作受詞的動名詞。所以解答是選項（C）的discussing。 **正確答案(C)**

詞彙 look forward to 名詞（或動名詞）、期待…（做…） marketing workshop 行銷研習 urgent matter 當務之急 in preparation for 應對… launch 上市 new product 新產品

我正在期待／行銷研習／和討論／當務之急／準備新產品上市。

問題121-124請參照以下的信件。

親愛的漢克先生：

請確認／您新辦公室的室內設計藍圖／附檔／根據我們先前的討論／我加上更多隱藏空間／在活動式隔板後方／依照您的儲物需求／請告訴我／您希望漆上什麼顏色／這些隔板表面／我也加上了浴室／在您個人的辦公室旁邊／根據您的要求／我同時附上家具清單／您也可以

在您需要的家具圖片旁邊打勾／當您回信確認藍圖時／請仔細確認全部的設計／請不吝告知／若裡面有任何瑕疵或問題／期待收到您的意見回饋／盡早。

誠摯的，
傑克．庫魯斯

詞彙 blueprint 藍圖 interior 內部的 attached 附屬的 previous 先前的 conceal 隱藏 removable 可移動的 compartment 隔間 storage 貯藏 adjoin 連接 examine 檢查 entire 全部的 feedback 回饋

121.

解析 這題在考介系詞的用法。一般來說，to或for表某事或做某事的目的，to之後接原形動詞，for之後接名詞或名詞片語。此題空格後接your new office，答案應選（C）。 **正確答案(C)**

122.

解析 在此要填寫的是which引導的形容詞子句應使用的be動詞為何。形容詞子句中所闡述的補充資訊為事實，使用現在簡單式 在主句中space意指「空間」為不可數名詞，所以關係代名詞which也同樣為不可數名詞，要搭配單數動詞，答案選（B）is。 **正確答案(B)**

123.

解析 空格中要填入名詞，個別確認選項的意思，（A）指回覆；（B）指回應；（C）指要求；（D）指反應 依據此句文意，答案選（C）。according to your request表示「根據你的要求」的意思。

正確答案(C)

124.

解析 空格後的句子，其語義為「你可以在照片旁打勾來選擇你需要的」，但前面的文章中並未提到照片等相關資訊，可知是空格中要插入的句子，觀看四個選項的句一，（A）我也寄給你一份家具的選單，與後句語義相符，故答案選（A）。 **正確答案(A)**

Chapter 15 介系詞

Quiz | 解答與解析

Q1. As **Q2.** with **Q3.** since **Q4.** Despite
Q5. within **Q6.** by **Q7.** at **Q8.** onto
Q9. to **Q10.** of

Q1.

解析 判斷介系詞問題最快的方法，就是看後面所接的名詞。後面的manager表示「身份或是資格」。因此，應該要用具有「作為…」意思的as比較適合。through的意思「通過…」用來表示「手段或是媒介體」。所以就句子的意思上來看，as比較符合。

作為你的經理／我要求／你／今天晚上加班。

Q2.

解析 括號後的名詞complaints無法做為提供我們正確答案的提示。在這種情況下，就需要看前面的動詞來下判斷。有「處理、解決」之意的片語deal with就是我們要的答案了。介系詞問題就是利用這樣的方式來解題。

我們應該要盡快處理／他們的抱怨事項。

Q3.

解析 看到括號後出現了「S + V」，所以應該要選連接詞。due to只能用來當做是介系詞；而since如果當連接詞來用的話，它的意思為「自…以來」或是「因為…」。

她選為／副部長／因為這段期間裡她非常專心致志／在工作上。

Q4.

解析 因為括號接的是名詞the fact，所以前置詞despite就是我們要的答案了。the fact後面所接的that子句屬於是同位語，也就是說，fact跟that後面接的句子具有相同的意思。因此that後面所接的句子，可不寫或是寫成意思相同的修飾句。有些人在看到在句子裡出現了兩個動詞（has been, was），會疑心括號裡是不是應該要填屬於連接詞的although，那是因為他們不知道that就是連接詞的緣故。

儘管／他在那段期間裡對公司忠心盡責／他仍無法升職。

Q5.

解析 in有「在…（場所或地區）」的意思。但是在「分配預算」的情形下，要表示在劃分好，且限定的範圍內時，選用 within 會比較適當。因為 within 本身，在表示「在某種不管是能力、範圍、距離、或是期間之類的範圍內」的意思比較強烈。

成功的關鍵／做出計畫／是在分配好的預算範圍內。

Q6.

解析 兩個字都具有「到…為止」的意思，但因為通知這個行為必須在這個週末時「完成」，所以在這裡的介系詞應該要選用by比較適合。until則是到某個時間點為止，還繼續進行的意思。

你必須先通知／我們／在這個週末前。

Q7.

解析 因為站著有停止的意思，所以在這裡的介系詞要選at才是正確的。into指的是進到裡面，有移動的意思。

他站在／門前。

Q8.

解析 jump是具有移動性的意義的動詞對吧！而onto意思是「到…之上」，是產生移動狀態時所使用的介系詞。而on只是純粹「在…之上」的意思，是靜止狀態下所使用的介系詞。

那條魚跳到／板子上。

Q9.

解析 在括號後方出現了動語原形ask，空格當然應該要填入to 才對。for用來當作介系詞時，後面接的應該是名詞才對。

那位客人努力／想跟你聯絡／為了要求退款。

Q10.

解析 在括號前後的兩個名詞之間（動詞＋受詞）關係成立，也就是說「使顧客們（受詞）感到滿意（動詞）」，因此括號應填入of。在「顧客們覺得滿意」的意思裡，可以當作是主格來看。

顧客的滿意度是必須的／對於我們的事業來說。

STEP 01 若沒答對會後悔的考題

1. (C)	**2.** (A)	**3.** (B)	**4.** (A)	**5.** (D)
6. (D)	**7.** (C)	**8.** (A)	**9.** (B)	**10.** (D)

1.

1 文法問題
2 空格後的時間點名詞
3 介系詞

解析 一次性時間點的介系詞，指的就是接在the end of this year這種有時間點出現的名詞前方的介系詞，也就是空格裡該填入的答案。選項中可用在出現時間點的介系詞有by跟until。（A）是使用在期間名詞前的，所以刪除；（D）的意思是「與…相關」所以不對。（B）跟（C）都具有「到…為止」的意思，也都是使用在時間點名詞出現時的介系詞，但（B）的動作是到特定的時間點為止，只做一次就結束的意思；而（C）則是到特定的時間點為止，動作還是持續的意思。出現在空格的前方的動詞be hired具有「雇用」的意思，所以和持續性的感覺相比，一次性感覺的by來的比較適合。 **正確答案(C)**

詞彙 nonetheless 即使那樣、雖然那樣 (= nevertheless) confident 確信的、有自信的 hire 雇用 by 到…為止 at the latest 最晚

儘管那樣／蘇還是確信／自己會／最晚在年底前被雇用。

2.

1 文法問題
2 空格後方的時間點名詞
3 介系詞

解析 時間點的介系詞。可以看到空格的後面接著「下個月初」的時間點。像「下個月初」、「這個月底」這些都是屬於特定時間點的名詞，但選項（B）（C）（D）全都是場所用介系詞，所以全部都不對；當然只有（A）才是正確答案。再加上until具有動作到某特定時間點為止的意思，與給人有接續性感覺的動詞continue非常適合。 **正確答案(A)**

詞彙 artist 藝術家 exhibition 展覽會、博覽會、展示會 continue 繼續 the beginning of next month 下個月初 recent 最近的 work 作業、作品

那位藝術家的展示會將繼續／到下個月初為止／將要展出／她最近的作品。

3.

1 文法問題
2 介系詞的解析差異
3 介系詞

解析 介系詞的解析差異。首先因為空格後面只有you一個名詞，所以空格應該要填介系詞。選項（D）是連接詞，所以不對。剩下的選項要根據介系詞的解釋來選出我們要的答案。（A）是「透過…」的意思；（B）是「持有…」的意思；（C）是「由於…」的意思，根據意思來看，最適合的答案是（B）。再加上介系詞with的前面有動詞bring，bring A with B的句型經常使用。 **正確答案(B)**

詞彙 arrive 到達 remember 記得 bring 帶來 professional 職業的、行家的、專門性的

你來面試的時候／請記住／帶一張列有專業推薦人的清單。

4.

1 文法問題
2 在解析上和one floor相配的介系詞
3 介系詞

解析 在場所介系詞種類之中，使用在靜止狀態下的介系詞。因為空格位在名詞its strongest competitor的前方，所以答案應為介系詞。本題的答案選項中全部都是屬於場所用介系詞。但是場所用介系詞，可分成靜止性介系詞和移動性介系詞。因為前面的location和one floor可看作是意思相同的單字，就問題本身來看，空格內填入靜止性介系詞較為適當。選項中屬於靜止性介系詞的有（A）和（D）。剩下的（B）的past（經過…）和（C）的toward（向著…）都是移動性的介系詞，所以刪去。從（A）和（D）的解釋來看，one floor（一層樓）比較相配的介系詞應該是above（在…之上）。如果（D）的話，就會變成「一層樓旁」的意思，這樣會有點奇怪。 **正確答案(A)**

詞彙 premier 最高的 decide 決定、判斷 location 位置 one floor above 在一層樓之上 strong 強的 competitor 競爭者、競爭業者 no longer 不再… suitable 適合的、適當的

Premier Office Deign公司決定／辦公室的位置／就在公司最大的競爭對手的樓上／不合適。

5.

1 文法問題
2 空格後方的期間名詞
3 介系詞

解析 與現在完成式，以及期間名詞一起搭配使用的介系詞。選項裡全部都是介系詞，空格前方的句子是現在完成式。和現在完成式常搭配一起使用的介系詞有since和for（= in, over），所以選項中的（A）和（D）就有可能是答案。而空格後面出現了over six months（6個月以上）的期間名詞，所以（D）的for就是我們要的答案。因為（A）since的主要使用型態是「since + 過去的時間點名詞」，所以刪去。在這裡我們要注意的是，for可以用over來代替，但是因為空格後面已經有over這個字出現了，且同一句中，介系詞是不能夠重複使用。over當介系詞使用時，它的意思是「在…之上」；但是當over當作副詞使用時，它的意思是「…以上」，而題目中的over有「…以上」的意思，所以在這裡over是當作副詞來使用的，所以在over前面的空格內填入介系詞，完全沒有問題。

正確答案(D)

詞彙 although 即使… laboratory 實驗室 equipment 裝備、設備 test 做測驗 for …期間內 over 超過…以上 expectation 期待

雖然那間實驗室的裝備已經被測試了／6個月以上／那並無法滿足／我的期望。

6.

1 文法問題
2 移動性介系詞，解析差異
3 介系詞

解析 移動性介系詞的解析差異。題目的內容是在說因為沒有橋，所以搭渡船過河是唯一的方法。因為有渡河這個動作，根據文章脈絡來看空格應該是移動性的介系詞。選項中屬於移動性介系詞的有（C）和（D），再根據它們的解析來選出我們要的答案。從題目的內容來看，如果是橫越過河的意思，（D）的across比較適合。（C）的down有沿著樓梯往下走或往下的意思。 **正確答案(D)**

詞彙 there is [are] 有… single 單獨的 over there 那一邊 the only way 唯一的路、唯一的方法 by ferry 搭渡船（by + 交通手段）

因為連一座橋也沒有／在那邊／唯一橫渡過河的方法／就是搭船。

7.

1 文法問題
2 與passion相般配的介系詞，by -ing 的解析
3 介系詞

解析 首先空格的前方的with passion「擁有熱情」，用在修飾在它前面的a job seeker，把它組合在一起就成為「充滿熱情的求職者」的句子。本題的提示就是位於空格前面的a passion和出現在空格後面的reporting的動名詞型態。「a passion for + 名詞（動名詞）」，它的意思就是「對…的熱情」，如果知道這個常用句型的話，問題很快就可以解開。介系詞by後面如果接動名詞的話，就是「藉由…，因為做…」的意思。有的人可能會想說說不定by -ing也可以，但是如果照它的解析來看的話，題目的意思就會變得奇怪了，所以by是不對的。 **正確答案(C)**

詞彙 as you may have heard 你可能已經聽說了 position 位置、職位 be suited for 對…是適合的、相配的 job seeker 求職者 passion 熱情 report 做報告（報導）

如同你所已經聽說的／對於那個職位最為適合／求職者／對播報新聞工作充滿熱情。

8.

1 文法問題
2 靜止性介系詞，解析
3 介系詞

解析 靜止性介系詞的解析。選項中全部都是場所介系詞，根據句子的解析來看，空格內填入靜止性介系詞比較適當。這樣的話，（B）是移動性介系詞，所以不對。剩下來的選項需要根據他們的意思來決定哪個是正確答案。（A）的意思是「在…下方，底下」（C）的意思是「在…上方」（D）的意思是「在…外面」，因為地下鐵是在地面之下的，所以就解析上而言，答案（A）比較適當。 **正確答案(A)**

詞彙 most 大部分的 modern 現代化的 complex 複雜的 convenient 便利的 network 電腦網路、網 subway 地下鐵 run 跑 surface 表面、地面

大部分的現代化都市都有／複雜但便利的／地下鐵道網絡／在地面下運行。

9.

1 文法問題
2 在兩個之間用 between，三個以上用 among
3 介系詞

解析 可用在「三個以上之間」情形下的介系詞。就題目的脈絡來看，空格內的答案應為「在…之間」意思的字，而在選項中具有這個的意思的有（B）和（C）。（C）的意思是「在剛好兩個之間」；而（B）則是「三個以上之間」的意思。就題目內容來看，應該是指「參加會議並且發言的人之中」，但因為大部分的會議通常不會只有兩個人，而是三個人以上，所以選（B）比較適當。而且前面的句子屬於只有主詞和動詞，沒有補語或是受詞的第1大句型。由介系詞所引導的介系詞片語，雖然出現在主詞的位置上，但它不是主詞，主詞是在完全不及物動詞be後方所出現的馬克．里斯柏格才對。它屬於在第1大句型中，將介系詞片語放在句首，與主詞和動詞倒裝的句型。當做參考用，（A）是在「範圍、能力、場所的某種範疇以內」的時候使用的介系詞，（D）則是要放在「場所或是時間」的前面，有「這時間一直都，在這場所全區域」的意思。 **正確答案(B)**

詞彙 conference 會議 cleaning 清掃

要在會議上發言的人之中／馬克．里斯柏格／是Star Dry Cleaning公司的執行長。

10.

1 文法問題
2 動詞確認，常與動詞一同連用的介系詞
3 介系詞

解析 常與動詞連用的介系詞。位在名詞our head office前面的空格是填介系詞的位置，要找個可以和前面的動詞fax相配合的介系詞才行。普通動詞fax經常使用在第4大句型中。原來Please fax our head office all correspondence（請將所有的信件以傳真方式寄給我們的總公司）的句子是第4大句型的句子，間接受詞（all correspondence）是接在動詞fax的正後方；直接受詞（our head office）的前面；如果要將間接受詞改放到直接受詞後面的話，要在間接受詞前加個to，這是將第4大句型改成第3大句型時很常看到的型態。 **正確答案(D)**

詞彙 fax 用傳真方式發送 correspondence 書信、信件 head office 總公司 just in case 只要…情況下（= only if） evidence 證據

請用傳真方式發送／全部的書信／給我們位在威尼斯的總公司／以免他們需要／任何證據。

STEP 02 實戰問題

101. (A) 102. (C) 103. (A) 104. (C) 105. (C)
106. (B) 107. (A) 108. (D) 109. (A) 110. (D)
111. (C) 112. (B) 113. (A) 114. (C) 115. (B)
116. (D) 117. (D) 118. (D) 119. (B) 120. (B)
121. (C) 122. (D) 123. (B) 124. (C)

101.

解析 （1）介系詞題型（2）介系詞的解析（3）句子整體解析。答案選項中全部都是介系詞，所以我們得根據它們的解析和題目的意思是否相符來找出正確答案來。（A）是「在…之內」，（B）是「在…的全境」，（C）（D）都是「在…之上」的意思。題目的內容是在說關於總公司內的健身房及健康設施。如果選（B）的話，意思變成在總公司全境內的健身房及健康設施，就一般常識性來說，這樣的話聽起來有些不自然。 **正確答案(A)**

詞彙 health （身體、心靈的）健康 fitness （身材性的）健康 located 位於 corporate 企業的、公司的 headquarters 總公司 downtown 在市內 open 開門 employee 職員

健身房及健康設施／位在市區的總公司內部／不管是哪一位職員／都可以使用。

102.

解析 （1）介系詞題型（連接詞排除）（2）介系詞的解析（3）與題目整體意思相符合。首先空格因為位在名詞the layout and design team的前面，答案應為介系詞。但是（B）是連接詞，所以是錯的。（D）只能當作是副詞或是連接詞用，所以也是錯誤的。剩下的選項中，（A）當介系詞用時，意思是「作為…」，後面通常是接職位或是職責等意思的名詞。可是在這個句子裡，在空格的後方都沒有這類的名詞出現，意思上也有些奇怪。（C）是「除了…之外」，就句子的意思來看比較適合。 **正確答案(C)**

詞彙 department 部門 layout 配置、設計 design 設計、圖案 be expected to do 預想（期待）做… submit 提出 final 最後的 revision 校正（本） deadline 截止期限、截止日

全部的部門／除了設計團隊之外／應該在／1月15日截止日之前／交出最終版本。

103.

解析 （1）介系詞的意思（2）時間相關聯的介系詞（3）空格後方接著名詞an economic recession，空格內需要填入被稱為「景氣衰退」的某個時期有所相關聯的介系詞。時間介系詞在選項中除了（A）就是（B）了。剩下的都是場所介系詞，所以不對。現在要選哪個是與題目所要的意思相符的答案，（A）是最適合的。 **正確答案(A)**

詞彙 many 很多人、多數 worry 擔心 sales 銷售 tax 稅金 economic 經濟的 recession 景氣衰退、不景氣 reaction 反應 voter 投票者、有權者 election 選舉

大多數的人們正在憂慮／增加營業稅額／在景氣衰退時／造成強大的影響／在下次的選舉中。

104.

解析 （1）空格後方的名詞river確認（2）場所的介系詞 （3）與河或路之類的名詞相互搭配使用的介系詞。 可以看到空格的後方有名詞river，空格應為場所介系詞。但選項中，常與river或是road相類似的名詞一起使用的介系詞，只有具備「沿著…」意思的along。當作是參考用，（A）是讓步介系詞，「即使…」的意思，（B）「作為…」（職位或是職責），（D）「在…之上」（或是以upon arrival的方式來使用時，是「一抵達後就…」）的意思。在這個句子中，when後面的it就是用來代替that以下到句子結束部份的虛主詞，最常見的句型為it... that...。 **正確答案(C)**

詞彙 construction 工事、建設 facility 設施、設備 stop 停止 discover 發現 endangered 處在滅種危機的 species 品種、種類 near 在附近

新設施的施工／停下來了／當發現快滅種的生物／在附近的河川。

105.

解析 （1）介系詞的意思（2）題目解析（3）讓步介系詞。介系詞問題中最困難的就是根據題目內容的解析，來找適合題目意思的介系詞。本題就是屬於這樣的問題。（A）「在…期間」的意思，（B）「在兩個之間」的意思，（C）「不管…，即使是…」的意思，（D）「往…裡面」的意思。就句子整體的意思上來看，因為是具有讓步的意義在，所以這裡的介系詞選（C）是最恰當的。 **正確答案(C)**

詞彙 consumption 消費 across the nation 全國各地、全國性的 rise 累積、增加 tax 稅金 law 法律 aimed at 以…為目標、瞄準… usage 使用

全國各地的能源消費／持續上升中／即使是稅金和法律都／以調控節制作為目標制定。

106.

解析 （1）介系詞題型（連接詞排除）（2）期間的介系詞（3）介系詞的意思與題目解析。因為空格是緊接在名詞the course的前面，所以答案應為介系詞，屬於是連接詞的（A）就可以排除了。剩下的三個選項雖然都是介系詞，但是因為空格後方的the course of this term為期間名詞，而（B）如果接在期間名詞的前方的話，為「在…期間之內」的意思，就題目的解析來看，它是最適當的答案。（C）是場所用介系詞，意思是「在…的週邊」，（D）是有「包含…」意思的介系詞。 **正確答案(B)**

詞彙 president 社長、總統 announce 發表 gradually 逐漸 increase 使提高、使增加 course 進程、過程 term in office 任期、責任期間

總統發布／計畫／打算逐漸地提高稅收／在他任期內。

107.

解析 （1）期間的介系詞題型（2）常與現在完成式連用的介系詞 （3）常與表時間點的名詞一起使用。後面出現了時間名詞July，所以空格應為與時間相關聯的介系詞。首先（B）是場所的介系詞，所以排除。而（C）和（D）雖然是在表時間或場所的情況皆可使用，但如果是在表時間的情況下使用的話，on主要是用在放在日期或是表星期幾的名詞之前；at則是使用在表時刻的情況時。而題目空格的後方所接的是表時間點的名詞July，而且前面接的句子是現在完成式have been billed，所以空格要填入在表時間點出現時的（A）since才是最適合的。 **正確答案(A)**

詞彙 inform 公告、告知 utility （電氣，瓦斯，上下水道，交通等機關的）公用事業、設施 bill 寄送帳單 twice 兩倍 normal 普通的、正常的 rate 價格、速度、費率 ask for 要求… explanation 說明

這封信是為了要告知／寄送給我們的機關們的公用事業帳單／是正常價格的兩倍／你／從7月每個月之後／（因此）要求／你的說明。

108.

解析 （1）介系詞題型（2）介系詞的意思（3）與題目要求的意思相符合。空格答案為介系詞，而所有選項也皆為介系詞，所以要依據題目的意思來選擇答案。首先（A）「因為…」具有因果關係的意思，就解析上來說，不太適合本題。（B）「經過…」，而（C）的意思是「在…週邊」，屬於場所介系詞，就解析上的意思來說，這兩個選項也不太適合當本題的答案。（D）的話，有為了要獲得合約而互相競爭的意思，就解析上的意思來看，非常適合本題的句意。

正確答案(D)

詞彙 corporation 企業、公司 compete 競爭 against 較量、對抗 one another （三個以上）彼此互相 maintenance 保持、維持 contract 合約 state government 州政府

三家公司正互相競爭著／為了獲得10年期的維修合約／從州政府。

109.

解析 （1）「介系詞 + 名詞」的型態（2）與時間相關聯的名詞（3）從解析來結尾。（A）「在…之前」（B）「在…之後」（C）「在…下方」（D）「在…旁邊」。除了（A）之外全部都是場所用介系詞，但是空格後方的名詞the due date是與時間相關的名詞，因此屬於是場所介系詞的選項們全都可以排除了。時間介系詞（A）才是我們要的答案，而且就題目解析來看，也完全沒有任何的問題。

正確答案(A)

詞彙 receive 接受到 credit 信用、信用貸款 account 帳號、帳戶 payment 支付、還款 due date 支付期限日

你可以／從你的帳戶之中收到信用貸款／如果收到付款／在繳款期限前。

110.

解析 （1）時間介系詞（2）介系詞的使用（3）由解析來結尾。我們可以看到在空格的前後方分別出現了「1月」和「7月」這些時間名詞，因此空格內需填入時間介系詞。（A）可以當作是場所介系詞來使用，也可以當作副詞來使用，通常接在數字之前，表「大略、約」之意，所以排除。（B）為具有「在…之間」之意，通常以between A and B的形式出現，也不是我們要的答案。（C）的意思是「經過…」，與for（…期間）的意思相同，通常與現在完成式句子一起連用。（D）常以A through B的形式來進行使用，為表示「從A開始，到B為止」之意的介系詞，而「從1月開始，一直到7月結束」的意思，非常符合題目的內容所要表達的。

正確答案(D)

詞彙 submit 提出 invoice 發票 corporate 公司、企業 beginning of 在…之初

請提交／你／從1月開始到7月為止／數月間的發票／給我們辦公室／在8月初的時候。

111.

解析 （1）介系詞的意義（2）與空格後的名詞的相對應（3）根據解析來解題。（A）是「在…之下」的意思，（B）是「在…之上」的意思，（C）是「在…之間」的意思，（D）是「橫穿過…」之意。而由題中空格後方的名詞來看，有2名的作家。在選項有2個的時候，這時候與題意較為適當的介系詞應該是（C）才對。解釋成「在兩個的中間」也是可以的。順便一提，（D）across通常是在橫越馬路或道路，或是江河之類的時候使用的。

正確答案(C)

詞彙 be honored to do 做…覺得很榮幸 stage 舞台 favorite 偏愛的、最喜歡的 writer 作家 as 做…的時候 each 各自 coveted 非常渴望得到的

艾瑞兒．克勞夫覺得相當榮幸／能夠在舞台上／站在兩位她所喜愛的作家之間／當他們領取令人稱羨的雷星頓獎項的時候。

112.

解析 （1）介系詞的意思（2）與空格後的名詞相對應（3）根據解析來解題。（A）為「與…相對抗，面對面站著」之意，（B）為「…沒有」的意思，（C）是「始終、總是…、在…區域」的意思，（D）「往…裡面」的意思。空格後方的名詞health insurance就是所謂的醫療保險。首先（A）的意思在解釋上非常地不通順，所以刪除。（C）如果是接在時間前面的話，可以選擇「始終，總是」的意思來使用；如果是接在場所前面的話，可以選擇「在…區域內」的意思來進行使用，但空格後方的名詞並不是上述的兩種，所以不適合。（D）在意思上也不通。最後只有（B）without，放在全句的解釋上最為恰當。

正確答案(B)

詞彙 patient 患者 health insurance 健康保險、醫療保險 be required to 被要求需要… fill out 填滿、填寫 additional 額外的 form 表格 treatment 治療

所有沒有醫療保險的患者們／被要求／填寫另外的表格／在接受治療之前。

113.

解析 空格後面的unusually high demand的意思為「不同於一般的高需求」，而這三個字組成一個名詞組，因此空格內要填入介系詞。（C）In case（對比…的情況）與（D）Now that（因為做…的緣故），因為都屬於是連接詞所以被剔除；在（A）和（B）兩者間，以句子的解釋來看，（A）才是正確的。

正確答案(A)

詞彙 limited production capacity 有限的生產能力 largely 主要是 due to …的緣故 regulation 規則、規定、法規

雖然有高的需求量／我們無法增加／我們受限的生產量／大幅／礙於法規的緣故。

114.

解析 詢問與動詞provide相配的介系詞。provide大多使用「provide 人 with 事物」或是「provide 事物 to 人」的句型。以「向某人提供某物」之意來進行使用的動詞。因此，本題的正確答案應為（C）with。

正確答案(C)

詞彙 arrive at 到達… airport 機場 tourist information office 觀光旅客服務中心 free map 免費地圖

如果你到達機場的話／請到觀光旅客服務中心／因為在那裡會提供你／免費的地圖。

115.

解析 是尋找與空格前的形容詞dependent相配的介系詞的題目。因為dependent與reliant相同，都屬於大多與on一起連用的形容詞。因此正解是選項（B）on才對。

正確答案(B)

詞彙 local government 地方政府 considerably 相當地 dependent on 依賴… income 所得、收入 sightseeing 觀光 provincial park 省立公園

地方政府相當地依賴／產生的收入／由省立公園觀光。

116.

解析 位於空格前的名詞jump是解題的提示。在提到什麼東西增加的時候，會寫成a jump in。表示增加或是減少的名詞全部都是可數名語，而後面大多是接著介系詞in，意思為「在…方面的增加（減少）」。請把它當作是慣用語熟記下來。

正確答案(D)

詞彙 quarter 季度 smart card 電路卡、智慧卡 (= chip card) cut the loss 減少損失 substantially 相當地 thanks to 因為 a big jump in …的急劇增加 revenue 所得、收益

在上一季中／智慧卡公司／可以減少相當大量的損失／因為收益劇增。

117.

解析 就句子的解析來看，因為具有「到星期六中午為止」的意思，所以空格內應該會煩惱要填入代表時間點介系詞的by還是until。就題目的意思，有說到星期六的中午為止，門都會繼續開著，所以應該要選擇會有種一直持續到某個特定時間點的感覺的「until」才對。

正確答案(D)

詞彙 department 部門 division 局、部 remain open 門打開著、執行業務 noon 中午 on Saturdays 每個星期六

這個局處的大部份部門／執行業務／只到中午為止／每個星期六。

118.

解析 介系詞題型。空格前的動詞notify為解題的提示。原本是「notify 人 of 名詞」的句型，如果換成用被動句型的話，「人 be notified _____名詞」的型態。因此在空格內應該要填入原有的介系詞of才對。如果記得ANICAR的話，就可以很簡單地解開題目了。

正確答案(D)

詞彙 be notified of 接到關於…的通知 amendment 改正、修正 rule 規則 affect 造成影響 right 權利 obligation 義務、責任。

會員將被通知／關於這些規則的訂正的內容／因為可能會影響他們的權利或是義務。

119.

解析 詢問與空格後的our expectations相配的介系詞的題目。beyond our expectations具有「超出我們的期待以上」的意思，因此正確答案應為（B）beyond才對。此時空格前的far當作是修飾介系詞子句的副詞，當作「相當地」的意思來解釋。

正確答案(B)

詞彙 according to 依照 result 結果 sales report 銷售報表 profit 利益 newly introduced item 新推出的產品 far beyond our expectation 遠超出我們的期待之上

依照銷售報表的結果來看／我們最近新推出產品的利益／遠超出了／我們的期待。

120.

解析 就題目的意思來看，因為是要找出具有「在…下」意思的介系詞，所以正確答案為（B）under。若是（C）according要當作正確答案的話，後面需要接著介系詞to才可以，但因為題目中並沒有介系詞to，所以不能選這個答案。

正確答案(B)

詞彙 currently 現在、當下 revised policy 被修改後的政策 allow A to do 允許A可以去做… smoke 抽煙

在現在已被修改後的政策下／我們不被允許／在建築物裡面吸煙。

問題121-124請參照以下的文章。

> 近期的新聞報導指出／有少數公司／經營加工食品事業／販售一些受到汙染的食物／在市場上／這樣不誠實的經營方式／已經造成嚴重且相當大的影響／對國民健康／其中有一些民眾／甚至已經開始有症狀／高燒、腹瀉和嘔吐／儘管當局／試著介入這起事件／阻止受汙染的食物擴散／但獲報的受害人數／仍持續增加／這些公司的老闆／已表示他們對大眾的懺悔／在一場記者會上／為了將回收他們的產品／重建消費者對他們的信心／然而／他們的產品被抵制／我們可以預期／在未來持續。

詞彙 reference 參考，提及 contaminated 受汙染的 crooked 不正當的 considerable 相當大的 impact 影響

symptom 症狀 fever 發燒 diarrhea 腹瀉 vomit 嘔吐 authority 當局者，管理機構 attempt 試圖 intervene 介入 combat 戰鬥 afflict 痛苦 publicly 公開地 press conference 記者會 boycott 聯合抵制

121.

解析 此題在測驗對於片語用法的了解程度。trade down指降低消費；trade off指交換或平衡；trade in指經營某種生意；trade up指提高消費。that後面接的子句是用來形容前面的company，子句中提到食物產品，故最適合填入空格中的為表示經營某種生意的trade in，答案為（C）。 **正確答案(C)**

122.

解析 根據前後的語意選擇適合的選項。前句提到當局嘗試阻止受汙染食品的流通擴散，但受感染的人數仍在增加，根據語意判斷，最適合填入的選項為（D）。（A）now that表示「既然」；（B）since表示「由於」；（C）because表示「因為」；（D）though表示「儘管」。 **正確答案(D)**

123.

解析 雖然同一個句中有出現兩個空格，但不影響作答。這裡的空格是用來形容the number of afflicted citizens，是什麼樣的數字呢？最適合的答案為（B）reported，表示「獲報的」意思。 **正確答案(B)**

124.

解析 這裡要選填公司老闆在記者會上，為了贏回消費者信心做的事情，（A）增加產品售價，出現在此不合理；（B）加強產品的廣告和（D）改變產品包裝，也是不合理的行為。答案應為（C）回收產品。 **正確答案(C)**

Chapter 16 名詞和冠詞

Quiz | 解答與解析

Q1. Whether **Q2.** application **Q3.** other
Q4. accounts **Q5.** satisfied **Q6.** customer
Q7. assemblers **Q8.** knowledge **Q9.** rivals
Q10. the **Q11.** error

Q1.

解析 從括號開始到it結束為止，是作為動詞depends的主詞的名詞子句。因此可以引導名詞子句的whether是正確答案。而although是用來引導副詞子句用的連接詞，所以無法成為正確的答案。

他是否會接受它／取決於／情況。

Q2.

解析 applicant和application雖然都是名詞，但因為後面接關係代名詞which的緣故，所以括號內應該要填入事物名詞才對。如果括號內填入的是有「申請人」之意的applicant的話，那後面應該要接可以用來修飾人的關係代名詞who才對。

你所提出的申請書／至今還沒有抵達。

Q3.

解析 information是具代表性的不可數名詞。因此another在這裡是不能用的，因為another只能用在可數的單數名詞。但other不論是可數的複數名詞或是不可數名詞，皆可以使用。

我們需要其他情報／在下決定／要做什麼之前。

Q4.

解析 「帳戶」所謂的account，就是與「錢」相關的可數名詞。因為前面並沒有接限定詞，所以寫成複數型態也可以。

我決定了／在你的銀行開立帳戶。

Q5.

解析 因為是具有「顧客滿意」意思的複合式名詞，可以選satisfaction來當作答案的問題。但是在複合名詞的情形中，前面的名詞（n1）一般不可為複數型。因此在本題中，customers和括號內的的字就無法合成為複合名詞。在正確答案過去分詞satisfied前面的who are被省略了，這裡的satisfied也擔任修飾前面的名詞customers的角色了。

對我們的服務感到滿意的顧客們／會再次光顧我們。

Q6.

解析 可數名詞customer的前面沒有接限定詞的情況下，也可以當做是複數型態，但是本題是把它拿來當作複合名詞使用。因此空格內應該要填的不是複數型態的customers，而是customer才對。

我們一直以來／都致力於／讓客戶滿意／從創立到現在都這樣。

Q7.

解析 因為括號內為動詞hire所引導的受詞，所以應該要填入名詞才對。但是表「雇用，聘僱」之意的動詞hire的對象應該為assembler（組裝工人），而不是assembly（組裝）。

我們需要雇用／更多的組裝工人／在我們的工廠。

Q8.

解析 能和「廣範圍的」之意的形容詞comprehensive相配的字是knowledge。除此之外，additional、extra、wide、full等形容詞，都很適合與knowledge一起搭配使用。因為在不可數名詞information的前面加上不定冠詞a，這樣的句子是無法成立的。

你可以獲得廣範圍的知識／藉由參加這場研討會。

Q9.

解析 括號內的答案應為受詞，因為可以看到前方所接的是動詞compete。而展開競爭的對象是rival們。因此答案應為rivals。rivalry是表「競爭狀態」的意思，不是我們要的答案。

我們非得競爭／和我們的競爭對手們／為了生存。

Q10.

解析 advice是不可數名詞，不可和不定冠詞an一起連用。但定冠詞the則是加上也可以，不加也沒關係。在這個句子中，因為是在指你昨天所給「那個忠告」，所以要加上定冠詞the才是正確的。

我會接受忠告／你給我的／昨天。

Q11.

解析 in error是表示「做錯了」之意的慣用表現。error是可以寫成errors複數型態的可數名詞，但有慣用表現中，是以前面不加冠詞，不以複數型態來進行組合成為in error來進行使用。請把in error背下來。

我寄／電子郵件／給你／錯誤地。

STEP 01 若沒答對會後悔的考題

1. (C)	**2.** (A)	**3.** (A)	**4.** (B)	**5.** (D)
6. (A)	**7.** (C)	**8.** (B)	**9.** (A)	**10.** (D)

1.

1 詞性題
2 複合名詞，翻譯解釋
3 名詞

解析 複合名詞的解析差異。可以看到在空格的前方有名詞，後方也有名詞，有可能是常見的複合名詞。選項之中名詞的選項有（A）跟（C）。（B）是動詞或是複數名詞，所以不對。（D）是過去分詞型的形容詞，屬於被動型態且後面不能接受詞，但空格的後方接著名詞space，所以這個選項也是錯的。現在要根據（A）和（C）的解析差異來選出我們要的答案了。（A）是「公園」（C）是「停車」，就解析上來看，（C）比較適合。 **正確答案(C)**

詞彙 submit 提出 application 申請書 head 代表、責任者 employee management 職員管理 space 空間

全部的職員們都／可以向管理者提出申請書／為了公司的停車位。

2.

1 詞性問題
2 介系詞後，解析差異
3 名詞

解析 沒有冠詞也可使用的名詞。空格位於介系詞of的後方，所以答案應該是可當介系詞受詞的名詞。選項中的名詞全部都有可能，但是從空格前方沒有冠詞的這一點來看，空格內的名詞應該是複數名詞或是不可數名詞，因為如果是單數可數名詞的話，前面應該會有a或the等的冠詞存在。所以（C）不對。（A）是表「產品們」的複數名詞，（B）一般都是當作動詞來使用，但當作不可數名詞來使用的話，表「農產品」之意。（D）則是有「生產」之意的不可數名詞。根據題目的解析來看，（A）是最適合的答案。

正確答案(A)

詞彙 Inc. 股份有限公司 improved 向上提升的、改善的 line of product 產品類別、產品線 come out 出來、被生產 ahead of 比起…更超前、在…前面 rival 競爭者、對手 this year 在今年

Innotech公司新的和改善後的一系列產品／是可以預見的／那間公司所生產的製品／在今年領先競爭者們（在競爭中獲勝的意思）。

3.

1 文法問題
2 冠詞確認，動名詞的受詞
3 名詞

解析 名詞位置。可以看到空格的前方出現了定冠詞the，因此可知空格內的答案為名詞。而（C）是動詞，所以是錯的。動名詞也是名詞的一種，但因為前面有定冠詞the的存在，且後面應該要存在的動名詞的受詞也不存在，而是直接接介系詞of，所以屬於動名詞的（B）和（D）也不對。因此屬於是單純性的名詞（A）才是正確答案。就題目解析來看也相當符合。

正確答案(A)

詞彙 selection 選定 upscale （收入、教育、社會地位）平均以上的、高檔的 range 範圍 from A to B 從A到B為止 appetizer 前菜、開胃菜

在那家新開的高檔義大利餐廳菜單的選擇／從前菜和沙拉／到披薩和義大利麵。

4.

1 詞性問題
2 可數、不可數名詞的區分，解析
3 名詞

解析 可數、不可數名詞的解析差異。空格內的答案應該是名詞，而所有的選項也都是名詞。但是assistance是不可數名詞，不能在後面加-s / -es變成複數型態，所以（C）是錯的。而空格的前面所接的是限定詞any，所以答案不管是單數、複數名詞皆可以用。現在以解析來進行區分的話，（A）是複數形的「助手，輔助員」（D）「助手，輔助員」（B）則是「幫忙，援助」的意思。就題目的意思來看，指有人需要得到「幫助」，較符合題意，所以（B）是正確答案。

正確答案(B)

詞彙 anyone -ing …的人們 wish 希望 get 接受 assistance 幫助 access 接近 call 打電話 toll-free number 免付費電話號碼

任何人／希望得到／任何的幫助／進入我們的資料庫／須撥打／我們的免付費電話號碼。

5.

1 詞性問題
2 及物動詞後的受詞，與可數名詞連用的冠詞
3 名詞

解析 在可數名詞出現的情況下，a / an、the、-s等等是必要的。首先，空格的前面是及物動詞pay，所以空格應為及物動詞的受詞，應填入名詞。因此屬於形容詞的（B）就不對了。剩下的選項皆為可數名詞，而可數名詞出現時，必需要有a / an、the、-s才可以。（A）和（C）都是單數可數名詞，但它們的前面都沒有定冠詞，所以不是答案。所以身為複數名詞的（D）就是我們要的答案，與題目的意思也相當自然吻合。

正確答案(D)

詞彙 international 國際性的 management 經營 streamline 簡化、合理化 remittance 匯款額、匯款 procedure 程序 pay 支付 overseas 海外的、往海外 agent 代理人、中間人 agency 代辦處

國際事業經營團隊希望／簡化／我們的匯款程序／支付給海外代理人／迅速地。

6.

1 詞性問題
2 複合名詞，確認不定冠詞 a
3 名詞

解析 關鍵在確認複合名詞的名詞位置、不定冠詞a。空格前方有名詞，後有that所引導的形容詞子句（關係子句）。因此空格為「名詞 + 名詞」型態的複合名詞的名詞位置。空格內填入名詞的話，自然就會受到後方所接的形容詞子句的修飾。（B）是形容詞，如果它的後面再接形容詞子句就變得很奇怪了。（D）在當動詞用的情況下，後方應該要有受詞，但是沒有；當作現在分詞的形容語使用的話，就會產生重複後面所接的形容詞子句的情形，這樣也很奇怪。所以（A）和（C）之中有一個是我們要的答案，因為空格的前方有不定冠詞a，所以是單數名詞的（A）是正確答案。

正確答案(A)

詞彙 advise 建議 airline 航空公司 issue 發行 single 單程的 connecting flight 轉機班機、轉機航班

請了解／該航空公司將簽發給你／一張單程的電子機票號碼／讓你可以在轉機班機使用。

7.

1 詞性問題
2 複合名詞，可數名詞所接冠詞
3 名詞

解析 複合名詞中，後面那個名詞可決定該複合名詞是屬於可數還是不可數名詞。可以看到空格前面的名詞是government。而所有選項中，除了（B）是動詞之外，剩下的皆為名詞。首先，動詞因為沒有連接詞，所以可以刪去。空格內應填入名詞來組成複合名詞才對，而除了（B）之外的選項皆為可數名詞。如果是這樣的話，那就應該會有a / an、the、-s才對。但是（A）（D）選項前面都沒有接冠詞，無法單獨使用，所以複數名詞的（C）才是正確答案。 **正確答案(C)**

詞彙 main 主要的 goal 目標 seminar 研討會 raise 升上來、提高 awareness 認知 within …以內 financial 財政上的 industry 產業 issue 話題、爭論點、主題 surround 包圍 regulation 規定、規則

這場研討會的主要目的是／提高認識／金融界／主要主題／政府新政策。

8.

1 詞性問題
2 形容詞子句中限定動詞與單．複數一致
3 名詞

解析 形容詞子句中的複數限定動詞和單數、複數一致的複數名詞。首先空格前面出現了限定詞any，後面有關係代名詞who所引導的形容詞子句，空格應該是名詞。因此屬於所有格的（C）和（D）就不能選了。而（A）和（B）雖然都是名詞，但有單數和複數的差異。從who所引導的形容詞子句中的限定動詞來看，是複數動詞have。而因為先行名詞屬於形容詞子句的主詞，所以空格內應該是複數名詞才對。因此（B）才是正確答案。 **正確答案(B)**

詞彙 candidate 應徵者 a lot of 很多的… experience 經驗 customer service 顧客服務 reception 收發處、接待處、歡迎會 favor 偏好

任何應徵者／只要對於客服部門或是接待處的工作有經驗／會被優先考慮。

9.

1 詞性問題
2 不可數名詞，空格前方的所有格
3 名詞

解析 由所有格來確認名詞位置＆不可數名詞。從空格的前一個字為所有格代名詞your的情況來看，可以知道空格內的答案是名詞。（B）是動名詞，後面必須要有受詞才行，但在這裡沒有，所以不能選。（D）是動詞，所以不能選。而且名詞possession如果是表示「所有」的意思的話，屬於不可數名詞；但如果當「所有物」的意思來看，是屬於可數名詞，但根據題目全文的意思來看，應該是「所有」的意思才對。因此屬單數型，且語尾沒有-s的不可數名詞（A）才是正確答案。 **正確答案(A)**

詞彙 any 任何 confidential 祕密的、機密的 document 文件、文書 securely 牢固地、安全地 lock 上鎖

任何公司機密文件／你所擁有的／要確認有牢牢地鎖／在你的書桌裡／每天晚上。

10.

1 詞性問題
2 空格前的冠詞，空格後介系詞片語
3 名詞

解析 在定冠詞the和介系詞片語之間的名詞位置。從空格的前面有冠詞the，後面接著介系詞片語的情形來研判，空格內的答案是冠詞和介系詞片語之間的名詞位置。因此選項之中，屬於是名詞的（D）是正確答案。（A）是形容詞，（B）是副詞，（C）是現在分詞，也可以當形容詞來使用。 **正確答案(D)**

詞彙 thanks to 幸虧、因為 more and more 愈來愈多 modern 現代的 enjoy 享受 flexibility 柔軟性、變通性 working from home 在家裡工作

因為科技／現在漸漸愈來愈多的人們／享受／在家工作的便利性。

STEP 02 實戰問題

101. (C) **102.** (A) **103.** (B) **104.** (D) **105.** (B)
106. (D) **107.** (C) **108.** (B) **109.** (D) **110.** (B)
111. (D) **112.** (C) **113.** (A) **114.** (B) **115.** (D)
116. (A) **117.** (D) **118.** (A) **119.** (C) **120.** (C)
121. (C) **122.** (C) **123.** (B) **124.** (C)

101.

解析 （1）主詞是名詞子句（2）空格是限定動詞（3）單數、複數。在how所引導的名詞子句被用來作為主詞的情況中，確認限定動詞的單數、複數型。從how開始，一直到空格前的plans為止是名詞子句，在句子中擔任主詞的角色。而且沒有句子整體的限定

動詞，所以空格應該是限定動詞的位置。如此不屬於限定動詞的（B）和（D）就不能選了。限定動詞的型態要以單數、複數、不及物、及物、時態依照順序來進行確認。因為名詞子句是以單數型態來寫成的，所以（C）是正確答案。（A）屬於是複數動詞，所以不對。及物、不及物，時態這些都不需要，只在單數、複數方面就可以找到問題的答案了。 **正確答案(C)**

詞彙 contribute 貢獻 health care plan 健康管理計畫 become 變成 factor 要素

公司該如何對於員工的健康管理計畫貢獻更多／正在成為／重要的因素。

102.

解析 （1）主詞位置（名詞）（2）複數動詞have（需要複數主詞）（3）名詞解析的差異。空格的前方有形容詞修飾語句many large，後面則接著介系詞片詞in this country，空格為動詞have formed所需要的主詞名詞位置，所以主要是用來當作動詞來使用的（B）就不對了。而我們也必須先確認主詞到底是單數還是複數，從動詞來看have是複數動詞。因此（A）是正確答案。從解析來看，「很多大型的製造業者」的意思也很自然。（B）的manufacture主要是用來當動詞使用，但是如果查字典的話，它也可以當作是表「生產、製造」之意的名詞來使用。但是因為很少這樣用，和題目的意思也不太相符。（C）因為是單數名詞所以不對。（D）是表「製造業」意思的不可數名詞，算是單數名詞，也不對的。 **正確答案(A)**

詞彙 large 大的 manufacturer 製造業者、製造公司 form 形成、構成 association 聯合、協會 lobby 進行遊說 federal government 聯邦政府 favorable 好意的、有利的 legislation 立法、法律制訂

這個國家的很多大型的製造業者／組成了／協會／為了向聯邦政府進行遊說／讓有利的法律得以制定。

103.

解析 （1）空格前的所有格（2）名詞（3）動名詞需要受詞。從空格的正前方接著所有格its的情形來看，空格答案應為名詞；因此身為形容詞或動詞的（A）和（D）就不是答案了。（D）可以當作是現在分詞，也可以當作是動名詞，如果是當形容詞的話，當然一定是錯的；如果當動名詞使用的話，後面則需要受詞，但後面所接的是介系詞to，還是錯誤。結果只有屬於單純的名詞的（B）才是正確答案。當作參考用，dedication經常以「dedication to 原形動詞」的型態來使用，表「對…獻身」之意。 **正確答案(B)**

詞彙 reputation 評判、名聲 due to 因為… dedication 貢獻、獻身 sponsor 支援、贊助 small and medium-sized 中小規模的

Becscom Tools公司擁有很好的評價／因為那公司的致力於／贊助／中小規模的運動隊伍。

104.

解析 （1）確認空格前是「冠詞 + 名詞」（2）空格答案形容詞和名詞的解析差異（3）複合名詞。首先從文法的層面來看，可以填入空格的答案只有（A）跟（D）而已。（B）不論是當作現在分詞或動名詞，因為空格後面沒有接受詞，所以刪去。（C）是動詞，刪去。（A）當作形容詞用，放在後面可以修飾前面所接的名詞；當作過去分詞用時，因為屬於是不及物動詞，後面沒有受詞也沒有關係。（D）因為是名詞，可以和前面的名詞一起組成複合名詞。最後根據（A）和（D）的解析差異來選出答案。「作為被附的電子郵件」和「作為電子郵件所附的檔案」兩句間，就句子的意思來看，後面比較適合，所以（D）才是正確答案。 **正確答案(D)**

詞彙 download 下載 complete 完成 proof-of-ownership 所有權證明書 send back 寄回 attachment 附件

請下載並且完成／所有權證明文件／並將它們寄回／給公司／以電子郵件的附件檔案方式。

105.

解析 （1）這是介系詞後的名詞位置（2）把動名詞刪除（3）單純名詞的解析差異。 因為空格位在介系詞後面，所以用來當作介系詞的受詞，也就是名詞。（A）因為是形容詞所以不對。屬於動名詞的（D）以「responding to」的型態來使用，但是因為to後面沒有接任何字，所以也是錯的。現在要根據剩下來的兩個選項的解析來選出我們要的答案。（B）表「責任」之意（C）表「應答、反應」之意，就解析來看，（B）才是正確答案。 **正確答案(B)**

詞彙 responsibility 責任 response 應答、反應 fast 快速的 corporate 法人的、公司的 lead to 招來（結果） class action 集體訴訟

Scope Telecom 公司／沒有提供快速的服務的疏失／讓企業顧客們／對他們集體訴訟。

106.

解析 （1）空格前的「定冠詞 + 形容詞」（2）名詞（3）名詞的解析差異。正前方的the current是「定冠詞 + 形容詞」的形式，所以空格內答案為名詞。（A）（C）屬於是形容詞，所以不對。（B）是「傾斜、歪斜」之意（D）「下降、減少」之意。就句子整體的意思上來看，（D）是正確答案。參考用，題目的主要子句的限定動詞是request，表「主張、命令、要求、提案、忠告」之意的動詞，在that所引導的從屬子句中，動詞conduct前面的助動詞should被省略了。從屬子句的主詞every department是第三人稱單數，時態是現在式，所以動詞要寫成construct而不是conducts。 **正確答案(D)**

詞彙 management 經營手段、經營、管理 request

請求 department 部門 construct 建造 detailed 詳細的 action plan 詳細的事業計畫、實踐計畫 address 處理、採取對策 current 現在的、當今的 decline 斜、落下、下降、低下 quality standard 品質標準

管理人要求／所有部門都要擬定（並提出）／詳細的實踐計畫／來解決／現今低劣品質標準的程度。

107.

解析 （1）空格前的形容詞確認（2）由可數名詞而來的複數名詞（3）由解析來結尾。複數名詞的解析差異。空格前有過去分詞型的形容詞e-mailed，後面沒有名詞。因此空格內應該是對應動詞will be accepted的主語名詞位置才對。但是選項中全都是可數名詞。可數名詞出現在句中時，前面應該要加冠詞（a / an，the），或是以複數的型態出現才可以，也就是說，如果前面沒有冠詞的話，就要以複數型態出現。這樣的話，（B）選項不符合文意，（D）是單數名詞，是錯誤的。（A）是「申請人」的意思（C）是「申請書」的意思，就題目的解析來看，（C）才是我們要的正確答案。 **正確答案(C)**

詞彙 e-mailed 用電子郵件寄送 vacancy 空缺、缺額 accept 接受 applicant 申請人 therefore 因此 remind 使想起 resume 履歷表 cover letter 求職信 via 透過…

沒有寄電子郵件／為職缺的申請者／將被接受／因此申請者已被提醒／不要寄送履歷書和求職信／經由電子郵件。

108.

解析 （1）複合名詞（2）選項中的名詞們皆為不可數名詞（3）解析差異。空格前方有動名詞working的出現。在這樣的情況下，後面不是接形容詞來進行修飾，就是接名詞來組成複合名詞。但在選（A）的情況裡，名詞working的前面已經有了形容詞（calm and relaxed），所以空格內如果再填入形容詞的話，就會變得很奇怪，因為形容詞通常都是放在要進行修飾的名詞前面使用。如果是這樣的話，那空格內的答案，應該要和working一起組成複合名詞，所以複數型名詞的（D）就不對了。（B）的意思是「環境」，（C）的意思是「環境論、環境保護主義」，如果是是（B）和前面的working合組的話，就是表「工作環境、作業環境」的複合詞了。 **正確答案(B)**

詞彙 create 創造、製作 calm 安靜的 relaxed 舒服的、休閒的 working environment 作業環境、工作環境 step 階段、措施、手段、方法 improve 使改進 productivity 生產率

創造出／安靜又舒服的作業環境／是重要的措施／它使任何企業的生產率向上提升。

109.

解析 （1）空格是主詞的位置（2）名詞性的解析（3）主詞是被動型態動詞原來的受詞。因為從句子的構造來看，空格是句子主詞的位置，所以可以填入名詞性。但選項中全都是名詞性，那就要依解析來選出答案來。（A）是「訂閱者」的意思，不只是填入後意思不自然，而且它是可數名詞，前面卻沒有加a / an、the、-s，所以錯誤。（B）是「訂閱，加入」（C）是「下面的小字（數字、記號）」（D）「訂閱、訂閱費、（服務項目）利用、申請」的意思。就解析上來說，（D）是正確的答案。其他的選項如果填入句中的話，意思會變得不太自然，而且屬於動名詞型的（B）也有點曖昧不清。再加上subscribe to經常以這樣的型態出現，但是從空格後面所接的句子來看，限定動詞can be obtained屬於被動的型態。主詞是原來的受詞的話，動詞obtain就是不需要動名詞來當作受詞的動詞了。 **正確答案(D)**

詞彙 warranty 品質保證書 expire 期滿 discounted 折扣的 repair 修理 obtain 獲得、求得 purchase 購入、購買

品質保證書1年之後將會期滿／但是申請／維修服務的折扣價錢／可以／從購買當時起購買。

110.

解析 （1）空格前的定冠詞（2）受到to不定詞修飾的名詞（3）由解析來選出正解。首先，由空格前方接著定冠詞the的情形研判，可以知道空格的答案是名詞。（A）是副詞，（D）是形容詞，所以全都不對。空格後面有to不定詞，to不定詞是用來修飾名詞的，而能接受to不定詞進行修飾的名詞是（B）。萬一不知道這個事實的話，可以從解析上來做區別。（B）是「權利」，（C）是「正直、端正」，根據意思來看，（B）比較適當。 **正確答案(B)**

詞彙 negotiation 協商 shareholder 股東 association 公會、協會 demand 要求 right 權利 run 營運

在和股東協會的協商期間／他要求權利／經營公司／如他所希望的。

111.

解析 （1）形容語vs.名詞（複合名詞）（2）解析（3）不定冠詞a確認。從選項來看，空格內的答案可能是形容詞或是名詞。但是像（B）的情況來說，因為句子需要有受詞存在但是沒有，所以是錯的。（C）是形容詞，用來修飾前面的名詞後，意思上會怪怪的。和scholarship共同組成的複合名詞應該是有「獎學基金」意思這樣比較通順。但是因為空格前面有不定冠詞a，所以身為複數名詞的（A）就不對。最後只剩單數名詞（D）才是正確答案。複合名詞出現時，最好是都把它們背起來。例如：scholarship fund是「獎學基金」。 **正確答案(D)**

詞彙 be planning to do 預計要做… establish 建立、確立 scholarship 獎學金（制度） education 教育

執行長打算設立／獎學金制度／來幫助／公司職員的孩子們／接受大學教育。

112.

解析 （1）空格前的冠詞（2）名詞（3）名詞的解析。空格前方可以看到「介系詞 + 冠詞」，所以可以得知空格內答案為名詞。（A）是形容詞，所以不對。剩下的選項雖然全都是名詞，但意思上有所差異。（B）「徒步旅行」（不可數名詞），（C）「急漲、急增；徒步旅行」（D）「徒步旅行者」。就意思上來看，選（C）當答案比較適合。 **正確答案(C)**

詞彙 due to …的緣故 hike 急增、急漲 commodity prices 生活必需品價格 local 地域的、當地的 manufacturer 製造業者 worry 擔憂 future 未來

生活必需品的價格急增的緣故／許多當地的製造業者／擔心未來。

113.

解析 （1）空格答案是名詞（主詞）（2）選項全部都是名詞（3）各名詞的解析差異。空格內為當作主詞的名詞位置，全部的選項都是名詞，但它們分別有不同的意思。要依它們的解析來進行區別，（A）「工程、建築」，（B）「預約」（C）「晉升；升格；高度」（D）是「生產」的意思。根據解析「新的複合商業園區的工程」的意思比較適當。 **正確答案(A)**

詞彙 office park 複合商業園區 the start of spring 初春 alleviate 使減輕、使緩和 current 現在的 parking 停車

新的複合商業園區的建設／將要開始／初春時／現有的停車問題將得到緩和。

114.

解析 （1）名詞（2）名詞的解析差異（3）不可數名詞。 可以看到空格的前方有「介系詞 + 所有格」，所以可以確定空格內的答案應為名詞。但因為所有的選項皆為名詞，需要由解析來區別出答案來。（A）「行李箱」（B）「包袱、手提行李」（C）也是「包袱、手提行李」（D）「宿所、住宿設施」的意思。就題目的意思來看，選「包袱」或是「手提行李」較為恰當。但是（B）跟（C）兩個字的意思都相同，而且兩個皆是不可數名詞。無法在字尾添加-s形成複數形，因此（C）要淘汰。 **正確答案(B)**

詞彙 airline 航空公司 passenger 乘客 be expected to do 預料到會做… pick up 拾起 recheck 再確認 board 搭乘 connecting flight 轉乘班機

航空公司的乘客們／要／提著行李／並再次確認／他們的所有手提行李／在搭乘他們的轉機班機之前。

115.

解析 （1）名詞（2）選項全都是名詞（3）解析差異。因為前面有「介系詞 + 冠詞」，所以空格為名詞。但選項內全都是名詞，所以要根據解析選出答案。（A）「條件」（B）「考試」（C）「決勝戰、畢業考試、期末考試」（D）「結果」，就解析上看，「DNA檢測結果」這樣的意思是最適合的。

正確答案(D)

詞彙 though 即使…也不顧 expect 期待、預想 laboratory 實驗室 call 打電話、叫喚

雖然不是預料中的事／從實驗室今天打來說／DNA測試的結果出來了。

116.

解析 （1）動名詞的受詞位置（2）名詞（3）因為沒有冠詞，為複數不可數名詞。空格為動名詞ordering的受詞位置，所以答案為名詞。雖然選項內的答案皆為名詞，但是在空格前並沒有看到a / an、the的出現，因此空格答案必為不可數名詞。（A）和（C）都是不可數名詞，剩下的都是可數名詞，但是他們都是單數型，所以是錯誤的。（A）和（C）都是不可數名詞，但是（C）的字尾接著-s，所以錯了。（A）是正確答案。 **正確答案(A)**

詞彙 in charge of 擔任…、對…有責任 order 訂貨 ask 詢查、詢問

莎曼莎．蘿絲是／擔任訂購傢俱的負責人／為新辦公室／因此問她。

117.

解析 （1）空格前的冠詞（名詞）（2）看與動詞give合不合（3）解析上的差異。選項全都是名詞。因為空格前面的冠詞a(an)的存在，所以空格內的答案應為可數名詞。選項中和動詞give相搭配的名詞有（A）和（D）（A）主要是以give a lecture（演講），（D）則是以give a demonstration（示範）經常以這樣的形式書寫。就解析來看，選（D）比較適合。（B）是「展示」（C）是「環境、狀況」的意思。

正確答案(D)

詞彙 explain 說明 engineer 工程師 give a demonstration 進行試演、進行示範 technology 技術 audience 聽眾

說明她的新設計後／工程師將進行示範／新技術／向觀眾。

118.

解析 （1）選項全都是名詞（2）空格前的定冠詞the確認 （3）名詞的解析差異。因為空格前放有定冠詞the，後面有介系詞片語，所以空格內答案為名詞。因為選項全都是名詞，所以要透過解析差異來選出答案。（A）「責任」（B）「生產性能」（C）「可能性」（D）是「新奇」的意思，就解析來看，（A）是最適合的答案。 **正確答案(A)**

詞彙 bank teller 銀行出納行員 ensure 保證、確實 transaction 往來 involving 和…相關聯 account 帳戶、帳號 accurate 正確的

銀行出納行員／有責任確保／全部金錢相關的和在帳戶中進出的往來／正確無誤。

119.

解析 （1）選項全都是名詞（2）名詞位置（3）名詞的解析差異。 因為全部的選項都是名詞，所以要由解析差異來選出答案。（A）「水準」（B）「耐久性」（C）「一貫性」（D）「空缺、空位」的意思。解析上來說「品質的一貫性」比較適當。 **正確答案(C)**

詞彙 production 生產 volume 量 be dependent upon 取決於… not only A but (also) B 不只是A連B也… technical 技術性的 skill 技術 quality 品質

生產量取決於／不只是技術性的等級／還有作業品質的一貫性。

120.

解析 （1）選項全都是名詞（2）空格為名詞（3）解析差異。因為空格是位在不定冠詞a和介系詞of之間，所以空格答案為名詞。但因所有的選項都是名詞，要由解析上的差異來選出解答。（A）「骨骼、框架」（B）「授課內容」（C）「網絡、網路」（D）「工作清單」的意思，就解析來看「設立專家們的網絡」較為自然。 **正確答案(C)**

詞彙 business lunch 商業午餐 opportunity 機會 establish 設立、創辦 working 工作 professional 專家 in the future 在未來、在將來

商業午餐是很大機會／可以架構網絡／讓你認識未來想要合作的專門人士們。

問題121-124請參照以下的公告。

致全體員工／國內銷售部：

首先／我在此表達誠摯的感謝／對於您的努力與貢獻／在公司交付的任務／公司不會發展的這麼順利／沒有您的辛勤工作／然而／最近一波經濟通貨膨脹／使得我們的競爭力下降／在電腦軟體領域／公司的毛利／已減少百分之十以上／連續三季／為了更有效的運作／公司／我很遺憾地通知您／國內銷售部將會裁員／所有員工／包括組長、部門經理和約聘員工／2018年3月1日以後進入公司／將被解雇／提供兩個月的全薪作為資遣費／在七個工作天內／所有的辦公室用品、設施、設備及電腦必須留下／在工作的最後一天／您的公司電子郵件帳號／與進入公司資料庫的權限／會終止／在最後一個工作日／部分獎金／留在部門內的員工／將減少／這個部分的詳細內容／將會公告／在近期／我感到非常沮喪／對於做這樣的公告／歡迎與人資部門聯繫／如果您還有不清楚的地方／或需要任何其他協助。

傑克森・金
執行長
黃金眼國際公司

詞彙 domestic 國內的 contribution 貢獻 inflation 通貨膨脹 weaken 削弱 gross profit 毛利 operation 營運 lay off 解雇 severance package 遣散費 database 資料庫 terminate 終止 partial 部分的 disheartened 沮喪的 unclear 不清楚的

121.

解析 當使用連接詞and連接兩個或兩個以上字詞時，其詞性必須相同。for your ＋ 空格 ＋ and contribution，其中contribution為名詞，所以答案也必須是名詞，四個選項中是名詞的為（C）。

正確答案(C)

122.

解析 在所有格our之後應接名詞，四個選項中，competition和competitiveness都是名詞。competition意指競爭，competitiveness意指競爭力，our+ 空格 + in the computer software field，公司在電腦領域談的是「競爭力，故答案應選（C）。 **正確答案(C)**

123.

解析 動詞regret可接不定詞，也可接動名詞，但兩者意義不同。regret接動名詞，意指「為過去所做的事情感到後悔」；但這裡並非在講述過去做過的事情，故不能用動名詞。regret接不定詞，通常是regret to tell / inform / say，指很遺憾告訴某人某事，答案應選（B） **正確答案(B)**

124.

解析 此句語意為「所有辦公用品，設施，設備或電腦都必須留下來」，故答案應選（C）。 **正確答案(C)**

Chapter 17 代名詞

Quiz | 解答與解析

Q1. his **Q2.** me **Q3.** Theirs
Q4. his **Q5.** themselves **Q6.** myself
Q7. type **Q8.** Anyone **Q9.** Other
Q10. most of **Q11.** which **Q12.** which

Q1.

解析 因為是主詞位置，所以乍看之下很有可能回答he。但是所有代名詞his可以當作主詞、受詞、補語、所以要判斷解析來做答。這裡的his是his report的縮寫。

我的報告被退回來了／但他的被接受了。

Q2.

解析 me和myself都能當作動詞asked的受詞。如果myself是答案的話，主詞就必須是I。所以me是正確解答。

他問我／因為他不知道／要做什麼。

Q3.

解析 如果they是答案的話，就要變成they were。所以能輕易的知道theirs是正確解答。theirs是指他們的什麼？在這句子裡無法得知。但為什麼是正確答案的呢？因為they不是答案。請記得！不論何時一定要在選項內選擇最適合的答案。

他們的東西太讓人驚訝了／考慮這種困難點的話。

Q4.

解析 因為對等連接詞and前面有所有代名詞yours，所以空格內也要放所有代名詞his。

預約的位子／是你的和他的。

Q5.

解析 句子從they到work為止，就已經是完整的句子了。所以括號內的解答是副詞功能的反身代名詞themselves，也就是具強調作用的反身代名詞。theirs是用所有代名詞當作名詞功能，但是前面已經有名詞work，所以不恰當。

他們希望／自己親自做那件事。

Q6.

解析 乍看之下，是有片語by oneself「獨自」在內的句子。這時要注意的是-self要和動作的主體一致。熬夜工作的主體是me，所以myself是正確解答。

她要求我／獨自通宵工作。

Q7.

解析 因為前面有this，所以要放單數名詞。this被當成指示形容詞使用。

這種類型的人／不會幫助對你的公司。

Q8.

解析 whoever和anyone的意思類似，後面有連接詞who，連接詞whoever不能重覆使用。所以anyone比較適合。

不論是誰／第一個來的人／可以擁有／那個東西。

Q9.

解析 information是不可數名詞，但是another只能放在可數單數名詞前面，other在複數名詞和不可數名詞前面都可以使用。

還需要其他資訊／我們／才能處理／你的申請。

Q10.

解析 想要一舉解決這類問題的話，平時要熟背most of the等表現。如果most要成為答案的話，後面不能有定冠詞the。

我嘗試了解／大部分的內容。

Q11.

解析 兩者都有修飾前面先行名詞building的形容詞子句連接詞功能，但是只有which具備括號後動詞was的主詞功能。where是關係副詞，所以後面句子要完整。

那男人買了大樓／稍微貴了一點。

Q12.

解析 看到don't know就要想到疑問句。這時括號後面的one本來是動詞buy的受詞，放在前面就是一個重點提示，成為疑問形容詞是答案的證據。which是疑問形容詞，有選擇的概念。where是副詞，若要成為答案的話，要寫成where to buy one。

我真的不知道／要買哪一個。

STEP 01 若沒答對會後悔的考題

1. (B)	**2.** (D)	**3.** (A)	**4.** (D)	**5.** (A)
6. (B)	**7.** (C)	**8.** (C)	**9.** (B)	**10.** (A)

1.

1 文法問題
2 修飾語，所有格的解說
3 所有格代名詞

解析 找出所有格代替的名詞，放入正確的所有格。連接詞that以下是完整的句子，因此空格是沒有也無所謂的修飾句的位置。從意思來找出答案，找出所有格代替的名詞是關鍵。是誰的助手（assistant）？是主要子句的主詞Ms. Benoit的助手。那麼代替Ms. Benoit的（B）her就是答案。這個句子因為有表示「主張」的動詞insisted，所以造成 that子句裡省略助動詞（should）的型態。

正確答案(B)

詞彙 insist 主張 assistant 助手、輔助者 be present at 參加… as 因為…、當…的時候 need 需要 detail 詳細細節、細部內容

班若依小姐主張／她的助手必須要出席／所有的會議／因為她需要知道／所有的詳細內容。

2.

1 文法問題
2 present的受詞位置，單、複數的一致
3 受格代名詞

解析 動詞的受詞需要受格，確定代替的名詞。首先空格是動詞 present的受詞位置，要從選項的代名詞當中選出受格。所以所有格的（A）和（C）被淘汰。（B）和（D）是受格代名詞，句意上空格放的代名詞是代表passport。passport是單數，所以單數代名詞（D）的it是答案。 **正確答案(D)**

詞彙 remove 去除、移動、送出 passport 護照 protective 保護的 case 箱子 present 出示、提出、顯示、現在（的）、禮物 security 保安、防護 agent 代理人、仲介、職員

請從保護套裡拿出你的護照／並給保全人員看。

3.

1 文法問題
2 省略關係代名詞
3 主格代名詞

解析 省略關係代名詞要寫成「主詞 + 動詞」的結構。觀察空格前後是「名詞 + ___ + 動詞 + 動詞」的型態。好像省略了什麼，「主詞名詞 + [（關係代名詞）]__ + 動詞 + 動詞」句型中省略了關係代名詞子句。[ ]部分是修飾前面名詞的修飾語句子，可以省略。所以空格是主詞名詞的位置。代名詞主格的（A）比較恰當。 **正確答案(A)**

詞彙 a few 一點 minute 分鐘、暫時 ago …之前 call 打電話、呼叫 verify 確認 earlier 較早 receive 接收、領取

幾分鐘前／喬治打電話來／確認／他之前傳的傳真／是否已經收到了。

4.

1 文法問題
2 需要inviting的受詞，解析差異
3 否定代名詞

解析 指稱人的代名詞和整體的意思解析。首先，空格是inviting的受詞位置。選項全部都是代名詞，可以當作受詞。但動詞invite主要是在邀請人的時候使用，所以要選擇指稱人的代名詞。因此-thing結尾指稱事物的（A）、（C）被淘汰。（B）和（D）都是指稱人，句意上招待公司的所有人比較自然，所以（D）是正確答案。（B）是指不招待任何人，那麼就沒必要寄備忘錄了。 **正確答案(D)**

詞彙 owner 所有人、主人 invite 招待 memo 備忘錄 picnic 野餐、郊遊

艾伯特．密爾／密爾出版社的老闆／寄了／備忘錄／邀請他公司的所有員工／參加夏季家庭野餐。

5.

1 文法問題
2 主詞位置，整體解析（否定意義）
3 否定代名詞

解析 各個代名詞的解析差異。空格是主詞代名詞的位置。選項全部都用代名詞代替主詞。但句意上必須是否定的意思，所以有否定意思的（A）neither才是正確答案。 **正確答案(A)**

詞彙 diplomat 外交官 agree to 同意… term 條件、項目、期間、用語 treaty 條約、協定 though 雖然…但是 completely 完全地 be satisfied 滿足

那兩個外交官同意／協定的條款／雖然兩邊都不是完全滿意。

6.

1 文法問題
2 需要連接詞，主詞位置（主格）
3 疑問代名詞（人）

解析 是人又是主格的疑問代名詞。空格前後都有動詞，所以要填連接詞。選項全都是疑問詞，可當連接詞。但空格後面沒有主詞，所以空格內要填可以擔任主詞作用的疑問代名詞。（C）是所有格，（D）是受格，所以被淘汰。句意上填入空格的主詞必須是人，所以（B）的who是解答。（A）的what是接事物。

正確答案(B)

詞彙 even after 甚至於…之後也 careful 小心的、細心的 consideration 考慮、深思熟慮 panel 委員團 judge 裁判、鑑定家、審判官 determine 決定 submit 提出 winning entry 入選作品、當選作品

在經過深思熟慮之後／評審委員還是無法決定／誰提出的作品獲勝。

7.

1 文法問題
2 主詞位置，代名詞的解析差異
3 否定代名詞

解析 表示「好幾個當中的任一或一個」的代名詞。選項全都是代名詞，代名詞在主詞的位置。從空格前面有only來看，是「其中的一名」的意思。這種情況下，跟only最相配的話是one。（A）有否定意義解析起來不恰當，（B）跟only不搭，（D）主要用在否定句。

正確答案(C)

詞彙 apply for 申請… position 地位、職責 last week 上週 get 得到 promotion 升職

很多的職員申請了那個職位／上週／但是只有其中一人／能夠升職。

8.

1 文法問題
2 需要修飾語，需要所有格（通常跟own一起使用）
3 所有代名詞

解析 跟own很合適的所有格代名詞。首先這個句子是具備所有要素的完整句子，所以空格是沒有也無所謂的修飾語位置。（B）和（D）是句子必備的所有代名詞，所以被淘汰。（A）和（C）都是所有格，跟own很適合。請記住「提到所有格就想到own，提到own就想到所有格」。因為兩者都是所有格，所以要確認代替的名詞。句意上是代替the architects接的所有格，所以（C）的their是解答。

正確答案(C)

詞彙 architect 建築家 be asked to do 請求能… design 設計 according to 根據… one's own 自己的… preference 喜好、嗜好

那些建築師被要求／設計新的建築物／依據他們自己的喜好。

9.

1 文法問題
2 需要修飾語，名詞safety
3 所有代名詞

解析 修飾代名詞又與own相配的所有格。因為空格前面有介系詞for，所以主格代名詞（A）的they就被淘汰了。從空格後面來看，有own、名詞safety。這麼一來，跟own相配又能修飾名詞的所有格代名詞是正確解答，所以解答是（B）的their，跟own相配的所有格。絕對不可以忘記「提到所有格就想到own，提到own就想到所有格」。

正確答案(B)

詞彙 factory 工廠 a pair of 一對的… safety goggles 護目鏡 hard hat 安全帽 their own 他們自己的 safety 安全

工作的期間／必須要給各工廠的勞工／一對護目鏡／以及一項安全帽／為了他們自身的安全。

10.

1 文法問題
2 連接詞although，主要子句的主詞位置
3 主格代名詞

解析 主要子句的主詞位置是主格代名詞。限定動詞有2個（is, refuses），有連接詞although，所以不再需要連接詞。因此（B）被淘汰。因為有一個連接詞，所以「主詞 + 動詞」必須有兩個。因此空格是主要子句的主詞位置，要在選項中選擇主格代名詞。所以所有格的（C）和受格的（D）也被淘汰。主格代名詞的（A）he是解答。

正確答案(A)

詞彙 critic 評論家、批評家 refuse 拒絕 review 檢討 unknown 不知道的 reason 理由

雖然卡爾是專業的音樂評論家／他拒絕／評論／爵士音樂唱片／為了不知道的原因。

STEP 02 實戰問題

101. (A) **102.** (C) **103.** (D) **104.** (A) **105.** (C)
106. (D) **107.** (B) **108.** (A) **109.** (A) **110.** (D)
111. (B) **112.** (A) **113.** (D) **114.** (C) **115.** (A)
116. (D) **117.** (D) **118.** (C) **119.** (D) **120.** (A)
121. (C) **122.** (C) **123.** (C) **124.** (A)

101.

解析 （1）代名詞位置（形容詞不可）（2）確認主要子句的「some + 複數名詞」（3）否定代名詞特徵差異。空格是從屬子句的主詞位置。所以放代名詞。（B）不是名詞是形容詞，所以被淘汰。剩下的全都是代名詞。（C）主要是用於說one（一個）之後又說到「另一個」的時候使用。（D）是「剩下的之中的最後一個」的意思。兩者在句意上都不是很適合。呼應主要子句的「some + 複數名詞（some senior executives）」；一部份高層幹部這樣，又其他的高層幹部這樣「顯得比較自然」。（A）的others最適合。請記住「some和others」。 **正確答案(A)**

詞彙 senior 年長的、高層的 executive 幹部、高層主管、委員 salary 薪資、薪水 earn 賺（錢）

一些高層幹部領／最高的薪資／但其他的高層幹部賺更多／透過獎金和銷售能。

102.

解析 （1）需要修飾語（2）所有格vs.反身代名詞（3）若使用反身代名詞時，room要有冠詞。句子是完整型態，所以空格是沒有也可以的修飾語位置。因此選項中需要主格和受格的（A）和（B）被淘汰。剩下的是（C）的所有格代名詞和（D）的反身代名詞（強調用法）。但是反身代名詞被當作強調性用法使用時，會產生空格後面的名詞room前面沒有冠詞（a / an）的錯誤，所以空格內要放可以取代冠詞的所有格。這部分要詳記可數名詞的規則才能理解。

正確答案(C)

詞彙 dentist 牙科醫生 design 設計 waiting room 候客室、候診室 comfortable 舒服的 inviting 吸引人的、邀請的 of all ages 所有年齡層的人

做為家庭牙科醫生／佩特森博士決定了／設計／他的候診室／方式／舒服／能夠吸引各個年齡層。

103.

解析 （1）選項全部都是所有格（2）確認所有格接的名詞（3）確認整體解析。選項全部都是所有格，所以要確認所有格跟哪一個名詞一致。句意上所有格跟句子的主詞一致。但是通常所有格跟句子的主詞一致。所以跟主詞的you符合的所有代名詞your是正確解答，從解析來看也很恰當。 **正確答案(D)**

詞彙 contribute 捐獻、捐贈 investment fund 投資資金、投資基金 first 首先 determine 決定 financial 財政上的 goal 目標

在投資資金之前／你應該要先決定／你財政的目標是什麼。

104.

解析 （1）主詞跟限定動詞之間（2）需要修飾語（3）反身代名詞強調用法。在主要句子的主詞the accounting team和限定動詞conducted中間，空格是修飾語的位置。因此連接詞（D）淘汰，主格以及受格的（B）也淘汰。（C）是所有格，後面沒有名詞但是有動詞，無法填入空格中。最後只剩下反身代名詞（A）選項的itself是正確答案，當作副詞來使用。

正確答案(A)

詞彙 accounting 會計 conduct 進行、朝向 extensive 廣大範圍的 investigation 調查 expense 費用 reduce 減少 coming 來的、下次的

會計團隊自己實施了／廣大範圍的調查／為了決定／來年需要減少什麼樣的費用。

105.

解析 （1）主詞跟限定動詞之間（2）需要修飾語（3）代名詞的解析差異。空格是that帶出的從屬子句的主詞名詞位置。不需要再加連接詞，所以連接詞（A）和（B）被淘汰。（C）和（D）都可以成為名詞，所以要用解析來判斷。（D）有否定的意思，文意不符，（C）比較恰當。 **正確答案(C)**

詞彙 keep in mind 將…放在心裡、銘記於心 learn 學習 while on job 工作中 useful 有用的 at a later time 以後

新進員工應該銘記於心／不論是什麼／工作中學到的東西／都會很有用／以後。

106.

解析 （1）空格是從屬子句主詞位置（2）選項全部是代名詞（3）量詞和數詞的代名詞。空格是連接詞although連接的從屬子句的主詞位置。選項全部都是可以成為主詞的代名詞。解析上要討論的不是數的概念，而是量的概念。（A）到（C）全部都是數的概念，所以被淘汰。相當於量的概念的（D）是正確解答。 **正確答案(D)**

詞彙 much 很多的 discuss 討論 various 多樣的 agent 代理人 representative 代表（者） be unable to do 不能…… reach 到達 conclusion 結論

雖然會議中討論了很多東西／但各位代理人和代表們／無法到達／任何結論。

107.

解析 （1）從屬子句的主詞位置（2）連接詞淘汰（3）確認代名詞代替的名詞。空格是連接詞that連接的從屬子句的主詞位置，所以連接詞（C）被淘汰。剩下的全部都能放入主格代名詞的主詞位置。代名詞是用來取代名詞，所以要確認是代替哪一個名詞。從句意上來看，代名詞是代替胡利歐，所以（B）比較符合。 **正確答案(B)**

詞彙 moments before... 在…之前 remember 想起、記憶 forget 忘記 bring 帶來 demonstration 解析、示範解析

在和珊翠小姐見面前／胡利歐想起／自己忘記／帶展示用的筆記。

108.

解析 （1）「做…的人」的表現（2）單數限定動詞（3）單數主詞。跟「做…的人」的解析吻合的是（A）和（C）。主要子句的動詞是單數動詞wins，所以複數型的（C）淘汰，（A）是正確解答。

正確答案(A)

詞彙 bring in 賺（錢） most 最多的（much, many的最高級） at the box office 在票房、在電影票房 win 贏（獎）、得到 actor 男演員 actress 女演員

票房賺最多錢的人／通常／會贏得 Film Award／最佳男演員和女演員。

109.

解析 （1）動詞的受詞位置（2）需要受格代名詞（3）解析的差異。空格是動詞accommodate的受詞位置，所以要放受格代名詞。所有格的（D）就先被淘汰，剩下的都能當成受詞，所以要從解析上來判斷。（C）是反身代名詞要和動作的主體一致，最接近的動詞accommodate的動作主體是specialist。所以不是themselves，應該是himself才可以。所有代名詞（B）的話，前面要有能接「所有格 + 代名詞」的話，但是卻沒有，從解析上來看也是不符。（A）可做為受格代名詞，解析上也很自然。 **正確答案(A)**

詞彙 rental 租賃 specialist 專家 contact 連絡 identify 確認 travel 旅行 accommodate 能容納

汽車租賃專家會聯絡／他們／確認／他們的旅行需求項目是什麼／以及怎麼提供需求項目。

110.

解析 （1）跟「of the 複數名詞」一起使用的代名詞（2）of the之後接複數名詞（3）解析差異。首先找出跟「of the 複數名詞」一起使用的代名詞的話，（B）的情況要變成almost all。因為寫成「almost all (= most) of the 複數名詞」，所以（B）被淘汰。of the之後（A）是複數不可數名詞，（B）是複數名詞，（C）是複數不可數名詞。在這個句子裡，of the後面要接複數名詞problems才可以全部適用，所以句意上（D）最適合。（A）的情況，前面說處理所有的東西了，卻使用有「但是」意思的對比連接詞but，解析上不自然。所以表示大部分問題意思的（D）最適合。 **正確答案(D)**

詞彙 warranty 擔保、保證 provide 提供 machine 機器 cover 覆蓋、包括 encounter 遇見、遇到

這機器提供的保固／不涵蓋所有範圍／但幾乎都有涵蓋／所有你會遇到的問題。

111.

解析 （1）主格代名詞（2）選項全部是代名詞（3）用解析來解決。空格是連接詞as連接的從屬子句裡主詞名詞的位置。但選項全部都是可以填入空格的代名詞，所以要從句意上來找出最適合的代名詞。找出代名詞代替的名詞的話，就會變得很簡單。空格是代替句子裡的the members of the audience，所以複數代名詞的（B）最吻合。 **正確答案(B)**

詞彙 audience 聽眾、觀眾 cheer 歡呼 as …的時候 watch 看、觀看 closing 最後的、結束的 scene 場面、場景 blockbuster 賣座電影 action movie 動作片

觀眾們起立鼓掌／在看最後一幕時／那個賣座動作片電影。

112.

解析 （1）修飾名詞的形容詞位置（2）連接詞，名詞淘汰（3）「做…的人」的表現。因為空格在名詞customers的前面，所以是形容詞的位置。連接詞（B）和名詞（D）被淘汰。剩下的（A）和（C）之間，只有（A）才能表現「做…的人」，也能用those who...、those 名詞 who...表示。 **正確答案(A)**

詞彙 customer 消費者 wish 希望 receive 收到 discounted 打折扣的 rate 價格、速度、比率 furniture 傢俱 coupon code 優惠券編號 provide 提供 below 下面的

那些希望買傢俱有折扣價格的消費者／應該要使用／下列所提供的優惠券編號。

113.

解析 與數量代名詞相關的問題。數量代名詞後面接介系詞of再接名詞的情況，名詞前面有限定詞the或人稱代名詞所有格等，是問題的核心。所以像這個問題，數量代名詞most後面接介系詞of，後面名詞economists前面要有限定詞，所以解答是（D）。因為數量形容詞或數量代名詞前面不能接定冠詞the，所以（A）選項被淘汰。（B）選項因為副詞不能修飾後面的名詞economists，所以被淘汰。（C）因為介系詞of後面沒有限定詞所以被淘汰。因此正確解答是（D）。 **正確答案(D)**

詞彙 economist 經濟學者 expect 期待、預估 recover from 從…開始恢復 economic recession 經濟不景氣 in the near future 不久的未來

大部分的經濟學者期待／韓國經濟會從經濟衰退中恢復／在不久的未來。

114.

解析 這題是關於人稱代名詞的格的問題。因為到空格之前是完整的第3大句型句子，空格是省略也可以的修飾語位置，因此用反身代名詞強調用法，強調主詞的herself比較符合。（A）是主格，（B）是所有格或受格，（D）是所有代名詞。 **正確答案(C)**

詞彙 supervisor 管理者、監督 purchasing department 採購部門 contact 連絡、接觸 supplier 供給業者、供應商 raw material 原料

採購部門負責人／直接連絡了／所有供應商／為了開有關新原料的會。

115.

解析 這是個很困難的問題。首先翻譯是「男人問了…向坐在旁邊的女人」。因為不是女人坐在男人的旁邊，所以意思上（C）和（D）被淘汰。如果把himself填入空格的話，就會發生坐著的主體女人woman和himself不一致的錯誤。所以空格內要放入接受the man的him。這絕對不是單純用翻譯來解題。

正確答案(A)

詞彙 next to 旁邊 return the call 回電 preferred customer 優先顧客、主要顧客

那個男人要求／坐在他旁邊的女人／不要忘記回電話／給主顧客。

116.

解析 這是考否定代名詞和否定形容詞用法的問題。（A）和（C）本身是複數代名詞，不能和後面的名詞products一起使用，所以被淘汰。（B）的another後面要接單數名詞，所以被淘汰。因此答案是（D）的other。形容詞other後面要接複數可數名詞或不可數名詞，是這個問題的核心。 **正確答案(D)**

詞彙 limited items 有限的商品 retail store 零售商店 product 產品 store 保管 warehouse 倉庫

你只能看到／有限的商品／在我們的零售商店／因為其他產品被保管／在我們的倉庫裡。

117.

解析 take是後面要接受詞的動詞，所以空格是名詞受詞位置。（A）因為是形容詞而淘汰。在借一把雨傘也好的話裡，「一個」不是另一個（another）或最後一個（the other）的概念。因為是好幾個當中的任一個的意思，所以one最適合，這樣借走一個的時候，用take one、rent one、borrow one、lend one表示。

正確答案(D)

詞彙 reception desk 接待處 with no need to do 不需要… return 還、返還

除非你自己有帶傘／你可以拿／一支／櫃台的傘／不需要還。

118.

解析 句子裡有兩個限定動詞（try、are），沒有看到連接詞，所以空格是連接詞的位置。選項中連接詞只有whom和which兩個，但是關係代名詞前面的先行名詞是事物sales goals，所以指稱人的關係代名詞whom被淘汰，指稱事物的關係代名詞which是答案。

正確答案(C)

詞彙 subsidiary 子公司、關係企業 attain a goal 達成目標 unexpected factors 無法預料的因素

我們的所有子公司努力／想達成／今年的銷售目標／但是幾乎所有的目標受限制／因為很多不可預料的因素。

119.

解析 對等連接詞and是關鍵詞。對等連接詞前後的構造要相同是這個問題的核心。這個句子and前面接his car，所以空格也要接my car。但是選項裡沒有my car，所以跟my car相同意思的（D）mine是正確解答。 **正確答案(D)**

詞彙 distinguish 區分 registration plate 車牌

他的車和我的是同一款／而且顏色也一樣／所以我們／只能靠號碼牌區分。

120.

解析 a colleague of後面本來要接his colleagues 的複數名詞，那麼選項中能代替his colleagues的是？就是his能變成his colleagues簡寫的詞。例如，就像可以把a friend of my friends簡寫成a friend of mine。

正確答案(A)

詞彙 at the recommendation of 根據…的推薦 colleague 同事 attract 吸引 client 顧客 generate 使發生、發生 incomes 所得

根據他其中一名同事的推薦／他能吸引／幾名新顧客／以及產生／更多的收入。

問題121-124請參照以下的信件。

親愛的漢克先生：

我們想藉這個機會／表達感謝／您撥冗參加面試／2017年12月4日舉行／敝公司的總工程師／但我們很遺憾的通知您／我們無法雇用您／我們對於您印象深刻／所做的綜合研究／太陽能應用／在學校／也相當欣賞／熱情／對太陽能領域／儘管如此／總工程師這個職位／需要

／對太陽能領域／儘管如此／總工程師這個職位／需要許多實務經驗／總工程師必須處理／無法預期的技術問題／許多在工作過程中／您缺乏實務工作經驗／根據您的履歷／這是我們最主要的疑慮／歡迎來面試／未來／其他職缺／祝您求職順利。

此致，
莎莉·費德斯
人力資源
太陽能公司

詞彙 express 表達 attendance 出席 position 職位 notify 通知 comprehensive 廣泛的 utilize 利用 solar 太陽的 energy 能量 academic 學術的 admire 欽佩 enthusiasm 熱情 field 領域 practical 實際的 unexpected 意外的 lack 缺少 chief 主要的

121.

解析 這個句子很長，但不用緊張，大約看過知道是在感謝漢克先生來參加面試。首先注意，面試是「被」舉行，所以要用被動式，而面試已經舉行過了，是過去的事件，所以要用過去時態，故此空格需填入過去被動式，答案選（C）。 **正確答案(C)**

122.

解析 考應填入的介系詞。空格前面為impress（給…極深的印象），後面接事件，表示後面的事件令人意象深刻，一般impress會搭配by使用，故答案選（C）。 **正確答案(C)**

123.

解析 看空格的前後文，可知在表示總工程師需要對許多意料外的技術問題做某件事情，也就是「處理」這些問題，四個選項中只有（C）能表示這個意思。 **正確答案(C)**

124.

解析 遇到技術問題，當然只有在「執行任務的時候」，四個選項中只有（A）符合語意。 **正確答案(A)**

Chapter 18 形容詞

Quiz | 解答與解析

Q1. professional **Q2.** confidential **Q3.** All
Q4. Some **Q5.** Once **Q6.** Dozens
Q7. such **Q8.** unexpectedly

Q1.

解析 後面出現「形容詞 + 名詞」的型態！那麼空格內應該填副詞或形容詞，這部分要透過解析來判斷。比起「專業財政的顧問」，「專業的財政顧問」比較自然，即「專業的」不是修飾形容詞financial，而是後面的名詞consultant。因此上面句子是「形容詞 + 形容詞 + 名詞」的句型。

我們想雇用／專業的財政顧問。

Q2.

解析 動詞keep可以用在第3大句型，也可以用在第5大句型，用在第3大句型時，變成被動態，後面沒有任何東西或只剩下副詞；第2大句型的情況，通常後面剩下受詞補語的形容詞（參考第5章）。但是keep當作第5大句型動詞使用情況比較多。這個句子本來是We should keep the information confidential.（我們應該讓這個情報維持祕密。）的句子，省略主詞we，把受詞 the information 變成主詞，變成被動態，所以受詞補語的形容詞confidential留下來。

那情報應該保持／機密。

Q3.

解析 後面有可數複數名詞applicants，因為every與單數可數名詞搭配，所以不行。另外，括號後面的定冠詞the可有可無。

所有的應徵者看起來都／有資格／被雇用。

Q4.

解析 後面有複數動詞were，some是部分名詞（第4章）。單數、複數配合後面的名詞candidates，所以跟動詞were很適合。但是either的主詞是單數，空格內若要放either的話，後面的動詞必須是was。

幾名應徵者被允許／可以發表／自己的見解。

Q5.

解析 有every week，但是沒有every a week這種說法，所以翻成「一週一次」的once a week是正式解答。「一週兩次」就是twice a week，「一週三次」是three times a week。不同的是，every week是「每週」，every two weeks是「兩週一次」，every three weeks是「三週一次」。

每一個禮拜／你應該要自己檢查。

Q6.

解析 dozens of是提到「數十個的」的時候，常用的表現，但用來表現具體的數字時，dozens去掉複數型語尾-s，後面的介系詞of也去除，用two dozen或three dozen來表現。

數十件的訂單被取消／因為不明原因。

Q7.

解析 只要記得「such a 形容詞 + 名詞」就能答對的題目。記得如果名詞是複數的話，就變成such nice ideas。

因為他們提出好的想法／我們比預想的快同意。

Q8.

解析 so...that之間形容詞、副詞都可以放第3大句型。這個句子括號前面是完整句，空格後是當作修飾語的副詞句子。

他們提出想法／令人無法預料／所以我們很尷尬。

STEP 01 若沒答對會後悔的考題

1. (A)	**2.** (D)	**3.** (C)	**4.** (A)	**5.** (B)
6. (B)	**7.** (A)	**8.** (C)	**9.** (B)	**10.** (D)

1.

1 詞性問題
2 be動詞後的補語
3 形容詞

解析 be動詞的形容詞補語。第2大句型be動詞後面需要主詞補語。補語中有名詞補語和形容詞補語，其中形容詞補語比較常使用。選項中的名詞有（B）和（C），補語要跟主詞成為同格關係，解析上有點奇怪。（D）為現在分詞，後面要有受詞卻沒有受詞，解析上「正在接近中的」不自然。（A）做形容詞補語比較合適，「可以使用的，可以接近的」在解析上比較恰當。在現在分詞和一般形容詞當中選擇答案時，參考有無受詞或用解析判斷就可以了。統計上來看比起現在分詞，形容詞是答案的情況比較多。沒有時間的時候，輕易快速的解題方法一定要記起來。
正確答案(A)

詞彙 confidential 祕密的、機密的 record 記錄 accessible 能接近的、能使用的 select 挑選 security 保全、安全 concern 擔憂、憂慮 raise 提出 client 顧客

公司機密紀錄／只有精選的職員能使用／因為提出的保安問題／顧客們。

2.

1 文法問題
2 分辨比較級和原級
3 形容詞

解析 沒有比較對象的基本的形容詞，空格是在動詞expressed的後面與名詞concern的前面，所以是修飾名詞的形容詞位置，因此名詞（A）、副詞（B）被淘汰。（C）和（D）是形容詞比較級和原級的差異。因為沒有比較對象，所以比較級的（C）也被淘汰。基本原型的形容詞（D）是正確解答。 **正確答案(D)**

詞彙 express 表現、表明 mild 溫和的、輕微的、稍微的 concern 憂慮、擔憂 long-term 長期的 viability 可行性 operation 營運、手術、企業

執行長表示／有點擔憂／關於我們的國際營運的長期可行性。

3.

1 詞性問題
2 空格前副詞，空格後名詞
3 形容詞

解析 修飾名詞的形容詞位置。空格前是「冠詞 + 副詞」（an extremely），後面有名詞（audit），所以空格是修飾名詞的形容詞位置。選項中形容詞只有（C），答案很輕易就找到了。拼寫很類似，是很容易搞混的題目。選項（A）是副詞「徹底地」（B）是名詞「徹底」（C）是形容詞「徹底的」，（D）是介系詞「透過…」。 **正確答案(C)**

詞彙 even though 即使…也… fair trade commission 公正交易委員會 conduct 執行、實行 extremely 極度、很 thorough 徹底的 audit 會計審查 irregularity 不規則、異常

即使公平交易委員會實行了／相當徹底的公司營運稽核／在公司營運上／也沒發現任何非法。

4.

1 詞性問題
2 確認空格後名詞
3 形容詞

解析 選項中不同的詞性（詞性問題），從選項都是

不同詞性來看是判斷詞性問題，但是空格前面是動詞（conducting）後面是名詞（computer scans），因此空格是修飾名詞的形容詞位置。選項中形容詞是（A），意思是「規律的」。 **正確答案(A)**

詞彙 conduct 實行、執行 scan 精密檢查、掃描 prevent A from -ing 使A不能… infect 感染

藉由執行／定期的電腦掃描／幫助職員們預防／病毒感染公司網路。

5.

1 文法問題
2 第5大句型動詞find的被動態，補語
3 形容詞

解析 從空格前面的may be found，看到第5大句型動詞find的被動態，第5大句型句子變成被動式，後面剩下受詞補語，所以空格是受詞補語的位置。第5大句型動詞find採取「find + 受詞 + 受詞補語（形容詞、-ing、p.p.）」型態，變成被動態。把受詞放到前面的話，後面就剩下受詞補語。選項中相當於形容詞補語的是（B）。（D）看起來很像是形容詞，但卻是意思為「會計」的名詞。（A）是名詞「帳戶」（C）是名詞「責任、義務」。 **正確答案(B)**

詞彙 corporation 企業 legally 法律上、合法地 accountable 有責任的 reveal 洩漏（祕密等）、暴露、指出 confidential 祕密的、機密的 information 資訊 third parties 第三方

所有企業的職員／在法律上有義務／對於機密情報洩漏／向第三者。

6.

1 詞性問題
2 解析差異
3 形容詞

解析 修飾名詞的形容詞解析差異。空格後面有名詞，所以空格是修飾名詞的形容詞位置。副詞（D）被淘汰。剩下的都是形容詞，用解析來判斷解答。（A）是「無法預想的」（B）是「突如其來的」（C）是「不預想中」程度的意思。解析上來說（B）比較適合。剛才在第一題不是提到在分詞和形容詞之間選擇答案時，通常形容詞是解答的機率比較大嗎？說過了原則是解析，沒有時間的時候選擇形容詞。

正確答案(B)

詞彙 while 雖然…、…的期間 annual 年度的、每年的 limit 限制 per 每 face 面對、臉 unexpected 不預期的 situation 情況 grant 頒發、允許 leave 休假

雖然年假／限制一年只有10天／但遇到突發狀況的職員／請假可以獲准。

7.

1 詞性問題
2 後面有無受詞
3 形容詞

解析 空格是第2大句動詞remain後面，跟主詞成同格關係的形容詞補語位置，所以動詞（C）和（D）先淘汰。（C）當作名詞時，跟主詞要成為同格關係，但解析上不符。現在分詞的（B）後面要有受詞，所以也被淘汰。（A）的被動態後面沒有受詞也可以，解析或跟主詞it是同格關係相符合。另外，空格後面的to不定詞是修飾前面形容詞的副詞性用法，請記得be（或remain） poised to do是和be ready to意思類似的片語。 **正確答案(A)**

詞彙 firm 公司、企業 period 期間 consolidation 統合、合併 poised（做…）準備好的 emerging market 新興市場 Pacific 太平洋的 region 地區

雖然公司在合併中／準備好／進軍／幾個新興市場／在亞太地區。

8.

1 詞性問題
2 現在分詞與一般形容詞的解析，複合名詞
3 形容詞

解析 名詞前面是名詞（複合名詞）。空格的前後都是名詞，別忘記名詞有可能連續出現兩次（複合名詞）。首先動詞的（D）選項被淘汰。如果（A）放入空格的話，變成「名詞 + p.p. + 名詞」不合邏輯，但是（B）放入空格的話，變成「名詞 +（-ing + 名詞）」型態，-ing修飾前面的名詞，同時把後面的名詞當成受詞，在文法上沒有錯誤，解析上卻不自然，變成「正在拿退休津貼的職員」，結果填入名詞（C）的retirement變成「員工退休津貼」最恰當。

正確答案(C)

詞彙 government 政府 legislation 法律制定、立法行為 necessitate 使…成為必須 improvement 改善 benefits 福利、便利 small and medium-sized company 中小企業

新的政府會修正法律／改善／所有中小企業的員工退休津貼。

9.

1 詞性問題
2 對等連接詞
3 形容詞

解析 「形容詞 or 形容詞 + 名詞」的型態。空格後面的or是對等連接詞，所以前後必須是相同的結構。那麼就該填入跟or後面threatening一樣的詞性。threatening是修飾後面名詞e-mail的形容詞，所以空格內也要放形容詞。是「形容詞 or 形容詞 + 名詞」的型態。選項中形容詞只有「惡意的」（B）。（A）和（D）是「惡意、敵意」名詞。（C）是「惡意地、有敵意地」副詞。 **正確答案(B)**

詞彙 malicious 惡意的、有敵意的 threatening 脅迫的、威脅的 fellow 同僚 face 面對 disciplinary action 懲戒處置

不論是哪個職員／使用公司電子郵件／發送惡意或威脅的郵件／給同僚職員／將會面臨／懲戒處分。

10.

1 詞性問題
2 淘汰名詞和動詞，解析差異
3 形容詞

解析 修飾名詞的形容詞的解析差異。首先空格是定冠詞the和名詞state中間的形容詞位置，所以名詞或動詞的（B）被淘汰。剩下的全部是形容詞，要判斷解析來找答案。（A）是「麻煩的、頑固的」意思，寫成「He is troublesome.（他很頑固。）、a troublesome cough （惱人的咳嗽）、a troublesome child （令人頭痛的孩子）、a troublesome problem（麻煩的問題）」。用在像上面的句子「事態」（state）前面不太恰當，所以被淘汰。（C）是「正讓人困擾的」表示程度的意思，解析上不符。（D）形容詞是「問題多的、辛苦的」意思，放到空格裡就變成「困難的狀態、問題很多的事態」，句意相符。 **正確答案(D)**

詞彙 due to 因為⋯ troublesome 令人頭疼的 trouble 麻煩，困難 troubled 問題多的，困難的 state 狀態、國家 （美國、澳洲等的）州 national 國家的、全國的 economy 經濟 excellent 優秀的、傑出的 discount 打折，折扣 price 價格

因為國家經濟困難的情況／很多不錯的旅行團／可以使用／折扣的價格。

STEP 02 實戰問題

101. (A) 102. (A) 103. (C) 104. (B) 105. (D)
106. (B) 107. (A) 108. (C) 109. (D) 110. (B)
111. (A) 112. (D) 113. (C) 114. (B) 115. (A)
116. (C) 117. (C) 118. (A) 119. (B) 120. (D)
121. (C) 122. (D) 123. (B) 124. (C)

101.

解析 （1）確認第2大句型動詞remain（2）需要補語（形容詞、名詞）（3）用解析解決。看到空格前面的第2大句型動詞remain，可知道空格內要放主詞補語，補語位置可放形容詞和名詞。動詞的（D）volatilizes（使發揮）可以先淘汰。如果是名詞補語的話，必須跟動詞變成同格關係，（B）的volatileness（揮發性）或（C）的volatility（揮發性、變化）很難跟主詞the market看作是同格關係。主格補語位置通常是形容詞。這個句子用形容詞（A）的volatile（易變的、不安的）來當補語很恰當。 **正確答案(A)**

詞彙 remain 維持 volatile 易變的、不安的 leading 最重要的、領先的、重要的 economist 經濟學者 predict 預測 cut 刪減、調降 interest rate 利率、利息 Federal Reserve Bank （美國的）聯邦代表銀行

因為市場處於不安的狀態／許多主要經濟學者預估／美國聯邦代表銀行會調降利息。

102.

解析 （1）第2大句型動詞become（2）補語位置（3）形容詞補語vs.名詞補語。空格前面可以看到動詞become，所以空格是補語位置。可以成為補語的不是形容詞就是名詞。是副詞的（D）首先被淘汰。名詞（B）的ubiquity（到處存在、遍佈）和（C）的ubiquitousness（普遍存在）作為補語要和主詞成為同格關係，解析不太自然，所以能當作形容詞補語的（A）「普遍存在的、到處都有的」最適合，意思也非常自然。 **正確答案(A)**

詞彙 usefulness 有用的 business 事業、業務 ubiquitous 普遍存在的 professional 專家

因為在業務上的很有用／智慧型手機和平板電腦／逐漸變普遍／在許多專家之間。

103.

解析 （1）確認be動詞（2）空格是補語位置（3）形容詞補語vs.名詞補語。因為是第2大句型be動詞are後面，所以空格是補語位置。前面說過補語位置可以放形容詞和名詞、動詞。大部分都是放形容詞，但偶而會放名詞，所以為了解答，必須要判斷解析。首先副詞的（B）被淘汰。（A）是名詞「樂觀主義者」，可數名詞前面要有a / an、the、-s，但卻沒有，所以被

淘汰。（D）是不可數名詞「樂觀主義、樂觀論」無法跟主詞形成同格關係，所以也被淘汰。「市場觀察者們是樂觀主義」不太自然。結果形容詞（C）是正確解答，解析也很順暢。請記得形容詞optimistic常被寫成be optimistic about（對…樂觀），be optimistic that...（樂觀…）的句型。 **正確答案(C)**

詞彙 growth 成長 quarter 季度 watcher 研究者、觀測者 optimistic 樂天的、樂觀的 outlook 前景 latter 後半的

即使第一季的成長緩慢／市場觀察家很樂觀／對於今年後半期的展望。

104.

解析 （1）第5大句動詞find（2）受詞補語位置（3）「find + 受詞 + 受詞補語（形容詞／-ing／p.p.）。」看到空格前面限定動詞是第5大句動詞find。find後面的the market outlook是受詞，空格就是受詞補語位置。find通常都寫成「find + 受詞 + 受詞補語（形容詞／-ing／p.p.）」的型態，所以選項中的形容詞（B）是正確解答。用解析來判斷，也是「明亮的」意思跟句意最適合。（A）是副詞（B）是名詞（C）是動詞，所以被淘汰。 **正確答案(B)**

詞彙 share price 股價 potential 潛在性的 investor 投資者 outlook 前景 bright 明亮的

雖然股價下跌中／許多潛在的投資者們知道／市場前景一片光明。

105.

解析 （1）確認空格前後（2）冠詞和名詞之間（3）形容詞位置。空格位於不定冠詞a和名詞transition之間，所以空格就是修飾名詞的形容詞的位置。副詞（A）淘汰，剩下的都是形容詞。（C）是比較級，前面要有定冠詞the和比較對象卻沒有，所以被淘汰。剩下的選項當中（B）是「變得平整的、正正方方的」。（D）是「順利的、平滑的」的意思，所以（D）最適合。 **正確答案(D)**

詞彙 proper 適當的、正確的 procedure 程序、手續 in place 在正確的地方 be assured of 向…保證、確保 transition 變化、轉換

只要在正確的地方有適當的程序／不論什麼事業都能確保／能順利的轉換到／新的管理團隊。

106.

解析 （1）be動詞後面補語位置（2）名詞和動詞淘汰（3）形容詞的解析差異。空格前有第2大句型be動詞，所以空格是主格補語的位置，以及空格後面的at first是介系詞片語當作副詞。選項中是名詞或動詞的（A）被淘汰。剩下的全部都是形容詞，所以要用解析來判斷。（B）是「有挑戰性的」（C）是「能挑戰的」（D）是「有障礙的」的意思。所以（B）的解析最適合。 **正確答案(B)**

詞彙 learn 學習 tool 道具、手段 challenging 有挑戰性的 at first 起初 recognize 認識、認定 benefits 便利

學習使用／新的商業工具時／雖然一開始會有挑戰性／員工們通常會發現／新工具的便利。

107.

解析 （1）修飾名詞（2）形容詞位置（3）淘汰名詞和副詞。空格是修飾後面名詞signs的形容詞位置，所以副詞（B）和名詞（C）、（D）被淘汰。（A）的positive「肯定的」意思解析最符合。 **正確答案(A)**

詞彙 consumer 消費者 remain 殘留、保持 cautious 謹慎的、小心的 several 好幾個的 sign 信號、前兆 retail 零售的 sector 部分、方面 pick up 恢復、改善

消費者仍處於謹慎的狀態／但是有好幾個正面的徵兆／顯示零售業即將恢復。

108.

解析 （1）修飾名詞的位置（2）「形容詞 + 名詞」or「名詞 + 名詞」（複合名詞）（3）解析。空格位在名詞前面。句子結構是第1大句型倒裝句型，空格後面的名詞是主詞，所以空格是修飾名詞的形容詞或名詞。形容詞本來是修飾名詞的表現，但名詞修飾名詞的話就變成複合名詞。如果不是常用的複合名詞的話，形容詞修飾名詞的情況還是比較多。（A）是動詞（B）是副詞，所以被淘汰。（D）的abundance變成「豐富經驗」式的複合名詞，使用不恰當，解析也不自然。形容詞的（C）選項是答案，解釋成「豐富的機會」也比較適合。 **正確答案(C)**

詞彙 abundant 豐富的 opportunity 機會 developing country 開發中國家 manufacturer 製造業、製造業者 looking to do 考慮要… operation 事業、營運 overseas 國外

開發中國家有豐富的機會／給那些製造業者／考慮遷移自己的事業／到海外。

109.

解析 （1）形容詞前面（2）副詞 + 形容詞 + 名詞（原則）（3）形容詞 + 形容詞 + 名詞（例外）後面有「形容詞 + 名詞」。空格不是副詞就是形容詞位置。一般來說是「副詞 + 形容詞 + 名詞」，但偶而有例外變成「形容詞 + 形容詞 + 名詞」順序。就是2個形容詞修飾名詞。如果解析成修飾後面的形容詞的話空格就是副詞，如果被解析成修飾後面的名詞的話就是形容詞。題目句子的情況，比起「專業地財政的」來說，2個形容詞修飾名詞的「專業財務顧問」比較自然，所以形容詞（D）是正確解答。（A）是動詞（B）是副詞（C）是名詞，所以被淘汰。 **正確答案(D)**

詞彙 financial 財務的、財政的 recently 最近 handsomely 慷慨地、氣派地 reward 報答、補償 willingness 樂意、自願

專業財務顧問最近得到了豐富的報酬／他們的自發性的態度／為了幫助顧客。

110.

解析 （1）be動詞後面補語（2）形容詞補語vs.名詞補語（3）空格前面有be動詞沒有補語的狀態，所以空格的位置是補語。能夠放到補語位置的不是形容詞就是名詞。如果是名詞的話，必須跟主詞成為同格關係。（A）是「適應力、可塑性」（C）是「改編、適應」（D）是「自己適應」（電算學），解析上不是很適合，所以形容詞（B）的「能適應的」解析比較合適。（D）當作現在分詞使用時，變成「正在適應中的」意思，意思不符，後面沒有受詞，所以無法成為答案。 **正確答案(B)**

詞彙 start out 開始 be adaptable to 能適應… changing 變化的 need 需要 customer 顧客

剛開始經營事業的時候／公司要能應對／他們顧客的變化多端需求。

111.

解析 （1）修飾名詞（2）形容詞位置（3）用解析解決。空格是修飾複合名詞data downloads的形容詞位置。（C）是副詞所以被淘汰。（C）看起來好像是形容詞，實際上這種型態是幾乎不被使用的表現。剩下的（A）與（B）是分詞型態形容詞。分詞型態形容詞在前面修飾名詞的情況，要用解析來判斷。提供人無限下載資料，並不是資料下載主動無限提供，所以被動型態的過去分詞unlimited是解答。

正確答案(A)

詞彙 rapid 快速的 growth 成長 telecommunication 電信 offer 提供 corporate 公司（的） client 顧客

隨著資訊網路快速的成長／很多電信公司開始提供公司行號／無限的資料下載。

112.

解析 （1）be動詞後面的補語（2）名詞vs.形容詞補語（3）形容詞位置（解析上）。空格前面有be動詞卻沒有補語，所以是補語的位置。能夠放到補語位置的不是形容詞就是名詞。（B）是副詞所以被淘汰。（A）和（C）的情況，要和主詞they成為同格關係，但卻不是，所以也被淘汰。結果是形容詞的（D）為正確答案，從解析來看也很妥當。 **正確答案(D)**

詞彙 grow in influence 影響力變大 take care to do …注意… appear to be 看起來好像是… arrogant 驕傲的、傲慢的 in the eyes of 在…心中，從…來看 supporter 支持者 ally 同盟國、合夥人

隨著公司的影響力逐漸擴大／他們應該要注意／不要看起來很驕傲／在他們的支持者和合作夥伴眼裡。

113.

解析 （1）修飾名詞的形容詞（2）選項全部是形容詞（3）空格是修飾後面名詞的形容詞位置，但是選項全都是形容詞，所以要用解析判斷答案。只要找到跟空格後面的複合名詞「建築材料」相符的形容詞就可以了。（A）是「有效率的」（B）是「季節性的」（C）是「當地的、地區的」（D）是「國家的、國民的」。解析上來說「當地的建築材料」最適合。

正確答案(C)

詞彙 library 圖書館 construct 建設 material 材料 in order to do 為了做… reduce 減少 cost 費用 shipping 運送

新的圖書館／被建造／使用／當地的建築材料／來減少運費。

114.

解析 （1）修飾名詞（2）形容詞位置（3）解析差異。空格是修飾名詞menu的形容詞位置，但是選項全都是形容詞，所以要用解析來判斷答案。（A）是「追訂的」（B）是「再次設計的」（C）是「再安排的」（D）是「調整結構的、整理好的」。解析上來說（B）跟名詞menu最符合。 **正確答案(B)**

詞彙 be 有、存在 recently 最近 take a moment 抽空、抽出一點時間 look over 查看、瀏覽

如果你最近沒來過／我們餐廳／請抽出一點時間／看一下／我們重新設計的菜單。

115.

解析 （1）選項全都是形容詞（2）修飾前面名詞的形容詞（3）解析差異。空格是修飾前面名詞each side的形容詞位置，但是選項全都是形容詞，所以要用解析來判斷答案。（A）是「滿意的」（B）是「親近的」（C）是「令人失望的」（D）是「不幸的、不滿意的」。解析上來看「兩邊對最終和議滿意」最恰當，所以（A）是答案。 **正確答案(A)**

詞彙 despite 即使… difficulty 困難的、混亂 labor union 工會、勞工組織 talks 協議、會談 end 結束、落幕 amicably 和平地、友好地 each side 兩方

即使有幾個困難／勞工組織會議落幕／和平地／今天／兩方都滿意／最終的和議。

116.

解析 （1）選項全都是形容詞（2）與名詞的協調（3）解析差異。選項全都是形容詞。形容詞最基本的作用是用來修飾名詞，所以形容詞通常出題都是問和被修飾的名詞的關係。這個句子的情況，受形容詞修飾的是名詞tracks。（A）是「準備的、預備

的」（B）是「初步的、預備的」（C）是「平行的」（D）是「直角的、垂直的」。跟火車車廂最適合的形容詞是（C）。 **正確答案(C)**

詞彙 state-of-the-art 最尖端的、最新型的 parallel 平行的 track 路線、軌道 powered by 從…獲得動力的 equal 對等的、平等的 amount 量 electromagnetic 電磁的 force 力量、…力

那最新型的火車奔馳在／軌道／由電磁力供電。

117.

解析 （1）選項全都是副詞（2）修飾動詞（3）與動詞的協調。副詞是用來修飾空格前面的動詞close，句意上來看是遵守地區習俗，我們中國分公司陰曆新年的前一週提早關門的意思，所以解答是（C）的early。 **正確答案(C)**

詞彙 in observance of 遵守… local 當地的、地方的 custom 慣例、習俗 branch 分公司 close 結束、關閉 lunar 月的、陰曆的

遵守當地的風俗／我們中國當地的分公司／提早關門／在農曆過年的前一週。

118.

解析 （1）選項全都是形容詞（2）修飾名詞（3）與名詞的協調。因為是不定冠詞a和名詞meal之間，所以空格是形容詞位置。選項全部都是形容詞，結果要用解析判斷解答。（A）是「免費的」（B）是「補充的、追加的」（C）是「感性的、抒情的」（D）是「補充性的、相互保全的」。所以（A）最適合。 **正確答案(A)**

詞彙 guest 客人 reception 歡迎會、櫃檯 serve 提供、張羅 meal 餐點 keynote speaker 主講人 deliver an address 演説

客人們／在歡迎會／全獲得／免費餐點／緊接在第一位主要演講者後／她的演講。

119.

解析 （1）修飾名詞（2）形容詞位置（3）解析差異。又是修飾空格之後名詞的形容詞位置。選項全都是形容詞，所以要用解析判斷解答。（A）是「不利的」（B）是「有競爭力的」（C）是「紀念的、祝賀的」（D）是「中等的、平凡的」。句意上（B）選項「有競爭力的」比較適合，與受到修飾的名詞salary比較相符。 **正確答案(B)**

詞彙 position 地位、職責、位置 offer 提供 salary 薪水、薪資 in addition to 此外 yearly 每年1次、每年的 personal 個人的 assistant 助手、輔助

那個職位提供／有競爭力的薪資／附加年度獎金、公務車及個人助理。

120.

解析 （1）修飾名詞（2）選項全都是最高級形容詞（3）解析解決。空格是修飾後面名詞series of paintings的形容詞位置，但是選項全都是最高級形容詞表現，所以要用解析來判斷答案。解析來看，意思為「最新的」（D）選項最合適。（A）是「最早的」（B）是「最少的」（C）是「最壞的」句意上都不適合。 **正確答案(D)**

詞彙 exhibition 陳列品、展示品 artist 藝術家、畫家 painting 圖畫 on display 展示、陳列 throughout 期間內、處處 entire 整體的

那個畫家的最新系列圖畫的展覽品／將展示／整個9月。

問題121-124請參照以下的文章。

近來／這個國家的許多民眾／受到威脅／食物被汙染的危機／這使他們感到困惑／什麼食物安全／日常消費／但是／未對此做進一步的回應／當局和政府機關／我認為我們可以／探討這個議題／由不同的層面／首先／經營生意的成本增加／企業主他們不得不／減少開銷／使用合成的成分／在製造食物時／其次／平均收入減少／而商品售價卻明顯上漲／很多人會購買價格低廉的食物／為了符合市場需求／這些食物製造商／使用劣質的人造成分／減少開銷／最後／政府的監控系統不夠好／因而／這些不誠實的製造商／能夠販售遭到汙染的食物／不會被控告／因為危害人們健康／我們現在必須採取／一些極端的措施／來解決這個問題／否則每個人的健康／將遭受嚴重的影響。

詞彙 threatened 受到威脅 consumption 消費 issue 議題 aspect 方面 option 選擇 reduce 減少 synthetic 合成的，人造的 ingredient 成分 average 平均的 income 收入 drop 降低 commodity 商品 dramatically 引人注目地 inexpensive 價錢低廉的 demand 需求 inadequate 不適當的 monitor 監控 dishonest 不誠實的 capable 能夠…的 endanger 危及 eliminate 消除

121.

解析 此為「主詞 + 動詞 + 受詞 + 受詞補語」的句型，空格要填入受詞補語，it makes them為表示「使某事或某人…」的意思。此處要填入形容詞，故答案選（C）confused。 **正確答案(C)**

122.

解析 瀏覽四個選項，個別的意思為look up表「仰視，查找」；look after表「照顧」；look for表「仔細檢查」；look into表「調查」。空格後面接this issue，最適合搭配的用法為（D）look into。 **正確答案(D)**

123.

解析 but用來連接語意相反的兩個句子 在此處，

have no option but to reduce their cost意指「除了減低成本沒有別的選擇」，前後語意相反，答案選（B）。 **正確答案(B)**

124.

解析 這句話要為整篇文章做結論。先個別看選項的句意，（A）表示持續興旺；（B）表示成功地改善；（C）表示嚴重的影響；（D）表示持續的發展。前方文章都在講述受汙染的食品對造成的負面影響，根據文章脈絡，最適合的答案為（C）。整個句意是「我們必須要用極端的方法來解決這個問題，否則我們下一代的健康會被嚴重的影響」。 **正確答案(C)**

Chapter 19 副詞

Quiz | 解答與解析

Q1. financially **Q2.** professional **Q3.** Besides
Q4. yet **Q5.** approximately **Q6.** more than
Q7. well **Q8.** too

Q1.

解析 括號後面的sound是be動詞的形容詞補語，所以應該用副詞修飾。

那個公司／財務上／穩固。

Q2.

解析 括號後面是「形容詞 + 名詞」的結構，這種情況通常副詞是正確解答，但並不是100%，因為也有出現2個形容詞的情況發生。是專業地財務的顧問嗎？還是專業的財務顧問？後者比較自然。

那個男人是專業的財務顧問。

Q3.

解析 單獨位於逗號（,）前面，所以是副詞位置。besides是有「之外」意思的副詞，beside是意思為「…旁邊」的介系詞。

此外／我們必須要想出／計畫／在一週之內。

Q4.

解析 括號前面有否定詞not，有否定詞的情況，通常都是用yet。still通常使用在肯定句，特例用於否定句時，不是not still，而是寫成still not型態。

我還是無法查出／正確的理由。

Q5.

解析 有看到括號後的數字（eight）吧？數字被當成形容詞，要用副詞修飾。

大約花了8個小時。

Q6.

解析 句意上要寫成2,000名以上的訪客比較自然，所以要用more than。沒有more two的用法。

有多於／2,000名以上的訪客。

Q7.

解析 把well in advance整句一起背起來的話，會比較方便。「或許提早」的意思。very主要是用於強調形容詞或副詞的原型時使用。

我們能結束／或許提前。

Q8.

解析 too或either放在句尾的話，變成「也…」的意思，但是too主要是用於肯定句，either用於前面有not的否定句。

這個是有效／且有吸引力的／也。

STEP 01 若沒答對會後悔的考題

1. (C)	2. (A)	3. (D)	4. (D)	5. (B)
6. (B)	7. (A)	8. (D)	9. (B)	10. (C)

1.

1 文法問題
2 not yet
3 副詞

解析 副詞的問題。用解析來解決。空格前面有否定詞not是重要的提示，因為not...yet的句型很常用。放yet的話，意思也很完整。even...yet是「甚至…連」的意思，only是「只有」的意思，解析起來不自然。副詞still用於否定句的時候不是not still，而是still not。

正確答案(C)

詞彙 schedule 訂行程、預定 prepare 準備 presentation 發表、演講

雖然會議還沒訂日期／好幾個員工正在著手／準備發表。

2.

1 詞彙問題
2 修飾change動詞，解析
3 副詞

解析 不同意思的副詞的解析差異（與動詞的協調）。選項全部是副詞。動詞change是不及物動詞，所以後面的空格是修飾那個動詞的副詞，解析上也要跟動詞change符合。放入副詞easily的話，變成change easily（很容易地改變）的意思，與句意相符。readily是常被寫成be readily available（方便可利用的）型式。steadily是「不斷地、平穩地、堅固地」的意思，measurably是「可預見地」的意思。 **正確答案(A)**

詞彙 policy 政策 without 沒有… strong 強壯的、強的、堅固的 reason 理由

各位應該要記住／我們辦公室政策／不輕易改變／毫無理由。

3.

1 詞彙問題
2 be動詞與p.p.之間，解析差異
3 副詞

解析 be p.p.之間的副詞位置。選項全部是副詞，所以要用解析來判斷答案。（A）是「一樣地，平均地」（B）是「主要地，大概地」（C）是「部分地，不完全地」（D）是「完全地，充分地」。解析上「能充分地準備」比較自然，所以（D）是正確解答。

正確答案(D)

詞彙 studio 攝影棚 demand 要求 work ethic 職業倫理 actor 演員 tape 錄影

那個攝影棚要求／堅定的職業倫理／以及期待／演員們能充分地準備／在錄影開始前。

4.

1 詞彙問題
2 空格後面「形容詞 + 名詞」，解析差異
3 副詞

解析 修飾形容詞的副詞問題。空格後面有「形容詞 + 名詞」，所以空格不是副詞就是形容詞問題。本來原則上是「副詞 + 形容詞 + 名詞」的順序排列，副詞修飾後面的形容詞，但也有例外「形容詞 + 形容詞 + 名詞」，用兩個形容詞修飾名詞。所以兩種情況都要列入考慮。接下來用解析做判斷，空格修飾後面的形容詞要用副詞；修飾後面名詞要用形容詞。是「財務上聰明的決定」嗎？還是「財務的且聰明的決定」呢？「財務上聰明的決定」好像比較自然，所以副詞的（D）是正確解答。 **正確答案(D)**

詞彙 it is said that... 據說是… rent 租賃 wise 聰明的 decision 決定 interest rate 利息、利率 loan 貸款、融資

據說／租房子／是聰明的財務決定／如果房屋貸款的利息／高的話。

5.

1 詞性問題
2 前面句子完整
3 副詞

解析 完整的句子後面副詞位置。空格之前是完整的句子，所以空格是可有可無的副詞位置。（B）的timely主要被當成形容詞使用，但也用作「按時地、適時地」的副詞使用。句意上很符合，所以（B）是正確

解答。（A）和（D）是名詞，所以被淘汰。（C）是形容詞「永恆的、永遠的」所以被淘汰。另外，that以下句子裡，be前面的助動詞should被省略了。

正確答案(B)

詞彙 submission 提交（物）、提案 submit 提出 so that ... can 為了…… contractor 承包商、立契約者 arrange 安排、整理、準備

我們要求／按時地交出提案／讓我們的承包商盡量能準備程序。

6.

1 詞彙問題
2 be -ing之間，解析
3 副詞

解析 be -ing之間的副詞位置。但是選項全部都是副詞，所以要用解析來判斷。（A）是「幾乎」的意思，（B）是「特、相當、很」的意思，跟very一樣的副詞，（C）是用於說「幾乎不……」的時候當作否定詞使用。（D）是「幾乎」的意思，通常放在數字前面。解析上來看，「非常愉快的」意思最適合，答案是（B）。 **正確答案(B)**

詞彙 documentary 記錄片、記錄物 entertaining 有趣的、愉快的、帶來樂趣的 applaud 鼓掌歡迎 in the end 結果、最後

觀眾覺得／那個記錄片／非常有趣／他們鼓掌叫好／最後。

7.

1 詞彙問題
2 have p.p.之間，解析
3 副詞

解析 have p.p.之間的副詞位置。選項全部都是不同意思的副詞，句意上最符合的是（A）。空格內放入recently的話，變成「最近退休了」，解析合理，尤其recently通常跟現在完成式或過去式一起使用。（B）是「比較地」（C）是「真地、真正地」（D）是「可惜地」。 **正確答案(A)**

詞彙 banquet 宴會 feature 當成特徵、特徵 retire 退休 journalism 新聞學、新聞業界、言論界

這個星期五下午舉行的宴會／會有／演講者們／最近從新聞界隱退。

8.

1 詞性問題
2 助動詞will與原形動詞
3 副詞

解析 助動詞與原形動詞之間的副詞。空格在助動詞will與原形動詞create之間，是副詞的位置。所以只要在選項中找副詞就可以了，副詞只有（D）。答案很快地就出來了。（A）是形容詞「確實的」（B）是名詞「確實性、確實」（C）是動詞「確認、查明」。

正確答案(D)

詞彙 partnership 合夥、協力 Co. 公司（= company） Inc. 上市公司（= incorporated）create 創造、生產 earning 所得、收益 shareholder 股東

強力協助／艾可供應公司和貝塔製片公司／一定會創造出很高的收入／替股東們。

9.

1 詞性問題
2 形容詞 + 名詞
3 副詞

解析 「副詞 +形容詞 + 名詞」的順序，空格的後面出現了「形容詞 + 名詞」。這時空格內可以填副詞或形容詞，通常都是填入副詞。填入2個形容詞是非常少見的情形。選項中形容詞只有high，「高且創意的使用」解析不自然，所以空格是副詞的位置。副詞是high和highly、higher。首先higher是比較級意思為「更高地」，沒有比較對象且比較級前面不能加定冠詞the，所以被淘汰。（A）的high可以當作形容詞也可以當作副詞，形容詞是「高的」，副詞是「高地」，兩個用法都不自然所以也被淘汰。（B）的副詞highly跟very一樣有「非常」的意思，解析成「非常有創意的」意思很自然。 **正確答案(B)**

詞彙 tragic 悲劇的 ending 結局 creative 創意的 use 使用 language 語言

即使是悲慘的結局／我遇到的讀者們／享受／那小說非常有創意的語言使用。

10.

1 詞性問題
2 by -ing 之間
3 副詞

解析 by -ing之間的副詞位置。選項全部都是副詞，所以要用解析來判斷答案。（A）是「有時、偶而」

的意思，（B）是「經常」，（C）是「幾乎不」，（D）是「常常、老是」的意思。句義上比起「漏掉一天的工作」或「不漏掉每天的工作」比較合適，所以需要否定性的副詞。否定性詞的副詞就只有（C）的rarely。 **正確答案(C)**

詞彙 plant 工廠 manager 經理、負責人 set an example 樹立典範 by -ing 用… miss 錯失 a day of work 一天的工作

那個工廠的經理／自己當榜樣／為他的員工／幾乎每一天都來上班。

STEP 02 實戰問題

101. (A) **102.** (D) **103.** (B) **104.** (C) **105.** (D)
106. (A) **107.** (B) **108.** (D) **109.** (C) **110.** (C)
111. (D) **112.** (A) **113.** (B) **114.** (B) **115.** (C)
116. (A) **117.** (A) **118.** (B) **119.** (B) **120.** (A)
121. (D) **122.** (C) **123.** (C) **124.** (A)

101.

解析 （1）空格後面「形容詞 + 名詞」（2）選項的詞性都不同（3）副詞位置。空格後面有「形容詞 + 名詞」型態，所以空格裡不是副詞就是形容詞。因為也有出現2次形容詞的例外，所以要用解析來判斷。比起「環境的符合的解決方法」來說，「符合環境的（親環境的）解決方法」更自然，所以（A）選項副詞是正確答案。friendly是加了副詞語尾-ly，所以很容易被誤以為是副詞的形容詞。 **正確答案(A)**

詞彙 friendly 親善的、友善的 solution 解決方法 alternative 代替的、取代的，選擇 as...as possible 盡可能的 such as 像… solar 太陽的、利用太陽的 wind power 風力

最環保的解決方法／是盡可能多用替代能源／像太陽能或風力。

102.

解析 （1）and對等結構（副詞位置）（2）選項全都是副詞（3）副詞的解析。因為對等連接詞and前面是副詞，如果要形成對等結構的話，空格也要接副詞。選項全都是副詞，所以要用解析來判斷。（A）是「破壞地」，（B）是「殘暴地、如惡魔一樣」。（C）是「去蕪存菁地」，（D）是「慎重地、有意地、故意地」。空格後面有poring over（對…考慮中）的分詞句子，所以句意上寫成「慎重地考慮「會比較流暢，所以解答是（D）。 **正確答案(D)**

詞彙 committee 委員會 debate 討論 hours and hours 好幾個小時 pore (over) 對於…深思熟慮 detail 細節、詳情 proposal 提案

委員會討論了／好幾個小時／慢慢地且慎重地考慮／那個提案的所有細節。

103.

解析 （1）選項全是副詞（2）修飾動詞deliver（3）用解析解決。選項全是副詞，放入空格的副詞修飾動詞deliver。所以只要找跟deliver意思最符合的副詞就可以了。（A）是「不知道累地」（B）是「繼續」（C）是「心懷不滿」（D）是「反覆地」。句子譯成「每天持續運送」最合適，所以正確解答是（B）。 **正確答案(B)**

詞彙 promise 約定 deliver 運送 power 電力 interruption 中斷、妨礙

Regal Energy Service公司承諾／每天持續傳輸電力／全年／無中斷／你的服務。

104.

解析 （1）空格是副詞位置（2）選項中連接詞被淘汰（3）副詞的解析差異。空格前後句子是獨立的句子加上後面有逗號（,），所以空格是連結前後句子又具有副詞作用的連接副詞位置。所以連接詞（B）被淘汰。（D）當成副詞使用時主要以「not... yet」型態用於否定句；當成連接詞時跟but一樣的連接詞作用，所以被淘汰。現在要在常用作連接副詞的（A）和（C）之間用解析來判斷。（A）是「所以…因此」的意思有因果關係，（C）是「但是」的意思，呈現對比關係，句意上前後句子是相反的內容，所以答案是（C）。 **正確答案(C)**

詞彙 successful 成功的 remember 記住 forever 永遠地 amazing 驚人的、令人驚訝的 talent 才能、天才

沒人知道他有多成功／但是／他永遠會被記得／是個令人驚豔的天才。

105.

解析 （1）選項的詞性都不同（2）空格在be動詞p.p.之間（3）副詞位置。從選項來看是考詞性的問題，空格在 be p.p.之間，所以是副詞位置。副詞只有（D）選項。解析上來看跟動詞finish相配「幾乎結束了」也很自然。 **正確答案(D)**

詞彙 finish 結束、落幕 procedure 過程、程序、手術 attention 關心、注意／轉換（想法等）、轉移 divert 轉換（想法等）、轉移 emergency patient 急診患者 rush 衝、撞、緊急的

在吉利亞若博士幾乎結束手術時／轉移他的注意／急診病患／進入醫院。

106.

解析 （1）for的受詞founding （2）修飾動名詞（3）副詞位置。介系詞for的受詞是空格後面的動名詞founding。空格修飾動名詞，動名詞的型態雖然是名

詞，但是根源是動詞，所以要用副詞修飾。選項中有「積極地」的意思的副詞（A）是正確解答。（B）是形容詞「積極的」（C）是名詞「攻擊」（D）是動詞「使惡化」。

正確答案(A)

詞彙 attorney 律師 be famous for 以…聞名 found 設立、建立 charity 慈善團體 underprivileged 無法受惠的 citizen 市民 legal 法律的、法律上的 representation 代表、代理、代表權

律師博德瑪・辛很有名／因他積極建立／慈善團體／幫助弱勢的市民們／能夠得到／免費的法律代理。

107.

解析 （1）空格前被動型態完整（2）空格後面介系詞片語（3）可有可無的副詞位置。空格前面是完整的被動型式，後面有修飾語介系詞片語，所以不再需要任何的句子要素。句子完整的狀態下只能放入副詞，所以空格是副詞位置，這個副詞修飾後面的介系詞片語。（B）是副詞，解析成「直接向卡爾斯博德」比較自然。（A）是動詞「指導、指揮」（C）是名詞「方向、指導、指示」（D）是形容詞「指示的、指導的」

正確答案(B)

詞彙 invoice 發貨單 submit 提出 warehouse 倉庫 prior to 在…之前、之前 finalize 結束、解決 order 訂單、命令

送貨單／應該直接／給倉庫管理人卡爾斯博德／在完成訂單前。

108.

解析 （1）選項全部是副詞（2）副詞修飾動詞（3）用解析解決，選項全部都是副詞。副詞修飾後面的動詞desired。（A）的副詞too主要是用「too 形容詞／副詞」的型態，變成「太」的意思，因為接在句子後變成「也」的意思，都不合適。剩下的選項只能用解析來判斷了。（B）是「甚至連…也」（C）是「一度、一時」（D）是「仍然」。解析上（D）最適合。

正確答案(D)

詞彙 aerospace 航空宇宙、航空宇宙產業 plenty of 大量的 capable 有能力的、有才華的 engineer 技師、工程師 department 部門 desire 期望 creative 創意的 vision 想像力、洞察力

雖然宇宙航空工程／有很多有能力的工程師／部門的負責人／還是想要／有創造性的洞察力的人。

109.

解析 （1）選項全部是副詞（2）修飾前面的動詞（3）用解析解決。選項全部都是副詞，空格內的副詞修飾前面的動詞will be suspended。（A）是「在那期間」的意思，主要用作連接副詞，跟前面的動詞不合所以被淘汰。（B）是「每每、常常」（C）是「一時地」（D）是「永久地」，句意上（C）最適合。

正確答案(C)

詞彙 banking 銀行界 service 業務、服務 suspend 中止、延期 in honor of 紀念…、祝賀… holiday 假日、假期

銀行業務／於12月25日當天和前一天、以及後一天／將會暫時中止／來歡度聖誕節假期。

110.

解析 （1）選項全部是副詞（2）修飾後面動詞的副詞（3）解析差異。選項全部是副詞，副詞修飾後面動詞be approved，意思自然要相通。（A）是「唯、只有」（B）是「特別」（C）是「首先、先」（D）是「最後」。句意上「首先應該要批准」比較自然，所以（C）是解答。

正確答案(C)

詞彙 interoffice 辦公室之間的、部門之間的 difficulty 困難 outbound 向外去的 correspondence 通訊、通訊聯繫 approve 批准 manager 負責人、支配者、經理

因為部門間的溝通困難／外部通信／要先由負責人批准／在寄出之前。

111.

解析 （1）空格後面數字形容詞（2）用副詞修飾形容詞（3）數字前面常出現的副詞。空格後面出現表示數字的表現，表示數字的表現是形容詞，數字後面接名詞，所以空格十之八九是副詞位置。常出現在數字前面的副詞有almost、nearly、approximately、around、about等，大部分都是「幾乎」的意思。more than是「以上」的意思，less than是「以下」的意思，所以（D）是正確解答。（B）的most是表示「大部分」的形容詞，如果把most改成almost的話就可以成為答案。

正確答案(D)

詞彙 nation 國家 arrive at 到達…、抵達 settlement 解決、化解 peacefully 和平地 negotiation 協商

兩個國家和平地達到／共識／在歷時2週以上的協商之後。

112.

解析 （1）選項全部是副詞（2）修飾後面動詞（3）解析差異。空格的副詞修飾後面動詞interrupted的結構。（A）是「故意地、有意圖地」（B）是「優雅地、善良地」（C）是「優雅地、安靜地」（D）是「質問地」。句意上「為了預防什麼而故意阻擋」的說法最恰當。

正確答案(A)

詞彙 host 主辦單位、進行者、主持人 interrupt 阻止、中斷 guest 客人、（演出等）特別來賓，訪客 in order to do 為了… prevent A from -ing 防止A…；預防… certain 確實的、特定的 broadcast 演出

廣播主持人約翰・班庫斯頓刻意打斷／他的特別來賓／來避免部分內容的播放。

113.

解析 「___S + V，S + V」句型裡，空格是副詞子句連接詞的位置，所以要在選項中尋找副詞子句連接詞。但4個選項都是副詞，要找出答案並不簡單。（A）的while是「當…的時候」或「反面…」的意思。（B）的since也是有兩種意思「因為…」和「從…以來」，要透過解析翻譯來解決這個問題的話，在答題時間不足的多益考試中，這類問題很令人頭疼。所以在解析句子之前先觀察句子的結構。仔細看這句子的結構，逗號（,）之前的句子是過去式，主要子句是現在完成式，這時候就要立刻想到since。因為since不論是當作副詞還是連接詞，都跟時態有很大關聯。當作介系詞解析成「從…以來」的時候，或當作連接詞解析成「因為…」的時候。since後面通常接過去式，主要子句寫成現在完成式。一定要養成先觀察句子的結構，再解析句子的習慣。 **正確答案(B)**

詞彙 newly introduced 新導入的、新上市的 efficiency 效率性 significantly 相當地 once 一旦…的話 even though 即使…也

自從我們開始使用／新導入的軟體系統／在我們的辦公室／我們的工作效率／顯著地提升。

114.

解析 動詞should deal with改成被動態的should be dealt with的句子。變成被動態的同時，動詞deal with後面的受詞this變成主詞放到前面來，所以後面沒有受詞是正常的。be p.p.型態的完整被動態句子後面，可以接副詞或副詞子句，所以是副詞的（B）為正確解答。如果空格後面有形容詞、名詞或分詞的話就是第4或第5大句型的句子。 **正確答案(B)**

詞彙 matter 問題 deal with 處理、解決 promptly 即時、立即

你應該要知道／這是個重要的問題／所以要立即處理。

115.

解析 因為空格在have p.p.之間，所以是副詞位置。（A）的yet也當作副詞使用，但通常是not yet的形式用在否定句，所以被淘汰。（B）的副詞still是通常用在現在式或現在進行式，不用在現在完成式。「如果不…的話…」意思的（D）otherwise主要用在假設情況，不要忘記表現「已經…」的時候用have already p.p.。 **正確答案(C)**

詞彙 pass 經過 publish 出版 become 變成 hot selling 熱賣的 item 項目、商品 market 市場

只過了一個月／這本書出版之後／就在市場上成為暢銷書。

116.

解析 空格是可以修飾形容詞available的副詞位置。逗號（,）的前面部分是修飾後面主詞the fantastic café的形容詞子句。逗號前面部分整體once the fantastic café was exclusively available to authorized member裡面「主詞 + 動詞」（the fantastic café was）被省略的分詞句型。 **正確答案(A)**

詞彙 once 以前、原來、一時 available to 可以利用的 authorized 獲准的 fantastic 幻想的、了不起的 public 大眾 as of 從…

原本只有開放給會員／那夢幻的咖啡廳將被開放／給大眾／從8月15日開始。

117.

解析 句子完整，空格後面的數字是形容詞，所以是修飾形容詞（數字）的副詞位置。數字前面通常還使用almost、approximately、roughly、around、about等副詞。 **正確答案(A)**

詞彙 price 價格 drop 下跌 previous 以前的 quarter 季度 due to 因為… increased 增加的 competition 競爭

價格下跌／幾乎百分之30／上一季／一部分是因為增加的競爭／市場上。

118.

解析 第5大句型動詞make後面有受詞it（這裡的it是虛受詞，真受詞是空格後面的to keep them shiny），所以空格是受詞補語位置，即形容詞的位置。所以副詞（A）和（D）被淘汰。（B）和（C）是解答，後面有than，所以需要比較級，因此答案是（B）。 **正確答案(B)**

詞彙 soon to be released 即將上市的 cleaner 吸塵器 much easier 更簡單 shiny 發光的

我們即將上市的汽車用吸塵器／能更簡單地／讓汽車維持光亮／比舊型吸塵器。

119.

解析 make是第5大句型動詞後面，需要受詞和受詞補語。因為是已經具備受詞（the public）和受詞補語（interested）的狀態，所以空格是修飾受詞補語的副詞位置。因此答案是（B）。 **正確答案(B)**

詞彙 candidate 候選人 the public 大眾 increasingly 逐漸 interested in 對…有興趣 participate in 參與… election 選舉 mainly due to 主要是因為… personality 性格

那個候選人讓民眾／逐漸關心起／今年的選舉／主要是因為他那令人感興趣的性格。

120.

解析 句子呈現「S + V + SC（主詞補語）」的完整型態，所以空格是修飾語位置。空格後面有「定冠詞the + 名詞」，因為已經有補語，所以空格是副詞位置。如果要放形容詞的話，必須放在the和名詞之間。副詞通常都是放入「____, S+V」型態中修飾整個句子，但是也有像這樣放在句子的中間的情況。藉這個機會

熟記！ **正確答案(A)**

詞彙 basic grammar 基本文法 definitely 明確地、分明地 course 教育課程、講座 lecture 講義 offer 提供 semester 學期

基本文法／絕對是最好的教育課程／我們提供的課程中／這學期。

問題121-124請參照以下的文章。

一般人認為／人類的生活／變得更好／因為新興科技發明／它們使我們的生活更輕鬆、更聰明也更舒適／然而／他們也有可能造成無法預期的結果／對我們未來的生活／一方面／許多的新發明／僅在實驗室環境中測試過／這些發明不確定／能持續良好運作／因為我們的生活環境／隨時間改變／我們有可能會遭遇到一些問題／使用它們時／在未來／另一方面／大多數新發明／是由富有的大型公司開發／營利是它們的主要考量／我們可能／面臨情形／無法獲得充分售後協助／當一個新發明出錯時／最後／不論是哪一種發明／市場上通常都會出現和它們功能相似的新產品／導致產品價格過高／公司持續改良發明／因為新產品會不斷出現／總而言之／推出新的科技發明／似乎是雙面刃／對消費者來說。

詞彙 acknowledgement 承認 benefit 有益 invention 發明 unpredictable 不可預期的 consequence 後果 laboratory 實驗室 corporation 股份（有限）公司 profit 利潤 situation 情況 sufficient 充分的 particular 特殊的 result in 導致 renew 更新 double-edged 正反兩面的

121.

解析 此題測驗適合填入的介系詞。空格前面為動詞benefit，後面一般接介系詞from或by，表達「得益，受惠」的意思，故答案選（D）。 **正確答案(D)**

122.

解析 用連接詞and連接兩個或兩個以上以上字詞時，其詞性與型態必須相同。They enable our lives to be easier + 空格 + and more comfortable.。空格前後皆為形容詞比較級，所以空格也必須填入形容詞比較級，smart的比較級是（C）smarter。 **正確答案(C)**

123.

解析 先看四個選項的意思，come about指「指發生或產生」；come after指「指緊跟或追趕」；come across指「偶然碰到或發現」；come around指「讓步或改變立場」。根據前後文，此句表示「我們可能在未來碰到問題」比較恰當，故答案應選（C）come across。 **正確答案(C)**

124.

解析 because後接完整句子，其他選項其後都只能接名詞或名詞片語 故答案選（A）。 **正確答案(A)**

Chapter 20 比較級和倒裝句

Quiz | 解答與解析

Q1. more **Q2.** most **Q3.** latter **Q4.** newer
Q5. older **Q6.** than **Q7.** senior **Q8.** to
Q9. best **Q10.** best **Q11.** wiser **Q12.** more
Q13. efficiently **Q14.** so **Q15.** did **Q16.** than

Q1.

解析 因為後面有一個可比較的對象original version，所以要使用比較級的more。簡單來說，就是看到句中出現than時，選比較級的答案就對了。

更新後的試題／有更多的錯誤／比起原來的版本。

Q2.

解析 看到括號前的the出現時，可以得知該答案應為最高級，而且在that後面所接的句子內出現多個比較對象的情況，也大大地提供了這樣提示。那麼只要注意常與最高級一起出現的單字，就能更加簡單地找到答案了。

這個系統是／最有效率的系統／我至今所使用過。

Q3.

解析 從括號前的定冠詞the開始，到movie為止的句子所指的就是「電影的後半部」的意思，這是非常自然的表現方法。最好直接把the latter part指「後半部」的意思背起來。

我覺得／電影的後半部／太好猜了。

Q4.

解析 recent的比較級、最高級分別是more recent, most recent，沒有recenter的用法。另一方面，像形容詞new因為屬於單音節的單字，就像大部份的形容詞一樣，它的變化型為newer, newest。

這個版本／更新／比你給我看的那個版本。

Q5.

解析 不知道brother這個單字指的是哥哥還是弟弟，對嗎？我們可以看到在句子的最後出現了than me這樣的詞語，這裡指的就是哥哥的意思。當然要使用比較級older才對。

我有一個兄弟／他的年紀比我大。

Q6.

解析 that和than的詞性類似，但卻是完全不相同的單字。因為出現了more這類的比較級，所以than才是正確答案。that具有指示代名詞，或是連接詞的作用。

我更喜歡咖啡／比茶。

Q7.

解析 括號後面的to是提示。如果答案是older的話，那所使用的不應該是to，而是than才對。

他比我大了5歲。

Q8.

解析 動詞prefer是提示。使用prefer來寫比較句型時，要寫成prefer A to B的形式才對。

比起茶／我更喜歡咖啡。

Q9.

解析 定冠詞the不管是在原級或是最高級的前面都可以使用。因為需要找找看句子的後面有沒有出現比較對象。可以看到句中出現了in the class，所以最高級才是正確的答案。

他是最優秀的學生／在這個班級。

Q10.

解析 正確答案是最高級best。但是應該會想問說單字的前面沒有出現冠型詞the的話，該如果判定答案是最高級呢？因為這是副詞的最高級才會出現這樣的情形。所以要先確認後面所接的多個比較對象（among the participants）。

他做的最好／在所有的參與者當中。

Q11.

解析 屬於「the 比較級, the 比較級」的句型。在這裡可以把出現句子前方的wiser看做是在逗號（,）後的become後面的形容詞補語。

你讀愈多的書／你變得愈聰明。

Q12.

解析 因為「the 比較級, the 比較級」的句型，可以容易地選出more這個答案。這裡的more為副詞much（多）的比較級，用來修飾動詞work；而逗號後面句子裡所出現的better則是副詞well（好）的比較級，用來修飾動詞know。

愈多／我和他一起工作／我更加地了解／他。

Q13.

解析 因為work屬於第1大句型動詞，所以括號內是副詞。

這台收音機運作／有效率／如同新的。

Q14.

解析 因為空格後面接的是形容詞durable的原級，所以正確答案是so。這裡是屬於so...that...的句型。而even是用來強調比較級的副詞。

這個非常堅固／所以我們可以常常使用。

Q15.

解析 「only + 副詞子句」（only after I met you）屬於強調性的句子，所以要放在句子的前面。因為沒有出現be動詞或是助動詞，只有看到一般動詞achieve的原型，所以需要有助動詞did。而and屬於連接詞，前面的句子中已經有連接詞after了，所以沒有必要再用。

遇見了你之後／我才有成就。

Q16.

解析 因為看到句中出現了比較級sooner，所以正確答案是than。如果是否定用法的no sooner出現在句子最前面的話，也可成為倒裝句型。

馬上／他一知道那個事實後／灰心喪志。

STEP 01 若沒答對會後悔的考題

1. (A)	**2.** (D)	**3.** (C)	**4.** (B)	**5.** (A)
6. (D)	**7.** (B)	**8.** (C)	**9.** (D)	**10.** (A)

1.

1 文法問題
2 than、be動詞
3 形容詞的比較級

解析 形容詞的比較級可用來做為be動詞的補語。看到空格後出現than這個字時，就知道要找的答案應該是比較級。所以屬於原形的（B）跟最高級的（D）就可以先刪除了。而be動詞後面的空格是屬於補語的位置，且該位置大部份都是填入形容詞，所以屬於副詞的（C）也可以去除掉。 **正確答案(A)**

詞彙 make it clear that ... 使…的情形明確清楚 shipping 運送 method 方法 reliable 值得信賴的、可相信的 competitor 競爭者、競爭公司

顯然的／我們公司的運送方法更值得信賴／比起我們的競爭公司。

2.

1 文法問題
2 否定詞 not only, have p.p.
3 動詞

解析 否定詞出現在句首的倒裝。出現在句首的not only的否定詞，是用來修飾to my surprise的修飾語，所以是倒裝句。而在空格處後面所接的過去分詞risen是答案的提示。如果是p.p.型的句型的話，空格不是have p.p.就是be p.p.了，選項也都是have型的答案，但因為題目是限定動詞與主詞的倒裝句，所以寫著having的（A）和（B）就去除掉，而且因為主詞ticket sales是複數，（D）是屬於複數動詞have才是正確答案。 **正確答案(D)**

詞彙 to my surprise 令我意外的 not only A but B 不只是A，連B也 sales 銷售 rise 增加、提高 than ever before 比起以前的任何時候還

令我意外的／不只是票券銷售增加了／價格也更高／比起以前。

3.

1 文法問題
2 as...as 原級比較、be 動詞補語
3 形容語

解析 as...as需要形容詞或副詞原級及補語。首先因為否定詞never出現在句子的前面，所以題目為倒裝句。而且可以看空格處前後都出現了as，所以答案只可能是原級，如果是比較級或是最高級的話，就可以先刪去，所以（B）可以先刪除。而剩下的選項可以說幾乎都是原級，但因為been是第二大句型動詞後面需要接形容詞補語。 **正確答案(C)**

詞彙 line manager （企業的）部門經理、（產品生產線）管理者 anxious 不安的、擔心的 schedule 制定行程

部門經理從沒有這麼擔心／像今天一樣／安排這次周會。

4.

1 文法問題
2 否定語 not only, have p.p.
3 動詞

解析 倒裝句型中did助動詞的活用。only after the local population had grown這句副詞子句，把連接詞放在句首表示強調而形成倒裝句。因為在一般動詞形成的倒裝句中，需要有助動詞did，所以題目中did後面的空格要應該要填原形動詞才對。 **正確答案(B)**

詞彙 local 地區的 population 人口 city government 市政府 raise 上升 tax 稅金

地區人口數增加更多之後／市政府決定／要提高稅金。

5.

1 文法問題
2 the 比較級, the 比較級
3 形容詞的比較級

解析 「the 比較級, the 比較級」句型中形容詞用法。首先句子是「the 比較級, the 比較級」的型態。因為答案應該要是比較級才行，屬於名詞的（C）刪除；再者屬於多音節形容詞的important在改成比較級的時候，前面應該要加more，所以寫成-er的（B）是完全錯誤的答案，可以立即被剔除。那麼答案到底是形容詞還是副詞呢？因為題目空格後面的immigration是句子的主語，而become第2大句型動詞，但後面卻看不到主詞補語。所以在因為需要補語的情況下，屬於是形容詞的（A）就是正確的答案了。這個主詞補語出現句首而形成倒裝的句子。 **正確答案(A)**

詞彙 complicated 複雜的 society 社會 immigration 移民 community 社區

我們的社會愈是複雜／移民這件事／變得愈重要／在我們的社區裡。

6.

1 詞性問題
2 名詞修飾，定冠詞the
3 形容詞的最高級

解析 定冠詞the + 修飾名詞的形容詞最高級的用法。因為空格位在定冠詞the和名詞之間，所以應該要填形容詞才對。（B）是副詞，所以可以刪除；再者因為有定冠詞the，所以不能寫比較級，（A）也可以刪除。剩下的只有原級和最高級。空格後面的ever就是答案的提示。跟具有「到現在為止」意思的ever最適合的答案就是最高級了。因此答案應為（D）。
正確答案(D)

詞彙 look forward to -ing 期待… solve 解開、解決 challenge 挑戰、困難的課題 ever 到現在為止

他期盼／解決／最困難的挑戰課題／他曾遇到／他當上經理以來。

7.

1 文法問題
2 much，比較級、最高級的強調用語
3 形容詞的比較級

解析 第2大句型補語much，屬於比較級、最高級的強調用語。因為是接在第2大句型動詞is的後面，空格應

該要填形容詞，所以（C）和（D）可先刪除。現在只剩下原級和比較級兩個選項，而much是用來強調比較級和最高級的強調用語，但沒有強調原級的作用，因此該題答案應為（B）。 **正確答案(B)**

詞彙 assumption 推定、假定 flight 飛行 much（強調比較級）非常 speedy 快速的 efficient 有效率的 ferry 渡輪

根據我的推測／要花兩個小時／飛到東京／更快速更有效率／比起渡輪。

8.

1 文法問題
2 become後的補語，空格後的as確認
3 比較級as用法

解析 as...as原級的比較句型。可以看到在第2大句型動詞become後面，接著形容詞補語talented，在這之後可以看到as，所以是「as 原級 as」比較句型。因為只有看到一個as，所以空格應該要填as才行。（A）是可修飾形容詞原形或副詞原形的副詞；（B）是比較級；（D）則為最高級，全部都不對。
正確答案(C)

詞彙 with 由於…、因為… encouragement 激勵 talented 有才能的 science 科學

因為些許的鼓勵／阿爾弗雷德展現他的才能／像他的哥哥一樣／在科學方面。

9.

1 文法問題
2 動詞grow，as...as原級比較的句型
3 副詞

解析 as...as是原級比較用法，而該題為副詞原級。一看就知道是as...as原級比較用法的文法。所以非原級而是屬於比較級的（A）跟（B）就可以刪除。而剩下來的選項雖然都是原級，因為空格前面的grew是有「變大，成長」之意的第1大句型的動詞，所以後面不需要接主詞補語、受詞之類的字，因此空格的答案應該填就算沒有也沒有關係的副詞。而副詞選項只有（D）而已。 **正確答案(D)**

詞彙 company 公司、企業 profit 利益、盈利、收益 grow 成長 stockholder 股東 hope 期望 lead to 導致、招來、達到… current 目前的 success 成功

公司的盈收成長／如同股東們的希望那般／達成／現在的成功。

10.

1 文法問題
2 「形容詞，形容詞 + 名詞」的語法
3 形容詞的比較級

解析 「形容詞 + 形容詞 + 名詞」，屬於型態相同的比較級用法。而空格和在它後面的「______，形容詞（less frantic）+ 名詞（workdays）」就是屬於這樣的型態，所以空格內的答案應為形容詞。（C）是名詞，而（D）是副詞，所以這兩個都不是答案；而且因為空格後面接的less frantic屬於比較級，所以空格內也就自然應該是比較級才對，因此答案是（A）。（B）因為是原級比較，所以不對。 **正確答案(A)**

詞彙 come to an end 結束 be ready for 準備… slow 緩慢的、無聊的 frantic 狂亂的 workday 平日、上班日

購物季節即將結束／勞工們準備／無聊又費神的工作日。

STEP 02 實戰問題

101. (C) **102.** (D) **103.** (A) **104.** (D) **105.** (A)
106. (D) **107.** (C) **108.** (A) **109.** (B) **110.** (D)
111. (B) **112.** (C) **113.** (B) **114.** (C) **115.** (C)
116. (A) **117.** (B) **118.** (D) **119.** (B) **120.** (B)
121. (C) **122.** (B) **123.** (D) **124.** (C)

101.

解析 （1）確認（2）倒裝句型，no sooner...than的倒裝句型。句子的最前面的是no sooner，而had they則為倒裝。而常與no sooner一起使用的連接詞就是（C）的than了。平常只要把no sooner...than 這樣一起背起來的話就萬事ok了。是「剛…就…」的意思。
正確答案(C)

詞彙 no sooner ... than 剛…就… receive 接到 numerous 很多的 complaint 不滿 developer 開發者 attempt to do 試圖去做… solve 解決 problem 問題

他們一接到／眾多的不滿／軟體開發者們就試圖／要解決／那些問題。

102.

解析 （1）文法上需要比較級（2）可數名詞（3）根據解析而結束。句中出現this year，意謂著房子蓋得去年更少（句子內容很明顯把than last year省略了）。因為這裡需要選用比較級，答案（B）為原級，因此是錯誤的，且再怎麼說「過度的」跟房子一點都不相關，而homes屬於可數名詞，所以如果是只能跟不可數名詞連用的less也不對。答案在（A）跟

（D）之中，與房子變少的事情較為相符合的單字是（D）的fewer，所以是正確答案。而具有更加偉大之意的（A）則不太符合。 **正確答案(D)**

詞彙 concern about 對…感到擔心 shrinking 縮水的 construction 建設 home 房子、住宅 reduce 減少 staff 職員

對逐漸縮小的市場感到擔心／建設公司蓋／小規模的住宅／而且在今年縮減了／員工的規模。

103.

解析 （1）than確認（2）比較級。空格後面出現的than具有比較對象的意思，而than常與比較級一同出現。答案選項中的（A）是正確答案。空格前的got屬於第2大句型的動詞，所以後面接上補語也相當適合。

正確答案(A)

詞彙 so ... that... 因為太…所以… positive 肯定性的 sales 銷售 result 結果 get 獲得、接受 sizable 相當大的 past 過去的

銷售很好／今年／經理拿到更多紅利／比往年拿到的。

104.

解析 （1）答案選項全部都是強調語（2）空格後是比較級（3）比較級的強調語。在空格的後面是比較級riskier，因此只要找出比較級的強調語就可以了。選項中比較級的強調語只有（D）而已。（A）和（B）是最高級的強調語；（C）是原級的強調語。

正確答案(D)

詞彙 so ... that... 因為太…所以… shaky 令人不安的、發抖的、搖搖晃晃的 economy 經濟 foreign investment 海外投資 be expected to do 預想要做… risky 危險的 previous 以前的 decade 10年

原來覺得不安／全世界的經濟情況／海外投資者所預計的／因為更加危險的／與過去的十年相比。

105.

解析 （1）選項為原級、比較級和最高級（2）與this year相符的比較（3）解析上的比較級。可以看到選項中，原級、比較級、最高級，全部都有；題目中所出現的given that...（考慮…）與this year（今年內）主要都是出現在比較級句子中，這對我們來說是個提示。因為如果是提到今年的話，就一定會與其他的年相比較。答案是比較級的話，答案不是（A）就是（B）了，而「因為衰退的經濟問題」（due to the failing economy）這句話中具有否定性的意思，所以選（A）比較適當。 **正確答案(A)**

詞彙 given that... 考慮到… consistent 前後一致的、一貫的、結實的 due to 因為… failing 衰退的 scale back 減少 production 生產

考慮到／今年銷售不太理想／因為衰退的經濟／很多公司正在減少／產品的生產。

106.

解析 （1）as跟as之間的空格（2）as...as句型（3）原級比較。因為空格位在原級比較句型的as...as的中間，所以空格應該要填入形容詞或是副詞的原形才對。而選項中屬於原級的答案只有（D）。

正確答案(D)

詞彙 be out of touch with 不和…有所接觸、和…距離遠 president 社長、會長、總統 modest 樸素的、簡樸的 office 辦公室

因為不想要／和她的職員們之間有距離／那間公司老闆的辦公室／簡單樸素／像她的員工的辦公室一樣。

107.

解析 （1）省略if的倒裝句型（2）確認主要子句中的would have p.p.（3）假設語氣的過去完成式倒裝。那些建議要填到位於句子最前面空格內的選項都是助動詞，這是一個省略if而倒裝的假設句。可以看到逗號（,）後的主要子句中出現了would have p.p.的形式，這是一個假設語氣的過去完成式句子。在假設語氣的過去完成式的倒裝句型中，（C）的had最適合出現在句子的最前面。因為（A）的did屬於假設語氣的過去式倒裝；（B）的should則是假設語氣的未來式倒裝時才會使用的。而且如果在空格裡填入（D）的if的話，那後面所接的動詞understood會變成動詞過去式，句子時態也會變成是假設語氣的現在式了，這樣就會跟主要子句中的would have p.p.的時態不相符。

正確答案(C)

詞彙 shipping requirement 運輸要求事項、配送必需條件 such 那麼、那樣 silly 愚笨的 in front of 在…之前

如果他可以理解的話／運輸要求事項的話／如果他就不會／那麼笨的話／在我們的面前。

108.

解析 （1）確認句子最前面的否定詞never（2）這是倒裝句型（3）空格中 have p.p.中的p.p.。句子的最前方出現了否定never。所以是主詞Neil和動詞has的位置互換的倒裝句型。空格應填入與has相呼應的p.p.才對。因此（A）的seen是正確答案。 **正確答案(A)**

詞彙 grandiose 雄壯的、雄大的 exhibit 展示 before 在…之前 take（時間）花、（時間） look around（周圍）環顧

尼爾從沒有見過／如此盛大的展示會／在這之前／所以他花足夠的時間／把它全部看過一遍。

109.

解析 （1）確認句中的less satisfactory（2）比較級（3）有比較對象需要有than。空格的前面可以看到表

現出比較級的less satisfactory出現。因為是比較級的句子，所以需要有可以引出比較對象的than。

正確答案(B)

詞彙 goods 商品 receive 接到 expect 期待、預感 return 退還 refund 退款 at no extra cost 沒有額外的費用

萬一你對所收到的商品／不滿意的話／你可以／把商品退還給我們／我們將全額退費／不收取任何運費。

110.

解析 （1）be動詞的補語（2）空格後方的than確認（3）形容詞的比較級。因為空格的前面是be動詞，所以空格處應填入形容詞來作為be動詞的補語，屬於動詞和名詞的（A）跟（B）就不是答案了。剩下的兩個選項雖然都是形容詞，但是因為空格後方有than，所以要選屬於形容詞比較級的（D）才對。

正確答案(D)

詞彙 flight 飛行 bumpy（海岸）崎嶇不平的；（旅程）不平順的 than usual 比起平常 due to 因為⋯ inclement 天氣險惡的 weather 天氣 anti-nausea 預防暈機 medicine 藥、醫學 takeoff 起飛

知道／飛機的航行過程比起平常會不太平順／因為惡劣氣候的關係／希瑟服用暈機藥／在起飛前。

111.

解析 （1）第1大句型的動詞work（2）空格為副詞（3）than + 比較級從最前面的only after開始到promotion為止，是屬於出現在句子的前方，把主詞跟動詞倒裝的句子。而且因為空格的前面是屬於不需要再接補語或是受詞的及物動詞的work，因此空格應該要填的答案是即使沒有也沒關係的副詞才對，所以屬於形容詞的（C）跟（D）就不對；而剩下的選項雖然都是副詞，但是因為空格的後面出現than，所以應該要選屬於副詞比較級的（B）才對。 **正確答案(B)**

詞彙 hear about 聽到關於⋯ potential 潛在性的 job promotion 升職 efficiently 效率高地

聽到說不定有機會升職的消息後／她開始更加有效率地工作／比起其他的職員們。

112.

解析 （1）主詞和動詞的倒裝句（2）強調補語的倒裝句型（3）補語屬於不及物動詞are和主詞my resume and reference letters的倒裝句。在第2大句型中，把補語放在句子的最前面的話不僅有強調的作用，也形成倒裝句型態。因此空格應是形容詞補語的位置。選項（B）跟（C）都是形容詞，但是因後方沒有受詞，屬於被動型態的（C）enclosed是正確答案。屬於p.p.型的形容詞enclosed和attached，常常以「enclosed is / are」和「attached is / are」的倒裝句型出現，這個一定要記起來。有「同附（檢附）⋯」的意思。

正確答案(C)

詞彙 for your information 您可以參照 resume 履歷表 reference letter 推薦函 refer to 參考⋯

給你參考／附上／我的履歷表和推薦函／你可以參考／如果有需要的話。

113.

解析 如果知道是「the 比較級, the 比較級」的句型的話，問題自然就得到解決了，意思是「愈是⋯，就愈⋯」，空格內應填入比較級。也必須了解到，出現在空格後面的become是不及物動詞，所以句中需要有形容詞補語的存在才行。逗號（, ）後的errors是做為動詞have的受詞，來出現在前面。 **正確答案(B)**

詞彙 sophisticated 世故的、精巧的 sophistication 有教養、世故 sophisticate 強詞奪理

現在的產品愈來愈精巧／但也有很多瑕疵。

114.

解析 這個問題是要找出強調比較級higher的副詞。而用來強調比較級的副詞，當然是選具有「更加⋯」的意思的still比較恰當。very跟quite使用在強調原級時；by far則是使用在強調最高級時使用，所以這三個答案都不對。 **正確答案(C)**

詞彙 proportion 比例 asset 財產 invest 投資 aggressively 有攻擊性地 make good use of 好好利用⋯ bullish 看漲的

應該要投入更高的比例的資產／為了要更有攻擊性的／來運用／看漲的市場行情。

115.

解析 因為題目是同等比較（as... as）的句型，因此屬於最高級的（B）跟（D）是錯誤的。題目是要找可以用來修飾後面所接的複數可數名詞promotional offers的字，所以（A）也不對。 **正確答案(C)**

詞彙 launch 上市 product 商品、製品 successfully 成功地 consumer 消費者 promotional 促銷的

要成功發行我們的產品／會是個好主意／盡量給客戶優惠／他們想要。

116.

解析 空格前面的as efficient是重要的提示。多益高手們可能很快就掌握住像這類的提示。了解到這是使用同等比較句「as...as」的題目的話，就可以解開了。當然正確答案就是as了。給各位參考，the old one中的one是代替前面所出現的marketing strategy的代名詞。為了要避免重複，所以用one來代替。如果前面的名詞不是單數而是複數的話，則寫成the old ones。

正確答案(A)

詞彙 current 現在的、當下的 marketing strategy 行銷策略 efficient 效率高的 considerable 相當的 loss 損失

因為現在的行銷戰略毫無效率性／和之前的行銷戰略一樣／被預測會有相當量的損失。

117.

解析 選項中有形容詞的原級和比較級，不過空格前的far是強調比較級或最高級的副詞，所以原級的（A）super或是（C）的excellent都被淘汰了。另外一個關鍵是在空格後面的to，拉丁語中的形容詞當比較級時，to 取代了than 。所以後面結尾不是-er，而是-or的拉丁語形容詞比較級為正確。 **正確答案(B)**

詞彙 efficient 有效的 powerful 強大的 equipment 機械 far 更加 superior 更優越的

更新／更有效率／更強的機械／更優越／比起以前的機器。

118.

解析 因為否定詞scarcely出現在句子的最前方，所以這是一個主詞希爾頓先生與動詞had倒裝的句型。接在had後方的空格內，應填入過去分詞（p.p.）才可以。動詞put的過去式與過去分詞皆為put。因此正確答案為（D）。 **正確答案(D)**

詞彙 scarcely...when 當一…就… put in for 申請… transfer 轉調、移動 branch 分店 emergency meeting 緊急會議

當希爾頓先生一提出申請／要調職到別的分公司／就召開了緊急會議。

119.

解析 因為在as...as 的句型中出現了sectors這類的名詞，空格內應填入可修飾名詞的形容詞才對。首先（A）的little 和（C）的much都是用來修飾不可數名詞的形容詞，不能接在可數名詞sectors的前面，所以這兩個選項都不對。在剩下的（B）和（D）選項中，因為填寫在 as... as之間的必須是原級的形容詞或是副詞，所以（B）為正解。 **正確答案(B)**

詞彙 invest 投資 market 市場 spread 撒、散佈 sector 領域

簡單的方法／在投資的市場／撒大錢／盡可能愈多領域。

120.

解析 空格位於句子的最前方，而在空格答案選項內可以看到有has，had等等的，可以知道這是一個省略if，把助動詞has，had移到句子最前方的假設句。而且在逗號（，）後的主要子句中，因為有wouldn't have p.p.可以得知這是一個過去完成的句子。如果是這樣的話，空格內應該要填入的答案是（B）had才對。原來的句子是If our partner firm had listened to our advice seriously，因為if被省略了，所以把had移到句子的最前方形成倒裝句。 **正確答案(B)**

詞彙 partner firm 合作公司 listen to 傾聽 seriously 認真地 error 錯誤、失手

如果我們的合作公司／我們的忠告／認真地聽／就不會發生／那麼多的錯誤。

問題121-124請參照以下的文章。

「後真相」是一種新創造出來的概念／它不僅是一個新的單字／也反映了一個奇怪的現象／現今網路／已發展得非常成熟／也被廣泛使用／現在，幾乎是所有人日常生活的一部分／張貼意見、批評或看法／在不同的社群網站／但是／一個人的主觀意見並不代表真相／這只是個人想法／依照你的背景或過去經驗／透過網路的廣泛使用／其他人會在網路上支持你的想法／當追隨者的數量／一個人擁有／數量可觀的／人們會開始相信／這個人所說的話是真的／而不僅只是空想／這樣的現象可能導致嚴重的後果／因為界線／個人意見和真相之間／變得模糊／也就是說／我們應該要更為小心／對於所接收到的訊息／在虛擬世界中／而且我們必須／思考所有的訊息／理性地／為了避免被誤導。

詞彙 newly 最近 concept 概念 odd 古怪的 phenomenon 現象 opinion 意見 criticism 批評 judgment 意見 background 背景 widespread 普遍的 follower 追隨者 result in 導致 consequence 後果 boundary 邊界 blur 模糊 virtual 虛擬的

121.

解析 a為冠詞，後面應該接名詞，而四個選項中，reflect為動詞；reflective為形容詞；reflection為名詞；reflected為動詞變化，故答案選（C）。 **正確答案(C)**

122.

解析 此題考介系詞的用法，空格後面接了許多形容，但都是在形容website，而website搭配使用的介系詞為on，故選（B）。 **正確答案(B)**

123.

解析 主題句意指人們用主觀的意見評論事情並散布在社群網站上，故此句的語義應為「然而，個人的主觀想法不等於事實」，故答案選（D）。 **正確答案(D)**

124.

解析 先看四個選項的意思，careful指「小心的」；faithful指「忠誠的，忠貞的」；fanciful指「想像的，空想的」；thoughtful指「深思的，沉思的」。空格中要填入的是形容someone's idea的形容詞。根據前後語意，最適合的答案為（C）。 **正確答案(C)**

Chapter 22 信件和電子郵件

攻略92 | 信件

怪物講師的解法

1. (B) **2.** (D)

查博斯小姐
紐約 4110, Lawson , Duma 大道 301號

9月22日
查博斯小姐啟：

謝謝／你向Gatsby石油化學提出業務代表申請書／符合此職務所有條件者／將會接到聯絡／電話／約定面試。

將保管您的履歷表／在我們的資料庫中／6個月的時間／請不要打電話給我們／來了解／面試過程／或是關於你的申請狀況／祝你求職好運。

安娜・迪諾蘭提斯
人事部負責人

詞彙 submit 提出 application 申請（書） individual 個人（的） meet 符合 requirement 資格條件 set up 安排 process 過程

1.

查博斯小姐以前做過什麼？
（A）她在Gatsby石油化學接受面試。
（B）她寄履歷表給Gatsby石油化學。
（C）她和迪諾蘭提斯小姐用電話交談。
（D）她拒絕了Gatsby石油化學的職位。

解析 把握主題的題型。做過什麼？為什麼要做？有什麼理由嗎？等全部都是找主題的典型題型。因此要從最前面的部份來看。可以看到最前面寫著Thank you for submitting your application（謝謝／因為提出申請書）這樣的話，可以得知Chambers提出申請書，寄了履歷表。在這裡，submit用send；application用resume來敘述。 **正確答案(B)**

2.

迪諾蘭提斯小姐向查博斯小姐要求什麼事呢？
（A）來進行面試
（B）6個月後再次申請
（C）為了知道自己的結果而打電話來
（D）等候通知

解析 「希望能做…事情」的類型。這樣的句型通常後面所接的部份都是表示命令或是請託之意，可藉此來找到正確答案。I would appreciate that you do not call us to find out about the interview process（請不要打電話給我們／來了解／面試過程）的部份就是可以告訴我們正確答案的部份了。總之請記住，I would appreciate that...是表示「如果…的話，非常感謝。」的意思，是在委婉且有禮貌地進行請求或是命令時所使用的句型。換句話說，就是請求她不要打電話來一直詢問，就那樣等著結果出來就好的意思。所以，下次「希望做…？」的句型出現時，就要找I would appreciate that...。知道了吧！ **正確答案(D)**

實戰問題

1. (C)	**2.** (A)	**3.** (D)	**4.** (C)	**5.** (A)
6. (D)	**7.** (A)	**8.** (C)	**9.** (A)	**10.** (A)

問題 1-2 請參照下列信件。

人事部負責人
Metatron Software
Route de Moncor 14 –郵政信箱49號
瑞士

敬啟者

我寫這封信／表達對被刊載在Metatron網站上／高階電腦工程師職位的興趣／正如我附件的履歷上所提到的／我在O.G.Soft裡／當電腦工程師／工作超過10年以上／在那裡參與了／許多／不同的應用程式開發專案／我曾是首席電腦工程師／包含最暢銷的試算表軟體CalQLate／除了管理一整個團隊的軟體電腦工程師之外／在O.G.Soft我的職責／包含了／新的應用程式編排程序／現有的軟體的維護管理和更新／和品管測試的工作。

我期盼／和你親自討論／對於這次的雇用機會／謝謝您／撥空看信。

誠摯的
西西爾・維斯

詞彙 express 表現 interest 關心 senior 高級的 post 刊載 indicate 表達 enclose 隨信附上 resume 履歷表 previously 之前 primary 主要的 oversee 監督 duty 任務 existing 現存的 in person 親自 consideration 考慮、思考

1.

對於CalQLate所提及的事情是？
（A）開發花了10年的時間。
（B）售完了。
（C）商業上的成功。
（D）由於Metatron所生產的。

解析 NOT / TURE類型。key word類型。因為indicate, infer等也是NOT / TURE類型，這種類型一定要先看選項才行。且CalQLate之類的專用名詞也出現了，所以是key word類型的一種。因此先把（A）到（D）都讀過一遍之後，再從文章找出CalQLate的正確訊息，在on its best-selling spreadsheet software CalQLate（銷售最好的試算表軟體CalQLate）的這話中，就可以看出（C）是正確答案。最熱賣的這句話，可以用commercially successful（商業上的成功）來改寫。（A）的情況，是表示寫信的人在以前的公司工作了十年的意思，可能會造成產品開發花費了十年的錯覺。（B）賣的最好的產品並不能表示賣完了。文中並沒有出現售完這樣的字眼。（D）Metatron是現在想要進入的公司，CalQLate的製造公司是O.G. Soft公司才對。這種NOT / TRUE類型的問題，需要跟題目的文章內容一個一個進行比對，才能找出答案。 **正確答案(C)**

2.

根據信件內容，寫信者並沒有什麼樣的經驗？
（A）電腦週邊行銷
（B）職員管理
（C）品質測試
（D）製作軟體

解析 NOT / TRUE類型的問題。也還是看NOT，然後先把（A）到（D）先讀過一遍。和文章一一對照的話，（B）（C）（D）很明顯地都是在本文中有出現的話。oversee用manage來改寫，quality test照原來的樣子出現，creating software和寫信者説過曾經當過programmer或是involved in the development of many of its applications（參與過許多應用程式的開發）都是相同的話，一脈相通的。但是（A）卻是完全沒有出現過的。 **正確答案(A)**

問題 3-5 請參照下列信件。

Von Dreyer 醫療用品
德國，74072海爾布隆，萊比錫市場廣場 7號

2017年10月19日

亞德里恩．柯伊恩先生
北景公寓388室
瑞塔林恩圓環 400號
諾曼．奧克拉荷馬市 郵遞區號 73019-0390

亞德里恩先生：

依照討論／10月15日的面試之後／我們很高興地向你提出／在Von Dreyer醫療用品的為期一年的雇用／這職務將／從11月1日開始／並持續到／來年的10月31日為止。

本職務的年薪為／4萬2000美金／除了國定假日之外／還可以休兩個星期的有給薪假期。還有可以獲得／醫療保障和牙科保險。

開始工作的第一天早上／請向人事部的查德．費恩報到／9點時／他仔細地會説明／福利事項和工作條件／並且提供／契約書複本／為了你個人紀錄／你也必須要簽署／查德準備好的保密協議。

我們期待／和你一同共事

穆琳．休斯
營運副總經理

詞彙 following …之後 commence 開始 yearly salary 年薪 in addition to 除…之外（還） be entitled to do 有做…的資格 paid vacation 有薪假 coverage 保障 personnel 人事課 working conditions 工作條件 in detail 仔細地 confidentiality 機密

3.

亞德里恩何時開始在Von Dreyer上班？
（A）10月15日
（B）10月19日
（C）10月31日
（D）11月1日

解析 找尋key word的類型。看到在題目本文中The position will commence on November 1（你的職務將於11月1日開始）的句子就可得知正確答案是（D）。找到正確的答案很重要，但可以多快找到正確的答案也很重要。 **正確答案(D)**

4.

信中沒有提到的事情為何？
（A）亞德里恩的契約持續時間
（B）亞德里恩可以獲得的休假天數
（C）亞德里恩工作的部門
（D）亞德里恩可獲得的公司福利

解析 NOT / TRUE的題型。一定要讀完全部的選項後再來解題。（A）在文中可以確認明顯地表示是1年。（B）可以確認文中有出現國定假日和有給薪假期2週的話。（D）可以透過醫療保險和牙科治療之類的話來類推出來。（C）的情形，雖然有很多的部門的名稱出現，但是對於亞德里恩要工作的部門卻完全沒有提及。可能會有人把文中所提到亞德里恩需要報到的部門，和他將要工作的部門弄混淆了，需要報到的部門是查德的部門。閱讀測驗為何那麼困難現在知道了吧！大概地看一看就選答案的話，那樣就會丟掉5分了。

正確答案(C)

5.

根據信件的內容，亞德里恩第一天應該要做些什麼事？

（A）同意保守公司的祕密

（B）提出與人事相關的報告書

（C）接受健康檢查

（D）準備發表

解析 尋找key word的類型，paraphrasing類型。必需和題目中的the first day有所關連。如果做過很多閱讀測驗的人會有「啊！這個問題是因為這個單字來命題」這樣的感覺。甚至很多時候，你在某個很長的句子中，會有種這個部份好像是正確答案所在地的感覺，實際上也是，但那是要做過很多練習才會有的直覺。言歸正傳，在On your first day morning（工作開始的第一天早上）的這個部份應該可以找到正確的正確答案。先來看一下選項內，（A）到（D）沒有一句和文章內容對的上。首先，提到要跟人事課的查德報到，但是沒有提到要提出人事相關報告書的事情。再者也有提到醫療福利，但卻沒有提到健康檢查。而（D）是文中完全沒有提到過的內容。在幾乎是最後面的部份出現了You will also be expected to sign a confidentiality agreement（您也必須要簽署保密條款）的部份用選項（A）的句子來改寫了。

正確答案(A)

問題 6-10 請參照下列邀請函和信件。

邀請一同來參與／
詹姆斯．李，個人投資者與／
JL金融的最高經營者的／
正式宴會／
在Pink Horizon飯店＆SPA裡／
位於在太平洋海邊。

賓客們將享用國際知名的正式套餐／
在那之後將招待／
在海上觀看夕陽的乘船旅行。

為了想要過夜的賓客們／
2人一晚的住宿／
已為每位客人預約了房間／
每對情侶還能獲得SPA的使用卷／
全部是由李先生所提供的。

本次的活動是為特別的顧客們所舉辦的活動／
謝謝你在今年／介紹／10名以上新客人／給李先生。

請於6月21日前回信
給李先生的祕書

茉莉．朴 小姐
JL金融
135-283 首爾．韓國

給朴小姐：

感謝／你的邀請／參加李先生的宴會／我必須說／真的非常驚訝／收到這樣的邀請／是第一次／因為銀行投資受到感謝／這將鼓勵我繼續作為一個「優先客戶」／真的是非常聰明的商業行為！

不幸的是／我無法出席／活動／由於已經有業務上的既定行程／因為我是獨自經營事業／所以經常很忙碌／而且我要在活動舉辦的那天晚上出國／我的太太也感到相當的遺憾／錯過了美味的晚餐／還有跟李夫人見面的機會。

不知道／我們是否會有被榮幸邀請參加／明年的活動／來彌補今年／如果這是李先生定期舉辦的活動的話／下次／請至少在2個月前通知我／而不是3週前／這樣我一定可以參加這樣的活動。

再次地感謝您／邀請／我們非常高興／對於我們決定／投資李先生／而且也期盼／將來能與您見面。

祝 順利

丹尼爾．思傑
Sujekt投資顧問 社長

詞彙 Black Tie event（穿著正式服裝的）正式晚宴 bank 岸邊 acclaimed 受到讚揚的 treat 招待 accommodation 住宿 voucher 商品券、證明書 courtesy 禮儀 refer 歸因、提到 preferred 受到偏愛的 RSVP 希望回覆（法語Répondez s'il vous plait的縮寫。原文不需要知道，但是意思要記住）engagement 約定 sole 唯一的 proprietor 所有者 be honored to do 可以…覺得光榮

6.

這個宴會的目的為何？

（A）為了他們的業務，對客人表達感謝

（B）為了吸引新的投資顧客

（C）為了慶祝詹姆斯．李的成功

（D）為了感謝客戶轉介新客戶

解析 找出問題的主題。看到題目中所出現的purpose，應該就知道這是個要找到主題的題目了。雖然在文章最前面有邀請來參加宴會的語句，但是對於宴會的舉辦目的，卻是在很後面的部分才提到。也就寫著thank you for referring over 10 new clients to Mr. Leem this year（為了感謝您在今年介紹了10名以

上的新客人給李先生）的部份。因此（D）是我們要答案。 **正確答案(D)**

7.

依照信件的內容來看，關於這個宴會我們可以推論出什麼事？
（A）是一個獨特的方法來發展業務。
（B）只包含個人獨自經營的事業者。
（C）被準備得不好。
（D）每一年只會舉辦一次。

解析 NOT / TRUE的題型。如果題目中出現了infer這個單字的話，這個題目就是屬於NOT / TRUE的題型了。先把選項（A）～（D）都看一遍再來正確答案比較好。上面的活動介紹一口氣讀過一遍會看到下列的句子It will certainly encourage me to remain a「Preferred Client」（這個可以鼓勵我繼續維持當個「優先客戶」），Smart business move！（多麼聰明的商業行為！）這些類似的話，因此這次的活動是為了讓事業更加發展而舉辦的。（B）的情況，雖然寫信的人是獨自經營的事業者，但是並不代表所有被邀請的客人都是如此。（C）在文中是完全沒有提到的事情。（D）雖然信中有說到如果明年有舉辦這樣的活動時，到時請再邀請他的事情，但是卻無法從文中得知這個活動是不是每年定期性的活動。絕對不能只用揣測就選出答案。 **正確答案(A)**

8.

為什麼丹尼爾．思傑無法參加？
（A）有業務會議。
（B）他的妻子無法參加。
（C）他將要去出城。
（D）無法獲得充分的通知。

解析 找key word的題型。要小心留意查看轉換的語句。題目中所出現的unable to attend可以當作是key word來看。從信件的中半段以後來看的話，Unfortunately（遺憾地）所轉換的語句出現。轉換語句出現的話，那裡一定有正確答案出現。這個千萬不要忘記了。這個key word就是在I am unable to attend the event（我無法參與這個活動）所出現的。due to a prior business engagement（因為事前有已約好的公事上的約會）和Because I am the sole proprietor of my business（因為我是獨自經營事業的緣故），I am kept quite busy（我經常非常忙碌），還有and I will be out of the country（還有我將要出國）等等這類的理由出現。簡略地來說，有已先約好的事、忙碌、要到海外去的這些事情。雖然沒有全部都有答案選項中出現，但是（C）和到海外去的意思可以算是一脈相通的。在（A）是錯的理由是：雖然提到有已約好的約會，但是沒有提到有會議要開的事。（B）錯誤的理由是：雖然有說自己的妻子也無辦法參加活動覺得很遺憾，但是並不是因為妻子的緣故而無法參加。（D）錯誤的原因是雖然有拜託說下次的時候請早一點通知他，但這並不是他無法參加此次活動的理由。應該要在選項中找到最適合的選項來當答案。如果耍賴說沒有辦法這樣做的人，你做閱讀測驗的經驗還太少了。 **正確答案(C)**

9.

茉莉．朴是什麼人？
（A）詹姆斯．李的祕書。
（B）丹尼爾．思傑的妻子。
（C）JL金融的投資者。
（D）Pink Horizon的代表。

解析 找出key word。雙重提示對照題型。找代名詞Jasmine Park的話，很簡單。她就是下面那封信的收信人。但是在上面那封請帖裡有寫道Kindly RSVP by June 21（希望請於6月21日前回覆），to Mr. Leem's secretary（給李先生的祕書）的句子出現。如果是這樣的話，那這封信回信的對象就是李先生的祕書對吧！從這件事我們可以推測出Jasmine Park是李先生祕書的事實。像這種雙重提示的題型，一個問題需要把上面的提示和下面的提示連結起來思考才可以，如果沒有這樣做的話，要找出正確答案可能會需要很久的時間。 **正確答案(A)**

10.

丹尼爾．思傑為何對這次的邀請如此的驚訝？
（A）因為第一次因為介紹顧客而獲得感謝。
（B）因為請帖只在活動三週前寄達。
（C）因為他的妻子在大部份的感謝活動中並沒有被邀請。
（D）因為感謝活動通常不會在SPA渡假村舉行。

解析 找尋key word。surprised就是 key word。key word常常是解題的時候，會自動進到眼睛裡的字。在I must say I was quite surprised to receive it（我必須說接到這個非常地驚訝）的部分中，身為key word的surprised就出現了。因此答案應該要在It is the first time I have been recognized in this way（第一次因為這樣的事得到感謝）的部分來尋找。（B）（C）（D）全部都不是答案，但又巧妙地提到本文中出現過的句子。如果只是大概地看一下就選答案的話，十之八九會被騙了。 **正確答案(A)**

攻略93 | 電子郵件

怪物講師的解法

1. (B) **2.** (D)

發信者：orders@wildriveronline.ca
收件者：joliver@mymail.ca
主旨：野溪露營用品社訂購

給親愛的傑瑞德．奧立佛

野溪露營用品社已經接到了／你在6月3日／透過我們的線上商店下的訂單／你所訂購的／下列物品／現在正在處理中。

產品編號	品　名	數　量	單個售價
FV-375	Fovex 2人用帳篷	1	$349.99
LS-83	Lista down 睡袋	2	$95.00
		銷售稅	$22.25
		總　計	**$467.24**

我們預計／你所訂購的商品5個工作天可到達／因為你的訂單稅前金額超過了／100美金／將可以免除運費。

將會用你的信用卡付款／訂購的物品寄出時／你將會再收到另一封電子郵件／若對訂單有任何問題的話／請來電至1-800-388-3888。感謝您／在野溪露營用品選購商品。

詞彙 place an order 訂購 via 透過… process 處理 fill an order 交付訂貨 exceed 超過 shipping charge 運送費 waive 免除 at that time 在那時候、在當時

1.

這封電子郵件主要目的為何？
（A）通知所訂購物品已寄出
（B）確認接受訂單
（C）取消寄送
（D）說明價格變更事項

解析 找出主題的題型。題目中出現了purpose的話，屬於是找出主題的題型。這時候應該要快點來看本文前面的部分。在第一句寫著Wildriver Camping Supplies has received the order（野溪露營用品社已接受了你的訂購）的部分，可以得知這是一封確認接受訂購的電子郵件。各位都有在網路上買東西的經驗吧？如果是在外國的購物中心購買成功的話，都會收到這種「確認接收訂單」的電子郵件。（A）因為他說Your order for the following item(s) is now being processed（關於下列您所訂購的物品現在正在處理中），所以商品根本就還沒有寄出，所以錯誤。而且文中也沒出現取消訂單的句子，所以（C）是錯的。另外提到價格變動的句子也是沒有的，所以（D）也是錯誤的。 **正確答案(B)**

2.

關於奧立佛先生的訂單何者為真？
（A）免除了營業稅
（B）他必須要支付100美金的訂金
（C）他是打電話訂購的
（D）沒有配送費用

解析 NOT / TRUE題型。當然要先把選項（A）到（D）全部都看一遍。（A）營業稅$22.25的句子明明就有出現，所以免稅的事是錯的。（B）雖然有提到他所訂購的金額超過了100美金，但並沒有說到要支付訂金的事情。via our online store不是透過電話，而是線上商店來進行訂購的，所以（C）也是錯誤的。（D）沒有配送費用的事情可以在Since your order exceeds $100 before tax, shipping charges will be waived.（因為你的訂單稅前金額超過了100美金，所以運費可免除。）的這部分來得知。shipping用delivery，waive用there is no來進行改寫。

正確答案(D)

實戰問題

1. (A)	**2.** (C)	**3.** (B)	**4.** (A)	**5.** (C)
6. (B)	**7.** (B)	**8.** (C)	**9.** (D)	**10.** (A)
11. (A)				

問題1-3 請參照下列電子郵件。

收件人：bhinton@worldnet.com
寄件人：inge@barnabycommunications.com
主旨：將要展開的工作
附件：Projects.sht

給布蘭登，

我希望／你可以順利地收到這封郵件／我的名字叫作／英格．山繆森／或許你已經得知了／雪莉亞．坎貝爾／上個月已經離開了Barnaby Communications公司了／而我則接替她的位子／根據雪莉亞的記事本／你是我們委外企劃的主要翻譯員／因此我想／我們將會常合作。

我們有／好幾個翻譯案在準備中／而且我想要先給你／接案的機會／請參考／附件的檔案／那個將會顯示／每一個案子預計的截止日期和預估的字數／不用說／截止日期／可以作更改／但希望／不會變更太多／第一個案子的英文／將會在下一週被分配／給翻譯員們／如果對於任何案子有興趣／或疑問的話／請／在明天之前用電子郵件寄信給我。

獻上最誠摯的問候
英格．山繆森
編輯

詞彙 find you well 順利地找到你（順利地到達） primary 為主的、主要的 translator 譯者 outsourced 外包、從委外處派來的 in the pipeline 準備中的 consult 參考 due date 截止日期 estimated 預計的 needless to say 不用說 deadline 完成時間 editor 編輯

1.

布蘭登是做什麼的？

（A）自由譯者

（B）潛在顧客

（C）求職者

（D）專案經理

解析 收信人和寄信人確認。進行paraphrasing。首先，在這封電子郵件當中，Brandon的相同名字出現時，弄清楚他是收件人還是寄信人的這件事很重要。在這裡Brandon是收件人。但是對於收件人大部分都是稱呼為you而不是稱作Brandon。因此要在本文中找到you來確認身份。也就是you are the primary translator for outsourced projects.（你在委外企劃中是首席主要翻譯員）部份就是答案了。outsourced projects是指以委外的方式進行處理的企劃。和freelance是一脈相通的話。而且translator本來就出現在本文中了。 **正確答案(A)**

2.

這封電子郵件包含了哪些事情呢？

（A）翻譯案費用估價

（B）需要翻譯的文件

（C）暫時工作的行程

（D）英格．山繆森的履歷表

解析 尋找key word。included大部分都是用attached或是with this mail、enclosed這些相同的話來進行paraphrasing的。恰好本文中的Please consult the attached file（請參考附加的檔案）部分裡就有attached的出現。接著就是which shows the projected due date（顯示預定的截止日期）的出現，因此可以得知在那個檔案中是有日程表的。而且工作日程這樣的話，能用work timeline來進行改寫的。從the deadlines are likely to change（截止日期是可以變更的）來看的話，可推測出這個工作日程不是確認好日程而是暫時性的（tentative）。 **正確答案(C)**

3.

下週將會有什麼事情發生呢？

（A）布蘭登將回覆山繆森小姐的電子郵件。

（B）文件將準備被翻譯。

（C）英格．山繆森成為新的編輯。

（D）繳交完成好的翻譯。

解析 尋找key word。首先題目中的next week是key word。所以要找找看有next week出現的句子。看到了寫著The English drafts of the first project will be assigned to translators next week.（第一個企劃案的英語原稿下個禮拜將會被分配給翻譯員）的句子。英語原稿會被分配給翻譯員的話，我們可以理解已經準備好要委外翻譯工作了。剩下的三個選項在本文中完全沒有提到過。 **正確答案(B)**

問題 4-6 請參照下列電子郵件。

寄件人： jbrownstein@slateru.org

收件人：stephanieh@pineplazahotel.com

主旨：上個週末

親愛的史蒂芬妮：

想表達感謝／向您和您的員工們／對於各位的所有幫助／我們研討會的期間裡／在上個週末／這是第一次／我們的部門舉辦這一類型的活動／所以我們沒有那樣的有組織化的／如同我們（如果那麼有組織化的話）想要的程度那般／我們必須做／許多的最後調整和設備要求／但是您的員工們總是能接受我們的要求。

我特別要感謝／你那麼地努力地／你直接／打電話給其他的飯店／為了找更多的房間／為了那些未登錄的會員們／數位與會者對食物稱讚／在宴會／簡單來說／這次的活動相當地成功／這將是不可能實現的／如果沒有您所提供的卓越服務的話。

我們希望舉辦／別的類似活動／在明年也／而且如果時間沒有問題的話，／我們一定會再次使用／您的飯店設施／我期待／機會／和您一起共事／再次地／到那時。

獻上誠摯的問候

珍娜．布朗斯坦因

政治系

史萊特大學

詞彙 gratitude 感謝 as...as 如同⋯一般 would have liked 想要 last-minute 最後的 accommodate 提供 particularly 特別是 extra 額外的 non-registered 非登記的 attendee 出席者 compliment 稱讚 in short 簡短來說 without 沒有⋯的話 outstanding 卓越的 hold 舉辦 assuming (that)... 假定⋯（連接詞）

4.

這封電子郵件的主要目的為何？

（A）感謝飯店的服務

（B）為了客人要求額外的房間

（C）為了確認預約

（D）抱怨飯店的狀況

解析 找尋主題的題型。看到題目中所提示的main purpose的字眼，應該要知道這是個找尋主題來確認答案的題型。這類找尋主題的題目大部份在本文的前面部分就會出現我們想要的答案了。從I'd like to express my gratitude to you and your staff for all your help during our symposium last weekend.（希望對於你和你的員工在上個週末的研討會中對我們的協助表達感謝之意。）的部分來看的話，可以很容易就得知這封郵件的目的是為了感謝飯店的服務。 **正確答案(A)**

5.

珍娜．布朗斯坦因對於這次的活動說了些什麼？

（A）她對飲食感到失望。

（B）研討會時間太短了。

（C）她的部門多少準備的不夠充分。

（D）參加者比預計的還要少。

解析 NOT / TRUE題型。有做paraphrasing。把選項（A）到（D）先看過一遍後，和本文的句子一一進行對照。（A）從提到飲食的句子部分來看的話，很多人對於飲食是稱讚的（compliment）。（B）雖然有提到研討會是在週末舉行的，但完全沒有出現關於時間的太短或是太長的句子。（C）從we were not as organized（我們沒有那麼地有組織規畫的）的句子當中我們可以得知準備不足的事實。（D）參加者比預計的還要少的事情，和本文中說為了要幫沒登記的參加者打電話到其他飯店詢問空房的事情是相反的，和事實不同。 **正確答案(C)**

6.

史蒂芬妮為了要幫助布朗斯坦因小姐做了什麼？

（A）她準備了演說。

（B）她幫忙安排了預定之外的住宿房間。

（C）她打電話給參加者。

（D）她修理了一些設備。

解析 確認收件人和寄件人身份。paraphrasing題型。Brownstein是I，也就是寄件人；而史蒂芬妮是you，也就是收件人。找看看對史蒂芬妮表示感謝的部分時，可以看到和下面相同的句子。感謝她the extra effort you yourself made to call other hotels and find extra rooms（你為了找更多的房間而直接向其他的飯店打電話做出的那些額外的努力）。因此（B）是正確的答案。因為向其他的飯店做了call這動作而find的這件事情可以用arrange來說。而extra可以用additional來改寫，rooms也可以用accommodation來進行改寫。為了要熟悉這類的改寫題型，應該要好好努力才行。 **正確答案(B)**

問題 7-11 請參照下列的公告和電子郵件。

向Skyline Condominium全體住戶公告

4月24日

根據上個月的投票結果／要增加三項新的規定／到我們的大樓公約之中／各位可以看到／對於已被批准的規定的相關說明／在下面：

1 到這棟大樓來訪的任何客人／需要停車／超過1週以上／就需繳交／一天5美金的使用費用。

2 需要做電氣或是管線的變更的任何改建工程／需得到被新任命的大樓管委會監委的認可／在改建工程開始之前。

3 所有的窗戶必須要關上並鎖上／如果你的房子長達48小時以上沒有人在家。

每個住戶都需要簽名／在所附的表格之中／並且把它交給住在313號的大樓管委會主委／在4月底之前。

這些變更從5月1日開始／有效力的／任何住戶／不遵守這些規則的話／每次違反時將會被處以150美金的罰金。

祝 順心

史黛西．派特爾

大樓管委會主委

Skyline Condominium

日期：5月3日

寄件人：漢斯．勛伯格 <hans@schoenbergmedia.co>

收件人：史黛西．派特爾 <spartel@skyline.com>

主旨：窗戶罰金

親愛的史黛西小姐：

我想要請求免除／我從郵件被告知的罰金。

我在過去的三個禮拜在出差／而且今天才剛回到家／我沒有收到／更新的大樓公約章程通知／至到今日。

在出門的／3個禮拜前／我已經向朋友拜託過了／到我的房間來／請他在週末的時候把窗戶打開來／為了要讓空氣流通／我的這個行為／是在章程變更生效前／因此／我請求／請免除我的罰金／並把它當作／這個／對以後違反規定的提醒／我可以向您保證／在遵守規則這件事情上我沒有困難。

感謝／您的諒解。

真摯的問候

漢斯．勛伯格

405號房

詞彙 vote 投票 fee 手續費、費用 plumbing 配管工程 commencement 開始 waive 免除 let in 讓進入 offense 違反、犯規、違法（行為）

7.

為什麼大樓住戶公約被變更呢？

（A）主委想要強化保全。

（B）住戶們為了追加規則而進行投票。

（C）聘用大樓監委。

（D）住戶們對於罰金有所抱怨。

解析 尋找主題。變更就是我們要找的主題。因為是公告的主要核心內容。這樣的話，應該要從本文前面的部分來開始看起。最前面的第一句寫道As a result of last month's vote, three new rules have been added（依據上個月投票結果，追加了三項新的規定）的部分來看的話，變更的內容就是增加了三項新的規定，進而可以得知理由是因為上個月投票結果的緣故，將這個內容進行改寫的（B）是正確答案。

正確答案(B)

8.

各住戶接到要做什麼的要求？

（A）寄電子郵件給大樓的監委

（B）交150美元的罰金給大樓主委

（C）確認收到變更事項的通知

（D）寄通知給違反規定的人

解析 「希望能做…的事情」的題型。這類型題目的答案大部分會在本文的後面部分以命令句的型態出現。果然看到在文中最後一句Each resident is asked to sign the attached form and return it to the President of the Resident Council（各住戶請在所附的表格內簽名後，再交給大樓管委會主委）。因此就是請大家為了表示已經讀過通知書而簽名再交回的意思，而最能夠表現出這件事的就是（C）。acknowledge是表示已收到文書類物品的單字。

正確答案(C)

9.

漢斯．勛伯格是什麼人？

（A）大樓管委會監委

（B）管委會的會員

（C）客人

（D）住戶

解析 確認收件人和寄件人的題型。這類型的題目被稱為收件人／寄件人確認的題型。在這裡Hans Schoenberg是寄出下面那封電子郵件的人對吧？下面的郵件從From的部分可以確認寄件人是誰，而最下面的署名也透露出線索來。有看到寫著Hans Schoenberg Suite #405吧！可以很容易地看出他是住在大樓裡的住戶。

正確答案(D)

10.

為什麼漢斯．勛伯格要寫信給史黛西．派特爾呢？

（A）請她撤回無人在家超過48小時，窗戶打開著的罰金。

（B）要跟她要大樓規約變更事項的影本。

（C）為了通知她他要出差三個星期的事。

（D）為了請大樓監委照顧他的房間。

解析 找尋主題。如果看到題目中有Why的話，就該知道這是要找尋主旨的題型了。看到第二篇的電子郵件前面的部份，就可以知道了。因為在信件前半就可看到答案。I would like to request that the fine I received in the mail be waived.（我想請求免除我從郵件中所得知的罰金。）因此可以確定答案是（A）。

正確答案(A)

11.

漢斯希望史黛西做什麼？

（A）他要求希望她把罰金換成警告。

（B）他要求希望她變更新設立的規定。

（C）他要求希望能參加第二次投票。

（D）他威脅將要提出告訴。

解析 「希望能做…的事情」的題型。這種類型要如何來做呢？在本文的前後部分找看看有沒有命令句型態的句子吧？Therefore, I ask that you reconsider the fine and treat it as a notice for future offenses.（因此，我希望您能把罰金免除，並且把它當做是對以後違反規定的注意提醒。）這個部分就是解題的關鍵了。（A）就是答案了。掌握題型，然後快速地找出答案就是PART 7得高分的祕訣。

正確答案(A)

Chapter 23 公告文和說明文

攻略94 | 信件

怪物講師的解法

1. (B) **2.** (B)

訓練時間評估

謝謝／今天的參與／為了要幫助我們改善／我們舉辦的訓練活動／請抽空填寫／這個意見表／然後請放在訓練室外面的桌子上。

我們鼓勵／不包含在這個格式的特別的意見／用電子郵件寄送／電子郵件地址feedback@colemanistitute.com。

主題：提高產能
日期：九月二日
訓練者名字：愛麗絲．圖堡

	強烈不同意	同意	不同意	強烈同意
訓練內容是有用的。			✓	
訓練的目標明確。		✓		
訓練室在合適的場所進行。	✓			
訓練的教材合適。			✓	
講師是專業的，且方法對學習有幫助。				✓
訓練期間中進行的活動合適且有幫助。			✓	
整體來說，在時間內所受到的訓練很有價值。			✓	

詞彙 take part in 參與⋯ fill out 填寫 comment 批評，意見 content 內容 be conducive to 對⋯有幫助 be worth 有⋯價值

1.
參加者們要怎麼處理這些完成的表格？
（A）傳給愛麗絲圖堡
（B）放在教室外面
（C）用電子郵件提交
（D）放在自己的桌上

解析 這篇文章是問「想要做的是什麼？」的類型。需要找到key word，只要問題中出現what should這樣的問句的話，大多是要問想要做什麼。這種問題的答案會在命令句中出現。首先在fill out this feedback form（請填寫這份意見表格）部分看到了命令填寫的話，這個句子就等於問題中所說的complete form，所以就要知道答案要選擇與命令句相關的句子。Leave it on the table outside the training room（請放在訓練室外面的桌子上）這句話就是正確答案，但另外一個放在桌上的選項（D）不是正確答案，因為（D）是在說放在自己接受訓練時的桌子上，而不是訓練室外面的桌子上。如果放棄這個問題，出題者不知道會有多開心，因為他們會想到無法解題學生們沮喪的表情。

正確答案(B)

2.
此參加者對於訓練的哪一項最不滿意？
（A）教材
（B）場地
（C）講師
（D）活動

解析 這個問題是找出key word的類型。各位覺得問題中的哪點提到了key word？就是least satisfied。這樣的話在內文的圖表中只要看strongly disagree就好了。對於場地有很多不滿吧。如果在strongly disagree選項中沒有打勾，那就要看到disagree這一欄。如果在disagree這個項目中有超過兩個以上的打勾，就要找到答案選項中符合的選項。如果在答案選項中有兩個符合的情況時，就要再回到內文仔細對照，選出答案。

正確答案(B)

實戰問題

1. (C) **2.** (B) **3.** (D) **4.** (B) **5.** (D)
6. (C) **7.** (D) **8.** (A) **9.** (C) **10.** (D)
11. (A)

問題 1-2 請參照下列的備忘錄。

對象：全體職員
主題：新的辦公室文具

公司的新商標被董事會通過／在2月10日的會議中／對於原來的設計有一些變更事項／在上次的董事會議上有提出一些意見／所以設計公司正在作業中／那些。

我們知道／完成新商標／比預期中會需要更久的時間／而且有部分的人正在擔心／現在的文具很快會用完／我們會停止訂購／直到新的商標做好之後／為了避免浪費我們不會再使用的文具／在這段期間／請盡最大的努力／減少使用／印刷有公司商標的信紙、信封、名片、以及筆記本等。

瑞秋．席爾曼
辦公室經理

詞彙 stationery 文具 board 董事會 work on 工作… finalization 完成 take long 需要很久 run out of 用完…、不足 hold off 拖延 minimize 最小化 envelope 信封 business card 名片 notepad 筆記本

1.
董事會在上次的會議中做了什麼？
（A）承認新的商標。
（B）決定使用新的設計公司。
（C）建議變更商標。
（D）投票決定減少文具的使用。

解析 這是找出key word的paraphrasing類型。key word就是previous meeting（上個會議）。在本文中Some changes to the original design were suggested at the previous board meeting（在上次的董事會中提出了一些修改原來設計的事項）部分可以知道這是上次會議的內容。如果像這樣快速找出key word的話，就算不用看過整篇文章，也可以快速地找出答案。

正確答案(C)

2.
一些員工擔心什麼？
（A）文具太貴。
（B）沒有足夠的文具。
（C）董事會不承認這個商標。
（D）文具將不會再被使用。

解析 找出key word。進行解析。問題的worried about是key word。在本文中所寫的concerned就是解析的結果，就是some of you are concerned about running out of the current stationery（一部分的職員擔心現在的文具會被用完）部分。

正確答案(B)

問題 3-6 請參照下列備忘錄。

寄件人：詹妮斯．弗萊德曼
收信人：全體職員
主旨：我缺席時的工作流程

就如同各位所知／我準備要休假6個月去生產／從10月1日開始／所以我想要確保／所有人都清楚了解／在我不在的時候的／工作安排。

丹妮耶爾．丹弗斯／各位應該都還記得她／她曾經在我們的Omni研究所中工作／負責統合協調／編輯研究報告書以及出版／丹妮耶爾現在有自己的公司Danvers Media／而且她編輯過／很多我們過去的出版品／草稿要先用電子郵件／寄給她編輯／那麼她也會轉寄給耶威爾．馬克茲／翻譯／而且也要給／負責版面設計Coleman Design的西利雅．肯恩。

我邀請了／康瑞．王／Freeman大學新聞系的研究生／來幫忙／寫／新聞報導資料／康瑞將在／Omni研究所／一個禮拜工作3天。

我相信／各位／和丹妮耶爾還有康瑞有效率的一起／工作／並對他們表達善意／在我休假的期間／如果有什麼問題或是擔心的事情／可以告訴我。

詞彙 work flow 工作流程 absence 不在、缺席 maternity leave 產假 during my absence 我缺席的時候 step in 代替(=substitute) coordinate 統合協調 graduate student 研究生 press release 新聞報導資料 be confident that... 對…有自信 productive 生產性 extend 延長 courtesy 親切 be on leave 休假中 let me know 讓我知道

3.
有提到關於丹妮耶爾．丹弗斯什麼事情？
（A）她出版了一本書。
（B）她是研究所學生。
（C）她有6個月的休假。
（D）她是Ommi研究所的前職員。

解析 這是找出key word的類型。先找Danielle，這種固有名詞通常是很好的提示。在Danielle Danvers, whom you remember from when she worked here at the Omni Institute（Danielle Danvers，各位應該都還記得她曾經在我們的Omni研究所中工作）部分，可以知道她之前有在Omni研究所工作過。

正確答案(D)

4.
康瑞．王要在哪裡工作？
（A）Freeman大學
（B）Omni研究所
（C）Danvers Media
（D）Coleman Design

解析 這是找出key word的類型。這個問題就要找Conrad這個單字。Conrad是Freeman大學的研究生這句話有出現，另外Conrad will be working in the Omni Institute's office three days a week（康瑞．王是Freeman大學新聞系的研究生。會在Omni研究所工作，一個禮拜3天）部分中出現了在研究所工作的句子。

正確答案(B)

5.

誰要編輯原稿？

（A）康瑞．王

（B）詹妮斯．弗萊德曼

（C）西利雅．肯恩

（D）丹妮耶爾．丹弗斯

解析 先找到key word。在本文中要找到edit draft這樣的單字。Draft texts should be sent by e-mail for editing（為了要編輯原稿，必須用電子郵件寄給她）的部分中就可以知道要把編輯原稿的工作交給誰。這部分是關於Danielle Danvers所說的話吧？在這種問題中會出現很多人的名字，千萬不要慌張，確認關鍵字來解題。 **正確答案(D)**

6.

耶威爾．馬克斯負責什麼樣的作業？

（A）寄電子郵件給詹妮斯．弗萊德曼

（B）製作新聞報導資料

（C）翻譯研究報告

（D）進行籌畫設計

解析 這是找出key word的問題。最先要找到固有名詞Xavier。在本文中出現很多人的名字，把這些人名當作key word使用的話，就可以輕易的解題。看到了to Xavier Marquez for translation（為了讓Xavier Marquez翻譯）這句話，就可以知道Xavier Marquez是負責翻譯的人。對於這種問題大家都可以慢慢地解開，但是重點是解題的時間，所以就像之前部分所說的，從Part 7開始來解題。 **正確答案(C)**

問題 7-11 請參照下列的公告和信件。

游泳池休館

Jaymes D. Finn游泳池為了進行定期的清潔與維修要關閉／從9月1日到9月12日。

這是每年的例行休館／為了清掃／環境／和設備／所有游泳池的附屬設施以及跳板還有急救裝備…等。

所有的游泳教學都取消／在游泳池休館期間／但是教學會／再次開始／9月13日禮拜一。

注意：更衣室會開放／在休館期間／但是所有的置物櫃都會進行清潔／因此我們建議／各位不要留下／個人的物品／在置物櫃內／為了清掃所有的鎖會被移除／另外各位留下的物品會被送到物品遺失處／我們不會對各位留下遺失或被偷走的物品負責。

謝謝／各位的協助！

游泳池管理部

曼吉特．沃洛維茲

Jaymes D. Finn Facility

迪恩街49號

愛達荷州波夕市50002

9月23日

親愛的沃洛維茲小姐，

我到了／Jaymes D. Finn游泳池／今天／才知道／我的置物櫃被清空／另外我的個人物品也都不見了。

當我在詢問處報失的時候／職員跟我說／已經有貼出公告／在設施週邊／因為每年一次的清潔個人的物品要被清除／我從上個月開始就在外地／所以我沒有看到公告。

事實上／我的置物櫃被清掃／我不會太在意／但是／我的東西不見了／你櫃台的員工無法找回來／我的毛巾、運動鞋、還有洗髮精／有人說我的東西是他的／就拿走了。

所以我寫信給你／讓你知道／我對游泳池休館管理的不滿／發出公告是很好的方法，但是要讓每個人知道／如果你能確定／所有的會員可以看到的話，身為會員／我覺得／我要收到／特別的通知或是電話／來讓我知道／我的置物櫃要被清空／我很樂意的清除我的置物櫃／如果在休假之前我被告知必須要做的話。

期盼／您的回覆。

以上。

法蘭克．李

詞彙 closure 關閉、休館 maintenance 維修 accessory 附屬品 deck 甲板 recommence 重新開始 left behind 留下的 take responsibility for 為…負責 empty 清空 belongings 個人物品 theft 被偷 remove 清除 bother 讓…困擾 claim 主張 assure 確認

7.

公告提到什麼？

（A）游泳池必須維修老舊的設施。

（B）休館最後才告知。

（C）更衣室還沒有被清掃。

（D）在休館的時候，沒有什麼與平時不一樣的地方。

解析 這是NOT / TRUE的類型。在問題中出現動詞suggest的話，大概就是TURE類型。先看過答案選項在看本文。看到公告文最前面的部分，出現了每年實施定期性清掃這樣的句子。因此選項（A）維修舊的設施就被淘汰。選項（B）所說的最後才告知這種話，在本文中並沒有出現。在本文中沒有出現的內容

絕對不能當作答案。選項（C）的情況，看下面信件的話，就知道是清掃過後所發生的事情。請仔細看問題在問什麼。在內文中沒有「現在並沒有清掃」這樣的話。因此要依據本文實際的內容來回答。請記住，在多益閱讀部分，必須要客觀的了解閱讀內文，來回答問題。（D）選項，因為游泳池休館是長期以來一直進行的事情，所以游泳池休館與平時沒有任何不一樣的地方。 **正確答案(D)**

8.

為什麼個人的物品要從更衣室內被清空？
（A）為了方便清掃置物櫃
（B）為了鼓勵清掃
（C）為了容納新的置物櫃
（D）為了減少被偷的機會

解析 這個問題是要找出key word。在文章中間部分有All locks will be removed（所有的置物櫃會被清空）這樣的句子，另外還有We recommend you do not leave any personal items in the lockers（我們建議各位不要留下個人的物品在置物櫃內）這樣的句子。由上可知（A）選項是正確答案，選項（B）淘汰。
正確答案(A)

9.

法蘭克．李的個人物品在哪裡被偷了？
（A）更衣室
（B）游泳池的地板
（C）物品遺失處
（D）櫃台

解析 要找出key word。這是雙篇內文對照的類型。這是比較複雜一點的問題。要把兩篇文章綜合在一起看。在第一篇內文中有items left behind will be brought to the Lost and Found（留下的個人物品會被送到物品遺失處）這樣的話，可以認為法蘭克的個人物品被送到物品遺失處。法蘭克到物品遺失處詢問自己不見的物品，但他的東西在物品遺失處遺失了，職員找不到，所以他才抗議。兩篇文章前後閱讀的話，可以看到It seems someone claimed my items as his or her own and took them（好像有人說我的東西是他們的）這句話。claim這樣的動詞是用在去物品遺失處要找自己的東西時。由上可知，應該是有人到物品遺失處說法蘭克的東西是自己的。 **正確答案(C)**

10.

為什麼法蘭克．李沒有清空他的置物櫃？
（A）他沒有時間去拿走自己的個人物品。
（B）他覺得會員會接到告知電話。
（C）他的個人物品在拿走之前就被偷走了。
（D）他上個月沒有到這個游泳池。

解析 尋找主題。沒有清空置物櫃之後東西不見了，就是下面信件的主題。常常以why開始的問題都是要尋找主題。主題在那裡會出現呢？在本文前面吧？下面信件的前面部分有出現個人物品不見的內容，另外還有I have been out of town for the last month, so I never saw the notices。（我上個月到外地，所以我沒有看到公告事項）這句話。由上可知最正確的就是選項（D）。法蘭克是沒有收到通知而不是沒有時間，選項（A）排除。選項（B）是詢問為什麼沒有撥電話，但是卻不是置物櫃沒有清空的理由。選項（C）是在清空之前就被偷走了，這與本文內容不符。 **正確答案(D)**

11.

關於游泳池休館，內文中有提到什麼？
（A）管理者們沒有轉達資訊。
（B）2週的休館沒有給會員清空置物櫃的時間。
（C）清掃要在夏天進行。
（D）櫃台員工不應該把法蘭克東西給別人。

解析 這是NOT / TRUE的類型。如果在問題中看到suggest的話，就知道是TURE了。我們先來看看答案選項。在第二篇信件中討論法蘭克的不滿，雖然東西不見了，但是卻沒有給予適當的通知。由上可知選項（A）是事實。選項（B），看到第一篇公告文，游泳池管理處有給會員清空置物櫃的時間。選項（C），並沒有說到一定要夏天才能做清掃。選項（D），完全沒有提到法蘭克對於櫃台員工把東西給別人的不滿。 **正確答案(A)**

攻略95 | 資訊文

怪物老師解法的例子

1. (C) **2.** (C)

使用方法：成人以及13歲以上的孩子／和一杯水一起服用1-2顆／間隔3到4小時／每天最多吃4次／不要超過／8顆／每24小時／如果吃／超過建議用量以上的話／請在最快的時間內去找醫生／即使沒有副作用。

注意：症狀如果持續7天以上的話／請去找醫生／不建議長期服用／這個藥／有高血壓、心臟病或是其他慢性疾病的患者／懷孕的女性、老人／還有正在服用其他藥品的人／在使用這個產品之前／一定要得到醫生的允許／持續使用的時候／有可能會有嗜睡或是出汗的情況發生。

請避免／喝酒或是開車或進行其他需要快速反應的活動時／服用這個藥。

詞彙 take 服用（藥物） pill 藥丸 exceed 超過 accidentally 偶然，意外的 dose 份量（藥） side effect 副作用 symptom 症狀 persist 持續 prolong

增加，延長 chronic 慢性的 pregnant 懷孕的 drowsiness 倦睡 sweating 出汗 while on 在…的時候（分詞句）

1.
在這篇文章中提到了服用此藥可能的副作用是什麼？
（A）難入眠
（B）高血壓
（C）疲勞感
（D）頭暈

解析 找出key word。並且進行分析找出相關的選項。問題的side effect是key word。Caution部分要特別注意。副作用有幾個，其中在Regular use may cause drowsiness or sweating（持續使用的時候，有可能會有嗜睡或是出汗的情況發生）這句話和選項（C）的tiredness有相關性。因此選項（C）是正確答案。選項（A）與題目是相反的意思。選項（B）並不是因為服藥而產生的副作用，選項（D）的頭暈在本文中完全沒有提及。 **正確答案(C)**

2.
依據指示事項，在什麼樣的情況下，需要去找醫生？
（A）服用者出現比平常流更多汗的時候
（B）服用者一天服用8顆的話
（C）服用者吃藥超過1個禮拜還是沒有好轉時
（D）使用者吃藥後喝酒

解析 要找出key word，這是NOT / TRUE的類型。只要找出去看醫生的句子就可以了。If symptoms persist for more than 7 days, see a doctor（症狀如果持續7天以上，請去找醫生）這句話的more than 7 days與after a week的（C）選項有關聯，因此（C）是正確答案。（A）選項，文中並沒有說流更多汗要去找醫生。（B）選項，文中只有說最多只能吃8顆，超過才要去找醫生。（D）選項，只有說服藥後不能喝酒，並沒有說喝酒後要到醫院去。 **正確答案(C)**

實戰問題

1. (C)	**2.** (B)	**3.** (A)	**4.** (C)	**5.** (D)
6. (D)	**7.** (B)	**8.** (A)	**9.** (C)	**10.** (A)
11. (C)	**12.** (D)			

問題 1-3 請參閱下面的公告。

重要通知

各位應該知道／最近／自來水有點混濁／為了要讓所有的居民安心／飲用水依然是很安全的／混濁的狀況／是因為在Gulf山脈／降雨量比平常多／下了很多雨／提供都市的河水／流動的更快／與平常相比／結果／更多的河水沉澱物／進入到供水箱中／這些沉澱物／讓水／變得看起來混濁。

預防對策／會在市區測試／確認／水的品質是否適合飲用／醫療官員回覆了／飲用沒有危險性／在使用及其他方面／使用前不需要／煮沸。

萬一政府發出了用水安全注意的話／我們會／馬上在你的郵箱中公告。

管理團隊
澤西高度公寓

詞彙 tap water 自來水 cloudy 混濁的 precipitation 降雨量 sediment 沉澱物 advisory 公告 at some point 過去／未來某時候 put a notice 通知

1.
這個公告是以誰為對象？
（A）政府職員
（B）自來水廠調查員
（C）公寓居民
（D）醫療官員

解析 確認收件人／寄件人。最前面部分的We'd like to assure all our tenants（要讓所有居民安心）部分中，可以知道是以居民為對象所發出的。另外在最後面的部分也提到公寓的管理所。像這種詢問對象的問題，大都可以在本文中最前面的部分可以找到答案。如果是信件的話，就要看收件人與寄件人的部分。 **正確答案(C)**

2.
依據這個公告，水變混濁是因為什麼原因？
（A）汙染
（B）很大的降雨量
（C）低水位
（D）受損的供給網絡

解析 找出主題。詢問原因是閱讀文章題中非常重要的題型，像這種重要的主題，大都是會出現在文章前面的部分。特別像是這篇文章的狀況，說水變的混濁，之後就說明了原因。在The cloudiness is due to higher than normal levels of rainfall（水變混濁是因為比平常更多的降雨量）這句話中可以找到正確答案。 **正確答案(B)**

3.
提到水的相關事項是什麼？
（A）飲用與其他用途都是安全的。
（B）使用前要煮沸。
（C）暫時禁止使用。
（D）Gulf山脈的瓶裝水。

解析 找出主題。自來水與安全有直接的關係，因此要喝與不喝這樣的句子不會放在內文的最前面。而是會在後面說明。在本文最前面的the water is still perfectly safe to drink（水仍可以安心的飲用）這句話中，可以知道水還是安全的。（B）選項淘汰，因為沒有提到水必須煮沸。（C）選項淘汰，因為文中提到水禁止使用。（D）選項淘汰，因為文中沒有提到瓶裝水。另外提供您參考，tap water是自來水，bottled water是瓶裝水。 **正確答案(A)**

問題 4-7 請參閱下面的廣告。

Toronto Indo-Canadian Society（TICS）

整體性資訊
TICS提供／多樣的文化、教育以及支援的計畫／給移居加拿大的印度人／在多倫多地區／我們也主辦了／很多每個月都有的活動／免費的公開給大家／如果有人想要在任何的一項活動中自願當志工／首先要先登記／成為我們的一員／請聯絡娣帕·賈瓦拉／打那支給義工的電話。

即將來臨的每月活動
團體都市散步 — 享受公園／在多倫多／要走的路很輕鬆只需要1到2小時／在TICS集合／4月10日早上11點。

書籍販售 — 二手平裝版以及精裝版的書／在TICS中心／4月30日／上午10點30分到下午1點之間／整個4月接收捐贈書籍／款項會用在／印度人的健康倡儀活動／來提供免費的接種／給偏遠地區的孩子們。

尋求志工
餐廳小幫手 — 學習／印度式料理／而且提供／好吃的東西／為了老人們／在我們的地區餐飲計畫中。

語言教育 — 幫忙／從世界各地來的移民們／學習英文／加入我們有趣的語言計畫。

詞彙 immigrant 移民 host 舉辦 at no cost 免費
in and around 附近的 paperback 平裝版的書
hardcover 精裝版的書 donations 捐獻金、捐獻物品
proceeds 收益 benefit 使…受益 immunization 免疫
rural 鄉下的 delicious 好吃的 senior 年長者

4.
只有參加組織的會員可以做的是什麼？
（A）在TICS中心學英文
（B）在書籍販售時購買書籍
（C）為了地區餐飲計畫而工作
（D）參加團體都市散步

解析 找出key word。只有成為組織會員才可以做的就是指志工。To work as a volunteer in any of our programs, you must first register（如果想要在我們的計畫中自願幫忙的話，需要先登記） 這句話中，就出現了正確答案。在答案選項中符合志工的只有選項（C）。 **正確答案(C)**

5.
4月10日將要舉辦什麼？
（A）語言課程
（B）烹飪課程
（C）賣書
（D）團體散步

解析 找出key word。key word就是4月10日。在April 10找到這兩個單字，就知道活動是團體都市散步。
正確答案(D)

6.
為什麼要聯絡娣帕．賈瓦拉？
（A）為了可以買書
（B）為了可以上烹飪課程
（C）為了可以更新簽證
（D）為了可以教英文

解析 找出key word。這是只要找出Deepa Jhabvala這個名字就能解題的問題。Contact Deepa Jhabvala at the provided phone number to volunteer（自願當志工的話，請打提供的號碼與娣帕．賈瓦拉聯絡）這個句子中就有說明，如果要當志工的話，就必須要跟Deepa Jhabvala聯絡，答案中與志工相關的只有選項（D）。 **正確答案(D)**

7.
賣書活動中有提到的是什麼？
（A）只接受精裝版的書。
（B）銷售會捐給慈善團體。
（C）販售購買會舉辦整個月。
（D）沒有賣出的書會送到印度。

解析 找出key word，這是NOT / TRUE的類型，也就是要找book sale的部分。問題中出現了indicate的話，大都都是NOT / TRUE的類型，要解決這種類型的話，就要先看過答案選項再對照文章內容。（A）選項要淘汰，因為本文中沒有說只收精裝版的書。因為收書的時間是一整個月，而書販售的時間只有4月30日上午10點半到下午1點，因此選項（C）也是錯的。選項（D）的答案，在本文中完全沒有提到。
正確答案(B)

問題 8-12 請參考下面的備忘錄和指示。

告知Setagaya資料庫管理公司的所有職員的公告

6月10日

各位職員，

上週設置新的警報系統以來／3樓的警報響了／三次／應該是沒有帶卡的職員在那裡出入／要進去其他樓層的辦公室的時候！

問題很簡單的向警察說明了／一直被叫來／管理團隊覺得／警報器一直響會是一種妨礙／平日／在辦公室引起／壓力與不安／所有人好像都在等待／下一個人／觸動警報器！

我會附加上／一些指示事項／在這備忘錄中／仔細地閱讀／希望可以讓各位熟悉／解除警報器的方法／如果發生其他問題的話／我們將舉辦一個訓練活動／和Richfield保全一起／星期五／公告會以電子郵件寄出。

如果有任何問題請與我聯繫。

卡佐伊・摩利歐卡
管理部助理

新的保全密碼使用方法
給Setagaya資料庫管理公司的所有員工

進入建築物的時候：

1. 開門時／聽到／警報器靜音震動的聲音／請進入大辦公室。警報盒就在那裡／在門的右邊

2. 請輸入你分配到的獨特員工密碼／不要公開／這個密碼／給任何人／甚至其他的員工／如果不小心按錯密碼的話／會給你10秒／刪去原本的密碼／再輸入正確的密碼／如果不這樣做／警報器就會響／而且會自動通知警察。

3. 之後／請刷／各位的員工卡／系統會確認／各位的員工卡是否符合／各位的保全密碼／如果不符合的話／警報器會響／馬上／警察也會被通知／如果有任何問題／我們可以查出／誰觸動警報器／連接／員工密碼／以及員工卡。

請你記得：如果各位輸入錯誤的／資訊／警察被叫來／各位會被要求／提供／職員身分確認／而且必須要回答／保全問題／管理團隊會給／Richfield保全／各種不同屬於各個員工的問題／依據我們個人的資訊／各位不會知道／關於各位自己的保全問題／在各位被詢問到問題之前／直到你被Richfield保全的相關人員詢問時。為了根除／不小心轉達給／各位的保全問題／給犯罪者的可能性。

特別注意事項：在建築物的各樓層都有設置／各別的警報系統。

離開建築物的時候：

1. 請輸入各位的保全密碼。
2. 提供各位的指紋。
3. 30秒之內請離開建築物／否則／警報器會響。

詞彙 set off 啟動 time 次 carry 帶著 travel 進出 disruptive 妨礙的 anxiety 擔心、不安 be familiar with 熟悉… disarm 解除 hold 召開 address 提出 pulse 震動 assign 分配、屬於 accidentally 偶然、意外 clear 清除 swipe 刷（卡片…等） verify 確認 detect 查出 pass on 轉達 fingerprint 指紋

8.

警察為什麼會來Setagaya資料庫管理公司？
（A）職員無法解除警報系統。
（B）正在進行安全系統測試。
（C）管理部的指示沒有轉達給員工。
（D）好幾次的強盜未遂行為，觸動了警報。

解析 找出key word。Why have the police been called是關鍵的key word。在第一個文章中可以看到警察被叫來的句子，理由是職員不小心觸動了警報後，無法解除，所以（A）是正確答案。（B）（C）（D）乍看之下好像都是答案，但是與本文的內容不相符。

正確答案(A)

9.

職員們被要求做什麼？
（A）熟背保全密碼
（B）要帶著員工卡片進出
（C）了解警報系統的使用方法
（D）報名訓練課程

解析 這是「想要做的是…」的題型，這種題型的答案通常會在本文後面的命令句出現。在make sure you are familiar with how to disarm the alarm（請熟悉解除警報器的方法）這句話中，就可以知道（C）是正確答案。（A）（B）選項是讓你很容易掉進陷阱的選項，了解這是什麼題型的人，應該不會被騙吧？

正確答案(C)

10.

為什麼3樓的警報器響了？
（A）員工忘了帶自己的卡片。
（B）3樓的職員沒有受到訓練。
（C）管理團隊沒有說明如何關掉警報的方法。
（D）員工忘記自己的密碼。

解析 找出key word。什麼是key word呢？那就是the third floor。可以在本文中看到吧？在the third floor alarm has been set off three times（那段期間3樓的警報器響了3次），It seems employees don't carry their employee cards with them（看起來好像是員工沒有帶著員工卡出入）部分就可以知道正確答案。

正確答案(A)

11.

依據指示事項，為什麼要刷保全卡？

（A）為了維持最大安全

（B）為了保護各樓層

（C）為了找出是哪個職員觸動了警報

（D）為了再確認警報器被設定

解析 找出key word。security card就是key word。在第二段的文章中，第3點出現了security card這兩個單字。在最後部分的we are able to detect who touched the alarm by connecting the employee code to the employee card（我們可以查出誰觸動警報器，利用連接員工密碼以及員工卡的方式）句子中隱藏了正確答案。通常依據一般的判斷會覺得選項（A）是正確答案。但在多益考試中，必須正確了解本文的內容，才是多益考試的目的。 **正確答案(C)**

12.

為什麼不讓職員知道保全問題？

（A）為了阻止小偷強盜進來建築物裡面

（B）為了要讓職員們之間保持祕密

（C）為了讓警察可以調查職員們

（D）為了增加保全水準

解析 找出key word。key word就是security question吧？出現在第二篇文章最後面的部份。就是you will not know your own security question（各位不會知道自己的保全問題）。這樣的話您應該就知道要找出答案要找哪一個句子了。This secrecy is to eliminate the possibility of accidentally passing on your security question to a criminal.（為了要根除各位的保全問答問題被犯罪者知道的可能性）句子中就出現正確答案了，由上可知（D）選項就是正確答案。這個問題有很多人會選擇（A）選項。本文的意思就為了提升保全能力才會這樣做。 **正確答案(D)**

Chapter 24 新聞文章、廣告和各種表格

攻略96 | 新聞文章

怪物講師的解法

1. (B) **2.** (D) **3.** (A)

為了減輕體重的用餐

正在為了減輕體重努力／不想放棄你喜歡的所有的食物？／這裡有幾個簡單的小祕訣／來減少／熱量／的攝取／完全不用改變飲食習慣。

1 人們／在晚餐前30分鐘攝取一碗湯或綠色沙拉／比起不那樣做的人少攝取大約百分之10到20的卡路里／喝湯或吃沙拉／會有部份／飽足感／這意味／你不會想吃／那麼多主餐。

2 人們有吃／放到自己的盤子裡所有的東西的傾向／如果你一開始使用更小的盤子的話／那麼／一開始就不會拿太多的食物／避免／想再吃一碗的衝動。

3 平分晚餐／兩份一樣的分量／吃其中的一份／在平常吃飯時間／2到3個小時之後吃另一份／因為一定的進食時間／你的身體不會有機會／變餓或渴望對身體不好的點心類。

詞彙 lose weight 減輕體重 sacrifice 犧牲、打消念頭 take in 攝取 guideline 指南 reduce 減少 significantly 相當地 bowl 碗 roughly 大略 fill up 填滿 plate 盤子 urge 衝動 helping 一份食物 split 分成 portion 部分 crave 渴望

1.

依據上列資訊，什麼時候該喝湯？

（A）每2到3小時

（B）吃飯前30分鐘

（C）吃飯時

（D）早上

解析 找key word類型。只要找出問題的關鍵字soup就可以了。本文1提到的people who have a bowl of soup or a green salad about 30 minutes before dinner（餐前30分鐘喝一碗湯或吃一盤綠色沙拉的人）攝取比較少的卡路里，可以知道餐前30分鐘吃比較好。 **正確答案(B)**

2.

哪一個不是文章中所提到的減重方法？

（A）將餐點分一半吃

(B) 吃一盤綠色沙拉
(C) 用更小的盤子
(D) 減少糖的攝取

解析 NOT / TRUE類型。減輕體重的方法1、2、3選項跟(A)和(B)和(C)選項相符。雖然(D)選項是常識,但文章內並沒有提到。請記住,不管常識是否正確,一定要根據文章內容作答。 **正確答案(D)**

3.
和最後一段第4行的crave意思最相近的字。
(A) 渴望
(B) 討厭
(C) 使蒙羞
(D) 挖

解析 找同義詞。paraphrasing類型。crave是渴望什麼的時候使用的表現,與選項中的(A)最相近。通常如果本文中的提示語難易度高的話,必須要了解表現本身的意思。但是提示語難易度低的話,必須正確地掌握表現在句意中的意義。 **正確答案(A)**

實戰問題

1. (A)	**2.** (D)	**3.** (C)	**4.** (B)	**5.** (D)
6. (B)	**7.** (A)	**8.** (C)	**9.** (B)	**10.** (C)
11. (A)	**12.** (D)	**13.** (C)		

問題1-4請參考下列文章。

吸菸者的出席率/在職場中/比起不吸菸的人低/這是一個新的丹麥研究的結論/被記載在醫療期刊《副作用》裡/那個研究報告/指出吸菸者一年平均多請7天的病假/比起不吸菸者。

1萬2,000名以上/7個國家/參與了/10年的調查/這個研究比較了/吸菸者和不吸菸者/許多問題/包括工作缺勤、住院、飲食習慣及個人財務狀況等/平均來說/參與問卷調查的人/平均有12天的病假/每年吸菸者是平均16天/非吸菸者是平均9天/問卷調查國家中/每年因病缺勤天數/丹麥最高(18天)/美國最低(10天)。

另外研究還顯示/吸菸者成為肥胖的可能性最高/及有慢性的健康問題/詹斯・肯隆客結勒/研究作者說/從一個層面/這資料顯示出/我們已經知道的事實/即吸菸有害/個人健康/但這研究結果又顯示了/有第2個效果/我們常忽略的/例如像對生產率的負面影響。

詞彙 be likely to do 可能會做… show up 顯示 counterpart 配對物 average 平均 sick leave 病假 overall 整體來說 chronic 慢性的 obese 肥胖的 secondary effect 次要效果 negative 否定的 impact 影響 productivity 生產率

1.
問卷調查的目的是什麼?
(A) 想要測定吸菸對上班出席的影響
(B) 想要評論反吸菸法
(C) 想要比較不同的減肥方法的效果
(D) 想要研究預防肥胖的計畫

解析 找出主題。題目中出現purpose的話,就是要找出主題的問題。要看文章內容的前面部分吧?看到Smokers are less likely to show up for work.(吸菸者不去上班的可能性比較大。)這句話,可得知是有關吸菸對缺勤的影響。 **正確答案(A)**

2.
在這個研究裡沒有提到什麼問題?
(A) 飲食習慣
(B) 在醫院住院的時間
(C) 上班之外的時間
(D) 日常運動

解析 NOT / TRUE類型。首先看一下選項再回到文章閱讀。答案在work absences, hospitalization times, diet, and personal finances(工作缺勤,住院時間,飲食習慣及個人財務狀況)。內容的diet解釋成eating habits,hospitalization times解釋成time spent in hospitals,work absences解釋成time spent away from work。 **正確答案(D)**

3.
依據研究,吸菸者一年平均請病假幾天?
(A) 9天
(B) 10天
(C) 16天
(D) 18天

解析 找key word類型。文中The average was 16 days for smokers(吸菸者平均是16天)的句子跟key word正確相符。 **正確答案(C)**

4.
詹斯對這個研究結果說了什麼?
(A) 所有研究結果令人驚訝。
(B) 研究結果中的一部分是已經知道的東西。
(C) 研究結果跟以前的研究相反。
(D) 結果不確定。

解析 找key word類型。要趕快找人名Jens,答案在閱讀內容的最後部分Jens Gronkjaer, the author of the study, says:On one level, the data shows what we already know(研究作者詹斯・肯隆客結勒表示「從某個層面來看,顯示這資料是我們已經知道的事

實」），並非像（A）所寫的所有研究結果都令人驚訝。通常選項中出現all、every的話，都是錯誤的。

正確答案(B)

問題5-8請參考下列文章。

50年前／布林頓主街曾是繁華的購物區／人行道兩旁排有商家／擠滿民眾／現在所有的街景都改變了／他們開始搬家／往郊外。都市的商業重地往郊外遷移／商人和商家老闆最終離開了／主街／現在／布林頓市政府開始了／2,000萬美元再開發專案／被稱為「主街運動」／期許／市區再度繁榮活躍。

錢將整頓街道／將老舊的瀝青人行道改成石磚人行道／建造一連串的公園和庭院／以及復原幾個有歷史意義的店面／這個計畫還提供／特別的稅金減免／給租貸或決定購買的業者／在市區／為了獎勵／消費者重新回到市區中心／將免費提供停車／在所有的公有停車場／平常日下午5點之後／當然週末和國定假日也是／布林頓市長喬治．浩克博說／懷念童年最愉快的時光／和家人一起在市區購物／這個運動有助於恢復／我們偉大的都市的共同體精神。

詞彙 bustling 繁華的 district 地區、區域 crowded 擁擠的、擠滿人的 sidewalk 步道、人行道 suburb 郊外、近郊 commerce 商業 outskirt 市郊 shopkeeper 商店主人 abandon 丟棄、離開 municipal 市的、都市的 introduce 導入、開始 redevelopment 再開發 initiative 開始、獨創性 revitalize 使復興 downtown 鬧區、商業區 repave 再鋪 restore 恢復 tax reduction 減免稅金 waive 撤回、豁免 fond 喜歡的 mayor 市長 community 社區、共同體

5.

市府不提供資金的建設為何？

（A）街道鋪設
（B）復建建築
（C）建設公園
（D）設置交通號誌燈

解析 NOT / TRUE類型。首先看過一遍選項（A）到（D），再回到閱讀內容。道路重新鋪設、重建商家、建立公園等都在內容中出現了，但是沒有提到交通號誌。

正確答案(D)

6.

「主街運動」的目標之一為何？

（A）宣導駕駛安全
（B）獎勵業者在市中心開業
（C）宣傳歷史博物館
（D）建築通過布林頓的高速公路

解析 找key word類型。像這樣出現代名詞的話，就要立即在內容裡找出key word，也就是找Main Street Initiative。列舉出了許多事項吧！其中跟選項一致的是The plan also provides special tax reductions for businesses that choose to rent or buy space downtown部分。對於在市中心租店或是購買空間的業者給予稅金減免，是一種獎勵政策。

正確答案(B)

7.

人們何時要繳停車費？

（A）平日早上
（B）平日傍晚
（C）禮拜六及禮拜天
（D）國定假日

解析 找出key word。找出有談到停車相關部分的話，免費停車是平日下午5點之後、週末和國定假日。平日早上不包括在內，平日只有下午5點之後免費。

正確答案(A)

8.

喬治．浩克博是誰？

（A）當地商店主人
（B）土地開發商
（C）政治領導者
（D）不動產仲介商

解析 找出key word。做paraphrasing。這當然就要找文章中的George Hucklebuck了。可以從George Hucklebuck, mayor of Plimton這句話中知道。但是答案選項中沒有市長吧？但是市長是political leader（政治領導者），所以答案就是這個。

正確答案(C)

問題9-13請參考下列電子郵件和文章。

日期：9月30日
寄件人：丹尼爾．奧單汀<d_audain@cityglobe.co>
收件人：麥迪森．梅森斯<modison@mathensbooks.com>
主旨：有關City Globe報導

麥迪森，

非常感謝／再次／接見我／為了那晚上的專訪／我非常愉快／聽到／對於你的得獎作品《真實》的想法／特別是那本書賣出了一百萬本／獲得了「City Global讀者特選」獎／真的是無比的成功／從也是在這小都市出生的全新作家的立場來看／想一想／我們互相認識以來／數年／你真的是被隱藏的人材！

我寫了報導的草稿／想確認／幾個問題／何時下定決心／決定開始寫那本書／是在法國的時候／或是在故鄉的時候嗎／然而／是獨自一人嗎／或是跟誰一起旅遊中？

再次／感謝你／撥時間／見我／我知道／讀者會感受到興奮／來認識／他們今年最愛的書籍之後的作者！

恭喜你！

丹尼爾·奧汀
作者，City Globe

麥迪森·梅森斯 背後隱藏的真實
讀者選擇的檔案

丹尼爾·奧汀 著

麥迪森·梅森斯不是平常的作家／她在一生中從未／花時間精進她的技術／或甚至是夢想成為作家。

在68歲的年紀／退休的裁縫師麥迪森／最近下了決定／想要成為作家／一邊獨自旅行／法國／兩年前／她短暫拜訪了阿維尼翁村落／走看市場／腳踝扭傷／不知傷的有多麼嚴重／她坐在公園的椅子上／看到／人潮擁擠進進出出／坐在那／她拍了／擺在她眼前的景像／她聽到了／人們經過時的對話／自己都不自覺的時候／她開始了／調查／為了自己的第一本書。

從法國返國時／她想要整理／自己拍的／照片和／自己記錄的故事／她很快發現／自己正在看／是一本書的草稿／對於一部分的人們／她們的故事一天就出來了／永遠地存在。

經過一番領悟／麥迪森開始下功夫／自己的暢銷小說《真實》／她說就只是領悟了／「我可以做到」／無法相信／自己無意的想法／可以得到廣大的成果／我嚇到了」／扭傷了腳一台老舊的相機帶給我／我一生一直在等待的／靈感／我一直很想要／成為鋼琴家／但是甚至於連鋼琴課都沒上過。誰會知道呢／我潛藏的才能是寫作？

現在／麥迪森正在享受／對於她的第一本書的喝采／她現在沒有任何計劃／出版第二本書的／但是保持可能性／我消磨很多時間／在公園的椅子上／她笑著說／為了做好準備！

詞彙 award-winning 得獎的 now that... 因為… tremendous 非常大的 draft 草稿 verify 確認 typical 典型的、代表性的 author 作家、筆者 lifetime 一生 craft 技術、手藝 retired 退休的 seamstress 女裁縫師 explore 探險、調查 ankle 腳踝 unsure 不確定的 mingle 混合 marketplace 市場 scene 場面 realization 覺醒 incredulous 無法信任的 spontaneous 自發的、無意識的 acclaim 喝采 widespread 廣泛的 inspiration 靈感 hidden 隱藏的 talent 才能

9.

丹尼爾為什麼寄電子郵件給麥迪森？
（A）為了約新聞採訪行程
（B）為了確認採訪中得到的情報
（C）為了用電子郵件寄出麥迪森的報導草稿
（D）為了告知麥迪森她的小說獲獎

解析 找出主題，確認轉換詞。問題中出現why的話，就要找出主題。請看第一篇文章的前面部分。but I wanted to verify a few things（但是我想確認幾點）的話，出現轉換詞but。這種轉換詞就是告訴我們答案在那裡。所以可知道是想確認採訪中獲得的情報的電子郵件。其它前後的話只能看作是客套話。不可以將那些誤認為是答案。 **正確答案(B)**

10.

從電子郵件可以推論什麼？
（A）丹尼爾很難聯絡到麥迪森
（B）麥迪森的書是暢銷國際的書
（C）丹尼爾跟麥迪森互相認識
（D）丹尼爾想寫小說

解析 NOT / TRUE類型。題目中出現動詞infer的情況就是跟TRUE類似類型的問題。首先看過選項再回到本文，（A）完全沒有提到。（B）選項一不小心就會誤以為是正確答案，雖然有提到是賣了100萬本的暢銷書，但是沒提到是國際性（international）的暢銷書。（D）也不曾提到過。從To think we've known each other for years.（想到我們認識了好幾年的話）的句子可知道兩人是互相認識的關係。

正確答案(C)

11.

麥迪森為什麼被記載在City Globe？
（A）她寫了得獎的著作。
（B）她在68歲出版了第一本小說。
（C）她是一個有名的裁縫師。
（D）她宣傳法國旅行。

解析 找出主題。因為是在問被記載在City Globe的理由，所以可看作是找出主題類型。只要題目出現why就要找出主題，知道吧？（B）選項是正確的話，但卻不是被記載的理由。 **正確答案(A)**

12.

因為什麼事件，麥迪森開始寫小說？
（A）她拍了照片。
（B）她上鋼琴課。
（C）她獨自旅行。
（D）她扭傷腳踝。

解析 了解key word。這個問題的重點在incident。是「突發的事故」、「小事件」的意思。請看第二則新聞。看到了to explore a market and twisted her ankle（逛一逛市場，她扭傷了腳踝）吧？因此坐在公園的椅子上拍照聽別人的故事。所以抓住寫書的靈感。

正確答案(D)

13.

不是麥迪森的才能之一的是什麼？
（A）裁縫。
（B）拍照。
（C）鋼琴。
（D）寫作。

解析 NOT / TRUE類型。首先看過選項之後再回到本文。退休的裁縫師當然對裁縫有天賦！也拍了照片，也寫了書。但是關於鋼琴提到I used to want to be a pianist, but I never even took lessons。（我想要成為鋼琴家，但是不曾上過鋼琴課），所以無從確認對於鋼琴是否有天分。 **正確答案(C)**

攻略97 | 廣告

怪物老師解法的例子

1. (B) **2.** (D)

布萊妮．莫菲／她的作品曾被刊登在／在超過12個的出版物（Epoch雜誌、華盛頓公報等）／將展開基本攝影技術的／4週的研討會／在安結比社區中心／從3月2日開始。

這個課程教授／構圖和對焦／在自然光線和燈光照明下的攝影／白天和夜晚的攝影技術／移動的物體／以及其他困難的狀況／課程在／每週二／下午6點30分到9點30分／學生們需帶著自己的相機來／每堂課／請快申請／很快就會額滿截止／費用是150美金／若想要報名／必須先繳清／如想知道更多的詳情／請打303-318-6353。

詞彙 dozen 12個 photography 攝影（技術） composition 構圖（照片中如何配置） challenging 考驗的、困難的 fill up 填滿 in advance 事先

1.

根據廣告，布萊妮．莫菲要做什麼？
（A）展示她的作品
（B）開設攝影講座
（C）提出雜誌報導
（D）搬到安結比

解析 尋找主題類型，找出key word。What will...do?是尋找主題類型，接下來就找Briony Murphy的相關資訊。從Briony首先出現的部分will lead a four-week workshop in basic photography（將會展開為期4週的基本攝影技術研討會）這裡可知道是展開攝影講座。（A）和（C）是拿以前曾經在出版物被記載作品來設陷阱。（D）是拿在安結比開設講座來設陷阱。

正確答案(B)

2.

對於研討會的相關內容是什麼？
（A）它是免費的。
（B）只集中在白天攝影。
（C）提供相機給學生。
（D）限定學生人數。

解析 NOT / TRUE類型。先看過選項再回到本文，因為提到費用是150美金，所以（A）是錯誤答案。（B）因為有提到夜晚攝影，所以也是錯誤答案。（C）因為有提到要自己帶相機來，所以也是錯誤答案。因此（D）是正確解答。從最後Register soon as spaces are filling up quickly（很快就會額滿，請盡速報名）的部分可知限定學生人數。 **正確答案(D)**

實戰問題

1. (B)	**2.** (A)	**3.** (C)	**4.** (A)	**5.** (A)
6. (C)	**7.** (A)	**8.** (A)	**9.** (A)	**10.** (B)
11. (B)	**12.** (C)	**13.** (D)		

問題1-3請參考下列廣告。

攜帶式音樂播放器／讓各位可以享受／喜歡的音樂／走在街上或／坐在飛機上／或在書桌前工作時／雖然現在很容易／帶著音樂走／但避免週遭的噪音不是那麼容易／那就是／Resonance音響公司獨創開發阻隔噪音耳機的原因。

我們的阻隔噪音耳機提供／給各位／終極的收聽經驗／我們創新的噪音阻斷技術可以阻隔／百分之70週遭的噪音／比市場上其他販售的品牌至少能再多阻隔百分之20／Resonance音響公司是領導／在音質／以及這個新上市的耳機符合／我們的高標準。

阻隔噪音耳機／考慮各位的舒適和便利性／耳機被設計成小型的模樣／可輕易地／攜帶或放在包包裡／觸碰到耳朵的柔軟墊塞的部分／可以／讓各位能戴著／好幾個小時／沒有任何不適。

請參觀／www.rai.com網站／如果想知道更多詳情／現在訂購／我們的阻隔噪音耳機／來體驗看看絕不會有任何損失／30天期間／如果不滿意的話／我們將會全額退款。

詞彙 portable 攜帶式的 tune 歌曲、曲調 background 背景的 noise 噪音 resonance 共鳴 exclusive 獨創的 ultimate 終極的 revolutionary 革命性的 at least 最少 quality 品質 live up to 實踐，遵守 in mind 放在心上 comfort 便利 convenience 便利、

方便 earpiece 耳機 discomfort 不便 risk-free （通信販售等即使解約）對消費者來說無任何損失的

1.

這是在廣告哪種類型的產品？
（A）攜帶式音樂播放器
（B）一副耳機
（C）家庭用環繞音響
（D）服飾

解析 找出主題。在廣告文裡廣告對象可說是主題，主題通常出現在文章的最前面部分吧？所以很容易會選（A）當作答案。但（A）是像廣播音響、MP3播放機等機器本身，可是現在廣告的是阻隔噪音耳機，所以只看前面就作答的考生會很容易答錯。這題也讓個性急的考生知道絕對不能慌張大意。 **正確答案(B)**

2.

這篇文章強調這個產品比它牌還要更好的優點是什麼？
（A）能降低噪音的能力
（B）有魅力的設計
（C）合理的價格
（D）輕巧的大小

解析 NOT / TRUE類型。大體來看可說是NOT / TRUE類型的題目，先看答案選項再回到本文。（B）和（C）是完全沒出現過，提到過（D）卻無法得知是否比它牌機型更小。但是從（A）選項which is at least 20% more than any other brand on the market來看的話，很明確地提到比市面上其他品牌能降低最少百分之20的噪音。 **正確答案(A)**

3.

不是這個產品的特徵的選項是什麼？
（A）舒適的墊塞
（B）傑出的音質
（C）攜帶式盒子
（D）品質保證

解析 NOT / TRUE類型，先看選項再回到本文。（A）和（B）都出現在本文裡。（D）保障30天試用期，不滿意的話可全額退費。本文中沒有提到的是（C）。有提到方便放在包包裡攜帶，但是沒有提到是否有給保護盒。 **正確答案(C)**

問題4-8請參考下列廣告。

Vizio TV——您的電視！

在Vizio／我們擁有／多樣的有線TV綜合組合／能選擇的／包括我們的娛樂、運動、超值組合等等的／今年春天新推出的／我們的最新家庭組合／這套裝商品提供／節省更多／為了各位／以及提供保障／各位收到／各種節目／各位想看到的。

此外／申請／到4月30日截止／可享有特別促銷活動

- 申請／Vizio有線網路服務的／國內最高速度的網路服務／一個月只要10美金／原價每個月20美金現在特價
- 不收首次入會年費（節省29美金！）
- 免費有線設置
- 免費TV導覽月刊

如欲申請Vizio有線電視組合的話／請來電／今天／858-677-9898／或是利用我們的網站／www.vizio.com

Vizio提供的組合商品

組合	包含的特別頻道	整體頻道	月費
基本型*	無	18*	25美金
運動組合	棒球，籃球，美式足球及曲棍球頻道	24	30美金
娛樂組合	音樂TV，電影網，綜藝節目	30	35美金
家庭組合	學習頻道，家庭娛樂，自然TV	45	40美金
超值組合	所有特別頻道	61	65美金

* 基本型包含／美國主要聯播網／24小時新聞／天氣預報以及各種地區頻道／基本組合包含／在其他組合內。

詞彙 combination 結合、組合 added is 被追加（倒裝句） saving 節省 ensure 保障 subscribe 申請 advantage 好處、優點 promotion 促銷 first-time 最初的 yearly 1年間的 membership charge 會費 installation 設置 complimentary 免費的 as well as 不只是… a variety of 多樣的

4.

不包含在4月30日前申請的免費優惠是什麼？
（A）網路服務
（B）年會費
（C）有線設置
（D）TV導覽月刊

解析 找出key word。尋找paraphrasing。key word是free of charge，可以改成free, complimentary, no charge等。根據文章內容，選項（B）（C）（D）都是免費。但是（A）是for only $10 per month（每個月只要10美金），所以不是免費。 **正確答案(A)**

5.

跟第一段第3行的「offer」意思最相近的字是？

（A）能使用

（B）協商

（C）建議

（D）拿給

解析 找出同義或反義詞。找同義詞的問題，也是一種paraphrasing的問題，提供服務就是能利用服務的意思，所以（A）是解答。這種問題要了解單字的表現，並不是很難的問題吧？ **正確答案(A)**

6.

Vizio最新推出的套裝組合一個月多少錢？

（A）30美金

（B）35美金

（C）40美金

（D）65美金

解析 找key word，應該要找出newest package。文章中有出現Just added this spring is our brand-new Family Combo（今年春天最新追加的最新家庭組合），可以知道最新的組合是家庭組合，只要找出下端的家庭組合的價格就可以了。 **正確答案(C)**

7.

下列選項中頻道數最少的是哪一個？

（A）運動組合

（B）娛樂組合

（C）家族組合

（D）超值組合

解析 NOT / TRUE類型。要對照本文，可說是NOT / TRUE類型的題目，只要趕快看表格就可以了。頻道最少的是基本型，但是選項中沒有。所以提示的選項中頻道數最少的是（A）。（A）是24個（B）是30個（C）是45個（D）是61個。 **正確答案(A)**

8.

所有組合都包含的是什麼？

（A）天氣預報

（B）綜藝節目

（C）自然頻道

（D）學習頻道

解析 找出key word。題目中all package是keyword。最下面圖表的下端字體比較小的內容裡，提到The basic package includes all the major U.S networks as well as News 24, Weather Spotlight，and a variety of local channels. The basic package is included in all other combos.。選項中出現的是天氣預報。其他的都必須付費收看。 **正確答案(A)**

問題9-13請參考下列廣告和電子郵件。

徵求：深夜的外送人員

博拉茲比薩市區分店正在尋找／彈性制的深夜外送人員／符合資格的應徵者必須同意／一個禮拜當中有4天晚上待命／以防隨時都可能要外送／從晚上10點到凌晨4點。

這個工作剛開始／每小時10美金／每個小時／應付呼叫／3月後提高到12美金／每個小時／沒有訂單電話的情況／應徵者得到5美金／如果有符合應徵資格的應徵者的話／以前有這個方面經驗／起薪會改成13美金／3個月之後提高到15美金。

博拉茲比薩知道／工作和／不清楚的深夜勤務時間表的困難／所以提供／高薪資和其他福利（雇用6個月之後）／其他任何一家市內比薩店／不提供／附加福利！

應徵者必須24小時可以待機／必須要擁有電話及車輛／和有效的駕照／也必須同意／每月汽車檢查／費用全由博拉茲比薩負擔。

要應徵的話，請寄電子郵件到monica@pizzapalazzo.com。

確認要提供／你之前工作過的地方／兩位主管的聯絡方式。

日期：11月14日

寄件人：莫妮卡．博拉茲<monica@pizzapalazzo.com>

收件人：雷之納多．杜夫魯<rdufour@myemail.co>

主旨：資料作業

親愛的雷之納多，

我們很高興／接受／我們的工作提案／我們的成為新的深夜待機制外送人員的請求／在我們市區店裡／我們期待／您會滿意這裡。

我想知道／明天下午5點左右能否來這裡／填寫／跟薪資相關的一些資料／我們也應該安排／車輛檢查日期／但那些可等／到下禮拜。

我向職員們說／最後雇用了最合適的夜間駕駛者／職員們非常高興／我們員工中的一部分／過去一段時間每天晚下班和提早上班／為了應付／不斷湧進的訂單／全部的人也高興／你有過外送比薩的經驗／他們想／你一定能提供一些建議能改善我們的夜間服務！

請告知我們／明天是否能來。

莫妮卡

詞彙 delivery 外送 downtown 市內、市中心 flexible 彈性時間制的（上班時間沒有限定） applicant 應徵者 be on-call 隨叫隨到 possess 擁有 previous 先前的 starting wage 起薪 recognize 認定 associated with 與…相關的 ambiguous 模糊的 overnight 整夜的 competitive 有競爭力的 vehicle 交通工具 valid 有效的 fill out 填寫 paperwork 資料作業 checkup 檢驗、檢查 suitable 適當的 nighttime 夜間的 suggestion 建議

9.

為什麼這個廣告會說薪資很有競爭力？

（A）為了補償待機制工作的不確實性
（B）為了吸引有經驗的職員
（C）為了跟其他比薩店競爭
（D）為了補償車輛檢查費用

解析 找出key word，題目裡的competitive就是key word。從本文來看，出現recognizes the challenges associated with working an ambiguous, overnight schedule and therefore offers a competitive salary。（知道不確定的夜間工作時間表的相關困難，所以提供較高的的薪資）的句子，所以解答是（A）。剩下其他選項都不是給有競爭力的薪資的理由。

正確答案(A)

10.

有興趣的應徵者要怎麼做？

（A）直接到市區應徵
（B）列出兩名以前的雇主名單
（C）檢驗他們的車輛
（D）將他們的閒置時間條列出來

解析 「期待做…？」類型。 請記住What... asked to do?，這種問題要趕快找後面部分的命令型態的。如要應徵請寄電子郵件到monica@pizzapalazzo.com，並Make sure to include contact information for two managers from other jobs you have held（確認包含你以前工作的2名管理者的聯絡方式）。 **正確答案(B)**

11.

莫妮卡．博拉茲為什麼寄了這封電子郵件？

（A）為了提供雷之納多工作
（B）為了安排會面
（C）為了安排汽車檢驗日期
（D）為了確認雷之納多的推薦信

解析 找出主題。尋找第2封電子郵件主題的題目。Why是主題。現在知道了吧！因為是電子郵件，所以第一段是客套話的可能性很高。所以請看後面。看到I was wondering if you would be available to come in tomorrow（我想知道你明天是否能來）吧？那就是確認約定，就是寫這封電子郵件的原因。

正確答案(B)

12.

開始在博拉茲比薩工作的話，雷之納多能夠領多少錢？

（A）10美金
（B）12美金
（C）13美金
（D）15美金

解析 找出key word類型。首先選項都是用美金來表示。這種情況要趕快找本文中出現美金的部分。從第一則廣告來看的話，出現了If the successful applicant possesses previous experience in this field, the starting wage will be $13（應徵者有這方面的經歷的情況，起薪變成13美金），將這部分和下面郵件的Everyone was also happy that you have previous experience delivering pizza（大家知道你有外送比薩的經驗都非常高興）部分連結的話，答案就出來了。也就是，雷之納多有外送經歷，有經歷者的起薪是13美金。

正確答案(C)

13.

在這封電子郵件裡，對於博拉茲比薩可做什麼推測？

（A）分店位置改變。
（B）有新的主人。
（C）夜間外送是新的服務。
（D）事業正在逐漸擴大。

解析 NOT / TRUE類型。大家應該知道動詞infer是NOT / TRUE類型吧？先看一遍選項再回到本文找答案。因為根本沒提到選項（A）（B），所以被淘汰。（C）的情況本文中有提到Some of our staff have been working late and coming in early（我們員工中的一部分每天晚下班，提早上班），所以可以知道夜間外送不是新的服務，而是本來就有的服務。但後面接的 in order to keep up with our quickly increasing orders（為了趕上快速成長的訂單）可得知事業正在發展。

正確答案(D)

攻略98 | 各種表格

怪物老師解法的例子

1. (C) **2.** (A)

都市循環公車
用你的步調看Scottsville

	一日券	兩日券
成人（21歲以上）	$30	$50
學生（12～20歲）	$24	$40
兒童（12歲以下）	$15	$25
老人（60歲以上）	$24	$40

都市循環公車／環繞史考比爾的許多觀光聖地是最好的方法／我們提供露天公車／給許多人／很棒的／市裡的港口地區和舊城的風景／以及導覽解析（6國語言）／重要的歷史建築物的／歷史和重要性／不管在哪／都可以下車／和再次搭乘／在任何的都市循環公車標示的公車站。

公車／每15分鐘一班／從早上9點30分到下午4點30分之間／旺季（4月-10月）／淡季期間（11月-3月）／每30分鐘發車／末班車下午4點出發。

詞彙 at your own pace 用你的步調 tour 旅行、觀光 open-air 開放型的 view 觀覽、觀看 narrated commentary 導覽解析 landmark 歷史的建築物 get off 下車 get on 搭乘 bus stop 公車站 depart 出發 off-season 淡季

1.

17歲的兩日券是多少錢？

（A）24美金
（B）30美金
（C）40美金
（D）50美金

解析 找出key word。只要找出17歲和兩日券的相遇點就可以了。上面表格裡有吧，是40美金。快速及正確地找出答案是關鍵。 **正確答案(C)**

2.

對於導覽部分提到什麼？

（A）提供多國語言導覽。
（B）到結束要花30分鐘。
（C）一年之內發車頻率都一樣。
（D）冬天不發車。

解析 NOT / TRUE類型。先看選項再回到文章，（A）是表示the narrated commentary （available in six languages。也就是導覽解析（6國語言），為正確答案。（B）選項是說可隨時上下車，但是沒說到花費30分鐘。（C）的情況因為旺季和淡季的發車次數不同，所以是錯誤的選項。因為旺季和淡季都能觀光，所以（D）也是錯誤選項。 **正確答案(A)**

實戰問題

1. (A)	2. (D)	3. (C)	4. (A)	5. (B)
6. (B)	7. (B)	8. (A)	9. (B)	10. (D)
11. (A)				

問題1-2請參考下列收據。

代立超市
400 可蘭因橋ST ，班特若，伊利若斯 10922
電話：（555） 763-4481

1月12日 下午 2點 35分
結帳人員：莎拉

白葡萄（0.53磅 @ 每磅 4美金）	2.06 美金
豬絞肉（1盒 @ 每盒 4.49美金）	4.49 美金
蔥 （1包 @ 每包 0.99美金）	0.999 美金
胡蘿蔔（1包 @ 每包 1.33美金）	1.33 美金
小計：	8.87 美金
營業稅：	0.00
總計額：	8.87 美金
現金：	20.00美金
找零：	11.13美金

購買日起3天之內接受退貨／如上所示／購買食品24小時之內應該要退貨／只有保持原狀的商品才能退貨。

感謝您／在代立超市消費購物

1.

這張收據包含的內容有什麼？

（A）購買時間
（B）顧客名字
（C）配送位置
（D）商店營業時間

解析 NOT / TRUE類型。看過選項再看文章就可以知道答案。（A）選項是上面的明確地列出的12 January 2:25 P.M.的部分，剩下的根本就沒有提到。平常多看一些用英文收據，可以的話，手機的語言也設成英語，電腦也使用英文版本，到ATM領錢的時候，也選擇英文版的話，會有相當的幫助。

正確答案(A)

2.

從這個收據可得知什麼？

（A）營業稅適用於食材。
（B）豬絞肉是用重量單位來販售。
（C）顧客用支票付款。
（D）過了24小時任何產品都不可退貨。

解析 NOT / TRUE類型。（A）本文下面部分的營業稅是$0.00，所以是錯誤選項。（B）乍看之下好像是解答，但是並不是以重量單位來賣而是以盒為單位，所以與事實不符。（C）選項因為看後面的話，用cash現金付了$20，所以也是錯誤答案。（D）選項Food purchases must be returned within 24 hours。

（購買食品的情況，必須於24小時之內退貨），也就是購買的東西全部是食品，過了24小時後不得退貨。

正確答案(D)

問題3-6請參考下列評論。

法國人消費／更多讓人變胖的高膽固醇食物／舉例來說／牛肉、起士、以及奶油／比起大部分的其他文化／但是心臟病發病率卻是歐洲最低／這種意外的事實造就最近／是根基歐文·雪弗立的新書《法國反論》。

科學家們相信／紅酒是關鍵／紅葡萄酒使減少／心臟病發病率／以及法國人著名的／紅酒／配餐點／但是在《法國反論》裡／著名的紅酒評論家雪弗立主張／紅酒並不是唯一的理由／他指出／其他很多方面／像法國人生活方式的／使得人民更加健康／舉例來說／法國人／比起北美人／購買新鮮食材的可能性更高／他們每天在市場／比起／大量／在大型超市購買／他們甚至願意付更多錢／為了更好品質／例如高品質的巧克力／取代大量生產的垃圾食物／及更少食用速食。

歐文·雪弗立的書是很平易近人的讀物／充滿／有趣的事實和資訊／《法國反論》裡含有很多有益的忠告／給任何人／努力平衡吃的喜愛和健康的身體。

詞彙 the French 法國人 fattening 易胖的 heart disease 心臟病 rate 比例 unexpected 意外的，預料之外的 noted 有名的 critic 評論家 argue 主張 point to 指出… aspect 方面 lifestyle 生活方式 grocery 食材類 in bulk 大量 superstore 大型超市 read 讀物 packed with 充滿… struggle to do 努力想…

3.

歐文·雪弗立的專業是什麼？

（A）料理
（B）歷史
（C）紅酒
（D）科學

解析 找出key word。只要找到Owen Shipley就會很簡單吧？從Shipley, who is a noted wine critic（有名的紅酒評論家雪弗立）來看，可知道是對紅酒知識很了解的人。

正確答案(C)

4.

這篇文章提到比起其他地方，在法國比較不一樣的是什麼？

（A）攝取高膽固醇食物
（B）消費速食食品
（C）心臟病
（D）大量購買食材

解析 NOT / TRUE類型。（A）在本文的前面部分明確地出現。但是（B）選項因為提到較少攝取速食食品，所以是錯誤答案。（C）選項因為心臟病發病率比其他地區低，所以也是錯誤選項。另外法國人每天在市場購買新鮮食材，所以（D）也是錯誤答案。因此答案是（A）。

正確答案(A)

5.

歐文·雪弗立在書中主張什麼？

（A）紅酒不能降低心臟病危險。
（B）在市場購買新鮮食材比較健康。
（C）巧克力為身體帶來不良影響。
（D）北美的食物比法國貴。

解析 NOT / TRUE類型。在本文提到紅酒能降低心臟病的風險，所以（A）是錯誤答案。（B）選項因為法國人比起在大型超市大量購買，反而每天到市場購買新鮮食材，所以是正確答案。（C）選項比起巧克力本身對健康不好，法國人吃高級巧克力，所以也是錯誤選項。（D）完全沒有提到。

正確答案(B)

6.

在《法國的反論》中發現了哪一種情報？

（A）法國料理的做法
（B）追求健康生活的祕訣
（C）紅酒推薦
（D）對於文化禮儀的建言

解析 找出主題。可說是找出整體主題的題目。文章的主題是怎麼做才能活得更健康。因此（B）是正確解答。

正確答案(B)

問題7-11請參考下列發票和電子郵件。

發貨單－6月5日

花請送到下列地址：凡妮莎·桑普森
桑塔安那大道 1450號
加州 洛杉磯 90003

訂購日期：5月19日
貨運日期：6月2日

匯款請寄到下列地址：
雛菊連鎖花店／拉瓦大街25號／洛杉磯／加州 90001

項目：

數量	內容	單價	金額
2	大型插花（綜合白花）	175美金	350美金
5	胸前花飾（百合）	10美金	50美金
1	捧花（紫丁香）	40美金	40美金
1	運費	25美金	25美金

折扣編號：B7SIK91　折扣金額：30美金
折扣編號：H71029F　折扣金額：15美金（運費）

銷售總額：420美金

感謝／意願
如有疑問／電洽雛菊連鎖店電話555-587-1029／訂單／營業日10天內未付貨款／收／一天5美金的違約金。

日期：6月24日
寄件人：凡妮莎．桑普森<jsampson@newmail.com>
收件人：莎莉絲特．秦<celeste@daisychain.com>
主題：發貨單

莎莉絲特
今天收到了你寄來的／我上禮拜訂購的花的收據了。

訂單上／有寫紫丁香捧花項目／那是我訂購的花沒錯／但收到的是鬱金香／我沒有不高興／因為我也喜歡鬱金香／但是很好奇／價格上是否有差異／如果是那樣的價錢的話／我很樂意支付／列出的價格／但萬一有價差的情況／價格上／我會很希望拿到一張訂正後的收據。

參加我的晚餐派對的客人們／因為美麗的花朵／而感到很驚喜／尤其是我的嬸嬸很喜歡百合／您的作品在我的客人中總是得到好評。

喔！非常感謝／白色的花打折扣給我／你說／銷售活動結束了／所以非常感謝／為了我你延長銷售期間。

如果價格變動的話請告訴我！

凡妮絲

詞彙 ship 運送 payment 支付、支付金額 flower arrangement 插花 assortment 綜合 penalty 罰金、違約金 indeed 實際上 upset 心情不好 amount 總額 appreciate 感激 reflecting 反映 promotion 促銷 be over 結束 extend 增加、延長 adjustment 調整

7.

凡妮莎何時收到了花？
(A) 5月19日
(B) 6月2日
(C) 6月5日
(D) 6月15日

解析 找出key word。收到花是key word，在文章中快速找出大寫開頭的May或June。很幸運地出現在文章的最前面部分看。Delivery Date:June 2（貨運日期：6月2日）找出正確解答即可。 **正確答案(B)**

8.

凡妮絲被要求做什麼？
(A) 支付訂單金額
(B) 打電話確認
(C) 調整貨運日期
(D) 確認訂單

解析 「希望…」的題型。前面提過這種類型題目的答案通常都是命令句吧？Please send payment to（匯款至下列地址）正是凡妮絲被要求的。選項中提到匯款的只有（A）。 **正確答案(A)**

9.

凡妮絲為什麼寄電子郵件給莎莉絲特？
(A) 想要更改送貨日期
(B) 想要確認訂單上的一個項目
(C) 想要詢問一種花
(D) 想要感謝給予折扣

解析 找出主題，了解轉換語句。Why就是找主題吧？通常只要在本文的前面部分找就可以，但這篇文章的前面是一些感謝的客套話。千萬別被這部分所騙！真正的答案正是轉換語句後面。由but I was wondering if there is a price difference（但是我想知道是否有價格上的差異）來看的話，是想要確認替換的商品是否有價格差異。因此將此更加白話表現的（B）是正確解答。 **正確答案(B)**

10.

為什麼凡妮絲得到了30美金折扣？
(A) 收到送錯的花
(B) 租借大的花瓶
(C) 寄電子郵件給莎莉絲特
(D) 訂購了白花

解析 找出key word。雙重文章對照類型。30美金折扣就是key word。看第二篇文章的話出現了thank you for applying the white flower discount（感謝你給予白花折扣）。以及上列的文章指出了折扣（Applicable Discount）是30美金，可以知道是對於白花的折扣。 **正確答案(D)**

11.

凡妮絲在電子郵件中說什麼？
(A) 她過去也曾在雛菊連鎖店裡訂過花。
(B) 比起白色的花，她更喜歡紫色的花。
(C) 她對花的價格感到不滿。
(D) 她以後再也不會在雛菊連鎖店裡訂花。

解析 NOT / TRUE類型。在題目中出現動詞suggest也是TRUE類型。當然要先看過選項再回到文章。文章後面部分提到Your work is always well received among my guests.（您的作品總是得到我的客人的好評。）。可得知並不是第一次利用雛菊連鎖店。信中根本就沒提到（B）（C）（D）。 **正確答案(A)**

Chapter 25 簡訊和線上聊天

攻略99 | 簡訊（Messages）

怪物講師的解法

1. (A) **2.** (B) **3.** (C)

您好：

歡迎來到／我們家／此訊息／包含／說明／所以請／詳細閱讀／以順利到達／如果你有任何緊急情況／或問題／你可以／打電話給我們。

抵達
我們是一棟大房子／位於角落／華盛頓街和傑佛森街／請停在／房子前面的／優勝美地街／再爬大階梯／上前門。

您的房間
牆上有／房子地圖／所有的房間／都有標上姓名／請自己／找到姓名／和房間。

Wifi
網路：ABC
密碼：123
請勿非法／下載！

退房
退房時間／是早上11:00／你可以／自行離開／門／會／自動上鎖／在你之後。

住房愉快！
妮可

詞彙 welcome to... 歡迎⋯ instruction 說明 on the corner of 街角 in front of 在前方 label 標示 illegal 非法的 automatically 自動地

1.
此訊息的目的為何？
（A）歡迎與告知房客入住須知
（B）告知房子位置
（C）說明使用Wifi方法
（D）確認住房

解析 此簡訊的目的，依照其結構，分成抵達、無線網路Wi-Fi使用及退房等部分，為告知房客入住的注意事項，因此（A）選項為適當答案。 **正確答案(A)**

2.
房客應該把車子停在何處？
（A）華盛頓街及傑佛森街角
（B）在優勝美地街前
（C）公園前方
（D）任何合適的地點

解析 問題詢問的是地點及位置問題，所以要特別注意問題的主旨及in, at, on等描述地點的介系詞。（A）為房子的位置，（C）及（D）在簡訊中皆為提及。依據題目中Please park in front of the house on Yosemite Street.，選擇（B）。 **正確答案(B)**

3.
房客要如何退房？
（A）拿走鑰匙並且鎖上門
（B）把鑰匙放在房間後離開
（C）把門打開並且出去
（D）把鑰匙親自交給房東

解析 考生要先把題目記住，然後直接閱讀退房部分（Check-out），找到關鍵句「You can let yourself out and the door will lock automatically behind you. 只須離開，關上門，門就會自動鎖上。」的句子，可推論出答案為（C）。在此並未提及鑰匙的處理方式，所以僅需留在房內，其他選項都過於強調鑰匙的處理方式而忽略房東要求的退房方式。 **正確答案(C)**

實戰問題

1. (A) **2.** (D) **3.** (C) **4.** (C) **5.** (B)
6. (B) **7.** (A) **8.** (B) **9.** (D) **10.** (C)
11. (A)

問題 1-3 請參閱下面的簡訊。

親愛的顧客

好消息是／你可以／輕鬆地／客製化／你的帳單通知／在線上／一旦你登入後／請／依照下列步驟：

在頁面上方／選擇／我的資料檔案。

按一下／選擇鍵／選擇／你的無線帳號。

向下捲動／至帳單通知／部分／並／選擇編輯。

你可以選擇或取消／列出的每一種通知方式／使用簡訊或電子郵件方式。

選擇儲存變更／儲存／你更新後的資料／然後／你就完成／設定了。

我們感謝／你使用我們的服務。

請讓我們知道／是否／解決／你的問題。

葉爾達／TSMA通訊專家

詞彙 customize 客製化 billing notification 帳單通知 log in 登入 profile 資料檔案 click 按一下 button 鈕 scroll down 向下捲動至 edit 編輯 opt in or out 選擇或取消 complete 完成 resolve 解決

1.

誰最可能收到此則簡訊？

（A）TSMA顧客

（B）TSMA供應商

（C）TSMA潛在顧客

（D）TSMA員工

解析 簡訊雖然不像email或郵件在信頭就清楚地標示出收發對象，但是字裡行間及最後的屬名，可以幫助我們找到問題的答案，像是We greatly appreciate you use our services!和職稱Communication Specialist 通常都是感謝客戶及負責客服的，所以最可能收到此則簡訊的就是顧客。 **正確答案(A)**

2.

簡訊中包括什麼訊息？

（A）訂單追蹤訊息

（B）確認訂單訊息

（C）追蹤運送狀況訊息

（D）設定訂單通知訊息

解析 從文章篇章架構中看到逐步的説明，都是教導顧客如何設定帳單通知的訊息，並未提及訂單與運送。 **正確答案(D)**

3.

簡訊中所告知的最後一個客製化帳單通知的步驟為何？

（A）向下捲動至帳單通知

（B）選擇及取消帳單通知類別。

（C）儲存你的設定。

（D）選擇編輯。

解析 此問題問的是操作過程的程序，把題目看清楚，依序找到最後的操作步驟。 **正確答案(C)**

問題 4-6 請參閱下面的簡訊。

親愛的顧客

您的 ABC之友卡／即將到期／在12月底／您只需要／再購買美金300元／就可以升級至／下一層級會員／更新後／您就有資格／挑選／免費禮物／在下次到訪時／謝謝您／成為我們寶貴的顧客／我們感激有此榮幸／能夠服務您。

詞彙 customer 員工 expire 到期 purchase 購買 upgrade 升級 membership 會員 are eligible for 有資格 valued 寶貴的 be grateful for 感激 pleasure 榮幸

4.

此簡訊的目的為何？

（A）感謝顧客

（B）確認顧客資訊

（C）促銷及鼓勵顧客升級至下一層級會員

（D）終止會員資格

解析 快速查看題目後，瀏覽整篇簡訊，了解要旨，就可以找到一開始告訴會員卡將失效，以及之後的升級促銷，就可以選出正確答案To promote and encourage the customer to update his / her membership to the next level. 雖然此簡訊也有感謝顧客，但不是最主要目的，所以不能選（A），而簡訊內容與（B）、（D）皆不相關。 **正確答案(C)**

5.

如果下次到訪想要獲得免費禮物，顧客應該怎麼做？

（A）購買價值200美元以下的單品

（B）再額外購買300美元以上

（C）申請新的會員

（D）不須做任何事

解析 you are eligible for choosing a free gift on your next visit to us（下次到訪可以獲得免費禮物）句子中的條件是after upgrading（升級後），所以要找到upgrading的要求就是to purchase USD 300 to upgrade your membership to the next level（額外購買300美元）。 **正確答案(B)**

6.

會員什麼時候會失效？

（A）一月底

（B）年底

（C）七月底

（D）夏天結束時

解析 簡訊中第一個句子就開宗明義地提及Your ABC Friend Card is going to expire by the end of December（會員即將在12月底到期），12月底即年底，因此選擇 the end of year（年底）這個答案。 **正確答案(B)**

問題 7-11 請參閱下面的簡訊。

親愛的與會貴賓

我們將改變／地點／開幕及晚宴／至／阿囉哈飯店2樓的國際宴會廳／開幕典禮／將於18:00開始／晚宴／18:30開始／接駁車／會接您／在火車站及機場／我們的

人員／將會引導您／搭乘接駁車／至飯店／第一班接駁車／發車時間是／17:40。

如果您錯過／第一班接駁車／請等待下一班／18:10的接駁車／如果您錯過／這兩班接駁車／您必須／前往飯店／自行／謝謝您的參與／如果您有任何問題／請打612-356-7654／給戊妮女士／此簡／訊由系統發送／請勿回覆／直接。

詞彙 participants 與會貴賓 venue 場地 opening ceremony 開幕典禮 dinner banquet 晚宴 shuttle buses 接駁車 staff人員 guide引導 miss 錯過 wait for 等待 on your own 自行 participation 參與 system 系統 reply 回覆 directly 直接地

7.

依據此簡訊，什麼改變了？
（A）開幕典禮與晚宴地點
（B）接駁車的出發時間
（C）會議地點
（D）在火車站和機場的會面時間

解析 熟記題目，回過頭看文章找答案，馬上可以看到第一句We will change venues for both opening ceremony and dinner banquet to International Banquet Hall on 2F of Hotel Aloha.（我們將開幕及晚宴地點改至阿羅哈飯店2樓的國際宴會廳），簡訊中並未提及其他選項相關的變更。 **正確答案(A)**

8.

與會者應該搭乘幾點的接駁車？
（A）18:00或18:30
（B）17:40或18:10
（C）18:00
（D）18:30

解析 簡訊中提及四個時間，分別為開幕典禮及晚宴時間與接駁車時間，選項（A）為開幕典禮及晚宴時間，選項（B）才是接駁車搭乘時間。 **正確答案(B)**

9.

如果與會人員需要協助，他應該聯絡誰？
（A）直接回覆簡訊訊息
（B）打給飯店
（C）打給會場的人
（D）打給戊妮女士

解析 與選項（A）相反，簡訊中提醒This text message is sent by the system and do not reply it directly.（簡訊由系統發送，請勿直接回覆），簡訊並且未告知（B）和（C）選項，因此選擇（D）。

正確答案(D)

10.

與會人員可以在哪裡搭乘接駁車？
（A）飯店
（B）公園
（C）火車站或機場
（D）打給戊妮女士

解析 問及where（場地），答案一定是某地方，所以（D）不予考慮，要前往飯店，不可能在飯店搭乘，（A）也不考慮，簡訊中也未提及（B），所以選擇（C）。 **正確答案(C)**

11.

如果與會人士錯過經安排的接駁車，他應該怎麼辦？
（A）搭計程車到飯店
（B）等待下一班接駁車
（C）打給戊妮女士
（D）打給飯店

解析 第二篇接續的簡訊前兩句為If you miss the first shuttle bus, please wait for the next one at 18:10. If you miss both shuttle buses, you need to go to the hotel on your own.（錯過第一班搭乘下一班18:10分的，再錯過必須自行前往），所以不能選擇（C）或（D）的打電話方式，也不能選（B）再等下一班，雖然簡訊中未提及by taxi（搭計程車），但是這是自行前往的方式之一。 **正確答案(A)**

攻略100 | 線上聊天（SMS）

怪物老師解法的例子

1. (C) **2.** (D)

艾力克斯．瓊斯：我們發現／燈／前方的／故障了。 [4:39 pm]

麥克．王：問題／發現在ABC機器？ [4:40 pm]

艾力克斯．瓊斯：是。 [4:43 pm]

麥克．王：實際上／在之前／艾利克斯／理查有提出／燈泡故障的問題／給客戶。 [4:45 pm]

艾力克斯．瓊斯：是的／我們報告給客戶／再次／換燈泡／很容易／但是我們必須／關閉系統／五分鐘左右。 [5:00pm]

麥克．王：這會變成個問題／因為每個人／都忙著要在／下午6:00前下班／尖峰時間／現在／艾瑞克／問他看看／我們可不可以／機器／工作／今晚。 [5:10 pm]

艾瑞克．佛比斯：當然／我回覆你／很快。 [5:12 pm]

麥克．王：謝謝你／的協助。 [5:15 pm]

艾力克斯．瓊斯：你必須／找其他人／來做更換工作／因為／我有排程工作／今晚。 [5:30 pm]

詞彙 out of order 故障 indeed 確實 bring the issue 提出問題 failure 故障 light bulb 燈泡 client 客戶 report 報告 shut down 關閉 peak time 尖峰時間 rush 趕著 get off from work 下班 get back 回覆 replacement 替換

1.

問題是什麼？

（A）沒人有空可以做更換

（B）每個人都趕著在下午6:00前下班

（C）發現有燈泡故障問題

（D）艾力克斯有排定時程工作

解析 一定要熟記題目再回來找答案，雖然（A）、（B）和（D）選項都在線上聊天內容中出現，但是此線上聊天內容的主旨，也是三人對話一開始就提及的（C）選項：We found the light in the front is out of order.（我們發現前方的燈故障了）。 **正確答案(C)**

2.

如果更換的工作確定的話，誰可以負責？

（A）艾力克斯．瓊斯

（B）麥克．王

（C）艾瑞克．佛比斯

（D）我們不知道會找到誰來做工作

解析 題目問及對象，雖然艾力克斯．瓊斯、麥可．王、艾瑞克．佛比斯是這則線上聊天中的主角，但今晚要執行工作的人，依據艾力克斯．瓊斯在小總結中的話，Then you will need to find someone else to do this replacement since I have scheduled work tonight.（你今晚必須找人來更換，我有排定行程的工作），答案要選（D），工作會有人做，但不知道是誰：We do not know since a person shall be found to do the work. **正確答案(D)**

實戰問題

1. (B)	**2.** (C)	**3.** (A)	**4.** (A)	**5.** (A)
6. (C)	**7.** (C)	**8.** (B)	**9.** (B)	**10.** (A)
11. (B)				

問題 1-3 請參閱下面的線上聊天。

文森．莫瑞：我們／持續等／這位客人／等了幾小時了。 [11:32am]

羅傑．伍德：什麼／你告訴我／你那個會議在／早上9:00／現在／快要吃午餐了。 [11:34 am]

莉莉．溫：我再／打個電話給／布朗先生 [11:34 am]

文森．莫瑞：謝謝／莉莉／可以跟他的祕書莉莎／了解／他什麼時候來？ [11:36am]

羅傑．伍德：我想／你最好／讓一個人等／在那裡／然後／開始／去吃午餐／輪流／如果他未出現／15分鐘後。 [11:40 am]

文森．莫瑞：我們哪都不去／在之前／莉莉確認布朗先生／什麼時候抵達。 [11:42 am]

莉莉．溫：我跟莉莎談過了／已經／她說有緊急事務發生／布朗先生必須／處理／親自／他到達的時間／約13:00／他很抱歉／讓你們／等那麼久。 [11:45am]

文森．莫瑞：羅傑／我想你是對的／是時間／早一點／吃午餐。 [11:46 am]

詞彙 wait for 等待 a couple of 幾個 lunch time 午餐時間 secretary 祕書 you had better 你最好 take turn 輪流 show up 出現 emergency 緊急事務 take care of 處理 in person 親自

1.

聊天內容中顯示發生什麼事？

（A）客戶準時來。

（B）客戶未準時出現。

（C）客戶請文森．莫瑞和他同事吃午餐。

（D）客戶拒絕見他們。

解析 問題問及所發生的事，在應答時就必須掌握聊天內容，第一句話往往就會透露訊息We have been waiting for the client for a couple of hours.（我們持續等客戶好幾小時了。），所以馬上選出正確選項。 **正確答案(B)**

2.

文森．莫瑞跟他的同事會怎麼做？

（A）他們離開並且留下紙條。

（B）他直接打給客戶祕書。

（C）他們去吃午餐。

（D）他們輪流吃午餐並且要求祕書回電。

解析 通常訊息的最後會是個小總結，很快地看到最後一句，文森．莫瑞說Roger, I think you are right. It is time for early lunch now.（羅傑，你是對的。該是早一點吃午餐的時候了。）我們可以馬上選出（C），而（A）、（B）、（D）選項中皆有一半的陳述非為實情。 **正確答案(C)**

3.

為什麼布朗先生未能準時與文森・莫瑞準時會面？

（A）他必須要親自處理緊急事務。

（B）他生病了。

（C）他忘了會議時間。

（D）他生氣不想見他。

解析 除了使用刪去法把未提及的選項（B）、（C）、（D）刪去以外，也可以快速瀏覽至說明原因的部分：I talked to Lisa already and she said some emergency occurred and Mr. Brown has to take care of it in person.（我跟莉莎談過，她說有緊急事務發生，布朗先生必須親自處理），選出（A）。

正確答案(A)

問題 4-6 請參閱下面的線上聊天。

曼蒂・陳：佛斯特女士／你在／途中／到辦公室嗎？ [10:45 am]

克里斯汀・佛斯特：是啊／我快到了。 [10:45 am]

曼蒂・陳：太好了／ 馬夏彰先生／來自印度的那位／在這／裡現在／他的班機／早到。 [10:46 am]

克里斯汀・佛斯特：給他看／新產品目錄／我們的。 [10:47 am]

曼蒂・陳：我給他看了／他有些問題。 [10:48 am]

彼得・史密斯：我跟他在一起／但是／他要求／跟你談。 [10:50 am]

克里斯汀・佛斯特：給我／一點時間／我馬上到。 [10:51 am]

曼蒂 ・陳：他在電話上／現在／你有時間／跟他談一下嗎？ [10:53 am]

詞彙 on one's way to 到…途中 flight 班機
new product catalogue 新產品目錄 intention 用意
kill time 殺時間 disturb 干擾 promote 推銷 entertain 娛樂

4.

克里斯汀・佛斯特在哪裡？

（A）她在前往辦公室的途中。

（B）她在開會。

（C）她在家。

（D）她在餐廳。

解析 牢記問題問的是地點，線上聊天第一句話就問到 Ms. Foster, are you on your way to the office?（佛斯特女士，你正在前往辦公室的途中嗎？）佛斯特女士也回答Yup（是），馬上可以選出（A），其他選項中的場所在問題中皆未提及。 **正確答案(A)**

5.

誰陪著馬夏彰先生？

（A）彼得・史密斯

（B）克里斯汀・佛斯特

（C）曼蒂・陳

（D）馬夏彰先生獨自一人。

解析 I am with him.（我跟他在一起。），說話的人是彼得・史密斯，所以選擇（A），牢記題目，回頭找答案 。

正確答案(A)

6.

給馬夏彰先生看新產品目錄的用意為何？

（A）殺時間

（B）干擾他

（C）推銷

（D）娛樂他

解析 此考題主要是考詞彙，考生必須知道 intend（動詞，意圖）、intention（名詞，用意），要了解才能作答，new product catalogue（新產品目錄）的用途當然是選項（C）to promote（推銷）。其他選項非新產品目錄的用途。 **正確答案(C)**

問題 7-11 請參閱下面的線上聊天。

琳達・依斯伍德：我剛才／在開會／錯過了你的電話／你可以／回撥嗎？ [4:18 pm]

瑞塔・吳：抱歉／我們可以／在這裡談嗎／因為我將要去開會。 [4:20 pm]

琳達・依斯伍德：當然／我能幫你什麼？ [4:21 pm]

瑞塔・吳：我們在找／一位英日翻譯／這星期六早上／你是否／剛好／有認識的人呢？ [4:24 pm]

琳達・依斯伍德：是的／我推薦／我的朋友／伊藤教授／他教書／在WU語言學院／但是／我必須確認他有沒有空／先。 [4:26 pm]

瑞塔・吳：我等／你的回覆。 [4:27 pm]

琳達・依斯伍德：嗨／瑞塔／伊藤教授有空／並且很樂意協助你／我會寄給你他的履歷／明天早上／還有／明天早上／只能聯絡我／透過文字訊息／因為我有兩個會議。 [5:30pm]

瑞塔・吳：好的／且／別忘了／給我／他的連絡資訊／我打電話給他／直接／明早。 [5:32pm]

琳達・依斯伍德：讓我先告訴他／你明天早上／會打給他。 [5:35pm]

瑞塔・吳：謝謝／晚安。 [5:38pm]

詞彙 call back 回撥 happen to 剛好 availability 有沒有空 reply 回覆 assist 協助 CV 履歷 inform 通知

7.

琳達．依斯伍德可以協助些什麼？
（A）去開會
（B）約定討論時間
（C）找翻譯
（D）回電給瑞塔

解析 熟記問題問的 What could Linda Eastwood help? 找到聊天內容中的What can I help you?（我能幫你什麼？）的回覆We are looking for a... translator...（我們在找翻譯），選出（C）。 **正確答案(C)**

8.

琳達．依斯伍德是否可以協助？
（A）是的，她可以翻譯。
（B）是的，她可以推薦朋友。
（C）是的，她可以刊登分類廣告。
（D）是的，她可以請朋友推薦。

解析 以必須使用Yes/No為開頭的問句而言，雖然Yes/No是答題關鍵，但是如果選項都為Yes時，就必須仔細看清楚問題問什麼，琳達．依斯伍德可以協助的方式是Yes, she could recommend her friend.（是的，她可以推薦朋友），其他選項都不是她可以協助的方式。 **正確答案(B)**

9.

開始時瑞塔．吳能做什麼？
（A）立刻聯絡伊藤教授
（B）等看看伊藤教授是否有空
（C）打電話給伊藤教授
（D）在會議上跟伊藤教授討論

解析 在聊天內容中，了解瑞塔．吳的用意並且表示可以推薦朋友之後，琳達．依斯伍德在4:26 pm時提及But I need to check his availability first.（但是我必須看看他有沒有空），所以瑞塔．吳只能to see whether Professor Ito is available.（等看看伊藤教授是否有空），選（B）。 **正確答案(B)**

10.

CV是什麼？
（A）一生的經歷
（B）名片
（C）申請書
（D）採購單

解析 這一題考的是詞彙CV，CV是 Curriculum Vitae 的縮寫就是你一生的簡歷，所以選（A）。
正確答案(A)

11.

最後，雙方同意了什麼？
（A）伊藤教授會打給琳達．依斯伍德。
（B）伊藤教授會被告知瑞塔．吳明早的來電。
（C）伊藤教授會被要求參加兩個會議。
（D）伊藤教授會傳簡訊給瑞塔．吳。

解析 在此我們使用刪去法，選出選項中第二則聊天內容裡雙方唯一同意的選項（B）Professor Ito would be informed of Rita Wu's phone call tomorrow first.（伊藤教授會被告知瑞塔．吳明早的來電）。 **正確答案(B)**

Chapter 26 雙篇閱讀

攻略101 | 雙篇閱讀

怪物講師的解法

1. (C) **2.** (D) **3.** (B) **4.** (A) **5.** (C)

Faraway旅行社
165 East 47th Street New York NY

收信：梅爾．古列
寄信：安妮卡．里斯
回覆：從紐約飛到邁阿密的航班

<table>
<tr><td rowspan="4">選擇 1</td><td>日期</td><td colspan="2">航空公司</td><td>出發</td><td>到達</td></tr>
<tr><td>5月2日</td><td colspan="2">Eagle Air</td><td>紐約</td><td>邁阿密</td></tr>
<tr><td colspan="2">出發時間</td><td colspan="2">抵達時間</td><td>費用</td></tr>
<tr><td colspan="2">上午8點15分</td><td colspan="2">下午12點15分</td><td>400美金</td></tr>
<tr><td rowspan="6">選擇 2</td><td>日期</td><td colspan="2">航空公司</td><td>出發</td><td>到達</td></tr>
<tr><td rowspan="2">5月1日</td><td rowspan="2" colspan="2">SR Airlines</td><td>紐約</td><td>亞特蘭大</td></tr>
<tr><td>亞特蘭大</td><td>邁阿密</td></tr>
<tr><td colspan="2">出發時間</td><td colspan="2">抵達時間</td><td>費用</td></tr>
<tr><td colspan="2">上午3點</td><td colspan="2">下午4點30分</td><td rowspan="2">300美金</td></tr>
<tr><td colspan="2">下午5點45分</td><td colspan="2">上午7點30分</td></tr>
<tr><td rowspan="4">選擇 3</td><td>日期</td><td colspan="2">航空公司</td><td>出發</td><td>到達</td></tr>
<tr><td>5月1日</td><td colspan="2">Calico Air</td><td>紐約</td><td>邁阿密</td></tr>
<tr><td colspan="2">出發時間</td><td colspan="2">抵達時間</td><td>費用</td></tr>
<tr><td colspan="2">上午9點</td><td colspan="2">下午1點</td><td>450美金</td></tr>
</table>

注意：所有費用都包含／100美金的燃油附加費用以及／50美金的邁阿密機場的維修費用

請訪問我們的網址／www.farawaytravel.com／想要更詳細的清單和票的狀況的話。

收件人：安妮卡．里斯<areese@farawaytravel.com>
寄件人：梅爾．古列<mg@crooners.net>
日期：4月25日
主旨：紐約出發飛往邁阿密班機

親愛的安妮卡，

謝謝你／快速地回覆／我的電子郵件／關於紐約出發前往邁阿密的／在5月1日左右。

我知道／我的預約有點晚了／那代表／我沒有多少選擇了／就如同我們上次信件往來時討論的／重要的是我必須要更早抵達邁阿密／為了設置我們公司的攤位／在5月3日開始的國際汽車展中／當時看到你寄給我的傳真／我覺得／最好的選擇就是／在5月1日的直飛航班。

謝謝你／如果可以請你幫我預約直飛航班／且盡快寄電子郵件給我的話／我會付錢。

我會帶很多的樣品／為了汽車展／所以我也希望／你告訴我／這次飛行攜帶行李的限制與超重的費用。

以上

梅爾

詞彙 flight 飛行、航空 fare 費用 fuel surcharge 燃油附加費用 maintenance charge 維修費用 condition 條件 prompt 快速的 response 回覆 booking 預約 option 選擇權 exchange 交換（信件） set up 設置 appreciate 感謝 reserve 預約 confirmation 確認 payment 支付 bring along 帶著 luggage 行李 weight limit 重量限制 extra 追加的

1.
有談到什麼關於維修費用？
（A）150美金。
（B）已經支付了。
（C）已加到列出的價格上。
（D）不可以退錢。

解析 找key word的類型，所以要找maintenance charge。看到第一個傳真的內容的話，就有提到50美金，所以（A）是錯誤的答案。選項（B）錯的地方就是看到第二篇郵件的話，可以知道現在都還沒有預約。第一篇傳真的內容最後面的部份Notes：後面可以看到「所有的費用包含了100美金的燃油類附加費用，以及50美金的維修費用」，所以選項（C）是正確答案，而（D）在文章中完全沒有提到。

正確答案(C)

2.
下列哪一項不是關於SR航空公司的選項？
（A）價格最便宜的選擇。
（B）在5月1日出發。
（C）在晚上到達邁阿密。
（D）是直飛班機。

解析 這是Not / True的類型。請找出key word。先看答案選項（A）到（D），之後在本文中找出SR航空公司。（A）選項是對的，因為SR航空的300美金比其他航空公司的費用（400、450）低。5月1日出發的（B）選項也是對的。（C）選項也是對的，因為到達邁阿密是晚上7點半。 **正確答案(D)**

3.
梅爾將搭乘幾點飛往邁阿密的飛機？
（A）上午8點15分
（B）早上9點

（C）下午3點
（D）下午5點45分

解析 這是雙篇閱讀對照的類型。這是稍微不慎就會浪費很多時間的問題。要好好對照兩篇閱讀內文，並且找出相關的句子。看到下面的郵件可以知道梅爾想要搭5月1日直飛的飛機。my best option would be the direct flight on May 1。這個就是證據。由上可知，從上面的傳真內容中可以找到5月1日的單程飛行。在5月1日出發有兩間航空公司，但是SR航空不是直航，所以要先淘汰。可以知道Calico航空就是梅爾要搭乘的航空公司。 **正確答案(B)**

4.
梅爾．吉列在自己的郵件中談到什麼？
（A）他之前有跟安妮卡．里斯聯絡。
（B）他要去邁阿密度假。
（C）他之前沒有去過邁阿密。
（D）他已經先付了機票錢。

解析 這是Not / True類型。動詞indicate也是TRUE類型，所以要先看答案選項（A）到（D）。看到本文中的第二封郵件的話，可以在As we discussed in our previous exchange（如同上次我們在之前的信件談的）中知道之前已經有聯絡過了。所以（A）是正確答案。另外他是因為汽車展才到邁阿密，所以選項（B）是錯的答案。（C）選項是在本文中沒有出現的內容，在so that I can make my payment（我可以付錢）部分可知道還沒有付錢，所以（D）也是錯的。 **正確答案(A)**

5.
梅爾希望安妮卡做什麼？
（A）幫他租車
（B）給他新的出發日期
（C）告知航空公司的行李政策
（D）確認飯店預約

解析 這是「想要做的是…？」的類型。（What... want to do?）這種類型的答案大部分都在本文最後面以命令句的型態出現。看到最後面的部份，看到了so I was also hoping you might be able to tell me the luggage weight limits and extra luggage charges for that flight。You might be able to的意思是「您可以做…」這是語氣非常柔軟的命令句。請您要記住。 **正確答案(C)**

實戰問題

1. (B)	2. (C)	3. (B)	4. (A)	5. (B)
6. (D)	7. (D)	8. (B)	9. (D)	10. (D)

問題 1-5 請參考下列資訊和信件。

象牙塔大樓公約

1. 所有的腳踏車必須停在／在中央出入口右邊的／腳踏車停車區域／腳踏車停在大樓前的人行道上或是走廊前面／會被管理人員移走。

2. 象牙塔的游泳池使用時間是星期二到星期天從早上9：00到晚上9：00／小於18歲的兒童需要被大人陪同／而且使用游泳池的人必須被要求降低音量／尊重其他住戶。

3. 垃圾要被放置位在大樓1樓的垃圾間裡面的適當容器內／請確保容器的蓋子是蓋著的／預防動物或是害蟲跑進去裡面。

4. 可以飼養寵物／但是隨時維持受控制的狀況／狗必須要綁在區域內／而且其他的寵物必須被關在籠子裡面／在進出建築物的時候。

7月19日

親愛的法蘭克．明特，
我是住在象牙塔15年的住戶／對於管理方式我非常的滿意。

但是我必須提醒你一個潛在且嚴重的問題／我知道有一個有3個小孩的家庭搬到204號／我的工作是早班／而且我通常在10：00上床睡覺／但是最近／我在晚上被吵醒／因為那些孩子發出很大的聲音／在使用游泳池的時候／這已經發生好幾次了／我知道規定張貼在游泳池的出入口／但是我希望你／身為這棟建築物的管理者／去告訴那個家的人／確保他們知道游泳池的使用規定／我能想像其他的住戶應該也有和我一樣的困擾。

感謝你對於這個問題的關心。

以上

艾許爾．史密斯
301號

詞彙 main entrance 前門 sidewalk 人行道 hallway 玄關、入口 remove 移除 maintenance 維持、修繕 supervise 管理、監督 adult 成人、大人 keep down 降低 out of respect for 尊重… tenant 居民、居住者 garbage 垃圾 appropriate 適當的 container 罐子、容器 lid 蓋子 firmly 堅固地 pest 害蟲 under control 受控制的 on a leash 用繩子綁起來 premises 區域 restrain 限制 cage 籠子 extremely 非常 management 管理 take care of 處理…、照顧… bring attention to 請注意… early shift 早班 recently

最近 awaken 被叫醒 happen 起來、發生 regulation 規則 entrance 入口 superintendent 管理者

1.

這個規則中沒有提到什麼主題？

（A）游泳池的使用時間

（B）汽車停車位置

（C）處理垃圾的規定

（D）搬運寵物到建築內

解析 這是Not / True類型。請先看答案選項。（A）選項是對的，因為本文中有説從早上9點到晚上9點。（規定2），選項（C）是規定3。選項（D）也在規定4中出現。所以沒有出現的主題就是選項（B）。

正確答案(B)

2.

依據規定，腳踏車要停在哪裡？

（A）大樓走廊

（B）出入口的左邊

（C）指定的腳踏車區域

（D）建築物前面的人行道上

解析 找出key word。這是在停腳踏車的位置。只要仔細讀規定1就可以正確地答題。選項（A）（D）是不能停放腳踏車的地方，選項（B）也錯，因為是停在出入口的右邊，所以正確答案是（C）。 **正確答案(C)**

3.

有提到公寓204號小孩子的事情是什麼？

（A）他們深夜從學校回來。

（B）他們在關閉時間使用游泳池。

（C）他們把腳踏車停在大門口。

（D）他們住在這棟建築物15年。

解析 這是雙篇閱讀比較的類型。要比較上下兩邊文章。看到下面的信件，寫這封信的艾許爾都在晚上10點上床睡覺。但是看到上面公告的內容的話，使用時間是到晚上9點為止。所以在10點被吵醒的艾許爾是因為游泳池的噪音，因此可以知道孩子們在晚上9點以後使用游泳池。 **正確答案(B)**

4.

法蘭克．明特是誰？

（A）象牙塔的管理人

（B）三個小孩的父母

（C）公寓204號的居住者

（D）游泳池所有人

解析 找出key word。確認發信人與收信人。只要找法蘭克．明特就好了。下面信件最前面的Dear部分就有出現收信人。收信人在信件本文中以you被標示。由上可知，在you, as superintendent of the building中，可以知道收信人是公寓的管理人。 **正確答案(A)**

5.

這封信的目的是什麼？

（A）要求變更規定

（B）提出抗議

（C）告知明特先生新的行程

（D）歡迎新的入住者

解析 找出主題。在問題中出現了purpose這個單字的話，就是要尋找主題。在這種狀況下就要看到本文最前面的部分，或是整篇文章。特別是向I am writing to...這樣的句子就是表現的主題。在本文前半部中，有I am writing to bring your attention to a potentially serious problem這句話。這句話就是要喚起別人對問題的注意，所以可以知道這是要抗議某個問題的信件。 **正確答案(B)**

問題 6-10 請參考下列廣告和信件。

Ming的框架中心

Ming的框架中心開了第三家分店！

為了慶祝／我們降低價格／一個星期／買超過75美金打75折／買超過125美金打65折

我們提供充足的選擇／木頭或是金屬框架／多種的顏色與材質／符合各種的圖片／我們專業的員工可以幫助您挑選有格調及顏色／讓您的圖片更出色。

我們還有玻璃的選擇：

Ming的基本玻璃：這是價格最實惠的選擇／這種玻璃最適合用在低光亮的地方／這種玻璃是多用途高品質／提供最少的反射以及高品質的保護／陽光／依然可以讓您看到圖片細微的部分

不反射玻璃：這種玻璃是要放在有太陽的房間裡／這種不反光的塗層讓您的圖片還是可以看得很清楚／就算你是在有大太陽的房間內／（注意：這種不反光的塗布層可以加在畫像玻璃上，依據尺寸別，只需要一點點的費用）

博物館用玻璃：這種高品質的玻璃適合／用在偉大的藝術作品／或想保存的重要家族照片上／不僅是不反光的玻璃／也是可以保護印刷物可以免於溫度與濕度的改變造成的影響／這是我們最好產品系列的玻璃／雖然價格很高／但是結果不會讓您失望！

畫像玻璃：最後／強調細微的玻璃／這種玻璃很薄／但像Ming基本玻璃一樣堅固／是為了帶出圖片中細微部分而被製造的／且非常適合用在褪色的畫像或是老照片。

艾佩爾斯・漢森
Ming框架中心
2031 Main Street主街
辛辛那提，俄亥俄州
54100

親愛的漢森小姐，
我想要感謝妳最近／幫我的母親／選擇框架以及玻璃。

這是我第一次到Ming／我非常的驚訝／不僅是超多的產品選擇／還有服務／我很開心／當聽到你告訴我／Ming先生強調／他所有的員工都要去上裝飾課程／學習關於搭配的顏色／妳的專業令人激賞。

我的母親非常地感激／當她看到放在相框裡面的畫像／像個年輕的女孩／我找到了老照片／在她的沙發後面／已經被陽光照射到褪色／但是在上面放上你建議的特殊玻璃／那些細微的部分都變得清楚／我母親還可以讀出背景中商店的店名／她告訴了我／Anderson's雜貨店／他們有50分錢的捲筒冰淇淋／我母親說。

總之／謝謝你正面性的工作經驗／我會大力推薦告訴我的朋友以及家人／Ming的服務。

以上
賈桂琳・貝克

詞彙 location 分店 lower 降低 frame 框架 a variey of 多樣的… texture 質感 fit 符合… expert 專家 stand out 出色的 cost-effective 實惠的價格 all-around 多方面的 minimal 最少的 reflection 反射 protection 保護 clarity 透明度、鮮明度 portrait 畫像 hign-quality 高品質的 suitable for 適合… preserve 保存 temperature 溫度 humidity 濕度 fee 手續費、費用 emphasize 強調 durable 堅固的 fade 模糊 incredible 不能相信的 decorate 裝飾 complementary color 搭配色 expertise 專業知識 specialty 特色（的） recommend 推薦、建議 background 背景 general store 雜貨店 positive 肯定的

6.

為什麼Ming's要廣告？
（A）為了讓人知道有打折
（B）為了說明新產品的目錄
（C）為了增加業績
（D）為了廣告新的分店

解析 找主題。在問題中出現why的話，就要找出主題。最前面的Ming's Framing Center has just opened its third location（Ming's的框架中心開了第三家分店），To celebrate, we have lowered...（為了慶祝，我們降低…）部分就可以看出答案了。

正確答案(D)

7.

博物館用玻璃有什麼優點？
（A）費用最實惠。
（B）有不反射塗層。
（C）可以讓圖片細微的部分呈現出來。
（D）可以保護圖片，在潮濕的環境下。

解析 這是Not / True類型，要進行搜尋。首先看到答案選項，對照本文中Museum Glass的部分。這個產品是最貴的，因此選項（A）淘汰。（B）選項因為是不反射玻璃的功用所以淘汰，（C）是這種玻璃中沒有談到的功能。在本文中的it also protects prints against changes in temperature and humidity（它也保護印刷品，避免受到溫度與濕度的影響）。所以正確答案是（D）。 **正確答案(D)**

8.

艾佩爾斯・漢森是誰？
（A）Ming's框架中心的顧客
（B）Ming's框架中心的職員
（C）賈桂琳・貝克的朋友
（D）賈桂琳・貝克的媽媽

解析 找出key word。要確認收信人與發信人。在本文中找Elspeth Hanson。在第二段文章中，人名與地址一起出現了。因為人名只有一個，所以她絕對是收信的人。可以知道Elspeth Hanson是Ming's Framing Center的職員。因此正確答案是（B）。 **正確答案(B)**

9.

賈桂琳・貝克買了什麼玻璃？
（A）Ming's基本玻璃
（B）不反射玻璃
（C）博物館用玻璃
（D）畫像玻璃

解析 這是雙篇閱讀對照類型。這種問題通常都很難。下面的信件中提到了媽媽把陳舊的照片放在相框中，然後看起來非常的鮮明清楚，甚至可以看到後面背景的雜貨店店名。依據上面的廣告可以知道這就是可以讓東西看得很清楚的Perfect Portrait Glass。

正確答案(D)

10.

Anderson's雜貨店是什麼？
（A）Ming先生的商店。
（B）賈桂琳・貝克擁有的商店。
（C）相框商店。
（D）在照片中的商店。

解析 找出key word。在本文中找出Anderson就可以了。在下面的信件中出現了。媽媽的照片擺放在相框中，看得很清楚。甚至連照片背景中的Anderson雜貨店的招牌都可以看得很清楚。 **正確答案(D)**

Chapter 27 三篇閱讀

攻略102 | 三篇閱讀（Three Passages）

怪物講師的解法

1. (A) **2.** (A) **3.** (C) **4.** (A) **5.** (A)

反抗者啦啦隊選拔賽
不需經驗

你是年輕、活潑、又充滿能量的女子、且正在尋找挑戰嗎？

本地的橄欖球隊「格蘭尼特維爾反抗者」
正要多增加幾名啦啦隊員。

不需要有經驗。
你只需要願意學習！

別猶豫。
請利用這個獨特的機會。

選拔賽將在下個週末舉行／7月22及23日上午9點到下午6點。
如果你感興趣／請寄電子郵件到
rebelcheerleaders@gmail.com／請附上幾張大頭照和全身照／我們會聯繫你／告知選拔時間／收到你的大頭照和全身照的電子郵件後。

祝你好運！

你好，

我看見／關於公開選拔賽的廣告／您刊登在格蘭尼特維爾日報上／我很好奇這是否值得我花時間參加／我快要35歲了／而且現在不是我的最佳健康狀況／仍然看起來很美／但我擔心我的身體不夠好／足以要成為的啦啦隊員。

如果你們能對我說實話／我會很感激的／我真的想要試試看／但是請讓我知道／如果我只是在浪費自己的時間／非常感謝你們。

瑪莉莎．麥卡錫敬上

瑪莉莎你好，

別擔心那麼多／平均年紀／隊上的啦啦隊員／將近33歲／我們當中沒有／人才18歲／我們比較想要找的是／有熱忱的女子／願意全力以赴／從你的來信看來／你似乎非常適合我們。還有關於你的身體／同樣地／別擔心／我們有一項飲食和運動計畫／讓你進行／如果你成功加入啦啦隊／我們每週練習四次／兩個月／一直到橄欖球季開始。

希望在選拔賽中見到你。

貝斯．金恩
格蘭尼特維爾反抗者隊啦啦隊隊長

詞彙 tryout 選拔賽 cheerleader 啦啦隊 energetic 精力旺盛的 challenge 挑戰 willing to 願意 curious 好奇 honest 誠實的 waste 浪費 average 平均的 squad 小隊 message 訊息 regarding 關於 diet 飲食

1.
公開選拔賽的廣告刊登在哪裡？
（A）報紙
（B）雜誌
（C）網站
（D）書籍

解析 從瑪莉莎．麥卡錫寄的信中可知她在Graniteville Daily（格蘭尼特維爾日報）中看到這則廣告，故答案選（A）。 **正確答案(A)**

2.
哪一個字意義最接近「vivacious（活潑的、有活力的）」？
（A）活潑的
（B）幽默的
（C）運動的
（D）有經驗的

解析 此題為多益常出現的題目。單字出現在第一則的廣告中，在形容女性的特質，vivacious為「活潑的、有活力的」意思，選項（A）lively表示「活潑的」，意思最相近。 **正確答案(A)**

3.
反抗者啦啦隊要在來參加選拔賽的女子當中尋找以下的哪項特質？
（A）對於當啦啦隊員的熱情
（B）當啦啦隊員的經驗
（C）學習的欲望
（D）對於反抗者隊的認識

解析 廣告的前面就有提到他們尋求具有學習欲望特質的女子，「You just need to be willing to learn!」，故這題要選（C）。 **正確答案(C)**

4.
下列詞語當中，何者意義最接近，「give it a shot（試試看）」？
（A）嘗試

（B）傷害別人
（C）創造出某樣東西
（D）度過愉快的時光

解析 give it a shot出現在第二篇文章中，前後文為I really would like to give it a shot，整句話的意思是「我想要試試看」，意思與選項（A）最接近。

正確答案(A)

5.

麥卡錫女士為何擔心參加反抗者隊啦啦隊員選拔賽？
（A）她認為她身體不夠健康。
（B）她認為她不夠漂亮。
（C）她相信自己不夠漂亮。
（D）她認為她沒有足夠的時間參加所有的練習。

解析 在第二篇文章中，麥卡錫女士列舉了幾項的她優缺點，I am almost 35, and I am not in the best shape. I still look very pretty, but I worry my body is not good enough to be a cheerleader，她快要三十五歲、身體不是最佳狀況、看起來很漂亮，使用刪除法後，得出答案為（A）。 **正確答案(A)**

實戰問題

1. (C) **2.** (D) **3.** (B) **4.** (A) **5.** (A)

問題1-5請參閱下面的公告和信件。

國土安全局網站公告

網際網路現在觸及幾乎／每個人日常生活中的每一部分／十月是美國資安認知月（NCSAM）／一項年度活動／提高認知／了解網路安全重要性／NCSAM目的涉及與教育公私部門夥伴／利用必要工具與資源／維持上網安全／我們呼籲／每個人參與NSCAM。

各位同事

我們很榮幸宣佈／今年已經成為NCSAM夥伴／這是全球合作／參與的有／企業／政府機構／學院和大學／協會／ 非營利組織及個人／我們的目的為／確保所有數位公民／有必要資源／可以在線上更安全與可靠／同時也能保護個人資料／在聯合公司，我們致力保護／顧客的網路安全／線上安全與隱私／更多資訊／請登入公司網站www.alliancetrue.com。

傑克．辛納屈
聯合公司執行總裁

資訊室信函

我們在執業時／電子郵件和數位通訊方式／協助我們／聯絡供應商及顧客／同時／我們的智慧產權／保密性通訊及其他私人資訊／受到惡意軟體的威脅。

資訊室要提供你一個提升電子郵件安全的必要訣竅／避免使用電子郵件／透過公共電腦／或公共網路／方便查看電子郵件／也讓你成為被駭對象。

今年加入NCSAM後／聯合公司資訊室／會定期分享訊息／告知個人／如何參與／ NCSAM相關活動／我們會向你／更新資訊。

梅．彼得森
資訊室主任

詞彙 homeland 國土 aspect 方面 cyber 網路 awareness 認知 campaign 活動 is designed to 目的在於 public and private sector 公私部門 resource 資源 global effort 全球合作 government agency 政府機構 association 協會 nonprofit organization 非營利組織 digital citizen 數位公民 committed to 致力 privacy 隱私 launch 登入 conduct business 執業 supplier 供應商 at the same time 同時 intellectual property 智慧產權 confidential 保密性 malware 惡意軟體 hacking 駭取 periodically 定期地 prohibit 禁止 digital devices 電子裝置 infect 傳染 diversify 多元化

1.

上述公告未包括哪個主題？
（A）網路安全
（B）駭取
（C）勞工權利
（D）電子郵件安全

解析 先看題目，記住各個選項的關鍵字，像cyber security, hacking, labor rights, email security，然後再把找不到的選項labor right 挑出來。 **正確答案(C)**

2.

依據資訊室建議，應該禁止什麼？
（A）使用電子裝置聯絡顧客
（B）工作時使用行動電話
（C）支持NCSAM活動
（D）在公共場所使用工作相關電子郵件

解析 看完答案後至閱讀內文3，找到Avoiding accessing email via public computers or public networks（避免透過公共電腦或公共網路使用電子郵件），再將其他選項剔除，選出（D）。 **正確答案(D)**

3.

什麼是NCSAM？

（A）慶祝數位化的活動

（B）提升網路安全的活動

（C）改善數位產業發展中公私夥伴關係

（D）促進智慧產權的保護

解析 看完題目，了解到題目是問NCSAM。既然NCSAM是連接三篇閱讀的主旨，可以把NSCAM相關的說明都結合起來，像是第一篇文章中的an annual campaign to raise awareness about the importance of cyber security、第二篇文章中的Our purpose is to ensure all digital citizens have the resources needed to stay safer and more secure online及第三篇文章中的to enhance email security，聚焦主題為cyber security，選出正確答案。 **正確答案(B)**

4.

國土安全局公告的目的是什麼？

（A）教育人們NCSAM 是什麼及尋求協助

（B）要求人們在線上保護自己

（C）告知人們數位工具的重要性

（D）鼓勵人們使用數位工具

解析 看到題目問的是國土安全局相關資訊，趕快回到第一篇文章，找到說明目的的...is designed to...（基於…），選出答案。 **正確答案(A)**

5.

惡意軟體會對我們的電子郵件做什麼？

（A）讓我們的系統中毒

（B）協助我們的系統

（C）讓我們的系統多元化

（D）保護我們的系統

解析 看完題目後，考生會發現是在考對malware, infect, diversify等字的了解，如果真的不認識就利用上下文來做挑選，根據第三篇文章中At the same time, our intellectual property, confidential communications and other private information have been threatened by malware.，語意會讓考生了解這不是件好事，threaten（威脅）也不是個友善的字，所以就可以把寓意良好的選項（B）和（D）剔除，當然如果真的認識infect和diversify的話，會比較好挑選，如果不認識，只好有意義地猜測，di的字首是「使…」的意思，in字首比較常是負面的字，所以選出（A）。

正確答案(A)

實戰測驗正確答案及解析

101 (D)	102 (C)	103 (A)	104 (B)	105 (A)	106 (C)	107 (C)	108 (A)	109 (D)	110 (B)
111 (A)	112 (A)	113 (B)	114 (D)	115 (C)	116 (D)	117 (D)	118 (C)	119 (D)	120 (A)
121 (A)	122 (B)	123 (C)	124 (B)	125 (A)	126 (C)	127 (B)	128 (B)	129 (D)	130 (A)
131 (B)	132 (C)	133 (A)	134 (C)	135 (C)	136 (D)	137 (C)	138 (C)	139 (C)	140 (D)
141 (B)	142 (C)	143 (D)	144 (B)	145 (C)	146 (D)	147 (C)	148 (A)	149 (B)	150 (C)
151 (D)	152 (D)	153 (C)	154 (A)	155 (C)	156 (C)	157 (A)	158 (D)	159 (B)	160 (A)
161 (B)	162 (B)	163 (C)	164 (A)	165 (B)	166 (B)	167 (B)	168 (C)	169 (B)	170 (D)
171 (A)	172 (D)	173 (D)	174 (A)	175 (D)	176 (C)	177 (A)	178 (D)	179 (C)	180 (C)
181 (B)	182 (D)	183 (A)	184 (B)	185 (D)	186 (C)	187 (C)	188 (A)	189 (B)	190 (B)
191 (C)	192 (C)	193 (D)	194 (A)	195 (B)	196 (A)	197 (D)	198 (B)	199 (B)	200 (C)

Part 5

101.

解析 「be動詞 + ______ + 介系詞」整句是慣用方式，請一定要記住。找「be動詞 + ______ + by」的表現方式，（D）是最恰當的。A be followed by B是「B跟在A後面」的意思。 **正確答案(D)**

詞彙 awards ceremony 頒獎典禮 right after 之後 speech 演講

頒獎典禮即將開始／在執行長到場後／然後接著他的演講。

102.

解析 「has / have V-p.p.」是現在完成式的用法，請一定要記住。在這裡能符合用法的只有選項（C），這是非常簡單的題目，請一定要答對。 **正確答案(C)**

詞彙 enthusiastic 熱情的 environmental 環境的 protection 保護 charity work 慈善事業

葛蘭達一直／熱心／關於環境保護／且專注投入／慈善事業。

103.

解析 首先來看選項，（A）是「不重要的、附帶的」，（B）是「不可或缺的、必要的」，（C）是「減少的」，（D）是「不夠的」的意思，在句子的脈絡上「細部的附帶事項」（incidental details）才是正確答案。 **正確答案(A)**

詞彙 when reporting 在報告的時候 traffic accident 交通事故 omit 省略 unless otherwise noted 除非要特別提及

在報告交通事故時／記得／省略／附加的細部事項／除非是要特別提及。

104.

解析 首先來看句子的結構，what her workers need整體是名詞子句，也是find out的受詞。動詞need沒有受詞，所以很容易不小心就選了（D），但是在這邊need的受詞是what，因此這是第3大句型（what her workers need），所以空格內是修飾角色的副詞，由此可知（B）是正確答案。 **正確答案(B)**

詞彙 as a section chief 身為一個部門領導者 find out 找出、發現

身為一個部門的領導者／克拉拉必須要找出／什麼是／她的員工需要／急迫地。

105.

解析 essential是理性判斷的形容詞，因為有「必須的」的意思，所以這個字可以看成內在含有要做點什麼的助動詞should，因此that子句後要使用原形動詞，當然主動和被動要另外分別看，necessary、important、imperative這類的形容詞也是一樣的道理。 **正確答案(A)**

詞彙 essential 必要的 safety 安全 procedure 程序 in the event of 在…的情況下 emergency 緊急情況

是必要的／所有的人必須要遵守／安全程序／在緊急狀態下。

106.

解析 句中出現了地點位置，可知此句的句意在講述辦公室的所在位置。一定要記住「主詞 + be-V located + 地方副詞」這個句型架構，中文解釋為「…座落於…」，答案要選（C）。（A）為名詞，（B）為第三人稱的動詞用法，（D）為動詞的ing形式。 **正確答案(C)**

詞彙 reply 回覆 pharmacy 藥局 bakery 麵包店 location 位置 locate 座落於

艾力克斯回覆／他的辦公室／位於中間／一間藥局和麵包店／瑞達可司街上

107.

解析 如果說是在多元的市場環境裡，長久以來做得還不錯的管理者，那應該是「經驗豐富的」管理者吧！「有經驗的」是experienced，正確答案是（C）。其餘的選項也很重要，請一定要記住下面的表現：missing document（遺失的文件）、opposing point of view（反對意見）、significant amount（相當量）。 **正確答案(C)**

詞彙 excel 突出、勝過 a variety of 多樣的 environment 環境

我們開始找尋／經驗豐富的管理者／表現傑出／在多元的市場環境中／長期。

108.

解析 這是動詞詞彙題型，看看後面出現的受詞！資金（fund）要怎麼做呢？「集結資金」時使用generate，成了generate fund。 **正確答案(A)**

詞彙 generate 使發生、引起 incentive 激勵、獎勵金 donor 捐贈者

調度資金的簡單的方法／是提供／獎勵／給捐贈者。

109.

解析 這題考的是連接詞的用法，（A）除非…，否則…；（B）在…之後；（C）假設…，只有（D）選項中文為「雖然」，符合句意。 **正確答案(D)**

詞彙 facility 設備 quite 相當 durable 耐用的 intend to 想要 renovate 更新 headquarter 總部 at the end of 在…結束時

雖然／設備／相當新且堪用／我們打算／重新裝修／我們的總部／在今年年底。

110.

解析 「所有格 + _______ + 名詞」，空格要填的是形容詞，但四個選項皆為形容詞，這題要考的是考生對於單字意思的了解程度。個別來看選項的意思：（A）為「身體的」；（B）為「個人的」；（C）為「誇張的」；（D）為「情緒的」，搭配整句的句意，（B）為正確答案。 **正確答案(B)**

詞彙 need 需求 offer 提供 shuttle 短程穿梭運輸，接駁 including 包括 corporate 公司的

為了達到／你的個人需求／我們將提供／不同類別的／接駁服務／包括／醫院接駁／與企業公司接駁。

111.

解析 空格後面的複數名詞months是重要的關鍵，選項中能使用在複數名詞前的只有（A）。less是使用在不可數名詞前，another是使用在單數可數名詞前。a lot是副詞，不可以用來修飾名詞，但是後面有介系詞of的a lot of可用來修飾複數名詞和不可數名詞。

正確答案(A)

詞彙 take care of 照顧…；在意… statistical 在統計上 information 資訊、資料 paper 文件

之前幾個月期間／他們一直在注意／所有新的統計資料／在文件中。

112.

解析 根據句子結構可知，空格內要填入allergies的同位詞，allergies為名詞（allergy的複數型），故此題要選填的也是名詞。接下來觀看選項，雖然四個選項都是sense的變化型，（A）為名詞、（B）為形容詞、（C）為名詞、（D）為名詞，因此可先將（B）刪除，接下來看句意，在此最適合填入的只有（A），其中文意思為「敏感」（sensitivity的複數）。 **正確答案(A)**

詞彙 allergy 過敏 choose 選擇 mention 提到 vegan 嚴守素食主義的 sensitivity 敏感 sensible 有知覺的 sense 判斷力 sensation 知覺

對人們／有食物／敏感與過敏／很難／選擇一個地方／吃東西／更別說是／要找／新鮮的素食菜餚。

113.

解析 前面是第2大句型的動詞is，後面有形容詞補語strong，句子本身是個完整句，所以空格內是可有可無的副詞，因此正確答案是（B）。 **正確答案(B)**

詞彙 subject A to B 讓A受到B redesigned 再設計的 car seat（轎車的）座位、幼兒用座椅 officially confirm 官方地確認

我們必須讓／重新設計過的幼兒用座椅／接受測試／公開地確認／充足地堅固。

114.

解析 這題在考慣用片語的用法，（A）表示「詳細說明」；（B）plan out表示「規劃」；（C）wipe out表示「消滅」；（D）turn out to be表示「證明是，原來是」，其中最符合句意的為選項（D）。

正確答案(D)

詞彙 conductor 指揮家 freely 自由地 share 分享 able to 能 community 共同體 village 村莊

這名指揮家／相信音樂／可以自由地／被分享／且能／建立一個共同體／而這個理念／被證明是真的／在這個小村落裡。

115.

解析 前面的more是可以忽略的副詞，其前面的第2大句型的動詞be是重要關鍵。第2大句型的動詞後面有形容詞補語修飾主詞，所以正確答案是形容詞的（C）。 **正確答案(C)**

詞彙 airline 航空公司 promote 推銷 specially discounted 特別折扣的 carrier 運輸公司 be forced to do 毫無辦法只能… pricing 定價

看Hansung航空公司正在打廣告／特別折扣的機票／大型航空公司／被迫／更有競爭力的價格。

116.

解析 空格內是帶出子句的連接詞，however是連接詞時，是用在「however + 形容詞／副詞 S + V, S + V」的句型中，所以無法在本句中的空格內。for可當作「為什麼」的意思的連接詞使用，不過不使用在句首，所以也在這裡被淘汰。since使用在「為什麼」時是連接詞，用在「…以來」是介系詞。請一定要記住「小心」的動詞是用exercise。 **正確答案(D)**

詞彙 slippery 滑的 driver 駕駛員 extreme 極度的 caution 小心、注意 avoid 避免 traffic accident 交通事故

因為馬路很滑／駕駛們必須要極度小心／為了避免發生交通事故。

117.

解析 空格內是連接詞。如果是能帶出名詞子句的what，空格以下必須是有主詞、動詞和受詞的不完整句，因為題目是完整句，所以可能是答案。so that是副詞子句連接詞，所以後面需要有主詞。which前面需要有先行名詞，但題目中無恰當的角色扮演先行名詞，所以也淘汰。使用對等連接詞and時，和前面的動詞are needed一起依附在主詞your quick comments on our services，如此解釋起來才會圓滑。

正確答案(D)

詞彙 comment 評論、見解、意見 customer-friendly 親近顧客 assist 幫助 efficiently 效率高地

各位快速的意見／對於我們的服務／被需要／使我們公司能更親近顧客／將能幫助我們／更有效率服務各位。

118.

解析 這是屬於動詞字彙的題目。題目是在說必須要提出正本收據，證明在出差中產生的費用支出的適當性，如果沒有正本的收據就無法領回錢。 **正確答案(C)**

詞彙 original receipt 正本收據 present 提出 spending 支出 business trip 出差

必須要提出正本收據／收回代墊款／為了證明你的支出／在出差中。

119.

解析 空格內是限定動詞，所以（C）或（D）之中有一個是正確答案。這句中告訴你句子的時態的關鍵是recently，recently是使用於現在完成式或是過去式。 **正確答案(D)**

詞彙 crude oil 原油 affect 為…帶來影響 moderately 多少、些微

在最近／原油價格／影響／各國經濟提升／多少。

120.

解析 空格內要填入動詞，看選項便可知這題在考的是動詞的時態用法，因此回頭觀看句子的內容，發現此句的時間點是十七世紀（1600s），故需要填入過去式的結構。 **正確答案(A)**

詞彙 since 自從 region 地區 commercial 商業的 hub（活動的）中心 destination 目的地

自從十七世紀／當／此城市／作為這個區域的／商業中心／這個地方／就一直成為／一個購物的地點。

121.

解析 這題在測驗考生對於慣用片語的熟悉程度。either of為「兩者之中的任何一個」；all of為「三者（以上）全部都…；two of為「全部之中的其中兩個」；none of為「（三個以上）全部之中無一個」。在句子前半部有提到「two different maps」可知是有兩張地圖，而這兩張地圖都能幫助你找路，故最適合填入空格的答案為（A）。 **正確答案(A)**

詞彙 note 注意 visitor 觀光者 find one's way 發現路線

請注意／有兩種不同的地圖／在「旅客導覽」／兩個中的任何一個／將可以幫助／你找到路／在這附近。

122.

解析 前半部的句子提到transit（運輸），可推論空格要填入的是與運輸有關的名詞。四個選項都是名詞，但其中與運輸有關的只有（B）。 **正確答案(B)**

詞彙 system 系統 commission 委員會 source 資源 transformation 變形 transportation 交通 transmission 傳播 transaction 交易

作為第五大的／運輸系統／在這個國家／此委員會／提供一個／非常棒的／交通資源／在這城市。

123.

解析 這題以相似的字詞來混淆考生。（A）為名詞，表偏見；（B）為名詞，表基礎；（C）為名詞，表準則；（D）為形容詞，表基礎的。 **正確答案(C)**

詞彙 interested in 對…有興趣 as... as possible 盡可能… available 可得到的 sell out 售完

如果／你有興趣／這些行程／請盡早到／因為它們可得到／依據「先到先服務」的原則／且／經常／銷售一空。

124.

解析 到空格前為止都是第3大句型的句子，空格以後的部分是即使沒有也無所謂的修飾句。能修飾副詞free of charge的詞性是副詞，所以空格內可填入的就是副詞。選項中都是副詞，能修飾副詞free of charge（免費的）的副詞是absolutely（完全地）。（A）的extremely是「極度」，（C）的exclusively是「排他性地；獨佔地」，（D）的additionally是「附加地」的意思。 **正確答案(B)**

詞彙 firm 公司、企業 decide to do 決定要做… offer 提供 customer 顧客、客戶 weekly 週間 newsletter 商務週刊、時事通訊、新聞通訊

那公司決定要提供／給所有的顧客／每週的時事通訊／完全免費。

125.

解析 這一題是屬於有受詞和受詞補語的第5大句型動詞中，可以把動詞當作受詞補語的使役動詞題型。（B）和（C）是用在「allow, advise + 受詞 + to + 原形動詞」句型中，所以不能當作這一題的正確答案。（D）的get使用在第5大句型時，文法句型為「get + 受詞 + to + 原形動詞」，所以正確答案是把原形動詞當作受詞補語的使役動詞let。 **正確答案(A)**

詞彙 safety guideline 安全方針 put on the notice board 公告在告示板上 the entire staff 全體員工 follow 遵守

安全方針必須要一直被公告在告示板上／可以讓全體員工閱讀並遵守／它們。

126.

解析 ______ he spent hours working是在修飾前面的名詞project的關係子句，追隨著project的動詞是needs，所以空格內是形容詞子句連接詞。因為句子後面是不完整句，所以（A）不予考慮。（B）是名詞子句連接詞，前面不能有先行名詞，所以在這邊也被淘汰掉。題目的句子原本是he spent hours working on which（= project），把「介系詞（on）+ 關係代名詞（which）」放到句前。 **正確答案(C)**

詞彙 urgent project 緊急的專案 spend 花 additional help 額外協助 finish 結束；終結 on time 準時

這個緊急的專題／他花時間工作／需要／額外的協助／為了準時完成。

127.

解析 空格和safety形成一個複合名詞，safety precaution有「安全預防政策」的意思，是常出現在多益考題中的複合名詞。另外值得參考的是（A）是不可數名詞，和放在單數可數名詞前的every不適合。 **正確答案(B)**

詞彙 take safety precautions 採取安全預防政策 ensure 確認 wear 穿戴 safety goggles 安全護目鏡

所有的安全預防政策／必須要被採用／來確保／他們戴／安全護目鏡。

128.

解析 whether與or連用，引導副詞子句，中文解釋為「不管是…或是…」。 **正確答案(B)**

詞彙 desire 渴望 oceanfront 沿海地帶 suite 套房 view 景色 resort 渡假村

不管／你想要／海景套房／或山景套房／你將可以魚和熊掌兼得／在這個渡假村。

129.

解析 這題只要抓到關鍵句型「not only... (but) also...」便可作答，中文為「不僅…而且…」，記住，but可以被省略使用。 **正確答案(D)**

詞彙 authentic 真正的 unique 獨特的

我們是／不僅／一家餐廳／提供道地食物／而且還是／一個獨特經驗／你找不到／在其他地方。

130.

解析 動詞did的位置比主詞he在更前面，因此可以得知這是個倒裝句。可帶出倒裝句的就是否定詞，所以非否定詞的（B）和（C）就直接在這邊被剔除選項外了。看到後面的but also，就可猜出答案就是（A）了。另外（D）的No sooner 也是否定詞，雖然也可以帶出否定句，但是必須使用於「No sooner V + S than S + V（一…就…）」的句型中。 **正確答案(A)**

詞彙 bring 帶來 requested document 要求的資料

他不只是遲到了4個小時／還忘了／被要求要帶來的資料。

Part 6

問題131-134請參考下面的文章。

由於／進步／藥物與新療法／死亡率／許多絕症／已顯著地降低／一些數據顯示／死亡率的大幅下降／促使一些私人機構與政府／願意投入更多資金／更進一步研發新藥物／甚至／一些專業機構／付出大量心力／照顧那些病患／不幸染上慢性疾病／確保他們／獲得適當的醫療照護／在晚年／同時／醫藥的健全發展／也能造就／所謂的醫療旅遊／也就是說／一些外國人／會因為某個特定國家／接受治療／只因為這個國家／擁有優良的醫療系統。

詞彙 owing to 由於 treatment 治療法 mortality 死亡率 terminal 末期的 significantly 值得注目地 decline 下降 considerable 相當大的 invest 投資 capital 資金 medication 藥物治療 institution 機構 chronic（病）慢性的 adequate 足夠的 meanwhile 同時 academic 學院的 entertainment 娛樂 recreational 娛樂的

131.

解析 這句話是在表示從過去到現在的事情，所以需要使用現在完成式，故空格應填入has或have，又因為此句的主詞為the mortality rate，主詞為單數，故答案應選（B）has **正確答案(B)**

132.

解析 還記得若主詞是使用「not only... but also...」的句型時，動詞的單複數取決於最靠近動詞的主詞，在這句中，最接近動詞位置的主詞是the government，為單數，故答案選（C）。 **正確答案(C)**

133.

解析 此題應選填能夠搭配表示時間year的介系詞，最適合的答案為（A）。 **正確答案(A)**

134.

解析 觀看整篇文章都在講與醫療有關的資訊，而空格位置在整篇文章的最末端，不大可能會出現新的訊息，故空格填入的句子應該為與醫療有關的訊息。再看文章的末段在講述醫療旅遊，意指某些國家因好的醫療系統而出名，吸引人去該國家旅遊，故答案應選（C）。（A）與教育有關，（B）與娛樂有關，（D）則與職業有關 **正確答案(C)**

問題135-138請參考下面的文章。

散步／是一種極為輕鬆的活動／同時也是／一種被強力推薦的活動／紓壓／首先／緩慢的步調／讓我們的循環系統／緩慢運作／因此／釋放／我們累積的壓力／自然地／據說／這是有效方法／讓在城市裡居住與工作的人們／消除難以避免的壓力／此外／一些休閒活動／像是球類運動／旅遊／或者是聽音樂／通常要花費金錢／但它們／不一定能有效地／達到目的／讓人們減輕疲勞／然而／散步不用花錢／卻能讓人們／覺得舒服又無憂無慮／最後／人們／可以探索許多新鮮的事物／透過散步／人們通常直接去上班／平日／很少留意到／生活周遭的微小變化／在附近走走／可能會令我們大開眼界／總而言之／由於以上所提的這些優點／是個好主意／去散步。

詞彙 stroll 散步 relaxing 令人輕鬆的 recommend 推薦 relieve 減輕 pace 步 circulation system 循環系統 accumulate 累積 eliminate 消除 inevitable 不可避免的 fatigue 疲勞 virtually 實際上 carefree 輕鬆愉快的 explore 探索 rarely 很少 minor 較少的 eye-opening 令人大開眼界的 drawback 缺點 downside 不利 merit 優點 flaw 瑕疵

135.

解析 空格的位置需要填入能夠修飾形容詞relaxing（令人輕鬆的）的單字，而能夠用來修飾形容詞的詞類為副詞，四個選項中，只有（C）為副詞，故答案選（C）。 **正確答案(C)**

136.

解析 此題在考對片語的理解程度，（A）為考量某事；（B）為絕不可以或無論如何也不；（C）為據某人自己所說；（D）為從各方面來說或依據報導。依據語意，答案應選（D）。 **正確答案(D)**

137.

解析 在此句中，「散步幾乎不花費人們任何錢」和「讓人舒服和無憂無慮」語意相反，一為否定，一為肯定，而yet在此意旨「但是」，意同於「but」，用來連接語意相反之兩個句子，故答案選（C）。

正確答案(C)

138.

解析 在文章的最後，通常是為整篇文章做結論。在這篇文章中都在講述散步的好處，故空格應選散步的優點，（C）的merit指「優點」而其他選項中的drawback、downside、flaw，都有「缺點」的意思，與整篇文章的論述內容不符，故答案選（C）。

正確答案(C)

問題139-142請參考下面的信件。

親愛的夏綠蒂小姐：

關於／貨運問題／您今天稍早和我提到的／您似乎／極為擔憂／對於先前提供的貨運費用／及其他相關服務的內容／為了能夠長期合作／我們應該釐清／不同層面／貨運安排／達到我們共同的利益／若不會太麻煩您／我想了解／您的運輸預算／委託報關行處理的需求／你的海關文件／及所需的時間／提前包裝產品／簡而言之／請提供我／你的理想價格、需求／以及／需要的包裝時間／當您需要貨運服務時／您方便時／我會聯繫你／做進一步的討論／盡快／當我收到更詳細的資料後。

誠摯的，
林艾倫

詞彙 regarding 關於 conversation 會談 dire 極度的 previous 先前的 charge 收費 cooperation 合作 clarify 澄清 arrangement 安排 distribution 分配 interest 利益 bother 打擾 packaging 包裝 summary 總結 requirement 需求 convenience 方便 clarification 澄清

139.

解析 此題在測驗考生對於片語的熟悉程度，動詞後面搭配不同的介系詞時，會產生不同的語意，以這邊的四個選項為例，（A）為引起或造成，（B）為產生或發表，（C）為提及或談到，（D）為引起或招致。看空格前後的句子，語意應為在our conversation中提到的貨運問題，因此答案應該選（C）。 **正確答案(C)**

140.

解析 在句子中表做某事的目的可用for或to。for後面接名詞，to後面則接原形動詞 空格後面的long term cooperation是名詞片語，表示「長期的合作」，故答案應選（D）for。 **正確答案(D)**

141.

解析 在此句中lead time表一段時間，故前面應接與詢問時間長度有關的詞彙，而（B）how long是詢問時間的長度, 故答案應為（B）。其餘選項的意思分別說明如下，（A）是詢問距離的長度，（C）是詢問做某事或某事發生的頻率，（D）是詢問東西或物體尺寸的大小。 **正確答案(B)**

142.

解析 當要表示未來的事件時，主要子句的動詞是未來式，子句的動詞為現在簡單式，故選項（A）和（B）可先刪除。又因為主詞為I，根據主詞動詞一致原則，第一人稱的動詞不加s，所以答案應選（C）。

正確答案(C)

問題143-146請參考下面的廣告。

> 您想要旅行／到荒野中／享受自然景觀／但擔心／不便／當地的交通運輸／您想要／投入／一次愉快的露營旅行／開著露營車／卻沒辦法／購買一台／您想要一台車／經營自己的生意／但沒有足夠的錢／自己買車／Budget.com／準備完整的解決方案／為您／我們是租車網站／家喻戶曉／我們提供各種車輛／您可能的所有需要／一台四門的多功能休旅車／一天只要10.99美元／含全額保險／一台功能完整的露營車／一天只要15.99美元／含全額保險／而一台小型敞篷卡車／一天只要10美元／您租的時間愈長／愈多折扣／我們提供／您還在等什麼／上網／搜尋我們的官方網站。

詞彙 outback 人口稀少開發落後的邊疆地區 natural 自然的 inconvenience 不便 immerse 沉浸 solution 解決 household 為人熟知的 vehicle 運載工具 insurance 保險 official 官方的 discount 折扣

143.

解析 一般會使用do something with something，來表示用某物為工具來做某事，with 在此意指「使用」。在此句中，要表達「用RV享受露營旅行」故答案應選（D）。 **正確答案(D)**

144.

解析 這題在考空格後應接的動詞型態，在have difficulty之後，應接Ving形式的動詞，故答案為（B）。 **正確答案(B)**

145.

解析 選項中出現了四個形似的單字，要破解這樣的題目，需要個別了解選項的意思，（A）表示處理；（B）表示公開宣示或表示；（C）表示擁有，（D）表示提高或進步。根據語意答案選（D）。

正確答案(C)

146.

解析 用形容詞比較級作類比句的時候，兩個形容詞都必須是形容詞比較級，不能使用原形或最高級，所以（A）和（B）可先刪除。而選項（C）雖然使用了形容詞比較級，但shorter並不適合用來形容折扣，故答案選（D）。 **正確答案(D)**

Part 7

問題147-148請參考下面的公告。

> **公開演員招募！**
>
> 請注意／布萊克斯堡的居民／這是公開演員招募／新電影《你愛我嗎？》／正在拍攝／在你們的美麗城市／我們正在尋找／一些人／擔任臨時演員／我們拍攝的幾個場景的／在這個城市／不需要有演戲經驗／如果你感興趣／請到西方路360號／在8月8日上午8點／準時進行試鏡／我們需要人們／各種體型年齡以及族裔／因此不必擔心／你不是「那種」人／我們想要找的／很有可能／你正是我們要找的人／我們希望／能見到各位／在8月8日上午8點！

詞彙 casting 角色的分派 resident 居民 film 電影，拍電影 extra 臨時演員 scene（電影）鏡頭，場景 audition 試鏡 ethnicity 種族 look for 尋找 exactly 正好地

147.

哪一個詞意義最接近第五行的字sharp（準時）？

（A）匆忙地

（B）盡快

（C）準時

（D）非常高興

解析 詢問詞意的題型。從please arrive at 360 West Road on August 8th at 8:00 a.m. sharp for auditions可知是要求在早上八點抵達某個地方，sharp使用在時間上，有「整」的意思，也就是「八點整」。on the dot也有表示「準時地，在指定時刻」的意思，故答案選（C）。 **正確答案(C)**

148.

「open（公開）」一字在「open casting call（公開演員招募）」之中，最有可能是什麼意思？

（A）歡迎任何人前來試鏡。

（B）試鏡不需收費。

（C）試鏡將會在戶外。

（D）試鏡將會被別人觀看。

解析 open是用來修飾casting call，open有「公開的，可以自由參加的」等意思，指不限制參加者的身份，職業或業餘皆歡迎，也就是（A）任何人都可以來試鏡。 **正確答案(A)**

問題149-150請參考下面的對話訊息。

> 卡爾．魏德斯：嘿，老兄／你在哪裡／現在 [上午11:07]
>
> 里昂．布朗：抱歉／我剛剛才看到訊息／我在開會／稍早／怎麼了？ [下午12:30]
>
> 卡爾．魏德斯：噢／真是可惜／我本來／想看看／是否／你想要碰面／並且討論我們／近期／去泰國的出差／吃午餐 [下午12:32]
>
> 里昂．布朗：真是的／我猜想／你已經吃午餐了？ [下午12:32]

卡爾・魏德斯：是的／我吃了／沒關係／明天怎麼樣？[下午12:32]

里昂・布朗：明天可以／我可以／和你碰面／中午／到你辦公室外 [下午12:33]

卡爾・魏德斯：聽起來不錯／我會帶你去／我最喜歡的餐廳／附近／是很美味的泰式餐館 [下午12:33]

詞彙 shame 令人遺憾的事 discuss 討論 upcoming 即將到來的 outside 外面 favorite 最喜愛的 neighborhood 鄰近地區 respond 回答 recent 最近的 vacation 假期 unavailable 得不到的 area 地區 authentic 真正的

149.

為什麼卡爾・魏德斯下午12:32時說「真是可惜」？

（A）他想要去里昂將參加的會議，但去不成。

（B）他希望里昂和他一起吃午餐，但里昂太晚回覆了。

（C）他想要和里昂討論里昂最近去泰國的旅行，但里昂不想要。

（D）他想要聽里昂說去泰國的假期計劃，但找不到里昂。

解析 這是多益改制之後出現的新題型，詢問某句話代表的意思。此時要看對話的前後脈絡，一開始卡爾找里昂，但里昂過了一段時間才回覆訊息，卡爾說了that is a shame之後，補充他原本想要和里昂邊吃午餐邊討論去泰國的事宜，但兩人並沒有一起吃飯。根據這個脈絡審視四個選項，（A）卡爾並沒有想參加會議；（B）卡爾本來想和里昂一起午餐，但里昂太晚回覆了；（C）里昂並沒有去泰國旅行，且他有想要和卡爾見面討論事情；（D）卡爾找不到里昂為正確，但目的並非聽泰國的假期計畫。此題答案應選（B）。 **正確答案(B)**

150.

卡爾・魏德斯和里昂・布朗明天見面後會去哪裡？

（A）他們會去卡爾・魏德斯的辦公室。

（B）他們會去卡爾・魏德斯的鄰近地區。

（C）他們會去卡爾・魏德斯辦公室附近的餐廳。

（D）他們會去卡爾・魏德斯心目中本市最道地的泰式餐廳。

解析 在對話的最後，兩人約了見面，卡爾提到I'll take you to my favorite spot in the neighborhood.，故可知他們會去附近的餐廳，雖然（D）也有提到餐廳，且訊息也與卡爾提到的泰國菜相符，但選項中敘述這間餐廳是卡爾心中最道地的泰式餐廳，這個內容在對話訊息中沒有出現，因此不能選這個答案。 **正確答案(C)**

問題151-152請參考下面的備忘錄。

收件人：全體員工
寄件人：總經理，法蘭克・林岱爾
日期：2017年3月22日
回覆：未回答的問題／產假相關／今天早上會議

之後／與我們的總裁確認／我想要／藉此機會／說明問題／南西提出／今天早上／如果有人已經忘了／她問了關於／公司是否願意／提供更多產假／就現在而言／這並不是由政府規定的／而我們目前／提供10天／有薪假／給初為人母者／南西想要知道／是否可能／延長產假／從10天至1個月／她引用例子／其他國家／和我國其他公司／提供遠多於10天產假。

我們的總裁說／這不是／事情／他能／給予切確答案／現在／但他會考慮／此事／並且提出來／在董事會議／下週。

謝謝你／南西／讓我注意到此事／在開會時。

詞彙 maternity leave 產假 moment 時機 address 說明 willingness 願意 offer 提供 right now 現在 mandated 法律明文規定的 paid 有支薪的 extend 延展 definite 明確的 issue 議題 board 董事會 attention 注意 inform 告知 express 表示 disappointment 失望 contribution 貢獻 update 更新 policy 政策 infer 推論 change 改變 quit 辭職

151.

法蘭克・林岱爾為什麼寫這份備忘錄？

（A）為了告知員工說，總裁已經做出關於產假的決定。

（B）為了表達他在晨會期間對於員工的失望。

（C）為了感謝南西對於公司的貢獻。

（D）為了告知員工說，總裁正在思考關於更新該公司產假政策的事。

解析 這是詢問主題的問題。可以從備忘錄的主旨看到，是回覆早上會議中的討論項目，而備忘錄前半段的內容，也與早上會議中提到產假政策有關。再看到備忘錄後半段，總裁尚未做出決定但承諾考慮，故答案應選（D）。總裁未做出決定，故（A）錯；法蘭克並未對員工失望，不能選（B）；法蘭克最後有謝謝南西，是感謝她提出此事而非感謝她對公司的貢獻，（C）不是正確答案。 **正確答案(D)**

152.

從這份備忘錄中可以推論出什麼？

（A）產假政策對於該公司的總裁而言並不重要。

（B）法蘭克・林岱爾希望產假政策將會改變。

（C）如果產假政策不改變，南西將會辭職。

（D）產假政策將有機會改變。

解析 這題為推論題。從備忘錄中，並未看到法蘭克對產假的態度，故不能選（B）。而南西提出關於產假政策的議題，但並沒有表示辭職，（C）也不是正確答案。最後備忘錄提到our CEO said this is not something he can give a definite answer to right now, but he will consider the issue and bring it up at the board meeting next week.，總裁並沒有認為這件事不重要，且考慮在董事會上提出討論，所以可推論產假政策有可能會改變。因此答案選（D）。 **正確答案(D)**

問題153-154請參考下列表格。

請假單

1. 姓名：艾略卡．華特
2. 職員編號：24-4535433
3. 部門：財務會計部
4. 休假類型：

目的：

■ 職員本人生病／受傷
□ 職員本人要接受綜合健檢／牙科／眼科檢查
□ 照顧家屬，包括家屬接受綜合健檢／牙科／眼科檢查等項
□ 照顧患有重大疾病的家屬
□ 其他

日期：

日期		時間		總時間
起	迄	起	迄	
5月5日	5月26日	上午9點	下午5點	120

5. 事由：我所提出／書面資料／從我的主治醫師那裡所拿到的／與車禍事故相關。
6. 主管批示：■ 許可　　□ 否決

詞彙 request 申請 leave of absence 請假 division 部門 injury 受傷 medical examination 綜合健檢 dental 牙科的 serious 嚴重的 remark 説明、發言 documentation 書面資料 relating to 與…相關的 car accident 車禍事故 relative 家族、親戚

153.

這張申請書的申請事由是什麼？
（A）非醫療性的緊急情況
（B）親近的家人的健康問題
（C）個人的受傷
（D）出差

解析 尋找主題的題型。從題目問這一張申請書提出的理由為何的這件事，我們可以知道這是尋找主題的題型。這個時候就應該要快點來看一下本文前面的部分了。最前面的部分是提出申請書的人的個人資料，在那之後在purpose（目的）中，可以看到第一個選項「職員的疾病／受傷」被勾選了。 **正確答案(C)**

154.

在這張表格之中，哪一件事是沒有被提到的？
（A）在休假期間內，申請者獲得支付薪資的事。
（B）申請者檢附了醫生的醫囑。
（C）這位職員要休假3個星期的事。
（D）這位職員在會計部工作。

解析 NOT / TRUE題型。進行了paraphrasing。因為屬於NOT / TRUE的題型，所以要先來把所有選項看過一遍才行。（B）的情形，申請書的後面部分有提到説提出了從醫師那裡所拿到的書面資料。在選項中submitted用attached來進行了paraphrasing。（C）的情形，在申請書中休假期間寫著從5月5日開始，到5月26日為止。而這期間也在選項中被paraphrasing成了for three weeks。（D）可從員工的工作部門看到。但是在（A）的情形中，職員的休假是有給薪假或是無給薪假的句子，卻是在整張申請書中從頭到尾都沒有任何一句話有提到過的事。 **正確答案(A)**

問題155-157請參考下面的對話訊息。

派蒂：嘿／女孩 [下午4:15]

莎拉：你好 [下午4:20]

派蒂：聽著／你是否帶生物課本／回家 [下午4:21]

莎拉：當然有／我們有那個重要的考試／下星期 [下午4:22]

派蒂：我知道，／但我很呆／把我的生物課本／留在學校了 [下午4:23]

莎拉：好的… [下午4:23]

派蒂：我想要問／是否／我可以過去／和你一起讀書／今晚／只有今晚／我會拿我的生物課本／去學校／明天 [下午4:25]

莎拉：喔／那不成問題／你想要幾點／過來 [下午4:27]

派蒂：怎麼樣／晚餐後／大約7點或7點半 [下午4:28]

莎拉：那應該可以。 [下午4:30]

派蒂：好的／我會傳簡訊給你／從家裡出門時 [下午4:31]

莎拉：等會兒見 [下午4:32]

詞彙 biology 生物學 textbook 教科書 coming 即將到來的 stupidly 愚蠢地 come over 順便來訪 message 通知，通訊聯繫、訊息 bit 一會兒 borrow 借 prepare for 為…做準備 useable 能用的 agreeable 令人愉快的、欣然贊同的

155.

何時生物考試？

（A）明天

（B）這個星期

（C）下個星期

（D）下個月

解析 這題為細節題。看文章之前先瀏覽過題目，題目問生物考試的舉辦時間，回頭看訊息，莎拉在4:22的時候說We have that big test coming up next week，故可知生物考試將在下周舉行。 **正確答案(C)**

156.

派蒂為何要去莎拉的家？

（A）為了借莎拉的生物課本

（B）為了請莎拉協助生物家庭作業

（C）為了和莎拉一起準備生物考試

（D）為了和莎拉在她家一起玩遊戲

解析 找尋key word。看到派蒂詢問是否可以去莎拉家時說I wanted to ask if I could come over and study with you tonight，關鍵字為study with you，可知是想要和莎拉一起念書，故答案為（C）。考生可能會被（A）引誘，派蒂沒有帶課本回家，但她也沒有說要向莎拉借課本，只說要一起念書，故（A）並不完全符合，所以不能選。 **正確答案(C)**

157.

下列的詞語，何者意義最接近「That should work（那應該可以）」？

（A）那是可以的。

（B）那是可用的。

（C）夠了。

（D）那是宜人的。

解析 找尋key word與判斷句意的題型。派蒂先提議How about after dinner around 7:00 or 7:30 p.m.?，然後莎拉回That should work.，派蒂再回覆Okay, I'll message you when I leave my house...，故可推斷，莎拉回覆的訊息是表示同意或贊成派蒂提議的意思，答案應選（A）。（D）的agreeable也有欣然贊同的意思，但一般會與to連用，並接上同意的事項。

正確答案(A)

問題158-160請參考下列電子郵件。

寄件人：林恩・布特勒

收件人：全體市中心商業協會會員

日期：7月22日

回覆：新的營業時間

市中心商業協會建議／主要核心區域的商家們營業／多2個小時／在星期五和星期六的晚上／在這些日子的晚上／我們期望能看到／商家持續營業到／8點為止／這是為了方便／觀光客通行量增加／我們開始看到／在夏季期間／晚上的時間特別繁忙／因為有許多人來的緣故／為了來享受免費的娛樂／在街上就可以獲得的。

我們已經得到了／事前同意／從Inner City商場那裡／並且希望得到／確認／從各位全體那裡／關於這件事／到5月為止／計劃的日期／新的營業時間表的實施／從6月1日開始到9月4日為止。

如果遇到／困難／在調整職員們的班表的事情上／各位可以考慮／將店鋪延後2個小時開門營業／比平常的開店時間／在上述的期間內。

詞彙 operating hours 開店時間、營業時間 extra 追加的 facilitate 使變得容易 tourist traffic 觀光客的流量 entertainment 娛樂、餘興 available 可獲得的、可利用的 advance agreement 事前同意 confirmation 確認 implement 實行 present 露出、被看到 challenge（新的）難關、困難的事 schedule 決定日程表 consider 考慮 normal 正常的、普通的 mention 提及

158.

協會為什麼要變更他們的營業時間？

（A）為了要減少市中心區域的交通量

（B）為了要允許職員聽音樂

（C）為了要幫助觀光客們找住宿的地方

（D）因為夏天裡生意會更好

解析 找尋主題。我們知道寄這一封電子郵件的主要目的是為了要變更營業時間，所以可以得知want stores to change their hours就是我們要找的主題。找尋主題的題型的答案出現在文章前面部分的可能性很高。把前面的部分快速地讀過一遍，有因為夏天的晚上會有很多的觀光客聚集在這裡，所以要商店營業到8點為止的內容出現。因此，我們可以得知變更營業時間是為了在夏天裡做更多的生意的緣故。 **正確答案(D)**

159.

店家們被要求在何時變更他們的營業時間？

（A）5月到9月之間

（B）6月到9月之間

（C）6月到7月之間

（D）7月到9月之間

解析 找尋key word。題目問說「店家們被要在何時變更他們的營業時間？」，所以key word就是when（何時），來找看看在這封電子郵件裡與時間有關的訊息在哪裡，首先出現的是summer months，但是這個無法看出具體到底是從幾月到幾月為止，只是表示這個時候觀光客會來很多的內容而已。接著出現的是by May（到5月為止），這個是希望各店家可以在那個期間之內確認營業時間變更事項。再往下看的話，

可以看到很明顯表示，新的日程實施的期間從6月1日開始到9月4日為止（The suggested dates during which to implement the new schedule are June 1st and September 4th.）的句子。 **正確答案(B)**

160.

避免班表調整問題的店家，可以做什麼事？
（A）比平常的開店時間晚2個小時開門。
（B）在傍晚6點的時候關門。
（C）盡可能地早點通知員工們。
（D）跟購物中心裡的店家同時間開門。

解析 找尋key word，paraphrasing。題目中的key word是to avoid staff scheduling problems（為了要避免調整員工們的班表的問題）。這封郵件最後的部分出現了If this presents a challenge of scheduling employees（萬一在調整職員們的班表的事情上出現困難的話）的句子。a challenge of scheduling employees在題目中被改寫成了staff scheduling problems。而在它後面所接的句子中正確答案就出現了。 **正確答案(A)**

問題161-163請參考下列公告。

省立博物館特別展覽

訪客規定
這些規則適用於／特別展覽／開放大眾參觀的／7月2日開始到8月23日為止。

1. 時間
闔家入內參觀時間：週一到週五，上午11點－下午5點為止；週六到週日，上午9點—下午12點。
只限成人入內參觀時間：週一到週五 上午9點－上午11點為止；週六到週日，下午1點—下午5點。

2. 禁止拍照攝影或錄音（及錄影）器材／在展場／使用這些裝備可能／臨時性的沒收。

3. 禁止吃東西和喝飲料／在展場內。

4. 14歲以下兒童需和成年人同行／不論何時。

5. 語音導覽設備／解釋展覽內的各展示物／可以得到／在登記櫃台繳交費用／它們必須被歸還／在離開展場之前。

6. 一部分的動畫視覺的放映／可能會造成／頭暈／通常改善法／請你坐下並且閉上眼睛／暫時／有助理／在展示場各樓層／給予幫助／在需要的時候。

＊大部分的視覺資料的上映／持續／大約20分鐘／然後重新開始／每隔30分鐘／這裡的座位是以先到先坐／作為選位的順序基準。

詞彙 provincial 省的 apply to 適用於⋯ offer 提供 device 裝備、裝置 result in 導致⋯ temporary 臨時性的 confiscation 沒收 accompanied 同行、同伴 available 可用的 registration 登記 visual 視覺的 presentation 發表、簡報 dizziness 暈眩 remedy 糾正，解決 assistant 輔助員，助手 last 持續 approximately 大略 first-come first-served 先到先得 basis 根據、基準

161.

孩童在何時被禁止進入展場？
（A）週一到週四，上午11點—下午5點
（B）週一到週五，上午9點—上午11點
（C）週五，上午11點—下午5點
（D）週末和國定假日

解析 找尋key word，paraphrasing。children not allowed就是本題的key word。但是在公告文中並沒直接寫著這樣的文字，而是用Adults only（限成年人）來進行改寫。來看這個部分的話，從週一到週五為止的上午9點開始到上午的11點為止的時段裡只有成年人才可以入場參觀。 **正確答案(B)**

162.

參觀民眾如果在觀看影片途中感覺到不適的話，應該要怎麼辦呢？
（A）告知負責人
（B）閉上眼睛
（C）等待20分鐘
（D）在展場內繞一繞

解析 paraphrasing的題型，要先找出key word。雖然題目的key word是feel unwell when watching video，可是這樣的話在公告中卻是完全沒有出現的。但是，卻正好有寫著Some of the animated visual presentations may cause dizziness.（一部分的動畫視覺的放映可以會造成暈眩。）的句子。在題目中把cause dizziness 用feel unwell來代替；用watching videos來替代the animated visual presentations。而在它的後面就是對於處理這種情況的方法This is usually remedied by remaining seated and shutting your eyes for a short time.（通常為了解決這樣的問題，請您先坐下並且閉上眼睛暫時休息一下）。 **正確答案(B)**

163.

根據公告內的規定，何者為非？
（A）未成年的孩童需有成年人陪同前來參觀。
（B）影片每30鐘放映一次。
（C）照相機在部分展區是被允許使用的。
（D）語音導覽設備可向博物館租借取得。

解析 NOT / TRUE題型，paraphrasing。因為是

NOT / TRUE題型，所以先把所有的選項先看一遍，再來一一看公告文的內容進行對照。（A）的情況，文中有規定14歲以下的孩童，需與成年人一同前往。be accompanied by an adult在答案選項中被改寫在了come with adults。（B）的情況，視覺資料內容約為20分鐘，而每30分鐘重新播放一次，在選項中start every half hour被改寫成了are shown every 30 minutes。（D）的情況，文中有提到語音導覽設備在登記櫃台就可以取得。在選項中are available at the registration被改寫成了can be rented at the museum。（C）的情況，因為文中有規定No photography or recording devices are permitted in the exhibits.（任何的攝影、錄音（及錄影）器材在展示場內都是被禁止的。）所以該選項與事實不相符。

正確答案(C)

問題164-167請參考下列公告。

第三屆 社群網路俱樂部年度會議
不斷變遷的範例
鳳凰城大學，鳳凰城市，亞歷桑那州

2011年11月19日

社群網路的主要目標是宣傳媒體素養／提倡標準技術／促進道德行為／並分享最佳的慣例／我們把人聚在一起／各個行業的人／包含了記者、出版商、通訊專家、還有教師。我們是／開發和消費媒體的人／而且希望看到／媒體產業發展／為了每個人的利益。

報名的工作／在8月2日到11月4日之間／提早報名折扣／只到9月1日為止。

議程

時間　會議

10:30　會議1A：線上社群網路

艾德華．道頓：社群網路：人群相處方式的重新配置

預計要討論／使用網路的效果／在重疊和互動作用的多項方面上／受到戰略性決定的影響／與這個技術的設計及使用相關。

12:00　午餐時間

13:30　會議2A：商業與社群網路

藍道．艾倫（Ciskan）：社群網路與產業慣例：通訊產業的保案研究

本演講是在探究／某家重要的科技公司的反應／對於社群網路的發展與成長。

15:00　會議2B：蘭達．瓦德（Allan & Jacobs）：危險世界中的社交軟體

蘭達．瓦德將要分享／她使用社交平台的經驗／在國際專門服務業界的／強調／要避開常見的危險／從法律的角度來看。

16:00　瑪莉藍．柏格斯：線上百科全書：同儕生產活動的潛力。

線上百科全書是驚人的成功／經過反覆試驗的過程／可作為如何將訊息體系化方面的典範其自身適應能力和改善的能力。

請加入我們／如此我們可以一起創造／未來！

詞彙 objective 目標 literacy 讀寫能力 advocate 支持、擁護 ethical 倫理性的、具有道德性的 bring together 聚集 profession 職業、職種 including 包含 publisher 出版商 consume 消費 evolve（以漸近的方式）發展、進化 registration 登錄 session 會議場次 reconfigure 環境再設定 access 接近 influence 影響 strategic 戰略性的 explore 探究 reaction 反應 social platform 社交平台（以使用社群網路做為基礎而形成的系統或是軟體） highlight 強調 pitfall（沒有好好睜開眼睛的）危險 avoid 避開 legal 法律性的 perspective 觀點 encyclopedia 百科全書 potential 潛力 peer production 同儕生產（把生產力變低的同事透過訓練引出生產力，來使隊伍全體生產力向上提升的方式。） phenomenal 驚人的 trial and error 反覆試驗 capacity 能力 adapt 適應

164.

如果想獲得更好的價格的話，人們該在什麼時候之前報名參加此活動呢？

（A）到9月初為止
（B）到10底為止
（C）到11月4日為止
（D）到11月19日為止

解析 找尋key word，paraphrasing。把題目讀過一遍的話，可以推估出a better price就是解題的key word了。但是再怎麼讀讀看也沒有看到a better price的內容出現。因為它代替的是Early registration discounts will only be offered until September 1st.（早期登記折扣只提供到9月1日為止。）而Early registration discounts在題目中被改寫成了a better price。

正確答案(A)

165.

哪一場演講是主講手機上的多媒體應用？

（A）關於人們接近模式的再設定
（B）通訊產業的個案研究
（C）危險世界中的社交軟體
（D）同儕生產活動的潛在力

解析 找尋key word。NOT / TRUE題型。題目的key

word應該就是the use of media in mobile phones，但是與mobile phone（行動電話）最相關的表現怎麼看都只有telecom（通訊）了。因此Ronald Allan的「社群網路與產業慣例：通訊產業的個案研究」是最接近的內容了。但因為無法完全確定這就是正確答案，所以有必要再確認其他選項的內容。（A）的情況，主講的是網路活用的效果。（C）的情況，主講的是社交平台使用上的法律觀點。（D）的情況，主要的內容是在說關於線上百科全書。所以可以確定（B）就是正確答案了。 **正確答案(B)**

166.

參加的教師們應該會對那一場演講最感興趣？

（A）艾德華．道頓
（B）瑪莉藍．柏格斯
（C）藍達．瓦德
（D）藍道．艾倫

解析 NOT / TRUE題型。想想教師們的職業特性，再來應該要確認4名的演說者演講了何種主題的內容。因為教師們需要教導學生們，所以對於和學習資料相關情報的體系化的主題會較有興趣，因此在4名演說者中，應該會對演講線上百科字典的Maryland Burgee最有興趣。 **正確答案(B)**

167.

藍達．瓦德應該是在哪工作的人？

（A）教育機關
（B）法律事務所
（C）網路開發公司
（D）廣告公司

解析 找尋key word。在問題中有人名、地名等專有名詞出現的話，這個就是找key word的題型。找尋Rhonda Ward的話，她有一場名為「危險世界中的社交軟體」的演講，而演講的具體內容是分享使用社交平台的經驗中「從法律的觀點來強調應該要避開的危險」（Rhonda Ward will share her experiences of using social platforms in an international professional services business, highlighting common pitfalls to avoid from a legal perspective.）。由此可知，她應該是一位法律專家。 **正確答案(B)**

問題168-171請參考下面的文章。

每件事情／不論看起來多麼有益／都會有優缺點／車輛是有效例證／這種論點／無可否認／車輛／是最有影響力的發明之一／現代／已經大幅改變／我們生活的方式／我們必須認清／這些改變／有利也有弊／而非全然有利／需要知道的是／車輛已經製造了嚴重的問題／在社會上／例如空氣污染／交通阻塞／以及致命的意外／然而／儘管有這些缺點／車輛已經／改善現代生活／大幅／而且繼續／發揮深遠的影響力／在未來。

幾個理由和例子／可以證明／車輛的好處／更為重要／比起其缺點／車輛／全世界運輸／已經造成重大變革／因為其速度／車輛能連結／相隔遙遠的人們／此外／車輛也很舒適／使得旅行／即使是長途旅行／成為一種舒適、享受的經驗／車輛移除／許多屏障、障礙、和阻撓／人們旅遊計畫／因此／以其便利性／車輛已經使人們的生活／更為輕鬆／此外／車輛使得世界／變得更為繁榮／大型車輛／像是卡車、貨車／有能力／運送大量的產品／到一個國家的每個角落／這接著／帶來更低的花費／為消費者。

因為上述的好處／車輛／可以說／已經大幅影響／全世界的社會結構、生活水平、以及濟狀況／因此／可以有效地主張／人們的生活／會是比較差的／若從未曾發明車輛。

詞彙 no matter 無論 beneficial 有利的 pro 贊成、正面 con 反對、反面 automobile 汽車 influential 有影響的 invention 發明 advantageous 有益的 disadvantageous 不利的 purely 僅僅 pollution 汙染 congestion 壅塞 fatal 致命的 immensely 極大地 profound 深遠的 demonstrate 證明 outweigh 比…更重要 revolutionize 徹底改革 far-away 遠方的 cozy 舒適的 remove 消除 barrier 障礙 obstacle 妨礙 impediment 阻礙 prosperous 繁榮的 affect 影響 standard 標準 worse off 每況愈下的 influential 有影響的 civilization 文明 innocent 無罪的，天真的 maintain 維修 prosperity 昌盛 responsibility 責任

168.

從這篇文章可以推論什麼？

（A）作者認為車輛造成的傷害多於好處
（B）車輛已經存在了數個世紀，而且在人類文明進步中，扮演很小影響力的角色
（C）若沒有發明車輛，世界就不會是現在的樣子
（D）奪走無辜生命的可怕交通意外顯示出，車輛整體而言是一個不好的發明

解析 是需要看完整篇文章才能作答的題目。文章的一開始，講述了車輛的缺點，但接下來都在講車輛帶來的正面影響，故（A）不符合。而在文章的第二段都在講述車輛為人類社會帶來的影響，可以使連結遠方的人、旅行變輕鬆、將貨物送到國家的每個角落等等，帶來的影響很大，故（B）不符合。另外，雖然文章第一段有提到車輛會造成致命意外，但整體而言車輛帶來的利還是多於弊的，因此（D）不符合。看到文章的最後一段，Thus, it can be effectively argued that people's lives would be worse off if automobiles had never been invented.，作者認為若沒有發明車輛的話，人類的生活會比較差，不是現在這個樣子，故選（C）。 **正確答案(C)**

169.

下列車輛的缺點之中，哪一個是文章中沒有提到的？

（A）骯髒的空氣

（B）維修昂貴

（C）塞車

（D）車禍

解析 詢問細節的題型。首先要找到講述車輛缺點的段落，在文章第一段的中後部分提到車輛造成的問題，...problems such as air pollution, traffic congestion, and fatal accidents，列舉出空氣汙染、交通壅塞、致命意外，但未提到維修昂貴，故答案應選（B）。要特別留意，這類題目會用不同的字詞表達同樣的意思，例如dirty air與air pollution；traffic jams與traffic congestion；car crashes與fatal accidents。 **正確答案(B)**

170.

下列車輛的優點之中，哪一個是文章中沒有提到的？

（A）使得地方和人們更為接近

（B）提供更為享受的生活方式

（C）提升經濟繁榮

（D）幫助人們規避責任

解析 詢問細節的題型。文章第二段講到車輛的優點：消除人與人之間的距離感、使旅行變得更容易、能將大量貨物載到各地…等，（A）、（B）、（C）選項都有提到，而（D）的內容在整篇文章並未提到，故此題應選（D）。 **正確答案(D)**

171.

在[1]、[2]、[3]、和[4]之中，「儘管有這些缺點」一詞最適合在哪個位置？

（A）[1]

（B）[2]

（C）[3]

（D）[4]

解析 這是多益改制之後出現的新題型，Part 6新增的插入句子題型不同，Part 6是在該空位選擇適合的句子插入，故只要了解空格前後的語意即可。但在Part 7要解插入句子的題目，首先要先了解句子的意思。despite these drawbacks（儘管有缺點），是以介系詞despite為開頭，有語氣轉折的意思，故可推斷空格前講述缺點，但接下來要開始闡述優點。觀看四個空格，第一個空格的前方講述車輛的缺點，後方表示車輛大幅改善現代社會，並在未來會帶來巨大的影響，故此句最適合插入的位置為（A）。 **正確答案(A)**

問題172-175 請參考下列廣告。

不斷變化的業務

湯姆・華納諮詢

隨著快速地發展／正在科技的領域中所形成的／對於變化的需求／在公司內／比任何時候都來得更大／但姑且不論效率性／這些新解決方案的承諾／整合那些項目／在我們的業務流程中／提出了難以解決的問題／在消耗時間和資源／的前端／概略來説／那樣子要求／為了要讓我們改變／以便使用他們／是不容易的。

湯姆・華納諮詢／我們了解／那些需求／讓公司跟上這樣的潮流／更重要的是／我們知道／最重要的要素／在組織內的變革實現中／就是其組織人員／此項專門性將可區隔出／我們／和其他公司的不同。

我的工作團隊中的所有人員都是以戰略性來進行思考的人／具有的能力／可達成高標準的／事業增進／在快速進行和競爭激烈的環境中／我們在業界成立超過20餘年／我們相當熟練於／各個層面的／變化以及過渡期的企畫管理／我們做的／這一切／可以控制你的成本／我們是專門／從事於／媒體和科技公司方面。

如果您的事情沒有進展／你的公司士氣低落／或是你的銷售量逐漸下滑的話／請與我聯絡／安排初次洽談／來討論你的公司所需要的那些變化。

詞彙 rapid 快速的 advance 進展、發展 despite 不管… efficiency 效率性 integrate 使統合 work-flow（事業部門或是從業人員間的）業務流程 challenge 困難的課題 consume 消耗 resources 資源 at the front end 在前端 in summary 簡略地來 keep up with 跟上… crucial 重要的 factor 要素 personnel 人員 specialization 專門化 separate 區分 strategic 戰略性的 decade 10年 aspect 層面 transitional 過渡期的 keep...in check 壓制…、控制… hit a wall 遇到障礙 morale 士氣 be off 弱化 contact 接觸

172.

根據廣告內容來看，公司在跟什麼樣的問題奮戰中呢？

（A）人力資源管理

（B）他們的業務日程的變更

（C）開發有用的軟體

（D）新技術的活用

解析 找尋key word。paraphrasing。題中的what do companies struggle with?（公司們在跟何種問題奮戰中呢？）這個就是key word了。雖然本文中沒有直接這樣寫的句子，但是在第一句中的the demand for change is companies has never been greater.（在公司中，對於變化的要求比起任何時候都來的大。）就是與之類似的表現了。因此在重新地仔細看看這個

句子全部的內容的話，他說With the rapid advances being made in technology, the demand for change in companies has never been greater.（隨著在技術的領域中的快速發展，在公司中對於變化的要求比任何時候都來得更大。），因此我們可以得知公司們目前所面臨到的就是要如何因應快速的技術發展的問題，也就是新技術要如何開發，還有該如何應用的事情，就是公司目前所面臨的課題。 **正確答案(D)**

173.

根據廣告的內容，湯姆．華納諮詢公司有什麼特別的地方？

（A）他們只為媒體公司合作。

（B）他們知道改變是困難。

（C）他們已經在業界中工作超過20餘年。

（D）他們的焦點放在於人身上。

解析 找尋key word，paraphrasing。題目中的key word是unique about Tom Warner Consulting。從廣告的內容來看，他提到說that specialization separates us from the others.（這項專門性，讓我們和別的公司有所區別。）而separates us from the others在題目中被改寫成了unique about Tom Warner Consulting。從前面的句子中找尋specialization到底意味著什麼的話，可以看到他說More importantly we know that the most crucial factor in realizing change in an organization is its personnel（更重要的是，我們了解，對於組織內變化的實現而言最重要的要素就是在於其內部的人員。），從這句話中我們就可以得知湯姆．華納諮詢公司與其他公司不同的就是他們把焦點放在人員們的身上的事實。 **正確答案(D)**

174.

在第三段第一行中的單字「capacity」在意義上與 ______ 最為相近。

（A）能力

（B）趨勢

（C）積極性

（D）幹勁

解析 尋找同義字。capacity的字義是「可以做任何事情的能力」。 **正確答案(A)**

175.

何種情況中，公司們不需要湯姆．華納諮詢公司的服務？

（A）在職員們無合理動機的情況。

（B）費用不被控制的情況。

（C）在新技術導入的情況。

（D）有內部設計團隊的情況。

解析 NOT / TRUE題型。因為是NOT / TRUE題型，所以把選項的內容先仔細地讀過一遍。（A）的情況，在湯姆．華納諮詢公司的廣告內文的最後部分中，提到說：若事情沒有進展、士氣低落、銷售量下滑時，請與他們聯絡。（B）的情況，在第三段的內容中，有提到湯姆．華納諮詢公司可以同時讓公司的費用獲得控制。（C）的情況，在廣告的第一段中有提到公司們隨著技術發展，對於進行改變的要求是相當大的。但是和（D）相關的句子是完全沒有的。 **正確答案(D)**

問題176-180請閱讀下面的廣告和信件。

套房公寓出租

細節／這間寬敞的套房公寓／位於／五樓／一棟屋齡三年的建築／擁有旅館風格的／舒適設施／有二十四小時的警衛服務／四台電梯／一個健身房／一個游泳池／一個KTV房／等等／公寓有一台冷氣機／一台可收看有線節目的電視／一個小廚房／含單座火爐和小冰箱／一間高品味的浴室／有洗烘衣機／而且裝設有／一張書桌／一張沙發／一張床／附帶的好處／這間公寓／良好的自然採光／絕佳的視野／可以看見對街的公園。

總面積：15坪

租金：一個月5,500美金／一個月1,000美金管理費（含水電費）／最初的保證金11,000美金

連絡人：卡爾．克魯斯先生，ccrews@bigrealestate.com

克魯斯先生您好，

我寫信給您／因為／我很感興趣／對於您供出租的套房公寓／在《家居房地產》刊列／它現在還可以出租嗎／我有幾個問題／希望您可以回答／在設施方面／我沒看見／提及關於停車及垃圾的事／是否有汽車和機車停車位／可出租／在那個建築物的地下室裡／是否有放垃圾的區域／如果我可以／租用停車位／為我的汽車和機車／且地方／丟我的垃圾垃圾／那麼／我幾乎可以／向你保證／我會租下這間公寓。

我期待收到您的答覆／我想知道／何時／我能安排時間／參觀這間公寓／週末可以嗎／我都有空／週六和週日全天／因此我可以／與您在那間公寓會面／隨時。

詞彙 spacious 寬敞的 amenity 設施 elevator 電梯 swimming pool 游泳池 air-conditioner 冷氣 cable 有線電視 kitchenette 小廚房 burner 爐 stove 爐灶 refrigerator 冰箱 tasteful 雅緻的 washer-dryer 洗衣烘乾兩用機 furnish 配置傢俱 bonus 額外的好處 plenty of 很多 deposit 保證金 extremely 非常 in terms of 在…方面 parking 停車 garbage 垃圾 scooter 摩托車 basement 地下室 promise 承諾 look forward to 期盼 schedule 安排 lease 出租 purchase 購買 sublet 轉租 renovate 翻修 protected 受保護的

176.

這間公寓最適合什麼人？

（A）小家庭

（B）大家庭

（C）單身的成年人

（D）年輕情侶

解析 觀看第一篇文章，是介紹出租的房子，裡面列舉了許多設備，其中提到房間配置了a desk, a sofa, and a bed，傢俱都是供一個人使用的，因此可推知最適合單身者，故選（C）。 **正確答案(C)**

177.

這則廣告是要做什麼的？

（A）出租公寓

（B）購買公寓

（C）轉租公寓

（D）翻修公寓

解析 詢問主題的題型。看第一則廣告的標題，STUDIO APARTMENT FOR RENT，是指套房出租的資訊，因此（B）購買公寓、（D）翻修公寓這裡兩個選項可以刪除。（C）的sublet是轉租的意思，但在廣告中並未提到轉租的相關資訊，反而提到管理費、押金等資訊，故可判斷答案應選（A）。 **正確答案(A)**

178.

比爾・帕克若是決定要搬進去，必須立即支付什麼價格？

（A）1,000美金

（B）5,500美金

（C）11,000美金

（D）16,500美金

解析 根據第一篇文章，廣告中明確提到租金為5,500美金，管理費為1,000 美金，保證金為11,000美金，一剛開始租房的時候需要支付租金與保證金，也就是5,500加11,000，等於16,500美金，故選（D）。 **正確答案(D)**

179.

這間公寓沒有包含什麼？

（A）沙發

（B）冷氣機

（C）椅子

（D）洗烘衣機

解析 詢問細節的題型。從廣告列舉的傢俱The apartment comes with an air-conditioner, a television with cable, a kitchenette with a one-burner stove and a small refrigerator, a tasteful bathroom with a washer-dryer; and it is furnished with a desk, a sofa, and a bed，可一一確認選項，便可知（C）並未提及。 **正確答案(C)**

180.

哪個字意義最接近「initial（最初的）」？

（A）受保護的

（B）先進的

（C）開始的

（D）最後的

解析 判斷字義的題型。initial是「開始的，最初的」意思，而分別看四個選項，（A）protected為「受保護的」，（B）advanced為「先進的」，（C）beginning為「開始的」，（D）final為「最後的」，故答案要選（C）。 **正確答案(C)**

問題181-185請參考下列問卷和報告書。

VTR 國際鐵路

各位乘客，

請抽出一點時間／回答幾個簡短的問題／對於用VTR一起旅行的你的寶貴經驗／完成的問卷給予資格／給各位參加者／一個抽獎卷／對於所有費用都被付清的往返旅遊／2人份的／到英屬哥倫比亞的惠斯勒／請注意／有限制／一人一張問卷。

1 VTR的何種服務／你想看到／改善或變化？

A 火車內餐點的選擇　　C 車站的數量

B 火車職員的體貼　　D 火車內的娛樂

評論：

2 你多常旅遊／用VTR鐵路？

A 一個禮拜好幾次　　C 一個月一次

B 一個禮拜一次　　D 一年一次或不到一次

3 請利用／下列空間／為了其他的建議／您所有的

VTR問卷調查 結果

9月6日 星期二 溫哥華

這個報告書的目的是分享的／問卷調查的結果／實施的／為了知道／對於VTR鐵路乘客的喜好和需求／一年一次／VTR實施／這個問卷調查／希望能改善服務／遍佈全國／收集了問卷情報／從乘客／從禮拜四到禮拜六／8月最後一個禮拜之間／一年當中最高峰的時期的／VTR的營運／這個問卷表得到／隔天禮拜天／在收集箱裡／設置在VTR主要大站的／收到2,200以上的問卷調查

對於問題1／大多數的填寫者選了／選項C／和最多的建議／他們想看到／快速列車少停車／和第一題有差異的第二題是有關餘興的要求／第二題顯示出／多數的填卷者常常旅遊／和VTR一起／大部分選擇選項A和B。

問題三是開放性的／對旅遊者請求／發表意見／對於問卷上沒有包含的項目／沒有意外的／對這最普遍的回應是期許／對於較少的車次取消／然而／這個不是／公司能控制的／營運中斷大部分發生／的原因是／冬天期間的惡劣的天氣。

詞彙 qualify 賦予資格 participant 參加者 draw 抽獎（卷） return trip 往返旅行 selection 選擇 attentiveness 關注 share 分享 findings（調查）結果 conduct 實施 needs 需求 preference 偏好 country wide 全國 typically 一般地 operation 運用、運行 obtain 獲得 majority 多數 respondent 填卷者 reveal 顯示 distant second 有差距的第二項 not surprisingly 不驚訝地 cancellation 取消 have control over 調整… disruption（營運）中斷、差錯 occur 發生 factor 要素 severe 糟糕的

181.

誰回答了問卷？
（A）旅行顧問
（B）顧客
（C）火車站員工
（D）鐵路技工

解析 做paraphrasing。從問卷最前面的Dear Passenger來看馬上可以得知問卷調查對象是乘客。在選項中用customers代替了Passenger。

正確答案(B)

182.

問卷填寫者有什麼資格？
（A）到某個目的地的直達火車旅行
（B）免費的旅行點數
（C）溫哥華的免費旅行
（D）對於來回旅遊的抽獎卷

解析 找尋key word，做paraphrasing。問題的key word是eligible（有資格的）。問卷前面部分的qualifies（賦予資格）的表現很明顯。這個句子是填寫問卷調查的話，透過抽獎給予到英屬哥倫比亞的惠斯勒往返旅遊的抽獎卷的內容。選項中用a lottery取代a draw，用round-trip取代了return-trip。 **正確答案(D)**

183.

哪一天收齊了問卷？
（A）禮拜一
（B）禮拜二
（C）禮拜四
（D）禮拜六

解析 找尋key word，做paraphrasing。題目中的key word是completed survey forms gathered。調查結果報告書的第一段中提到，問卷調查是8月最後一周禮拜四到禮拜六投入箱子，下一週的禮拜一從箱子裡回收。所以最終來說，收集問卷是禮拜一。 **正確答案(A)**

184.

大部分的填問卷者多久一次利用VTR旅行？
（A）一天一次
（B）一個星期一次以上
（C）一個月一次
（D）一年一次以下

解析 雙篇文章對照類型。跟題目的問題內容一樣的內容出現在問卷調查的第2題。問卷調查結果中，對於第二題受調查者大部分選擇了A和B，所以只要回到問卷紙確認A和B的內容就可以了。可得知受調查者大多一個禮拜利用VTR旅行一次以上。 **正確答案(B)**

185.

大部分的填問卷者對於問題3回答希望什麼？
（A）多一些停靠站
（B）冬天不需要太常旅行
（C）免費住進旅館
（D）減少火車誤點

解析 做paraphrasing。從問卷調查結果第3題的內容來看的話，旅行者最希望的是減少火車誤點或取消運行。fewer cancellation在選項裡用A reduction in travel delays來paraphrasing。 **正確答案(D)**

問題186-190請參考下面的公告和信件。

購物者天堂
換貨政策

我們所有的店面都／依循以下的方針／若顧客想要換貨：

1. 收據／購買商品／必須出示／換貨時
2. 商品／必須換貨／在購買後的三十天內
3. 商品／不得將取出／原本的包裝／或／商品的標籤或吊牌／移除

若以上三點／無法符合／那麼／我們將無法／為您換貨／感謝您的體諒／也謝謝您的惠顧。

班・內斯巴茲，購物者天堂業主及創辦人

您好，

我的名字是瑪莎・哥達爾特／我有個問題想問你／關於你們的換貨政策／我最近／買了一台微波爐／從你們店／在萊克辛頓大街／而我才第一次插電／它就發生短路之類的事／壞了／它完全不能用／連一次也不行／我猜想／那是瑕疵品／我完全／不責怪你／或認為你／故意

販售壞掉的商品。

我想要換／這台壞掉的微波爐／完全相同型號／希望能用／我的問題是／我先生／丟掉／這個微波爐的包裝／昨晚／沒有告知我／我還能／將這台微波爐換一台新的／沒有包裝盒。

謝謝您。
瑪莎・哥達爾特

瑪莎您好，

感謝您／寄電子郵件來／我們很感謝您／選擇在購物者天堂購物。

關於您的問題／我們的政策是／帶著原包裝／您希望要更換的物件／當您來我們的店／進行換貨時／然而／因為您說／這台微波爐／有瑕疵且無法使用／我們應該／能不強制要求這個部分的換貨政策／請將這台微波爐／帶至距離您最近的購物者天堂／將收據／拿給店員看／解釋這台微波爐有瑕疵／包裝盒被不小心丟掉了／那裡的員工／應該會測試這台微波爐／如果發現它的確是瑕疵品／他們會允許您／將它更換為另一台。

商品必須要有包裝／若是可使用／但顧客仍想更換／如果您無法／成功更換／壞掉的微波爐／請撥打1-800-555-4242分機901給我／我會與店員說話／代表您。

蕾貝卡・里斯普，客戶服務代表
購物者天堂

詞彙 exchange 交換 policy 政策 observe 遵守 guideline 指導方針 receipt 收據 purchase 購買 goods 商品，貨物 present 提出 original 本來的 packaging 包裝 tag 標籤 label 標籤 remove 去除 appreciate 感謝 patronage 惠顧、光臨 regarding 關於 microwave 微波爐 avenue 大道 plug 接通電源 short-circuited 發生短路 defective 瑕疵的 certainly 無疑地 blame 指責 willfully 蓄意地 merchandise 商品 throw away 扔掉 waiver 放棄 mistakenly 錯誤地 indeed 確實 requirement 必需品 condition 情況 nevertheless 仍然 necessary 必要的 valid 有根據的 suitable 適當的 familiar 熟悉 solution 解決 all along 始終

186.

顧客若要在購物者天堂換貨，下列哪一項不是必要的？
（A）商品要在原本的包裝並且有所有的標籤和吊牌。
（B）顧客要在過了三十天之前進行換貨。
（C）顧客必須提供想要換貨的確切的理由。
（D）要提供所購買的商品的收據。

解析 NOT / TRUE題型。依據第一篇文章的內容便可解答，公告中提出3點換貨的必須條件：要有收據、三十天內換貨、要附有原包裝與標籤，這三點分別符合（A）（B）（D）的敘述，但並未提到顧客需要提出換貨的確切理由，故答案為（C）。 **正確答案(C)**

187.

瑪莎有什麼問題？
（A）她的微波爐不符合她的需求。
（B）她不知道要去哪裡更換她的瑕疵品微波爐。
（C）她沒有微波爐的原包裝盒。
（D）她不熟悉購物者天堂的換貨政策。

解析 詢問主題的題型，從瑪莎寫的信中可知她想要換貨，但沒有微波爐的原包裝盒，答案要選（C）。瑪莎是因為微波爐依插上電源就短路，所以想要更換，並不是因為微波爐不符合需求，故（A）為錯誤選項。另外，瑪莎在信中有提到換貨政策表示商品需要有原包裝才能更換，但微波爐的原包裝被丟掉了，可推論瑪莎熟知換貨政策，也知道去哪裡換貨，才會依據政策提出問題，所以（B）和（D）不是答案。

正確答案(C)

188.

蕾貝卡對於瑪莎的問題有何解決方法？
（A）向商店員工解釋那台微波爐一開始就是瑕疵品。
（B）將有瑕疵的微波爐帶到蕾貝卡上班的地方。
（C）將有瑕疵的微波爐先帶往維修廠。
（D）要瑪莎的先生尋找微波爐的包裝。

解析 這三篇文章的架構為：換貨政策公告→消費者提問→問題解決，此題的答案要從第三篇文章中找尋。蕾貝卡並未請瑪莎的先生找回微波爐的原包裝，故（D）為錯誤選項。蕾貝卡是請瑪莎Bring the microwave to your nearest Shopper's Paradise, show them your receipt and explain that the microwave is defective and that the packaging was mistakenly thrown out.，將微波爐帶到最近的商場，而非蕾貝卡的辦公室或維修廠，故（B）和（C）可刪除。另外句中也有提到攜帶收據並解釋商品為瑕疵品，與（A）符合。 **正確答案(A)**

189.

從瑪莎和蕾貝卡之間的信件往來可以推論什麼？
（A）瑪莎和蕾貝卡是朋友，且在社交場合碰面。
（B）如果有必要，蕾貝卡會親自協助瑪莎更換她的微波爐。
（C）瑪莎對於蕾貝卡提供的協助將不會感到滿意。
（D）蕾貝卡想要協助瑪莎但卻無能為力。

解析 從這兩封信件中推論兩人的關係。（A）從信中看不出來兩人是朋友，所以錯誤。而蕾貝卡在信中提供了換貨的協助，滿足瑪莎的需求，與（C）和（D）的敘述不符，故也不能選這兩個選項。蕾貝卡最後說

I will talk to the store employees on your behalf，表示如果瑪莎換貨有問題的話，她會親自協助與店員溝通，故正確答案應為（B）。 **正確答案(B)**

190.

下列哪個字與「nevertheless（然而）」同義？

（A）儘管有

（B）然而

（C）因此

（D）因此

解析 詢問字義的題目。nevertheless為副詞，表示「不過，然而」的意思。（A）despite表示「儘管有」；（B）however表示「然而」；（C）therefore表示「因此」；（D）ergo表示「因此」，故答案為（B）。 **正確答案(B)**

問題191-195請參考下面的信件。

注意：所有部門經理

這星期五／11月23日下午3點／將有部門經理的公司會議／我希望／你們十個人／全都要準備／五分鐘的PowerPoint簡報／內容包括／目前的最新銷售情況／今年的預測年度銷售／以及預期的差異／預測與現實之間／以便／我有公司銷售的最新情況。

此外／我們正在尋找／牙科銷售部副經理／醫療用品部副經理／一如以往／我們想要先／考量內部升遷／所以我要求你們／提出任何人選／在你們的部門內／認為適合兩個職位之一。

會議／可能會／超過五點鐘／如果更多的議題／想要提出／請先用電子郵件寄給我／然後我會確認／是否可能／將它們包含在會議中。

與各位全體週五見，

安娜貝爾・費舍爾

費舍爾女士你好，

我想要求／我們簡略講述／最近一年的支出／每個部門的／我覺得／有幾個部門／超出預算／我在想／我們可以做什麼／平衡花費。

另外／我想提出／米里安・斯隆／擔任這兩個副經理職位之一／她為公司工作／七年／一向為公司帶來好處／且已經開發了幾項銷售技巧／我們已經實施／且大為成功的。

我可以提供／任何其他資訊／你可能需要／在星期五的會議。

安德烈・布雷特

費舍爾女士你好，

我是卡爾・詹金斯／「產生新客源」部門／我想告知你／我無法出席／本週的會議／因為我目前出差／在杜拜／不過／我會派我的副經理艾爾・葛林／代我出席／且他會帶所有要求的資料。

安妮・查爾斯和弗雷・托姆斯／兩個人／我想要提出／擔任副經理職位／他們是非常寶貴的幫助／對我來說／過去幾年來／我知道／他們都能夠／擔負本分之外的工作／在任何情況下／雖然我不希望／他們離開／我的部門／看到他們在公司裡晉升／會讓我覺得／管理團隊只會愈來愈強。

卡爾・詹金斯 敬上

詞彙 prepare 準備 include 包括 forecast 預測 annual 一年的 anticipate 預期 discrepancy 不一致 reality 現實 up-to-date 最新的 current 目前的 in addition 另外 dental 牙科的 medical 醫學的 supply 用品 promote 推銷 position 職位，位置 topic 論題 bring up 提出 confirm 確認 request 要求 touch on 簡略地講述 expenditure 經費 run over 溢出，超過 budget 預算 balance 平衡 expense 開支 asset 寶貴的人才 implement 實施、履行 additional 額外的 information 資訊 generation 世代 on business 出差 stead 接替 invaluable 非常貴重的 assistance 協助 be able to 能 move up 提升

191.

以下何人沒有被提及為副經理的適合人選？

（A）弗雷・托姆斯

（B）米里安・斯隆

（C）艾爾・葛林

（D）安妮・查爾斯

解析 此題的答案要從第二篇、第三篇文章中找尋。第二篇文章中，安德烈・布雷特推薦Miriam Sloane（米里安・斯隆），第三篇文章中，卡爾・詹金斯推薦了Anne Charles（安妮・查爾斯）與Fred Tomes（弗雷・托姆斯），使用刪去法可知答案為（C）。而信中提到艾爾・葛林的時候，是指他將會代替卡爾・詹金斯參加周五的會議。 **正確答案(C)**

192.

為什麼要開星期五的會議？

（A）有支出款項的不當使用，需要加以討論。

（B）公司正要填補兩個職缺。

（C）需要評估目前的銷售總額。

（D）有一些商務旅行需要委派。

解析 詢問主題的題型。從第一篇文章可知道會議的主要目的是讓安娜貝爾・費舍爾能夠掌握公司目前的銷售狀況，故答案為（C）。雖然信中也有提到關於職位升遷的訊息，但並不是周五的會議主題，（B）為錯誤的答案。而（A）是額外提出想要討論的事項，但根據第一篇文章，安娜貝爾・費舍爾表示歡迎提出主題，會評估是否納入會議討論，該事項並非週五會議的主要原因。 **正確答案(C)**

193.

誰將無法出席會議？

（A）安娜貝爾・費舍爾
（B）艾爾・葛林
（C）安德烈・布雷特
（D）卡爾・詹金斯

解析 根據三篇文章，（A）為召開會議的人，且她會參加會議，（C）為第二封信的撰寫者，也會參加會議。（B）艾爾・葛林和（D）卡爾・詹金斯都出現在第三篇文章中，卡爾・詹金斯因出差無法參加會議，將由艾爾・葛林代替出席，可知不會參加會議的人為（D）卡爾・詹金斯。 **正確答案(D)**

194.

安娜貝爾・費舍爾最有可能擁有什麼樣的職務？

（A）部門主管
（B）會計師
（C）祕書
（D）財務長

解析 推測人物的職稱。根據第一篇文章中，安娜貝爾・費舍爾召開了會議並且要求與會者提供相關資料，可知她的職位應該是負責整個部門。這四個選項中最適合的答案為（A）。 **正確答案(A)**

195.

為什麼安德烈・布雷特和卡爾・詹金斯寫信給安娜貝爾・費舍爾？

（A）他們不滿意她正在做的工作。
（B）他們有想要推薦擔任職務的人選。
（C）他們對自己的部門有怨言。
（D）他們想去杜拜出差。

解析 這題要看三篇文章才能夠作答。根據第一篇文章，安娜貝爾・費舍爾要求準備會議資料、推薦人選、提供討論主題，然後安德烈・布雷特和卡爾・詹金斯個別寫信給安娜貝爾。安德烈提出想在會議討論的主題，並推薦人選；卡爾報告不能參加會議並推薦人選，兩人都有推薦人選，故答案為（B）。再回頭審視其它選項，他們沒有抱怨安娜貝爾的工作，（A）為錯誤選項；也沒有對部門有抱怨，（C）為錯誤選項；而關於杜拜出差，安德烈並未提到出差的事情，卡爾則是正在杜拜出差，（D）也不是正確答案。 **正確答案(B)**

問題196-200請閱讀下面的信件。

「威爾斯洛機器維修」你好，

我們想／安排時間／請你來看／我們的生產線／八台機器中有兩台／目前是離線狀態／這減緩／我們的生產過程／大幅／在正常的日子／我們可以生產／平均10萬個螺帽和螺栓／並將它們都包裝好／現在／我們只能生產／7萬個螺帽和螺栓／而且有一半／包裝線／不能運作／所以我們手動包裝／當然／這嚴重影響／我們的利潤／我們變得非常擔心／我們會很感謝／你盡早過來。

誠摯地
德瑞克・盧姆斯 敬上
「巴利得」樓層主管

盧姆斯先生你好，

你應該收到了帳單／我們造訪後／本週稍早／如你所知／經過一些調整／並更換五個零件／我們得以／使你的整個生產線系統／恢復運轉／我們希望／一切仍然順利。

我們的維修人員／聯繫了我們的服務部門／從你們公司返回時／指出「巴利得」錯過／最近三次排定的維修時間／我確信／你身為樓層主管／不需要我／告訴你／多麼重要／定期維護對於生產線機器／實際上／只要兩個小時／微調／可以預防／你遇到的故障。

你想要安排／維修時間／本週稍晚

誠摯地
「威爾斯洛」測試和維修經理
傑洛米・胡德

胡德先生你好，

我感謝你／最近的維修工作／和你的後續信件／你可能不知道／但是我最近／才到「巴利得」的團隊／開始在本公司／兩個月前／我必須承認／你的信讓我很驚訝／我沒有理由／猜想例行性的維修／並未進行／我想／補救此事／立即。

請幫我安排／進行徹底的維護例程／本週四／以確保我們的每台機器都／依指令運作／調整到最高效能／並能執行最新的軟體／請讓我知道有什麼／是我需要做的／你需要／完全關閉／生產線嗎？

我等待你的確認，

誠摯地
德瑞克・盧姆斯 敬上
「巴利得」樓層主管

詞彙 take a look at 看一看 production line 生產線 machine 機器 slow 變慢 significantly 值得注目地 average 平均 nut 螺帽 bolt 螺栓 manually 手工地 drastically 徹底地 bottom line 帳本盈虧結算線 margin 利潤 adjustment 調整 replacement 代替 smoothly 平順地 repairman 修理工 point out 指出 regular 定期的 tune 調整 prevent 預防 breakdown 機器故障 experience 經歷 follow-up 後續的 admit 承認 suspect 懷疑 carry out 實行 remedy 補救 routine 例行公事 compliant 順從的 latest 最新的 shut down 關閉 apparently 顯然地，似乎 upgrade 升級 delay 延誤

196.

下列哪個字與「drastically（劇烈地）」一字同義？

（A）嚴重地

（B）重要地

（C）有效率地

（D）顯然地

解析 為測驗字義的題型。多益考試有時會出現這類題型，詢問文章中的某個字的同義字。原句為Naturally, this is drastically affecting our bottom line margin, and we are getting very worried.，在此drastically表達的意思為「劇烈地」，嚴重影響利潤，而觀看四個選項，（A）seriously表示「嚴重地」；（B）importantly表示「重要」；（C）efficiently表示「有效率地」；（D）apparently 表示「顯然地」，最適合的答案為（A）。 **正確答案(A)**

197.

為什麼一開始德瑞克・盧姆斯選擇寫信給「威爾斯洛機器維修」？

（A）他覺得維修機器的時間到了。

（B）他想和這家公司的新員工見面。

（C）他想升級生產線。

（D）他在生產線上遇到問題。

解析 詢問寫信的原因，首先看到第一篇文章，德瑞克・盧姆斯因為生產線出現問題，所以寫信給威爾斯洛機器維修公司，符合（D）的敘述。雖然第三篇文章，德瑞克有提到希望安排時間檢測生產線，確認機器的效能與是否支援最新的軟體，看似（C）也是正確的答案，但題目是問德瑞克「一開始」的寫信目的，故答案應選（D）。 **正確答案(D)**

198.

「威爾斯洛」能幫助「巴利得」嗎？

（A）是的，他們修理了一台機器。

（B）是的，他們修理了機器並寫了一封後續信件。

（C）不，這台機器受損得太嚴重了。

（D）不，這些機器全都需要維護。

解析 根據第二篇文章的內容，威爾斯洛機器維修公司的傑洛米・胡德提到，他們已經完成機器的維修，並建議定期維修，故可先把（C）和（D）刪除。接下來瀏覽（A）和（B）選項，都有提到修好機器，但根據第一篇文章，需要修理的機器有兩台，且傑洛米・胡德在公司修理好機器後寫了一封信給德瑞克・盧姆斯，由此可知答案應選（B）。 **正確答案(B)**

199.

「威爾斯洛機器維修」為何寫信給德瑞克・盧姆斯？

（A）讓他知道修理的費用

（B）告訴他，「巴利得」生產線需要維護

（C）介紹新的測試和維修經理

（D）讓羅姆斯先生知道一些需要的零件延遲了

解析 詢問主題的題型，這題要看第二篇文章的內容來作答。信中並未提到修理費用，所以（A）非正確答案。也沒有介紹新的員工給德瑞克認識，故（C）也非正解。而機器都已經修理完成、零件也都替換好了，（D）的敘述不符合。正確答案為（B），威爾斯洛機器維修公司寫信，提醒安排定期維護的事宜。

正確答案(B)

200.

盧姆斯先生為什麼未執行生產線維護？

（A）他有；他只是沒找「威爾斯洛」來做。

（B）他想等一下，每年做一次。

（C）他剛開始在這家公司上班，不知道還沒有進行維修。

（D）他覺得維修費太高了。

解析 這題的答案在第三篇文章中，德瑞克・盧姆斯表示I am very new to the Barried's team，更提到I had no reason to suspect the regular maintenances were not being carried out。可知德瑞克・盧姆斯剛到這間公司，且以為生產線有定期維修，故答案應該選（C）。在信中，德瑞克希望安排周四進行維護，但未提到是一年做一次，故（B）不可以選。而（A）和（D）在信中並未出現相關訊息，也非正確答案。

正確答案(C)

國家圖書館出版品預行編目(CIP)資料

全新制50次多益滿分的怪物講師TOEIC多益閱讀攻略+模擬試題+解析 / 鄭相虎、金映權 著. -- 初版. -- 臺北市：不求人文化, 2018.1
面； 公分
ISBN 978-986-95195-2-6 (平裝)
1.多益測驗
805.1895 106018311

書名 / 全新制 50 次多益滿分的怪物講師 TOEIC 多益閱讀攻略 + 模擬試題 + 解析
作者 / 鄭相虎、金映權
審訂者 / 怪物講師教學團隊（台灣）
譯者 / 林建豪
發行人 / 蔣敬祖
出版事業群副總經理 / 廖晏婕
副總編輯 / 劉俐伶
校對 / 曾慶宇、紀珊
視覺指導 / 姜孟傑、鍾維恩
排版 / 張靜怡
法律顧問 / 北辰著作權事務所蕭雄淋律師
印製 / 金灒印刷事業有限公司
初版 / 2018 年 1 月
初版五刷 / 2018 年 6 月
出版 / 我識出版社有限公司──不求人文化
電話 / (02) 2345-7222
傳真 / (02) 2345-5758
地址 / 台北市忠孝東路五段 372 巷 27 弄 78 之 1 號 1 樓
郵政劃撥 / 19793190
戶名 / 我識出版社
網址 / www.17buy.com.tw
E-mail / iam.group@17buy.com.tw
facebook 網址 / www.facebook.com/ImPublishing
定價 / 新台幣 699 元 / 港幣 233 元

總經銷 / 我識出版社有限公司業務部
地址 / 新北市汐止區新台五路一段 114 號 12 樓
電話 / (02) 2696-1357 傳真 / (02) 2696-1359

地區經銷 / 易可數位行銷股份有限公司
地址 / 新北市新店區寶橋路 235 巷 6 弄 3 號 5 樓

港澳總經銷 / 和平圖書有限公司
地址 / 香港柴灣嘉業街 12 號百樂門大廈 17 樓
電話 / (852) 2804-6687 傳真 / (852) 2804-6409